DuMonts Kriminal-Bibliothek

Charlotte MacLeod wurde 1922 in Kanada geboren und wuchs in Massachusetts, USA, auf. Sie studierte am Boston Art Institute und arbeitete danach kurze Zeit als Bibliothekarin und Werbetexterin. 1964 begann sie, Detektivromane für Jugendliche zu veröffentlichen, 1978 erschien der erste »Balaclava«-Band, 1979 der erste aus der »Boston«-Serie, die begeisterte Zustimmung fanden und ihren Ruf als zeitgenössische große Dame des Kriminalromans festigten.
Von Charlotte MacLeod sind in DuMont's Kriminal-Bibliothek bereits erschienen: »Schlaf in himmlischer Ruh'« (Bd. 1001), »… freu dich des Lebens« (Bd. 1007), »Die Familiengruft« (Bd. 1012), »Über Stock und Runenstein« (Bd. 1019), »Der Rauchsalon« (Bd. 1022), »Der Kater läßt das Mausen nicht« (Bd. 1031), »Madam Wilkins' Palazzo« (Bd. 1035), »Der Spiegel aus Bilbao« (Bd. 1037), »Kabeljau und Kaviar« (Bd. 1041), »Stille Teiche gründen tief« (Bd. 1046), »Ein schlichter alter Mann« (Bd. 1052), »Wenn der Wetterhahn kräht« (Bd. 1063), »Eine Eule kommt selten allein« (Bd. 1066), »Teeblätter und Taschendiebe« (Bd. 1072) und »Miss Rondels Lupinen« (Bd. 1078).

Herausgegeben von Volker Neuhaus

Charlotte MacLeod

Rolls Royce und Bienenstiche

DuMont

Aus dem Englischen von Beate Felten
Die der Übersetzung zugrundeliegende Originalausgabe erschien 1989 unter dem Titel *Silver Ghost* bei The Mysterious Press, Warner Books, New York

2. Auflage 2000

Umschlagmotiv von Pellegrino Ritter
Umschlag- und Reihengestaltung: Groothuis & Consorten
Druck und Verarbeitung: Clausen & Bosse, Leck
Printed in Germany
ISBN 3-7701-4883-5

Alle Kellings und Bittersohns sowie sämtliche Verwandte, Freunde und lästige Bekannte in diesem Abenteuer sind ebenso fiktiv wie in den übrigen Bänden der Boston-Serie. Selbst die Bienen der Billingsgates verhalten sich eindeutig atypisch. Jede Ähnlichkeit zwischen den Personen und Ereignissen dieses Buches und wirklichen Personen und Ereignissen wäre rein zufällig. Nur eine gewisse Ähnlichkeit zwischen den Bienen der Billingsgates und ihren gewöhnlichen Artgenossen ließ sich nicht vermeiden, da Bienen, auch wenn sie sich noch so abweichend verhalten, sowohl im Leben als auch in der Literatur nun einmal Bienen bleiben.

Für Julia
und alle Daniels

Kapitel 1

Professor Ufford bedachte die hübscheste Besucherin des Renaissance-Festes mit einem herablassenden Lächeln. »Wahrscheinlich sind Sie wie die meisten der irrigen Ansicht, Heinrich VIII. habe Morris Dancing in England eingeführt.«

Sarah Kelling Bittersohn schüttelte den Kopf, einerseits wollte sie die Frage damit verneinen, andererseits wollte sie testen, ob ihr Hennin sich nicht gelockert hatte. »Ach ja? Soweit ich weiß, war es John of Gaunt, der Duke of Lancaster.«

»Äh – höchstwahrscheinlich.« Der Professor knipste sein Lächeln wieder aus und setzte statt dessen ein hochnäsiges Grinsen auf. »Die Theorie, daß der Tanz von der Moreska oder vom spanischen Fandango inspiriert wurde, ist natürlich absurd. In meinem jüngst erschienenen Buch habe ich schlüssige Beweise für einen flämischen Ursprung dargelegt. Gehe ich recht in der Annahme, daß Sie *Terpsichore stampft* studiert haben?«

»Nur weil ich John of Gaunt kenne?« Da Sarah sich jetzt ihres Hennins sicher sein konnte, warf sie den Kopf zurück und schenkte Professor Ufford ein ähnliches Lächeln, wie es ihre Tante Emma dereinst einem Gast hatte angedeihen lassen, der gerade versehentlich Rotwein über ihre Damasttischdecke geschüttet hatte. »Den kennt doch jedes Kind.«

Das war gemein. Sarah kannte sich nur deshalb so gut mit dem Thema aus, weil Cousin Lionel sie neulich bei Tante Appies Oster-Luncheon in eine Ecke gedrängt und so lange mit sämtlichen Einzelheiten über die Entstehung des Morris Dancing und der Moreska bombardiert hatte, bis ihr schließlich eine gewaltlose Möglichkeit eingefallen war, ihn zum Schweigen zu bringen, was bei Lionel gar nicht so einfach war.

Jedenfalls hatte sie Professor Ufford mit ihrer Bemerkung zum Schweigen gebracht. Er tippte an die breite runde Krempe seines schwarzen Strohhutes und trollte sich. Möglicherweise beabsichtigte er, nach einer anderen hübschen Dame Ausschau zu halten, die im Gegensatz zu ihr noch nichts von John of Gaunt gehört hatte.

Sarah hätte Ufford sogar sagen können, woher die Idee für sein Kostüm stammte. Diesen Hut, dessen oberer Teil die Form eines umgestülpten Nachttopfes hatte, kannte sie von van Eycks Porträt von Giovanni Arnolfini und seiner Gattin. Allerdings konnte sie sich beim besten Willen nicht vorstellen, warum der Professor ausgerechnet ein Kostüm gewählt hatte, das ihm so schlecht zu Gesicht stand. Schon Arnolfini hatte darin äußerst unattraktiv ausgesehen.

Arnolfini verdiente jedoch mildernde Umstände, da seine Kleidung anno 1432 wahrscheinlich der letzte Schrei gewesen war. Aber warum hatte der Professor weder Mühen noch Kosten gescheut, um sich so auszustaffieren, daß er aussah wie eine schwangere Giraffe? Sein langer Hals und sein noch längerer knochiger Schädel ragten in einem beinahe grotesken Kontinuum aus dem unförmigen langen Mantel. Außerdem war von seinen dürren Schienbeinen weit mehr zu sehen, als sich der Betrachter gewünscht hätte. Die enge grüne Strumpfhose, in der sie staken, war ein weiteres schlagkräftiges Argument dafür, daß Männer mittleren Alters besser möglichst wenig Bein zeigen sollten.

Aber vielleicht hatte sich Sarah nur noch nicht an das mittelalterliche Ambiente gewöhnt. Immerhin war es das erste Mal, daß die Billingsgates sie und ihren Ehemann Max zu ihrem jährlich stattfindenden Renaissance-Fest eingeladen hatten. Bill und Abigail waren gute Freunde von Sarahs Onkel Jeremy Kelling. Normalerweise wäre Jem anstelle der Bittersohns hier erschienen, doch in diesem Jahr befand er sich mit einigen anderen Freunden auf einem Segeltörn. Daß Sarah und Max nicht nur zum Vergnügen hier waren, ahnten die meisten Anwesenden nicht.

Der Fall Billingsgate gehörte zu den eher ungewöhnlichen Fällen ihrer Laufbahn, denn ihr eigentliches Spezialgebiet waren gestohlene Schmuckstücke, Gemälde und andere Kunstgegenstände. Jetzt waren sie zum ersten Mal gebeten worden, einen verschwundenen Rolls Royce, einen 1927er New Phantom, aufzuspüren.

Das Problem bestand darin, daß der Phantom gar nicht hätte verschwinden dürfen, da Bill alle denkbaren Sicherheitsvorkehrungen getroffen hatte, um seinen kostbaren Oldtimer vor Diebstahl zu schützen. Nur jemand, der die Familie sehr gut kannte, hätte den Wagen entwenden können. Nehemiah Billingsgate, um ihn in den Genuß seines vollen Namens kommen zu lassen, was allerdings nie jemand tat, hatte daher in seiner Verzweiflung nicht die Polizei, sondern Jems Nichte und deren Gatten angerufen.

Das Renaissance-Fest war der ideale Vorwand gewesen, um die Bittersohns unauffällig in den engsten Kreis der Familie einzuführen und ihnen gleichzeitig zahlreiche Freunde und Bekannte vorzustellen. Sobald sich die Möglichkeit bot, wollten sie sich mit ihrem Auftraggeber und Gastgeber zusammensetzen, um Näheres über die einzelnen Gäste zu erfahren. Momentan waren Sarah und Max jedoch noch vollauf damit beschäftigt, sich unter die Anwesenden zu mischen.

Max nahm die ganze Sache bisher nicht sonderlich ernst. Er hatte darauf bestanden, das Fest der einflußreichen konservativen protestantischen Familie in der Verkleidung des Shylock aus dem Kaufmann von Venedig zu besuchen. Die schwarze Robe, die er sich anläßlich seiner Habilitation zugelegt hatte, war zu diesem Zweck durchaus geeignet. Jetzt trug er sie eigentlich nur noch, wenn er Vorträge vor gelehrten Zuhörern zu halten hatte, worum man ihn immer häufiger bat. Dazu hatte er sich das schwarze Gebetskäppchen seines Vaters aufgesetzt. Zunächst hatte er auch noch vorgehabt, sich eine Salami unter den Arm zu klemmen, die das umkämpfte Pfund Fleisch symbolisieren sollte.

»Ich habe keine Lust, mit einem Mann bei den Billingsgates zu erscheinen, der wie ein Feinkostgeschäft riecht. Es ist unprofessionell. Außerdem könnte Abigail denken, du hättest Angst, daß es für ihre Gäste nicht genug zu essen gibt.«

Der Gegensatz zwischen dem eher kargen Angebot bei einer typischen Kelling-Party und den Unmengen, die man selbst bei der kleinsten Familienfeier der Bittersohns auftischte, konnte in der Tat kaum größer sein. Max war meist dem Verhungern nahe und mußte schnellstens irgendwo einen Hamburger in sich hineinstopfen, wenn sie von den Kellings kamen, während Sarah normalerweise nach einem Besuch bei den Bittersohns zwei Tage lang strikt Diät hielt. Doch selbst ihre Schwiegermutter hätte sich keine Sorgen gemacht, daß bei den Billingsgates jemand hungrig bleiben könnte.

Ihr schloßartiges Haus gehörte zu den architektonischen Verrücktheiten, die sich exzentrische Millionäre mit romantischen Ambitionen im goldenen Zeitalter der Billiglohnarbeit und Einkommensteuerfreiheit geleistet hatten. Max und Sarah hatten bei ihrer Ankunft ein imposantes türmchenübersätes Gebäude vorgefunden, von dessen Zinnen rote und gelbe Fähnchen flatterten. Vor dem Fallgitter hatte man ein rotweiß gestreiftes Festzelt aufgestellt. Unter dem riesigen Baldachin standen lange aufgebockte Tische, die bereits mit unzähligen Häppchen und Lekkerbissen beladen waren, die dazu dienen sollten, Leib und Seele der Gäste zusammenzuhalten, bis die Zeit für die eigentliche Verköstigung gekommen war.

Außerdem gab es Bowle und heiße Milch mit Bier und Gewürzen, doch vor allem Unmengen von Honigwein. Die Billingsgates waren überaus stolz auf ihren Met. Sie stellten ihn selbst in ihrem Keller aus dem Honig her, den Abigails Abertausende von Bienen fleißig zusammengetragen hatten. Ein Großteil des kräftigen Getränkes wurde an kommerzielle Veranstalter mittelalterlicher Feste verkauft, doch die besten Flaschen behielten Abigail und Bill stets für sich und ihre Freunde zurück.

Heute waren sämtliche Bienen zu weit entfernten Feldern gelockt worden. Abigail versuchte immer wieder, ihre Gäste davon zu überzeugen, daß sie sich völlig frei bewegen konnten, ohne das Risiko einzugehen, gestochen zu werden. Einige lustwandelten auf den nahe gelegenen Gartenwegen, doch nur wenige ließen es auf eine mögliche Konfrontation mit der Bienenarmee im hinteren Teil des riesigen Anwesens ankommen. Zudem war das Gras am Zelt dick und weich wie ein Teppich, und für die Unterhaltung der Gäste war hervorragend gesorgt.

Ein Bereich war mit Seilen zum Tanzen abgetrennt worden. Ganz in der Nähe stand ein weiterer kleiner Pavillon für die Musiker. Lorista, die Schwiegertochter der eng mit den Billingsgates befreundeten Dorks und Schwester von Sarahs angeheirateter Cousine Vare, der Gattin des bereits erwähnten Vetter Lionel, schwebte im siebten Himmel. Sie hatte zu Sarahs unsäglicher Erleichterung ihre Zimbel zu Hause gelassen, statt dessen aber ihre Blockflöte mitgebracht. Doch sie spielte nicht etwa, sondern benutzte sie als Taktstock, während die freundlichen Mitglieder des kleinen Orchesters geduldig ihre Krummhörner bliesen, ihre Lauten zupften und ihre Tabore schlugen.

Alle waren mehr oder weniger im Renaissancestil kostümiert. Lorista selbst war besonders auffällig gewandet, ganz wie es bei einer Frau zu erwarten war, die nicht einmal in der Lage war, ihrer kleinen Tochter Kinderlieder vorzusingen, ohne sich vorher als Häschen in der Grube oder Bi-Ba-Butzemann zu verkleiden. Die willkürlich zusammengewürfelten Spielleute sollten übrigens mit ihrer Katzenmusik einer Gruppe von Männern in grünen Kniehosen, scharlachroten gezattelten Wämsern und leuchtend gelben Kapuzen zum Tanzen aufspielen. Schellenbänder zierten die Knie der Tänzer. Momentan hielt außerdem jeder von ihnen zwei weiße Stäbe in Händen, die sie gegen die der anderen schlugen. Die Bewegungen der Männer waren lebhaft und präzise. John of Gaunt wäre entzückt gewesen. Als Max sah, daß Sarah stehenblieb und zuschaute, wich er einem vorbeiwandernden Reifrock aus und gesellte sich zu ihr.

»Ist das nicht Lionel? Ich wußte gar nicht, daß er tanzen kann.«

»Er hat es mir zwar erzählt, aber ich hatte keine Ahnung, daß er so gut ist«, erwiderte Sarah. »Kennst du die anderen?«

»Der Mann direkt neben Lionel kann nur Dork Junior sein«, meinte Max. »Der arme Kerl ist seinem Vater wie aus dem Gesicht geschnitten. Der großgewachsene in der Mitte ist der Schwiegersohn der Billingsgates.«

»Beneidenswerte Melisande. Er sieht wirklich gut aus, das muß man ihm lassen. Meinst du, er heißt Pelleas?«

»Wer weiß. Sein Nachname lautet jedenfalls Purbody. Er hat mir angeboten, ihn Tick zu nennen, als ich gestern hier war. Wahrscheinlich sind auch noch ein paar Whets und Tolbathys dabei, die hängen doch immer wie die Kletten zusammen. Schade, daß Jem momentan die Meere unsicher macht. Wahrscheinlich noch dazu total betrunken, kann ich mir vorstellen. Er wüßte sicher zu jedem hier etwas zu erzählen.«

»Und hätte wahrscheinlich schon längst überall ausposaunt, warum wir hier sind, nachdem er seine Nase erst mal in den Honigwein getaucht hätte.«

Sie brauchte sich keine Sorge zu machen, daß jemand mithörte. Das Schellengeläut und Stäbeklacken, untermalt vom Zupfen und Tuten der Instrumente, sorgte für einen ziemlich hohen Geräuschpegel. Wer immer die Tänzer auch sein mochten, sie hatten ihren Spaß und waren genauso konzentriert und enthusiastisch wie die Spielleute.

»Sie sind ganz schön in Fahrt«, fuhr sie fort. »Wetten, daß Lorista die Kostüme entworfen hat?«

»Könnte durchaus sein«, meinte Max. »Hast du übrigens schon bei Miriam angerufen?« Seine Schwester hütete heute den jüngsten Kelling, da die Haushaltshilfe ihren freien Tag hatte.

»Aber natürlich, Liebling. Sie sagt, Davy habe sein Fläschchen ausgetrunken, seine Möhren ratzeputz aufgegessen und keine Träne vergossen, seit wir weg sind. Wir fehlen ihm anscheinend kein bißchen.« Sarah versuchte, nicht zu enttäuscht zu klingen, was ihr aber nicht ganz gelang.

»Er tut nur so«, tröstete Max sie. »Sei nicht traurig, ich hol dir heiße Milch mit Bier.«

»Ih. Nein, danke. Am liebsten hätte ich eine Tasse Tee, aber das wäre wahrscheinlich ein ziemlicher Stilbruch. Sollen wir uns nicht noch ein wenig unter die Gäste mischen?«

»Wäre wohl das beste. Dann mische ich mich links und du dich rechts. Was leider bedeutet, daß deine Tante Appie auf deiner Seite ist.«

»Max, du gemeiner Schuft! Wo ist sie? Die vielen gepolsterten Kopfbedeckungen versperren mir völlig die Sicht.«

»Sie steht unter dem großen Baum da vorn und unterhält sich mit einer Dame mit Queen Mary-Toque.«

»Ach du liebe Zeit, ich glaube, daß ist Tante Bodie. Ich wußte gar nicht, daß sie auch eingeladen ist. Bist du sicher, daß mein Hennin nicht schief sitzt?«

»Er sitzt absolut perfekt, wenn du mich fragst. Du bist ohnehin mit Abstand die bestangezogene Frau hier.«

Max war nur ein winziges bißchen voreingenommen. Wenn man bedachte, daß Sarah und ihre Schwägerin das Kostüm erst gestern abend kreiert hatten, nachdem sie erfahren hatten, daß sie im Mittelalterlook erscheinen sollten, sah sie wirklich zauberhaft aus. Ihren hohen Spitzhut hatte sie aus einem Blatt Zeichenkarton gefertigt, den sie mit einem Millefleurmuster bemalt hatte. Ein Stück grünes Moskitonetz, das sie sich von Cousin Brooks, dem Naturkundler der Familie, ausgeliehen hatte, wehte von der Spitze herab und konnte sich möglicherweise noch als nützlich erweisen, falls Abigails Bienen sich doch noch entschließen sollten, den Festlichkeiten beizuwohnen.

Ihr Gewand war in Wirklichkeit ein langes rosa Nachthemd, das sie eigens für ihre Flitterwochen gekauft, doch aus Mangel an Gelegenheit nie getragen hatte. Darüber trug sie eine weite grüne Houppelande, genäht aus zwei Brokatvorhängen, die Miriam vor Jahren beim Schlußverkauf erstanden hatte. Die Ärmel reichten beinahe bis zum Boden und waren ziemlich schwer, genauso wie die kleine Schleppe, die sie hinter sich herschleifte, doch die Wirkung war so umwerfend, daß jeder, der sie sah, sich nach ihr umdrehte. Als sie über den kurzgeschnittenen Rasen rauschte, winkte Appolonia Kelling sie entzückt heran.

»Sarah, ach Gottchen, was siehst du süß aus! Ist sie nicht überwältigend, Bodie? Mir fehlen die Worte!«

»Ich kann mir nicht vorstellen, daß es irgend etwas auf dieser Erde gibt, das dich verstummen lassen könnte, Appie.«

Boadicea Kelling war nicht bewußt unhöflich, sie konstatierte nur auf ihre nüchterne Art die Tatsachen genauso, wie sie ihr erschienen. »Die Redingote kannst du sicher noch gut als Morgenmantel nutzen, Sarah. Du brauchst nur den Saum zu versetzen und die Ärmel zu kürzen. Du willst doch bestimmt nicht den ganzen teuren Stoff verschwenden.«

»Warum nicht?« antwortete Sarah gereizt und versuchte nachzuprüfen, ob ihre Schleppe auch richtig saß. »Man kann schließlich nie wissen, wann man eine Houppelande braucht, oder? Außerdem könnte meine Tochter sie vielleicht irgendwann zu einem Kostümball tragen.«

»Aber du hast doch gar keine Tochter«, erinnerte sie Boadicea Kelling. »David Joshua ist ein Junge.«

»Was du nicht sagst. Das war mir bisher noch gar nicht aufgefallen. Aber Max und ich werden es ohnehin bald noch mal probieren, jetzt wo wir wissen, wie es funktioniert. Wie geht es dir, Tante Bodie?«

»Hervorragend wie immer, danke der Nachfrage. Mein Blutdruck hat sich auf 130 zu 80 eingependelt, und ich absolviere immer noch meinen täglichen Spaziergang. Vier Meilen stramm gehen am Tag – ich habe während der letzten sechsunddreißig Jahre nur anderthalb Pfund zugenommen.«

»Wir sprechen uns wieder, wenn das Bankett vorbei ist«, krähte Appie.

Boadicea schüttelte ihre Queen Mary-Toque. Sarah kannte den Hut gut. Während ihrer Kindheit war er noch dunkellila gewesen. Ganz allmählich hatte sich der Samt in ein merkwürdiges Maulwurfsgrau mit Bronzeschimmer verwandelt, inzwischen sah er beinahe cremefarben aus. Doch Boadicea war so sehr eine Kelling geworden, daß sie derartige Kinkerlitzchen nicht störten.

»Mir ist bekannt, daß sich die Gäste vollzustopfen pflegen, bis nichts mehr in sie hineingeht. Aber ich habe nicht die Absicht, es ihnen gleich zu tun. Die Reste werden Gott sei Dank sorgfältig aufgehoben, wie Abigail mir versichert hat. Sie und Bill haben ihre jeweiligen Sonntagsschulklassen für morgen eingeladen. Sie werden die leicht verderblichen Sachen verzehren und ihre eigene kleine Renaissance-Party feiern. Auf diese Weise lernt die Jugend ausnahmsweise auch einmal etwas Nützliches. Die Kinder sollen in improvisierten Kostümen erscheinen. Ansonsten hättest du dein Kostüm gut für sie dalassen können, Sarah.«

»Ganz sicher nicht. Ich habe sonst nichts zum Anziehen dabei.«

Ihre Tante verkniff sich eine Bemerkung über Sarahs Mangel an Weitsicht. Ihre Nichte würde es beim nächsten Mal besser wissen, da man sie auf ihren Fehler aufmerksam gemacht hatte. Boadicea nörgelte nie, sie wies anderen lediglich den rechten Weg und vertraute darauf, daß man ihren Rat befolgte. Sie hatte als junges Mädchen *Die Kraft des positiven Denkens* von Norman Vincent Peale gelesen und den Inhalt verinnerlicht. Sie war daher sogar in der Lage, ein Lob für Lorista und ihre Spielleute auszusprechen, obgleich die junge Frau inzwischen begonnen hatte, eine Ballade über die Frau des Rattenfängers und sein Dideldumdideldum zu singen.

»Dieser Enthusiasmus ist bemerkenswert. Ich nehme an, die Musiker haben sich unentgeltlich zur Verfügung gestellt. Bill hat mir versichert, daß sie bald aufhören. Er hat veranlaßt, daß sein Lokalradio während des Banketts ununterbrochen Renaissancemusik spielt.«

»Meine Güte, was für eine wunderbare Idee!« rief Appie. »Ich muß unbedingt beim Bostoner Klassiksender anrufen und etwas Ähnliches für unseren Kirchenbazar organisieren. Bach und Purcell wären doch genau das richtige, meint ihr nicht?«

»Unsinn, Appie.« Boadicea schlug eine etwas schärfere Tonart an, da dies bedauerlicherweise die einzige Sprache war, die Appolonia Kelling verstand. »Bill kann das Programm nur deshalb bestimmen, weil ihm der Radiosender gehört, meine Liebe. Sein Ziel besteht darin, die Hörer an den akustischen Freuden unseres Festes teilhaben zu lassen und ihnen gleichzeitig den Geist der Brüderlichkeit zu vermitteln. Du weißt ja selbst, wie hingebungsvoll er und Abigail sich dieser Lebensaufgabe widmen.«

»Aber die Hörer wissen doch gar nicht, daß wir feiern. Und

Honigwein bekommen sie auch nicht.« Appie inspizierte ihren kleinen Zinnkrug und mußte feststellen, daß er leer war. »Ich glaube, ich lasse euch jetzt allein und schau zu, daß ich eine Schankmagd oder einen Pagen finde. Oder heißen sie Jungfern und Mundschenke? Soll ich dir auch etwas mitbringen, Bodie?«

»Nein, danke. Ich habe alles, was ich brauche. Wir müssen zugeben, Sarah«, fügte Boadicea hinzu, als Appie in Richtung Schankmagd davoneilte, »daß sie gar nicht so unrecht hat. Einige von Bills Experimenten gehen von einem Hörerkonzept aus, das der Realität wahrscheinlich wenig gerecht wird. Und was den Genuß von Honigwein betrifft, läßt es sich tatsächlich kaum bewerkstelligen, die Leute daran teilhaben zu lassen. Außerdem verstieße es höchstwahrscheinlich gegen die Ausschankgenehmigungen. Nur gut, daß Bill den Versuch gar nicht erst unternommen hat. Ich hoffe doch sehr, daß Appie nicht über ihren Rock stolpert und sich den Hals bricht.«

Kapitel 2

Die meisten Gäste waren der Bitte der Gastgeber nachgekommen und hatten sich im Stil des Mittelalters oder der Renaissance kostümiert. Sarah kannte sich bedauerlicherweise zu wenig aus, um die beiden Stilrichtungen sicher unterscheiden zu können. Doch selbst Experten waren nicht immer einer Meinung, wenn es um die Frage ging, wann das Mittelalter zu Ende gegangen war und die Wiedergeburt der Kultur begonnen hatte. Einige schienen der Ansicht zu sein, die Renaissance dauere immer noch an. Dies ließ den Gästen einen breiten Spielraum, den sie auch weidlich genutzt hatten.

Einige hatten sich die passende Kleidung einfach ausgeliehen. Andere, wie beispielsweise Professor Ufford, hatten keine Kosten gescheut, sich ein authentisches Kostüm schneidern zu lassen. Auffällige Ausstattungen wie die seine bereicherten die Feste der Billingsgates schon seit einigen Jahren und konnten zweifellos wiederholt getragen werden, so daß sich die Ausgabe im Laufe der Zeit wirklich bezahlt machte. Dann gab es noch Gäste, die ihrer Improvisationslust freien Lauf gelassen hatten. Apollonia Kelling gehörte eindeutig in diese Kategorie.

Tante Appies Kostüm basierte auf einem Abendkleid, das sie vor Jahren regelmäßig an den Premiereabenden im Huntington Avenue Opera House getragen hatte. Sarah kannte die Geschichte nur vom Hörensagen, denn das Opernhaus war lange vor ihrer Geburt abgerissen worden. Doch sie hatte sich oft die Zeitungsausschnitte in Onkel Jems Sammelalbum angesehen. Besagtes Kleid hatte dereinst den Erfindungsreichtum der Klatschkolumnisten über alle Maßen strapaziert. In einem Jahr war Mrs. Samuel Kelling angeblich in Eisvogelblau erschienen, im nächsten Jahr in Krickentenblau, im darauffolgenden in Kobaltblau, danach in sattem Himmelblau, Azurblau, Kornblumenblau, Blaumeisenblau, Vergißmeinnichtblau und schließlich wieder in Eisvogelblau.*

* Cleveland Amory beweist in seinem Buch *The Proper Bostonians* einen ähnlichen

Inzwischen hatte das Gewand bedauerlicherweise einen langweiligen blaßblauen Farbton angenommen, doch Appie hatte es effektvoll mit einer grellen orangefarbenen Bluse aufgepeppt, die wahrscheinlich von ihrer Schwiegertochter stammte, sowie mit unzähligen Ketten, die ihr Verwandte als Urlaubsouvenir aus aller Welt mitgebracht hatten. Die polierten Venusmuscheln aus Maine verbanden sich aufs schönste mit den Samenhülsen aus Papua-Neuginea und Skarabäusimitaten aus Kairo und sollten wahrscheinlich die Entdeckerfreude der Epoche symbolisieren.

Als Kopfschmuck trug Appie lediglich einen gestärkten weißen Kopfkissenbezug, den sie oben zu einer Art Haube festgesteckt hatte. Der restliche Teil hing schlaff herab, beziehungsweise flatterte fröhlich auf und nieder, denn inzwischen war ein ziemlicher Wind aufgekommen. Bei einer großen, hageren Frau wie Appie wirkte das Arrangement wie Wäsche, die zum Trocknen an einem Wäschepfahl hing. Boadicea sah ihrer Cousine kritisch, aber nicht ohne Wohlwollen nach.

»Appie fühlt sich wohl hier. Ich persönlich sehe keinen Grund, mich eigens zu kostümieren. Mein Kleid ist ohnehin mittelalterlich genug. Was übrigens auch für die Trägerin gilt. Hast du zufällig Drusilla Gaheris gesehen, Sarah?«

»Ich fürchte, ich kenne sie gar nicht.«

»Es hätte ja sein können, daß man sie dir heute vorgestellt hat. Zumindest bestand die Möglichkeit. Drusilla ist ganz bestimmt hier, sie wohnt nämlich momentan bei Abigail. Aber es ist mir natürlich bewußt, daß du und dein Mr. Bittersohn ...«

»Nenn ihn doch bitte Max.«

»Ganz wie du wünschst«, lenkte Boadicea ein. »Daß du und Max, wie ich eben gerade im Begriff war zu sagen, die Billingsgates und ihren Freundeskreis erst bei der unglückseligen Geschichte mit Wouter Tolbathy kennengelernt habt.** Wouter war

Adjektivreichtum, als er das weiße Kleid einer Dame der feinen Bostoner Gesellschaft beschreibt. Falls es einer der beiden Damen aufgefallen wäre, hätte sie sicherlich nur amüsiert gelächelt.

** *Kabeljau und Kaviar*, DuMonts Kriminal-Bibliothek Bd. 1041

wirklich ein merkwürdiger Kauz. Aber das trifft schließlich auf die meisten Erfinder zu, findest du nicht? Jammerschade, daß er mit seinem zweifellos genialen Verstand nichts Besseres anzufangen wußte. Ah, da kommt Drusilla ja schon. Mit Hester Tolbathy.«

»Das freut mich«, sagte Sarah. »Ich mag Hester wirklich gern.«

»Dann wirst du Drusilla auch mögen.«

Sarah hielt dies für durchaus möglich. Mrs. Gaheris trug ein schlichtes graubraunes Kostüm mit einer etwas helleren Haube und machte einen recht sympathischen Eindruck. Zuerst dachte Sarah, Tante Bodies Freundin hätte sich als Nonne verkleidet, doch dann fiel ihr ein, daß viele Ordenstrachten auf die Alltagskleidung der bürgerlichen Hausfrau des sechzehnten Jahrhunderts zurückgingen.

Hester dagegen schien die Zusammenstellung ihres Kostüms immensen Spaß gemacht zu haben. Über ihrem weiten Reifrock trug sie ein Kleid aus lila Satin mit einem goldbestickten Mieder und einem gestärkten Spitzenkragen, der bestimmt fürchterlich unbequem war. Ihr üppiges weißes Haar hatte sie hochgesteckt und mit künstlichen Rosen und einer Kette aus echten Amethysten geschmückt. Als sie Sarah die Hände entgegenstreckte, blitzten unzählige Ringe an ihren Fingern.

»Unsere frischgebackene Mutter! Wie hübsch Sie aussehen, Sarah! Haben Sie den Kleinen mitgebracht?«

»Nein, Davy ist für Erwachsenenpartys noch ein bißchen zu klein. Er ist bei seiner Tante und seiner Großmutter in Ireson's Landing.«

»Und wird zweifellos nach Strich und Faden verwöhnt. Aber es geht ihm gut?«

»Soweit ich weiß, ja.«

»Wann haben Sie denn zuletzt nachgefragt?«

»Vor etwa fünfzehn Minuten«, gestand Sarah. »Max zieht mich immer damit auf, daß ich mich wie eine Glucke benehme, aber wenn ich mal nicht anrufe, erinnert er mich sofort daran.«

»Beim nächsten Kind ist alles nur noch halb so wild«, versicherte Hester. »Und es macht Ihnen nichts aus, das ganze Jahr über in Ireson's Landing zu leben? Vermissen Sie denn Boston überhaupt nicht?«

»Kein bißchen. Wir fühlen uns in unserem neuen Haus rundum wohl und finden es wunderschön, so nah am Meer zu leben. Außerdem wohnt die Familie von Max nur einen Katzensprung entfernt. Max ist an der North Shore aufgewachsen, wissen Sie, und ich habe dort so viele Sommer verbracht, daß wir uns vom ersten Tag an wie zu Hause gefühlt haben. Außerdem haben wir ja auch noch das Haus auf dem Beacon Hill, in dem jetzt mein Vetter Brooks und seine Frau leben. Wir haben im oberen Stock zwei Zimmer für uns reserviert, falls wir mal Lust haben, Stadtluft zu schnuppern.«

»Klingt wie ein ideales Arrangement. Bodie, wie nett, dich zu sehen. Bist du den ganzen Weg von Wenham bis hierher selbst gefahren? Darf ich vorstellen, Drusilla Gaheris. Kennst du Bodies Nichte Sarah Bittersohn schon, Drusilla? Sie ist die Tochter von Walter Kelling.«

»Dann müssen Sie Lionels Cousine sein«, sagte Mrs. Gaheris. »Freut mich, Sie kennenzulernen, Sarah. Lionel ist mit meiner Nichte Vare verheiratet.«

»Ja, natürlich. Ich erinnere mich, daß Vare eine Tante erwähnt hat, die im Ausland lebt.«

»Richtig. Mein Mann war im diplomatischen Dienst tätig. Er ist voriges Jahr in der Schweiz gestorben, und ich hatte keine Lust, allein dort zu bleiben. Sie können sich gar nicht vorstellen, wie schön es ist, wieder mit alten Freunden und Bekannten zusammenzusein und so viele neue Bekanntschaften zu machen. Leider habe ich Vares und Loristas Hochzeit und unzählige andere Familienfeiern verpaßt. Aber ich kannte Lionel und Dorkie, als sie noch klein waren. Sie sind beide sehr nett, finden Sie nicht?«

Die Morris-Tänzer hüpften und stampften immer noch in perfekter Harmonie und zeigten keinerlei Anzeichen von Erschöpfung. Mit ihren Schellenbändern boten sie einen lustigen Anblick, auch wenn sie noch so grimmig schauten. Sie waren eben echte Yankees und hatten beschlossen, sich auf Teufel komm raus zu amüsieren, selbst wenn es sie umbringen sollte. Selbst die kakophonische Untermalung von Loristas Spielleuten klang hier draußen weniger schlimm. Dorfmusikanten im sechzehnten und siebzehnten Jahrhundert waren sicher auch nicht besser gewesen, dachte Sarah.

Doch schon bald darauf riß Lorista ihre Flöte hoch in die Luft und schlug sie mit einer heftigen Bewegung nach unten, wobei sie um Haaresbreite das Englischhorn verfehlte. Musiker und Tänzer verbeugten sich. Die Zuschauer klatschten. Pagen erschienen mit frisch gefüllten Zinnkrügen. Lionel steckte seine beiden Stäbe in den Gürtel seines Wamses und gesellte sich zu den vier Frauen.

»Hallo, Tante Bodie, Tante Drusilla. Schön, Sie zu sehen, Mrs. Tolbathy. Wo ist Max, Sarah?«

»Keine Ahnung.«

»Ungh. Habt ihr Mutter irgendwo gesehen?«

»Appie war vor kurzem noch bei uns«, sagte Boadicea. »Wahrscheinlich ist sie ins Pavillonzelt gegangen. Ich möchte dir zu deinen Tanzkünsten gratulieren, Lionel. Der Morris Dance geht auf eine uralte Tradition zurück, nicht wahr?«

»Kommt ganz darauf an, was man unter uralt versteht«, lautete die herablassende Antwort.

»Mich beispielsweise«, sagte Hester Tolbathy. »Und wenn ich nicht schleunigst ein Plätzchen zum Hinsetzen finde, werden mich meine Füße noch umbringen.«

»Wie wäre es mit der Bank drüben unter dem Baum?« schlug Sarah vor.

»Die sieht ganz so aus, als wären sämtliche Vögel schon dort gewesen«, protestierte Mrs. Gaheris. »Gibt es denn nichts, was etwas sauberer und weicher ist?«

»Wir könnten ins Zelt gehen«, sagte Hester.

»Oder rauf zur Wagenhalle«, sagte Boadicea. »Ich muß gestehen, daß ich mich immer heimlich davonmache, wenn ich vom

Feiern hier genug habe, und mich in einen von Bills Rolls Royce setze.«

Drusilla Gaheris zog ihre Augenbrauen so hoch, wie es ihr gestärkter Kragen erlaubte. »Ich weiß, daß sowohl Abigail als auch Bill einen eigenen Rolls Royce besitzen. Jetzt sagt bloß, die beiden haben noch mehr davon?«

»Insgesamt neun, glaube ich.«

»Nein, zehn«, korrigierte Hester Tolbathy. »Bill hat Abigail letztes Jahr zu Weihnachten einen 1927er Silver Cloud geschenkt. Es sind alles Oldtimer, Drusilla. Der Himmel weiß, was sie inzwischen wert sind.«

»Oh, aber Drusilla soll nicht denken, daß Bill einfach loszieht und sein ganzes Geld dafür aus dem Fenster wirft«, rief Boadicea. »Angefangen hat nämlich alles damit, daß Bills Großvater, ich glaube, es war 1908, eines der alten Modelle gekauft hat. Danach wurden die Wagen natürlich immer besser, also kaufte er sich 1916 noch einen. Bills Vater bekam seinen 1924 zum bestandenen Harvard-Examen, und seine Schwester Eglantine bekam ihren als Hochzeitsgeschenk.«

»Und dann kam die Depression und die Leute verkauften ihre Wagen für einen Spottpreis«, fuhr Hester fort. »Also haben die Billingsgates sich noch ein paar zugelegt, damit Bill und sein Bruder Ralph auch einen fahrbaren Untersatz hatten, wenn sie alt genug waren. Natürlich bringt man einen alten Rolls nicht auf den Schrottplatz, und sie in Zahlung zu geben wäre auch vulgär, also sammelten sich einfach im Lauf der Zeit immer mehr Wagen an. Nach einer Weile wurden die Rolls Royce so etwas wie eine Familientradition. Bills Eltern schenkten Bill und Abigail einen 1945er Sedana de ville für die Flitterwochen, und so ging es immer weiter. Wenn Bill heute irgendwo einen alten Royce sieht, der zu einem günstigen Preis angeboten wird, kauft er ihn und stellt ihn zu den anderen.«

»Wirklich ein faszinierendes Hobby«, sagte Mrs. Gaheris. »Funktionieren sie denn alle noch?«

»Und ob«, versicherte Hester. »Höchstwahrscheinlich wird

man dich zu einer Rallye schleppen, sobald du dich halbwegs vom Feiern erholt hast. Normalerweise gehen wir immer in einer Gruppe: Tom und ich, die Dorks und die Whets und deren zahlreiche Sprößlinge mit ihren Frauen. Oder Männern, je nachdem. Und natürlich Bill und Abigail, wie ich nicht eigens zu erwähnen brauche. Ich nehme an, du wirst den New Phantom fahren dürfen.«

»Ich? Ich hätte viel zuviel Angst, ihn anzurühren.«

»Als hättest du je vor etwas Angst gehabt! Weißt du noch, wie wir uns immer in deinen Chevy Roadster mit dem Klappsitz gequetscht haben und kreischend um die Ecken gekurvt sind wie ein Haufen Zelda Fitzgeralds? Das waren noch Zeiten – nur gut, daß sie vorbei sind. Nun komm schon, Drusilla, laß uns zu den Autos gehen.«

Doch dies war leider nicht möglich. Sarah überlegte, ob sie den Damen sagen sollte, daß die Wagenhalle heute für Besucher geschlossen war. Es machte ihr zwar nicht sonderlich viel aus, Tante Bodie den Weg umsonst machen zu lassen, doch es wäre schade, wenn Hester Tolbathy ihren Reifrock für nichts und wieder nichts dorthin schleppte.

Glücklicherweise löste sich das Problem von selbst. Zwei Musiker, die jetzt Blasinstrumente trugen, die fast einen Meter lang waren, und dazu Heroldsröcke, die mit einem Wappen verziert waren, das höchstwahrscheinlich den Billingsgates gehörte, Biene im Flug auf einer mit Bienenkörben bestreuten Grundfläche, marschierten zum großen Pavillon und begannen, einen Höllenlärm zu machen. Das Bankett war eröffnet.

Es war in der Tat ein denkwürdiges Festmahl. Gäste bei Renaissance-Festen hatten anscheinend über einen gesegneten Appetit verfügt, wenn sich ihnen eine Gelegenheit zum Schmausen geboten hatte, und die Billingsgates schienen nicht vorzuhaben, mit dieser Tradition zu brechen. Selbst Max war beeindruckt.

»Meine Güte, das sieht ja aus wie bei einer Bar Mizwa in Newton. Was ist das überhaupt alles?«

Einige Rezepte waren frei erfunden, um auch dem modernen Geschmack Genüge zu tun, bei anderen hatte man die Zutaten verständlicherweise etwas freier gehandhabt. Beispielsweise waren die gebratenen Pfauen nur mit Pfauenfedern garnierte Truthähne, und die Schwäne waren in Wirklichkeit Gänse. Das Chateaubriand, die bardierten Kapaunen und die mit Kräutern gefüllten Schallern waren jedoch absolut authentisch. Dasselbe galt wohl auch für die riesige, mit einer haferschleimartigen Masse gefüllte Silberschüssel, die mitten auf dem vollbeladenen Buffet prangte. Selbst Sarah hatte keine Ahnung, um was es sich dabei handeln konnte.

»Frumenty«, erklärte Marcia Whet, die zufällig neben ihnen stand. »Eine Grütze aus Weizen, Milch, Rosinen, Eidotter und Zucker. Abigail macht jedes Jahr Frumenty, weil sie der Meinung ist, daß es einfach dazugehört. Aber sie erwartet nicht, daß wir es essen. Nehmen Sie anstandshalber einen halben Löffel von dem Zeug und lassen es dann einfach unangerührt auf dem Teller liegen. So mache ich es jedenfalls immer.«

Noch während sie sprach, schaufelte Marcia eine auffallend großzügige Portion Frumenty auf ihren Teller, ohne daß sie es zu bemerken schien. Max beschloß zunächst, die Weizengrütze auszulassen, doch schließlich nahm auch er achselzuckend einen Klacks davon für sich und Sarah.

»*Ess, ess, mein Kind*. Wahrscheinlich ist es äußerst gesund.«

»Irgend etwas muß ja dran sein. Guten Appetit, Liebling. Ich mische mich noch ein wenig unter die Gäste.«

Sarah begab sich mit ihrem Teller an einen der langen Tische und setzte sich. Es gab keine Speisekarte, wahrscheinlich weil die Damen und Herren der damaligen Zeit nicht alle in der Lage gewesen wären, sie zu lesen. Jedenfalls lag an jedem Platz Besteck, auch wenn es sich bei den Gabeln wahrscheinlich um Anachronismen handelte. Der Adel hatte sie nämlich erst irgendwann im siebzehnten Jahrhundert eingeführt, und selbst da hielt man ihren Gebrauch noch für albern und affektiert.

Sarah wußte dies alles, weil Professor Ufford es ihr erzählt hatte. Ursprünglich hatte sie sich neben Tom Tolbathy gesetzt. Sie mochte ihn sehr und hoffte, daß sie sich nett mit ihm unterhalten und ein wenig mehr über die einzelnen Gäste erfahren konnte. Tom hätte genau dies liebend gern getan, doch dann hatte sich Ufford ausgerechnet auf den leeren Platz rechts neben sie gestürzt. Seitdem hatten weder sie noch Tom auch nur ein einziges Wort miteinander gewechselt. Auch Buck Tolbathy und Dork Junior, ihre Nachbarn auf der gegenüberliegenden Tischseite, waren keine Hilfe. Sie unterhielten sich angeregt im Flüsterton über die Feinheiten des Morris Dancing und schaufelten dabei Weizengrütze in sich hinein, als würde es ihnen tatsächlich schmecken.

Wahrscheinlich war es nicht weiter schlimm, daß es diesmal mit dem Gespräch nicht geklappt hatte. Marcia Whet und Hester Tolbathy saßen nämlich am Nebentisch und hatten Max in ihre Mitte genommen. Die drei schienen sich prächtig zu amüsieren. Höchstwahrscheinlich erhielt Max jede Menge Informationen von ihnen. Sarah versuchte, die langweilige Stimme des Professors auszublenden und sich auf das Essen und die angenehme Renaissancemusik zu konzentrieren, die der Radiosender XBIL übertrug. Sie mußte unbedingt möglichst bald eine Entschuldigung finden, um den Platz zu wechseln.

Das war sicher gar nicht so schwierig, denn viele Gäste wanderten zwischen den Tischen hin und her. Obwohl unzählige unermüdliche Pagen und Schankmägde mit Tabletts und Tellern unterwegs waren und Melisande Purbodys fünf Afghanen zwischen den Binsen, mit denen der Boden des Pavillons ausgelegt war, nach Futter suchten, bedienten sich die meisten Gäste selbst. Man stand auf, die Serviette noch um den Hals, und begab sich mit Teller und Besteck zum Buffet, um sich dort mit einer neuen Portion Pfauenbraten und Weizengrütze einzudecken, und sodann auf den nächsten freien Stuhl neben einen anderen Gast fallen zu lassen, mit dem man bisher noch nicht gefeiert hatte.

Eigentlich hätten die Gäste längst satt sein müssen, doch Sarah stellte zu ihrer Verwunderung fest, daß der Andrang am Buffet keineswegs nachließ. Inzwischen war es im Zelt einladender als draußen auf dem Rasen. Wie so oft an einem Maitag in Massachusetts war ein kalter Ostwind aufgekommen. Der Himmel, der noch vor einer Stunde so azurblau oder vielleicht auch kornblumenblau gestrahlt hatte, war jetzt mit dunklen grauen Wolken bedeckt, die einen Regenschauer erwarten ließen.

Sarah war mit ihrem Seidenkleid und der schweren Brokathouppelande recht gut für den Witterungsumschwung gewappnet, doch Abigail schickte mehrere Mägde, die zufällig auch ihre Enkelinnen waren, ins Haus, um Capes und Mäntel für diejenigen zu holen, die zu dünn angezogen waren. Appolonia Kelling, die hinter Dork Junior saß, nahm gerade mit lauten Entzückensbekundungen einen Schal in Empfang.

»Genau das richtige für meine armen alten Knochen. Bodie sollte auch einen bekommen. Sie kriegt immer Probleme mit ihrem Rheuma, wenn ihr kalt wird.«

»Ich kümmere mich darum«, hörte Sarah einen der jungen Purbodys sagen. »Wo ist sie denn?«

»Mal überlegen. Da drüben – nein, das ist Heinrich der Achte. Oder der Siebte? Egal, jedenfalls ist es nicht Bodie.«

Appie begann, nervös zwischen den Tischen umherzugehen und ihre Kellingnase nach links und rechts zu drehen wie ein verwirrter Wetterhahn. »Ich kann sie nicht finden. Wie merkwürdig. Sarah, hast du Bodie gesehen?«

Sie würde erst wieder Ruhe geben, wenn ihre Nichte die Frage beantwortet hatte. Sarah murmelte daher eine hastige Entschuldigung in Richtung Tom Tolbathy, der gerade mit einem leicht belustigten Gesichtsausdruck einer Extraportion Grütze zusprach. »Ich bin gleich bei dir, Tante Appie.«

Sarah ließ ebenfalls ihre Blicke über die Tische schweifen, doch Boadicea Kellings abgeklärtes Gesicht war nirgendwo zu sehen. »Tut mir leid, Tante Appie. Tante Bodie erwähnte, daß sie sich beim Bankett zurückhalten wollte, wie du dich vielleicht erinnerst. Wahrscheinlich macht sie gerade ihren Gewaltmarsch um die Kleefelder oder etwas in der Art. Gib mir einfach den Schal und iß fertig. Ich gehe sie suchen.«

Als sie am Buffet vorbeikam, bemerkte sie zu ihrer Verwunderung, daß die Schüssel mit Frumenty komplett leer war. Dann sah sie, wie Professor Ufford mit einem überaus interessierten Lächeln auf sie zusteuerte. Kurz entschlossen warf sie ihre Schleppe herum und eilte schnurstracks zu Max.

»Tut mir leid, daß ich eure harmonische Runde stören muß, Schatz, aber könntest du bitte mitkommen und mir helfen, Tante Bodie zu suchen? Sie muß hier irgendwo auf dem Anwesen sein, und Tante Appie befürchtet, daß sie sich ohne Schal verkühlen könnte.«

»Aber sicher doch. Bis später, meine Damen.«

Max kletterte über die Bank, griff nach dem Arm seiner Frau und überließ Hester und Marcia sich selbst. Sie würden sich todsicher darüber unterhalten, was für ein charmanter junger Mann er doch war, und Professor Ufford würde nichts anderes übrigbleiben, als Trost bei den Afghanen zu suchen.

Kapitel 3

»Warum hast du es eigentlich so eilig, deine Tante zu finden?« wollte Max wissen, als sie den Pavillon verlassen hatten.

»Das weiß ich selbst nicht genau«, meinte Sarah. »Bevor wir ins Zelt gingen, hat Tante Bodie nur erwähnt, daß sie sich in einen der Rolls Royce setzen wollte. Sie hat eine Schwäche für antike Autos. Soweit ich weiß, fährt sie immer noch den graubeigen Daimler, den ihre Mutter 1946 gekauft hat.«

»Und?«

»Ich hoffe nur, daß sie sich nicht mit dem Menschen angelegt hat, der auf die Autos der Billingsgates aufpaßt, das ist alles. Tante Bodie kann ganz schön unangenehm werden, wenn man versucht, sie von etwas abzuhalten, das sie sich in den Kopf gesetzt hat. Wo ist die Wagenhalle?«

»Ich glaube, in diese Richtung.«

Sie wählten einen malerischen, aber ziemlich feuchten Weg durch ein etwas tiefer gelegenes kleines Wäldchen, das sich rechts von der Terrasse befand, und überquerten eine merkwürdige Steinbrücke, die über einen kleinen Teich führte, der wahrscheinlich den Fischteich des Schlosses darstellen sollte.

»Die ganze Atmosphäre hier erinnert unglaublich an Horace Walpole, findest du nicht?« meinte Sarah. »Fehlt nur noch die farnbewachsene Grotte.«

»Mit einer Grotte kann ich euch nicht dienen, bezaubernde Dame«, antwortete Max, »wohl aber mit einer Remise jenseits des Hügels dort drüben.«

»Wer hätte das gedacht.«

Sarahs rosa Pantoffeln waren für Hügelbesteigungen nicht sonderlich gut geeignet. Daher war sie froh, daß Max ihr seine Hand reichte, als sie den Hang mit der sorgsam gemähten Rasenfläche auf der anderen Seite der Brücke in Angriff nahmen. »Meine Güte, wie bekommen die bloß ihre Autos auf die Straße?«

»Das wirst du gleich sehen. Erinnerst du dich noch, wie wir auf den großen kiesbedeckten Wendeplatz hinter dem Haus gefahren sind?«

»Wo du den Wagen geparkt hast? Ja, ich erinnere mich. Danach mußten wir durch diesen endlosen Gang und kamen schließlich an der Zugbrücke wieder heraus.«

»Genau. Abigail hat mir erzählt, daß Bills Großvater nicht wollte, daß Kutschen und Automobile bis vors Haus fuhren, weil er dachte, das Fallgitter käme durch sie nicht richtig zur Geltung. Ziemlich unpraktisch, aber es gibt noch eine Auffahrt, die vom Wendeplatz zur Wagenhalle führt, die sich hinter der Mauer hier befindet.«

Die Mauer aus groben Granitsteinen war etwa zwei Meter hoch und wurde von imposanten Eisenspitzen gekrönt. Als sie näher kamen, konnte Sarah die sorgsam geharkte Kiesauffahrt sehen. Sie schlängelte sich zwischen einigen großen Tannen hindurch, die den Blick auf das Haus verdeckten, und führte schließlich zu einem zweiflügeligen Eisentor, das in die Mauer eingelassen und mit einem mächtigen Vorhängeschloß gesichert war. Daneben stand ein hübsches kleines Wachhäuschen mit spitzem, rotem Dach. Durch das Tor konnte Sarah einen großzügig angelegten kiesbedeckten Platz und ein großes, zweckmäßig wirkendes einstöckiges Gebäude aus höchst unromantischen Zementblöcken sehen. Man hatte anscheinend vergeblich versucht, sie aufzurauhen, um ihnen das Aussehen von Steinen zu geben. Wie das Tor schien auch das Gebäude verschlossen zu sein.

»Keine Spur von Tante Bodie«, sagte Sarah.

»Der Wächter ist auch nirgends zu sehen.« Max war nicht sehr glücklich über diese Entdeckung. »Er hätte uns eigentlich bereits stoppen und zur Rede stellen müssen.«

»Vielleicht ist er schnell etwas essen gegangen?«

»Kann ich mir schlecht vorstellen. Er hatte um zwölf Mittagspause und um drei Kaffeepause. Seine nächste Pause ist erst um sechs. Ein Page kommt stündlich her und sieht nach, ob der Mann vielleicht kurz abgelöst werden muß, und bleibt hier, bis er wieder zurück ist. Bill hat strikte Order gegeben, das Tor keine Minute lang unbewacht zu lassen. Außerdem gehört Rufus, so heißt der Wächter, mit zum Programm. Er ist wie ein Bauer aus dem Mittelalter gekleidet und trägt einen *Totschläger*.«

»Ist das eine Art Keule?«

»So ungefähr. Es ist ein Stock mit einer Eisenkugel, die mit einer kurzen Kette an der Stockspitze befestigt ist. Die Waffe diente dem Zweck, Löcher in die Rüstung des Gegners zu schlagen. Früher gab es unzählige Varianten, die man spaßeshalber als Weihrauchschwenker bezeichnete. Diese Ritter waren manchmal ganz schön witzig. Eine Variante mit einer Stachelkugel nannten sie beispielsweise *Morgenstern*. Wie genau der *Totschläger* von Rufus aussieht, weiß ich nicht, aber das ist ja auch egal. Diese ganze Renaissance-Feier ist genauso echt wie ein Cranach auf einer Spanplatte, wie du sicher schon gemerkt hast.«

»Dann soll Rufus also niemanden totschlagen.«

»Wo denkst du hin! Die Waffe soll ihm nur dabei helfen, bestimmte Gäste zu beeindrucken, die allzu hartnäckig darauf bestehen, in die Wagenhalle gelassen zu werden. Bill will auf keinen Fall, daß jemand hineingeht, weil alle seine Sammlung kennen und sofort sehen würden, daß der Phantom fehlt.«

»Kann er nicht einfach behaupten, der Phantom nähme gerade an einer Rallye teil oder so?«

»Bill und lügen? Du machst wohl Witze!« Max griff nach dem Vorhängeschloß und donnerte damit gegen das Tor. Nichts rührte sich.

»Sarah, das gefällt mir ganz und gar nicht. Bist du so lieb und läufst zurück zum Zelt und holst Bill? Am besten gehst du über die Auffahrt, das ist kürzer. Verhalte dich ganz normal und versuche, unter vier Augen mit Bill zu sprechen. Sag ihm, wir hätten das Tor unbewacht gefunden und hielten es für besser, ihn darüber zu informieren.«

»Ja, natürlich.«

Sarah raffte ihre Schleppe zusammen und eilte von dannen. Während sie über das Gras am Wegrand ging, betrachtete sie nachdenklich den Kies. Innerhalb des Zauns war der Kies makellos glatt geharkt. Wenn Rufus in die Wagenhalle gegangen war, mußte er auf dem schmalen Grasstreifen gegangen sein, der den Wendeplatz umgab. Der Kies vor dem Tor sah an einigen Stellen weit weniger ordentlich aus. Wahrscheinlich war der Wächter dort auf und ab gegangen oder die Gäste hatten sich hier aufgestellt, um einen besseren Blick auf Rufus und seinen Totschläger werfen zu können.

Tante Bodie mußte zu den letzten Besuchern gehört haben, wenn sie ihren Plan, sich in einen Rolls Royce zu setzen, tatsächlich weiterverfolgt hatte. Wovon Sarah ausging, denn Boadicea Kelling pflegte ihre Ankündigungen stets in die Tat umzusetzen. Hatte sie Rufus gezwungen, sie trotz des ausdrücklichen Verbots von Mr. Billingsgate in die Wagenhalle zu lassen, und ihn dann fortgeschleift, damit er seinem Chef sein Vergehen beichten konnte? Es war ihr durchaus zuzutrauen.

Oder hatte sie den armen Mann so sehr aus der Fassung gebracht, daß er sie mit dem *Totschläger* verfolgt hatte? Sarah fand die Vorstellung eines mittelalterlichen Bauern, der Tante Bodie in die Flucht schlug, ziemlich angenehm, selbst wenn es sich um einen unechten Bauern handelte.

Aber so war es sicher nicht gewesen. Tante Bodie wäre nicht in die Bienenfelder gerannt, sie hätte eine Kehrtwendung um 180 Grad gemacht und wäre zurück zum Zelt marschiert. Dort hätte sie dem ersten Billingsgate, der ihr über den Weg lief, einen detaillierten Bericht über den bedauernswerten Zwischenfall gegeben, höflich aber nachhaltig darum gebeten, diesen Unsinn sofort zu unterbinden, und daraufhin wahrscheinlich tatsächlich doch noch die Erlaubnis erhalten, die Wagenhalle zu betreten.

Vielleicht machte sie aber auch nur einen ihrer Mammutspaziergänge. Man konnte nur hoffen, daß sie so lange weiterspazierte, bis das, was offensichtlich mit der Wagenhalle nicht stimmte, geklärt war. Sarah beschleunigte ihre Schritte, fand die Tür, die in den langen Gang führte, und hatte das Glück, sofort auf Mrs. Billingsgate zu treffen, die gerade ins Haus zurückging, um noch mehr Schals zu holen.

»Oh, Abigail, was bin ich froh, Sie zu sehen. Könnten Sie bitte Max und mir einen Riesengefallen tun?«

»Natürlich, Sarah. Was ist denn los? Doch hoffentlich nichts mit dem Baby?«

»Nein, etwas ganz anderes. Wir möchten nur, daß Bill möglichst bald zur Wagenhalle kommt. Sie können ihm das sicher viel unauffälliger mitteilen als ich. Würden Sie das für uns tun?«

»Natürlich. Aber warum ist es denn so eilig? Stimmt irgend etwas nicht?«

»Das wissen wir noch nicht. Wir wollten nur nachschauen. Das Tor und die Wagenhalle sind zwar verschlossen, aber Ihr Wächter ist nirgends zu sehen.«

»Das wundert mich aber. Bill hat Rufus strikte Anweisung gegeben, dort zu bleiben, bis er abgelöst wird.«

»Ja, das hat er Max auch erzählt. Genau aus diesem Grund sind wir ja so besorgt. Max hält im Moment Wache.«

»Am besten gehen Sie zurück zu Max, und ich schicke Bill hinterher, sobald ich ihn loseisen kann. O je, ich habe Ethelyn Frome versprochen, ihr möglichst schnell etwas Warmes zu bringen. Wie ärgerlich.«

»Hier, nehmen Sie den hier.« Sarah stellte zu ihrer Verwunderung fest, daß sie immer noch den Schal in der Hand hielt, den Appolonia Kelling ihr mitgegeben hatte. »Er war eigentlich für Tante Bodie gedacht, aber ich kann sie nicht finden. Ich dachte, sie sei vielleicht oben bei der Wagenhalle und hätte sich mit dem Wächter angelegt.«

»Wundert mich, daß sie nicht da war«, sagte Abigail. »Das würde gut zu Bodie passen. So war sie immer schon. Wir kennen uns seit einer Ewigkeit, wir waren nämlich im selben Internat, wissen Sie. Drusilla übrigens auch. Aber das ist wohl kaum die richtige Zeit für Schulmädchenerinnerungen. Ich hole Bill.«

Sie nahm den Schal und eilte von dannen, eine dralle kleine Frau, die ziemlich an die Frau aus Bath in Chaucers *Canterbury-*

Geschichten erinnerte. Sie trug ein leuchtend blaues Kleid mit einem üppigen Reifrock, der gerade lang genug war, daß man die scharlachroten Strümpfe mit den passenden Strumpfbändern und die handgefertigten Schuhe aus weichem braunen Leder noch sehen konnte. Ihr Halstuch war aus schwerem weißen Leinen, wahrscheinlich eine der altmodischen Riesenservietten, die dereinst selbst an neun Gänge gewöhnte edwardianische Schmerbäuche mühelos bedecken konnten, dachte Sarah. Abigail hatte einen Schleier aus weißem Batist um ihr Gesicht drapiert und mit einer schwarzen Kopfbedeckung aus Filz kombiniert, die an eine kleine Tartsche erinnerte, aber durchaus ausreichte, um ihre Nase vor der Sonne zu schützen. Wahrscheinlich trug sie ihren Hut genau aus diesem Grund, denn ihr Gesicht war auffallend gerötet.

Sarah machte sich einen Moment lang Sorgen um den Blutdruck ihrer Gastgeberin, verwarf den Gedanken dann jedoch wieder. Sie hatte Max zwar erst vor drei Minuten verlassen, doch die Vorstellung, daß er mutterseelenallein dort oben war, behagte ihr nicht. Es war nicht leicht, mit den vielen Metern Brokat den Hügel hochzuhasten, doch das letzte Stück bis zum Tor rannte sie sogar.

Das Wachhäuschen stand im Schatten einer riesigen Kastanie, die momentan ein einziges grünes Blättermeer mit schlanken weißen Kerzen war. Max stand unter dem Baum und starrte hinauf ins Laub. Er sah aus, als würde er seinen Augen nicht trauen.

»Max, was ist passiert?« keuchte Sarah. »Was ist da oben?«

»Schau lieber nicht hin.«

»Warum nicht?« Sarah schaute natürlich trotzdem hoch. »Ich sehe gar nichts, das Laub ist so dicht. Moment, da ist doch was – Liebling, sind das etwa Füße?«

Max ignorierte die Frage und sagte nur: »Hast du mit Bill gesprochen?«

»Ich habe Abigail getroffen. Sie schickt ihn her. Max, beantworte sofort meine Frage.«

»Schon gut, es sind tatsächlich Füße«, gab er zu. »Und zwar die von Rufus.«

»Was macht er denn da oben?«

»Baumeln. Du kannst es nicht sehen, weil du nicht groß genug bist, aber an dem Ast über deinem Kopf ist ein Seil befestigt. Jemand hat es um den Stamm gewickelt.«

»Und am anderen Ende hängt Rufus«, vervollständigte Sarah seinen Satz.

Max zuckte mit den Achseln. »Wo sonst?«

»Sollten wir ihn dann nicht abschneiden?«

»Nein, auf gar keinen Fall. Wir können nichts mehr für ihn tun. Ich bin schon hochgeklettert und habe nachgeschaut. Dabei habe ich wahrscheinlich sämtliche Spuren zerstört, auch wenn ich mich noch so bemüht habe, vorsichtig zu sein. Vermutlich war er bereits tot oder zumindest bewußtlos, als man ihn hochgezogen hat.«

»Max, das ist ja furchtbar!« stöhnte Sarah. »Woher weißt du das?«

»Weil das Laub völlig unbeschädigt ist. Normalerweise stirbt man nicht sofort, wenn man erhängt wird. Daher war diese Art der Hinrichtung in der sogenannten guten alten Zeit auch bei den sensationslüsternen Massen so beliebt. Manchmal mußten die armen Teufel minutenlang mit dem Tod kämpfen, bevor sie endlich erlöst wurden.«

»Stimmt, darüber habe ich auch schon gelesen.« Momentan bereitete ihr die Erinnerung an diese Lektüre jedoch wenig Freude. »Der Henker mußte sich an ihre Füße hängen, damit die Qual ein Ende hatte. Das sind ziemlich schwere Stiefel, nicht?«

»Richtig, und Rufus war alles andere als ein Schwächling von siebenundneunzig Pfund. Er hätte sicher um sich geschlagen und getreten, nach den Ästen gegriffen und um sein Leben gekämpft. Doch seine Hände weisen keinerlei Abschürfungen oder Flecken auf, seine Kleidung ist weder zerrissen noch verschmutzt, und seine Stiefel sehen aus, als hätte er sie gerade frisch geputzt und geölt.«

»Aber warum bringt man jemanden um, wenn man ihn ohnehin aufhängen will?«

»Weil es eine Heidenarbeit gewesen wäre, einen kräftigen Mann, der sich wehrt, hochzuziehen. Der Boden wäre bestimmt mit Laub und Rinde bedeckt, und überall wären Zweige und Äste abgeknickt«, erklärte Max.

»Stimmt. Das hätte ich eigentlich wissen müssen. Dann hängt er also nur dort oben, damit ihn niemand sieht. Findest du nicht auch, daß es aussieht, als hätte jemand das alles genau geplant? Wie bist du denn überhaupt auf die Idee gekommen, in den Baum zu schauen?«

Max zuckte mit den Achseln. »Ein uralter Trick. Wenn man etwas verschwinden lassen will, sollte man es möglichst hoch verstecken. Die meisten Menschen, die etwas suchen, schauen nicht nach oben.«

»Deshalb hast du es natürlich erst recht getan. Hebst du mich mal hoch, Schatz? Ich würde gern sehen, wie das Seil befestigt ist.«

»Mit Vergnügen.«

Max faßte Sarah um die Taille und hob sie hoch. Sie schlang einen Arm um seine Schulter, um mehr Halt zu haben, und betrachtete den todbringenden Strang.

Das Seil schien ziemlich neu zu sein und war für diesen Zweck hervorragend geeignet. Die dunkelbraune Farbe hob sich kaum vom Baumstamm ab und fiel nur einem scharfen Beobachter wie Max auf. Das Seil war dünn, wirkte jedoch sehr stabil und erinnerte Sarah irgendwie an Cousin Lionel.

»Max, ich wette, das ist ein Bergsteigerseil. Cousin Lionel hat so eins. Er benutzt es immer beim Survivaltraining. Der Knoten ist übrigens ein Schifferknoten.«

»Was bedeutet das?«

»Das ist ein besonders fester Knoten. Man braucht ihn normalerweise, um Boote festzumachen. Er wird immer enger, je stärker man daran zieht«, informierte ihn Sarah.

»Woraus wir schließen können, daß die Person, die den armen Wächter hier aufgeknüpft hat, Berge besteigt und Boote vertäut«, erwiderte er.

»Womit wir wieder bei Cousin Lionel wären. Ich finde das übrigens nicht sehr lustig, Liebling. Setz mich bitte wieder ab, ich glaube, da kommt Bill.«

»Du bist auch immer beleidigt.«

Max gab ihr einen Kuß unter den Hennin und setzte sie rechtzeitig ab, um auf ihren herannahenden Auftraggeber keinen unprofessionellen Eindruck zu machen.

»Was ist passiert, Max? Abigail sagt, Sie könnten Rufus nicht finden?«

»Wir haben ihn inzwischen gefunden, Bill. Aber machen Sie sich auf eine unangenehme Nachricht gefaßt.«

»Gütiger Herrgott, er ist doch nicht etwa schwer verletzt?«

»Leider ist es noch schlimmer.«

Nehemiah Billingsgate starrte ihn an und schüttelte ungläubig den Kopf. »Das glaube ich nicht. Wo ist er denn?«

»Da oben.«

»Oben im Baum? Max, das ist doch absurd. Ich sehe nichts als Blätter.«

»Halten Sie Ausschau nach Stiefelsohlen.«

Bill hatte sich als Mönch verkleidet, entweder aus religiösen Gründen oder weil das Kostüm für einen älteren, leicht übergewichtigen Mann, der wußte, daß er den Großteil des Tages auf den Beinen sein würde, angenehm weit und bequem war. Als er die Stiefel entdeckte, wurde sein Gesicht noch grauer als seine Kutte.

»O mein Gott«, flüsterte er. »Was hat Rufe denn bloß dazu bewogen, so etwas Furchtbares zu tun?«

»Ich glaube nicht, daß Rufus selbst etwas damit zu tun hatte«, sagte Max. »Ich bin vorhin hochgeklettert und habe nachgeschaut. Sein Hals steckt in einer Schlinge, und ich bin ziemlich sicher, daß jemand sie ihm gegen seinen Willen umgelegt hat.«

»Aber das ist doch nicht möglich! Warum sollte jemand so etwas tun?«

»Ihn umbringen, meinen Sie? Das weiß ich auch noch nicht. Wahrscheinlich wollte der Mörder nicht, daß man die Leiche allzu schnell findet, und hat sie deshalb oben im Baum versteckt. Oder er wollte Zeit für seine Flucht gewinnen. Rufe gehörte schließlich zum Programm. Das bedeutet, daß seit Beginn der Festes ständig Gäste hergeschlendert sind, um ihn sich anzusehen, nicht wahr?«

»Richtig. Mehrere Leute haben mich schon darauf angesprochen und gesagt, wie lustig sie ihn fanden.« Bill brachte das Wort »lustig« kaum über die Lippen.

»Dann hat man ihn wahrscheinlich während des Banketts umgebracht, weil die meisten Gäste zu diesem Zeitpunkt im Pavillon waren. Doch es bestand immer noch die Möglichkeit, daß zufällig jemand vorbeikam, daher mußte der Mörder sich beeilen. Wenn er die Leiche am Wachhäuschen zurückgelassen hätte, wäre sie zu schnell entdeckt worden. Sie wegzuschleppen und zu verstecken, hätte andererseits zu viel Zeit gekostet. Den leblosen Körper an ein Seil zu hängen und hochzuziehen, dauerte dagegen nur ein paar Sekunden.«

»Aber nur, wenn das Seil schon vorbereitet war.« Bills Kopf war immer noch klar genug, um logische Schlüsse zu ziehen.

»Richtig«, stimmte Max zu. »Davon müssen wir leider ausgehen.«

Bill schüttelte den Kopf mit der falschen Tonsur, die alle genauso lustig gefunden hatten wie Rufus und seinen Totschläger. »Wer hätte da oben schon nach ihm gesucht? Möglicherweise hätte er dort gehangen, bis – die Krähen ihn gefunden hätten. Max, das ist ja grauenhaft! Helfen Sie mir, den armen Kerl loszumachen?«

»Das sollten wir besser nicht tun, Bill. Die Polizei muß ihn zuerst so sehen, wie er ist.«

»Die Polizei?« Nehemiah Billingsgate senkte den Kopf und schluckte. »Sie haben recht. Wie dumm von mir. Es war so ein schönes Fest, und alle haben so viel Spaß gehabt. Bis auf Rufe. Meinen Sie, daß er sehr gelitten hat, Max?«

»Dafür gibt es keine Anzeichen. Ich würde sagen, er hat überhaupt nichts gemerkt.«

»Der arme alte Rufe! Aber der Herr hat's gegeben, und der Herr hat's genommen. Rufe hat immer gesagt, er wolle sterben, bevor er alt und nutzlos wäre. Dann rufe ich jetzt wohl am besten die Polizei an?«

»Wenn es Ihnen nichts ausmacht, sollten wir vorher noch schnell nach den Autos sehen«, meinte Sarah. »Können Sie das Tor für uns aufmachen, Bill?«

»Natürlich. Ich habe die Schlüssel bei mir. Seit der New Phantom verschwunden ist, bin ich ein bißchen paranoid. Wahrscheinlich mußte Rufe deswegen sterben. Hätte ich ihn doch bloß nicht als Wächter eingesetzt.«

»Bill, Sie haben nur getan, was jeder vernünftige Mensch getan hätte«, sagte Max. »Rufus hatte sicher seine eigenen Schlüssel dabei, nehme ich an?«

»Nein. Die liegen bei uns im Haus, im Safe in der Bibliothek. Es gab keinen Grund, warum Rufe sie hätte mitnehmen sollen, wissen Sie. Er brauchte nicht in die Halle zu gehen, er sollte den Besuchern nur sagen, daß der Zutritt heute untersagt ist. Er meinte, wenn jemand zu aufdringlich würde, könnte er sagen, er habe keine Schlüssel, dann könne ihm auch keiner vorwerfen, er sei unhöflich. Außerdem hat meine Frau vergessen, Taschen in sein Kostüm zu nähen, so daß er ohnehin keinen Platz für die Schlüssel gehabt hätte«, fügte Bill mit einem traurigen Lächeln hinzu. »Mein Gott, wenn Rufe wegen irgendeines dummen Schlüssels umgebracht wurde, den er nicht mal dabeihatte – ich will gar nicht weiter darüber nachdenken. Kommen Sie, ich nehme meine.«

Bills Schlüssel gehörten zu seinem Kostüm, er trug einen riesigen Ring am Strickgürtel seiner Kutte. »Abigail behauptet immer, daß ich Sakristan geworden wäre, wenn ich je einem Orden beigetreten wäre. Daher habe ich auch heute diese Rolle gewählt«, erklärte er, als er einen schwarzen, ungefähr fünfzehn Zentimeter großen Eisenschlüssel in das riesige Vorhängeschloß steckte. »Wahrscheinlich glauben die meisten Gäste, daß diese Schlüssel aus Plastik sind, falls sie sie überhaupt bemerken. Sarah?« Er öffnete das Tor und forderte sie mit einer Handbewegung auf, vor ihm in den Hof zu gehen.

»Mir ist aufgefallen, wie wunderschön der Kies geharkt ist«, bemerkte Sarah, als sie zur Wagenhalle gingen.

Bills Stimme klang wieder unsicher. »Rufe hat gestern Stunden damit verbracht, Bob bei den Vorbereitungen für das Fest zu helfen. Wir haben zwar einen Spezialtraktor mit einer Harke für den Kies, aber da wir ständig mit den Autos hin und her fahren, sieht es hier normalerweise nie so ordentlich aus wie im Moment. Wir nehmen den kleinen Seiteneingang, wenn es Sie nicht stört. Ah, ich glaube, das ist der richtige Schlüssel.«

»Diesmal gehe ich zuerst.« Max betrat die Halle und schaute sich aufmerksam um. Die Wagenhalle war so groß wie eine Eisbahn. Wände und Boden waren aus Beton, die Decke ruhte auf Stahlträgern. Es standen nur Rolls Royce darin. »Ziemlich eindrucksvoll, Bill.«

Sarahs Reaktion war enthusiastischer. »Was für wunderschöne alte Autos!«

»Das finden wir auch«, gestand Bill. »Einige sind uns natürlich mehr ans Herz gewachsen als andere, wegen der Verknüpfungen mit unserer Familie, wissen Sie. Der New Phantom beispielsweise gehörte meinem Bruder Ralph. Er ist vor fünfunddreißig Jahren gestorben, deshalb waren wir auch so bestürzt, daß ausgerechnet der – gütiger Herrgott, der Silver Ghost!«

Kapitel 4

»Wo?« wollte Sarah wissen. Bill sah aus, als hätte er ein Gespenst gesehen.

»Das weiß ich nicht«, stammelte er. »Er ist weg. Genau hier hat er gestanden, zwischen dem Barker Saloon Cabriolet und dem Drop Head Coupé mit Vierganggetriebe. Es ist natürlich nicht der berühmte Silver Ghost AX201 von 1907, aber eines der Folgemodelle und das schönste Stück unserer Sammlung. Abgesehen von unserem schönen alten Roi de Belges, wie ich zugeben muß. Den hat Urgroßvater 1906 gekauft. Aber der Roi hat einige Macken, an die man sich zuerst gewöhnen muß. Der Ghost ist ein Traum von einem Wagen. Max, ich – ich weiß wirklich nicht, was ich sagen soll.«

»Sie wollen damit sagen, daß ein weiterer Rolls Royce verschwunden ist, Bill«, faßte Max Bittersohn zusammen. »Wann haben Sie den Silver Ghost zum letzten Mal gesehen?«

»Ungefähr um halb eins, glaube ich. Rufe hatte gerade seine Mittagspause beendet. Ich wollte, daß er möglichst schnell wieder in sein Häuschen ging, da die Gäste jeden Moment eintreffen konnten. Ich habe ihm sein Kostüm gebracht und wir sind hier hereingegangen, damit er sich in Ruhe umziehen konnte.«

Bill führte sie in einen kleinen Raum im hinteren Teil des Gebäudes, wo die Chauffeursuniformen zu den verschiedenen Rolls Royce-Modellen hingen, außerdem diverse Staubmäntel und Schleier, eine braune Tweedjacke mit Lederflicken an den Ellbogen und eine fast völlig ausgebleichte Sporthose. Bill schaute auf die beiden letzten Kleidungsstücke und versuchte zu lächeln.

»Das ist Rufes Vasallentracht. So nennt Melly es immer. Sie und Rufe hatten immer einen Heidenspaß daran, sich gegenseitig aufzuziehen. Er kannte sie schon, als sie noch ein Baby war.«

»Dann muß er ja schon sehr lange bei Ihnen gewesen sein.« Sarah konnte gut nachempfinden, was in Bill vorging. Auch sie hatte schon Menschen verloren, die ihr nahegestanden hatten.

»Sein ganzes Leben lang«, seufzte Bill. »Genau wie sein Vater. Rufe war ziemlich altmodisch, was das anging. Er hätte nicht mal im Traum daran gedacht, unser Schloß, wie er es immer nannte, zu verlassen. Und wir hätten ihn auch nur höchst ungern gehen lassen. Wir werden die Trauerfeier in unserer kleinen Privatkapelle abhalten und ihn in unserer Familiengruft beisetzen. Das hätte dem armen Rufe bestimmt gefallen. Vielleicht hilft es uns ein bißchen, über den furchtbaren Verlust hinwegzukommen. Sarah, Max, bitte verzeihen Sie mir. Als ich Sie um Hilfe bat, hätte ich natürlich nie für möglich gehalten, daß so etwas passieren könnte.«

»Sie brauchen sich doch nicht zu entschuldigen, Bill«, versicherte Sarah. »Jetzt wissen wir wenigstens, warum Rufus ermordet wurde. Wenn wir erst herausgefunden haben, wie der Silver Ghost gestohlen wurde, wird sicher alles sehr schnell gehen.«

»Aber der Ghost kann unmöglich gestohlen worden sein, sehen Sie das denn nicht? Der Dieb hätte durch das Tor über den Platz fahren müssen. Aber das Tor war verschlossen, und der Kies ist unberührt. Sie haben es ja selbst gesehen. Das macht doch alles keinen Sinn.«

»Abwarten«, sagte Max. »Bis vor zwei Minuten hat der Mord auch keinen Sinn gemacht.«

»Sie haben recht. Tut mir leid. Ich bin wahrscheinlich ziemlich fertig.« Bill versuchte tapfer, Haltung zu bewahren. »Sie meinen, Rufe wurde ermordet, weil er verhindern wollte, daß der Ghost gestohlen wurde. Und der Dieb hat ihn dann in den Baum gehängt, um Zeit für seine Flucht zu gewinnen. Soweit kann ich Ihnen folgen. Ich persönlich hätte übrigens nie in den Baum geschaut. Ich hätte meine Zeit damit verschwendet, auf dem Grundstück, im Schloß und in seinen Zimmern zu suchen.«

»Wo sind seine Zimmer? Im Schloß?« erkundigte sich Max.

»Nein, im Pförtnerhaus. Alberner Name, ich weiß, aber so hat es immer geheißen. Vielleicht ist Ihnen das kleine Haus auf der rechten Seite aufgefallen, als Sie von der Straße aus die große Auffahrt hochgefahren sind. Angeblich soll mein Urgroßvater darauf bestanden haben, daß immer eine alte Dame mit rosigen Wangen dort wohnte. Sie mußte aus dem Pförtnerhaus herauskommen und einen Knicks machen, wenn vornehmer Besuch vorfuhr. Ich bin übrigens ziemlich sicher, daß an der ganzen Geschichte nichts Wahres ist. Jedenfalls wurde Rufe in dem Haus geboren. In der letzten Zeit hat er das Haus mit unserer Köchin und ihrem Mann geteilt. Das ist der Bob, den ich eben erwähnt habe. Bob kümmert sich um unseren Park und die Gärten von einigen Leuten hier in der Gegend.«

»Wo ist er jetzt?« fragte Sarah.

»Bei einem seiner Kunden, Eric Hohnser. Er wohnt etwa eine Meile von hier entfernt.«

»An einem Sonntag?«

»Ja, Hohnser hat ausdrücklich gewünscht, daß Bob heute bei ihm arbeitet, weil er in der vorigen Woche durch das Regenwetter einen Tag versäumt hat. Bob macht es nichts aus. Er hatte ohnehin keine Lust, an unserem Fest teilzunehmen, weil er befürchtete, wir würden ihn in eine Samthose stecken genau wie Rufe. Wahrscheinlich hat er da sogar recht. Was sind wir Sterblichen doch dumm. Ich rede zuviel.«

Bill atmete mehrmals tief durch. »Eins ist jedenfalls klar: Wer immer den Ghost fortgefahren hat, muß anschließend die Auffahrt geharkt haben. Aber wenn der Dieb so in Eile war, daß er nicht mal ein oder zwei Minute Zeit hatte, um Rufe bewußtlos zu schlagen und hier in die Wagenhalle zu bringen, statt ihn – Sie verstehen, was ich meine?«

»Natürlich, Bill. Aber Rufus ist nun einmal tot, und der Wagen ist verschwunden. Vielleicht wurde er nicht getötet, weil der Dieb Zeit gewinnen wollte, sondern weil Rufus ihn erkannt hatte.«

»Das würde bedeuten, daß es einer unserer Gäste war. Aber das ist einfach undenkbar. Das sind doch unsere Freunde!«

»Oder Freunde Ihrer Freunde«, meinte Max. »Oder Geschäftsfreunde, oder vielleicht sogar Nachbarn, die man nicht vor den Kopf stoßen wollte und nur aus diesem Grund eingeladen hat. Auch wenn man sie nicht sonderlich gut kennt.«

»Schon gut, Max, ich habe verstanden. Sie haben natürlich recht. Ich sehe selbst, daß dies nicht der richtige Zeitpunkt für Höflichkeit und Rücksichtnahme ist. Ich denke, wir sollten jetzt wirklich die Polizei rufen.«

In der Wagenhalle gab es ein Telefon. Man konnte Nehemiah Billingsgate ansehen, wie schwer ihm dieser Anruf fiel.

»Sie kommen sofort. Ich schäme mich dafür, aber ich hätte am liebsten gewartet, bis die Gäste gegangen sind.«

»Warum gehen Sie nicht einfach zum Eingangstor und fangen die Polizisten ab?« schlug Sarah vor. »Auf diese Weise können Sie wenigstens verhindern, daß sie ins Haus gehen. Max, kannst du hier bei dem – Beweisstück bleiben? Ich glaube, ich sollte lieber weiter Tante Bodie suchen.«

»Warum zum Teufel suchst du deine Tante überhaupt?«

»Um sie wegzuführen, Liebster. Falls sie hier auftaucht, wenn die Polizei da ist, wird sie ihnen mit ihren guten Ratschlägen auf die Nerven gehen, und zum Schluß landet die ganze Gesellschaft noch im Gefängnis. Mach dir keine Sorgen, ich bleibe in Schreiweite.«

Sie ging durch das Tor hinaus in Richtung Hügel. Sie mußte an mehreren riesigen Fliederbüschen vorbei, bevor sie endlich einen guten Blick auf die Bienenfelder werfen konnte, doch sie hatte keine Angst. Es war höchst unwahrscheinlich, daß die Person, die Rufus ermordet und den Silver Ghost gestohlen hatte, ausgerechnet dort lauerte, um sich auf einsame Frauen zu stürzen. Max glaubte dies anscheinend auch nicht, sonst hätte er sie bestimmt davon abgehalten, allein dort umherzustreifen. Sicher tanzten die meisten Gäste inzwischen. Die Melodie, die vom Pavillon herüberwehte, klang ganz wie ein Menuett, wenn auch gedämpfter und angenehmer durch die Entfernung. Sarah hatte sich eigentlich darauf gefreut, selbst an den alten Tänzen teilzunehmen. Wie jammerschade, daß die Party, in die die Billingsgates so viel Liebe und Zeit investiert hatten, so tragisch enden mußte. Bei der Erinnerung an die beiden Füße hoch oben in der Kastanie fröstelte sie trotz ihrer Houppelande.

»Wie reizend Sie doch aussehen!«

Die Stimme kam aus einem der Fliederbüsche. Sarah holte tief Luft und machte sich bereit für einen schönen schrillen mittelalterlichen Schrei. Dann sah sie den Sprecher und ließ es bei einem Fauchen bewenden.

»Professor Ufford! Warum tanzen Sie denn nicht?«

»Weil ich mir geschworen habe, nur mit einer wunderschönen Partnerin zu tanzen, und die habe ich bisher nicht gefunden.«

»Sie scheinen ja äußerst anspruchsvoll zu sein.« Der alte Bock war schließlich auch nicht gerade ein Adonis.

»Da könnten Sie recht haben, Mrs. Bittersohn. Genau aus diesem Grunde habe ich auch nach Ihnen gesucht. Würden Sie mir die Ehre erweisen, für die Gaillarde und die Volta meine Tanzpartnerin zu sein?«

»Tut mir leid, ich kenne keinen der beiden Tänze. Sie sollten lieber Lorista Dork fragen. Sie kennt sie bestimmt.«

»Ach, Lorista.« Das Lächeln, mit dem Ufford diese knappe Bemerkung untermalte, hätte ihm in den Zeiten, als vornehme Schufte in Hollywood noch en vogue waren, sicher ein Vermögen eingebracht. »Keine Sorge, Sie brauchen keine Angst vor mir zu haben. Wir beide haben doch so viel gemeinsam.«

»Ich habe keine Ahnung, wovon Sie sprechen, Professor Ufford.«

»Bezaubernde Sarah, nennen Sie mich doch bitte Vercingetorix.«

»Warum sollte ich das? Bitte entschuldigen Sie mich, aber ich muß zurück zu meinem Mann.«

Er sah aus, als plane er weitere kühne Vertraulichkeiten, doch das einzig wirklich Nützliche, das Sarah je von Tante Bodie gelernt hatte, war die Kunst, aufdringliche Personen mit einem einzigen vernichtenden Blick in ihre Schranken zu verweisen. Ihr Blick war zwar nicht ganz so eindrucksvoll wie der von Boadicea Kelling, war jedoch stechend genug, um das lüsterne Grinsen aus Uffords wenig attraktivem Gesicht sofort wieder verschwinden zu lassen. Sie deutete einen Knicks an und rauschte zurück zur

Wagenhalle, wobei ihre Houppelande wie ein umgedrehter Spinnaker hinter ihr her wehte.

Max hatte das Tor anscheinend verschlossen und saß mit geschlossenen Augen draußen vor dem Wachhäuschen. Er schläft, dachte sie liebevoll. Max beherrschte die Kunst, selbst unter den ungewöhnlichsten Bedingungen noch ein kurzes Nickerchen einlegen zu können.

»Wacht auf und rettet mich, Faulpelz!« rief sie.

»Wie bitte? Was soll ich?«

»Ich werde von Vercingetorix dem Schuftigen verfolgt.«

»Komm zu Papi, ich beschütze dich.«

Max gönnte sich und Sarah einige intensive Beschützermomente, bevor er weitere Erkundigungen einholte. »Wer ist dieser Vercingetorix?«

»Ufford. Der alte Mistkerl in dem Arnolfini-Outfit. Er behauptet, wir hätten sehr viel gemeinsam.«

»So ein unverschämter Flegel!«

»Er wollte mit mir die Volta tanzen.«

»Ich werde ihm seine häßliche Nase zu Brei schlagen!«

»Wenn du wirklich dieses Bedürfnis verspürst, solltest du es unbedingt tun«, stimmte Sarah zu. »Aber was in aller Welt ist eine Volta überhaupt?«

»Erst wird gehüpft und gesprungen, und dann packt der Mann die Frau um die Hüfte oder ums Korsett, je nachdem, was ihn anmacht, und wirbelt sie durch die Luft. In welche Richtung ist der Mistkerl verschwunden?«

»Liebling, gebärde dich bitte nicht so mittelalterlich. Er ist alt genug, um dein Vater sein zu können. Aber nicht annähernd attraktiv genug«, fügte sie hinzu. »Tante Bodie habe ich übrigens immer noch nicht gefunden.«

»Wo zum Teufel steckt sie denn bloß?« wollte ihr Gatte wissen. »Wo warst du überhaupt?«

»Ich wollte in die Kleefelder. Ich dachte, sie wäre vielleicht dort, um sich ein paar Bienenstiche gegen ihre Arthritis zu holen.«

»Sarah!«

Sie blickte ihn verständnislos an. »Du regst dich wirklich manchmal über die harmlosesten Sachen auf, Liebster. Weißt du denn nicht, daß Bienenstiche in bestimmten Fällen äußerst wirkungsvoll sein können? Tante Bodie wäre bestimmt total scharf darauf, es auszuprobieren, vorausgesetzt natürlich, sie findet die richtige Biene.«

»Und woher wüßte sie, ob es die richtige ist?«

»Sie wüßte es einfach«, erwiderte Sarah zuversichtlich. »War die Polizei schon da?«

»Nein, Bill wartet noch. Warum zum Teufel tun diese Leute so etwas?« fragte sich Max. »Dem Mann wird ein Rolls Royce gestohlen, und ihm fällt nichts Besseres ein, als ein Riesenfest für genau die Personen zu veranstalten, die eigentlich seine Hauptverdächtigen sein sollten.«

»Ich weiß, Liebling. Und Bill weiß es auch, sonst hätte er sofort die Polizei benachrichtigt und nicht uns. Aber was hätten sie sonst tun sollen? Da es keinen Sterbefall in der Familie gab, hatten sie keinen guten Grund, das Fest kurzfristig abzusagen. Abigail tut mir wirklich leid. Die Ärmste muß die ganze Zeit die perfekte Gastgeberin spielen, obwohl sie sich bestimmt schreckliche Sorgen um Rufus macht.«

»Sie wird es noch früh genug erfahren«, sagte Max düster. »Bill sagt, das Fest sei bald vorbei. Die Leute bleiben nie sehr lange, wenn sie sich erst mal müde getanzt haben.«

»Wird die Polizei sie denn so einfach gehen lassen?«

»Höchstwahrscheinlich. Daher wäre es vielleicht gar nicht so schlecht, wenn du dich wieder unter die Leute mischen und versuchen würdest, soviel wie möglich herauszufinden, solange sie noch hier sind. Falls deine Tante auftaucht, werde ich auf sie aufpassen. Und wenn Ufford es wagen sollte, mir unter die Augen zu treten, reiße ich ihn in Stücke und trample auf den Fetzen herum.«

»Hinreißende Vorstellung«, sagte Sarah. »Ich gehe wohl am besten über die Auffahrt zum Haus zurück. Man kann schließlich nie wissen. Ich kann es nicht ausstehen, wenn man mir auflauert.«

Doch diesmal lauerte niemand. Sarah traf keine Menschenseele, bis sie den langen Gang verlassen hatte und wieder draußen auf der Terrasse angekommen war. Dort ging sie sofort auf Abigail zu.

»Habt ihr Rufe gefunden?«

Sarah hatte die Frage erwartet, und es gelang ihr, sie ohne mit der Wimper zu zucken zu beantworten. »Ja, wir haben ihn gefunden. Machen Sie sich keine Sorgen, Abigail. Max und Bill sind bei ihm.«

Sie war schon wieder fort, bevor Abigail weiterfragen konnte. Ihr nächstes Ziel war Cousin Lionel. Seinen scharfen graugrünen Augen entging so leicht nichts, und es war kinderleicht, ihn in eine der endlosen Zänkereien zu verwickeln, die in der Familie Kelling normalerweise als Gespräch galten. Sarah brauchte nur irgendeinen Satz von sich zu geben und auf Widerspruch zu warten. Lionel hatte meistens recht, wenn er etwas sagte, und nahm kein Blatt vor den Mund. Außerdem hatte ihr Cousin keinerlei Skrupel, wenn es darum ging, Übles über seinen Nächsten zu sagen.

»Ich wußte gar nicht, daß Dork Junior und Tick Purbody für den Radiosender der Billingsgates arbeiten«, war ihr erster Zug.

»Es entspricht ja auch nicht den Tatsachen.« Lionel ging sofort zum Gegenzug über. »Der junge Dork arbeitet für seinen Vater, und Tick Purbody, also, wenn du meine Meinung hören willst, Tick Purbody arbeitet nur für sich selbst. Was aber nicht heißt, daß Tick Dork Junior nicht anheuern wird, wenn es ihm endlich gelingt, seinem Schwiegervater die Zügel zu entreißen. Die beiden waren schon immer die dicksten Freunde.«

»Aber Dork Junior arbeitet doch in der Firma seiner Familie.«

»Wer weiß, wie lange noch?« Lionel konnte beinahe genauso höhnisch grinsen wie Professor Ufford. »Die kleinen Betriebe werden doch ständig von den großen geschluckt. Es ist nur eine Frage der Zeit, bis er genauso arbeitslos ist wie ich.«

Sarah hatte nicht das Bedürfnis, Lionel zu bedauern. Er war völlig damit ausgelastet, seiner Mutter zu helfen, ihre Schecks einzulösen und ihr das Geld abzuluchsen.

»Aber selbst wenn die Dorks geschluckt werden, muß den Billingsgates doch nicht dasselbe Schicksal blühen«, gab sie zu bedenken. »Sie haben doch bloß ein paar unwichtige kleine Radiosender. Wen sollten die schon interessieren?«

»Nein, aber Tick hat bedeutend mehr Grips als der junge Dork. Wenn der erst mal am Ruder ist, gibt es einschneidende Veränderungen, das kannst du mir glauben.«

»Wie kommst du denn darauf? Hat Tick mit dir über seine Pläne gesprochen?«

»Was für eine dämliche Frage. Natürlich nicht.«

Jetzt hatte sie eine wunde Stelle getroffen. Natürlich erfuhr Lionel rein gar nichts von seinen Freunden. Sie hatten viel zuviel Angst, er könnte es Tante Appie erzählen. Sarah beschloß, vorsichtshalber das Thema zu wechseln. Sie ließ eine bewußt unrichtige Bemerkung darüber fallen, neben wem Melisande beim Bankett gesessen hatte, die Lionel prompt korrigierte, woraufhin sie sich eine Zeitlang darüber unterhielten, wer mit wem zusammengesessen hatte. Lionels Gedächtnis war genauso gut wie Sarahs, da alle Kellings bereits von klein auf daran gewöhnt waren, ihren unglaublich verzweigten Stammbaum zu memorieren.

Die einzigen Feststellungen, bei denen er nichts zu korrigieren oder einzuwenden hatte, betrafen die ersten Minuten des Banketts. Er ließ mit keinem Wort anklingen, ob er zu spät in den Pavillon gekommen war oder nicht. Als Sarah auf die Tatsache zu sprechen kam, daß einige Gäste erst lange, nachdem die anderen zu essen begonnen hatten, eingetrudelt waren und auch seine Mutter zu diesen Spätankömmlingen gehört hatte, knurrte Lionel nur.

Wahrscheinlich hatte er nach der anstrengenden Vorstellung als Tänzer eine kleine Erfrischungspause eingelegt. Aber warum sagte er das nicht? Normalerweise sagte Lionel immer alles, was ihm in den Sinn kam. Sarah ließ mit einem etwas unguten Gefühl von ihm ab und wandte sich Hester Tolbathy zu.

»Warum tanzen Sie nicht?« wurde sie von Hester begrüßt.

»Ich bin auf der Flucht vor Professor Ufford. Er hat mich gefragt, ob ich seine Tanzpartnerin sein wolle, und ich habe ihm einen Korb gegeben.«

»Wie haben Sie das denn geschafft? Das haben schon viele Frauen vergeblich versucht. Normalerweise läßt er sich nicht abschütteln. Wie schade, daß ich nicht dabei war. Wo haben Sie denn die ganze Zeit gesteckt?«

»Oben auf dem Hügel. Ich habe Tante Bodie gesucht.« Sarah erzählte ihr die Geschichte mit der Biene, für den Fall, daß Hester Verdacht geschöpft hatte.

»Typisch Bodie«, stimmte Hester allen Ernstes zu. »Vielleicht sucht sie immer noch nach der richtigen Biene. Jetzt, wo Sie es sagen, fällt mir auf, daß ich sie schon seit geraumer Zeit nicht mehr gesehen habe. Aber was wollte Versey denn mutterseelenallein draußen auf dem Feld?«

»Er hat angeblich nach mir gesucht, was natürlich absurd ist.«

Hesters Lachen klang hell wie Sterlingsilber. »Sie sollten sich nicht unterschätzen, meine Liebe. Sämtliche Männer hier auf dem Fest würden sich sofort auf sie stürzen, wenn Sie nicht Ihren großgewachsenen, attraktiven Gatten dabeihätten. Wo ist Max übrigens?«

»Als ich ihn zuletzt gesehen habe, unterhielt er sich mit Bill über Oldtimer«, schwindelte Sarah.

»So ein gerissener Kerl! Wahrscheinlich versucht er auf die Weise, in die Wagenhalle zu kommen, aus der wir Normalsterblichen heute anscheinend allesamt ausgesperrt sind. Den Grund kenne ich auch nicht. Dorothy Dork ist vor einer Weile hinspaziert, aber das Tor war verschlossen. Das alte Faktotum der Billingsgates stand als Wache davor und sah aus wie der Oberscharfrichter persönlich. Dorothy hat ihn gefragt, ob sie hinein dürfe, aber er hat nur geknurrt und ihr mit einer Keule gedroht. Jedenfalls glaubt sie, daß es eine Keule war. Irgend etwas Großes und Schreckliches jedenfalls.«

»Tatsächlich? Und wann war das?«

»Kurz nach der Eröffnung des Banketts. Dorothy hat als allererstes eine Riesenportion von der Grütze gegessen, und aus irgendeinem Grund lag sie ihr tonnenschwer im Magen. Daraufhin beschloß sie, lieber einen kleinen Verdauungsspaziergang zu machen, bevor sie die restlichen Köstlichkeiten in Angriff nahm.«

»Wie lange ist sie denn dort geblieben?« wollte Sarah wissen.

»Sie ist sofort wiedergekommen«, erwiderte Hester. »Hat sich einfach auf dem Fuße umgedreht. Sie wollte auf keinen Fall den Pfauenbraten verpassen.«

»Ging es ihr danach wieder besser?«

»Ich glaube schon. Sie tanzt gerade mit Tom die Gigue. Der alte Angeber ist bestimmt morgen völlig lahm.«

»Und Dorothy hat die ganze Zeit mit Drusilla Gaheris zusammengesessen?«

»Eine Zeitlang bestimmt. Aber Sie wissen ja, wie das ist. Wir sind alle dauernd von einem Tisch zum anderen gezogen.«

»Und mit wem sind Sie gezogen? Außer mit meinem attraktiven Gatten, meine ich natürlich.«

»Sie waren ja schließlich auch mit meinem zusammen, oder?«

Kapitel 5

Sie lachten und tauschten ihre Beobachtungen aus. »Aber wo war Tante Bodie bloß die ganze Zeit?« fragte Sarah schließlich. »Ich bin überrascht, daß sie nicht mit Ihnen zusammen war.«

Hester schüttelte ihr amethystverziertes Haupt. »Wo denken Sie hin! Unsere Clique ist Bodie viel zu unbeschwert. Meinen Schwager Wouter konnte sie nicht ausstehen, und Sie wissen ja, wie sehr wir ihn alle bewundert haben. Außerdem hält sie Marcia Whet für flatterhaft, und Sie wissen ja, daß Marcia meine beste Freundin ist. Wie Bodie über mich denkt, weiß ich nicht, und ich habe auch wenig Lust, es herauszufinden. Wahrscheinlich war sie mit Drusilla zusammen. Die beiden haben schon in der Schule ständig die Köpfe zusammengesteckt. Wir waren alle in Miss Chalmers Klasse, wissen Sie, aber vielleicht wissen Sie das ja auch gar nicht. Es war schließlich lange vor Ihrer Zeit.«

Die ältere Frau lachte. »Jedenfalls hat Bodie über all die Jahre den Kontakt mit Drusilla viel besser gehalten als wir. Daher wollten sich die beiden auch unbedingt treffen. Warum fragen Sie nicht Drusilla? Sie wohnt bei Abigail, daher ist sie bestimmt nicht weit. Ich muß meinen unverbesserlichen Mann schleunigst vom Tanzboden holen und nach Hause schleppen, solange er noch in der Lage ist zu laufen. Seit die Sonne untergegangen ist, finde ich es ganz schön kalt, und wir sind beide ein bißchen erkältet. Es war wunderschön, Sie wiederzusehen, liebste Sarah. Bitte besuchen Sie uns recht bald, und bringen Sie das Baby mit.«

»Sie müssen uns auch mal besuchen«, meinte Sarah. »Wir wollen eine Einzugsparty veranstalten, sobald wir ein bißchen besser organisiert sind.«

Sie verabschiedeten sich herzlich voneinander, dann raffte Hester ihren Faltensaum aus lila Satin und machte sich auf, ihren Mann loszueisen und ihrer Gastgeberin auf Wiedersehen zu sagen. Doch sie hatte Sarah eine wichtige Information gegeben. Wenn Dorothy Dork sich erinnern konnte, wann genau sie ihren kleinen Spaziergang gemacht hatte, würde man die Zeitspanne, in der Rufus ermordet worden war, noch genauer eingrenzen können.

Mrs. Dork konnte sich tatsächlich erinnern. Sie hatte bewußt vor dem Bankett nichts gegessen und war daher schnurstracks zum Buffet geeilt. Von der Grütze hatte sie nur genommen, weil sie wußte, daß alle anderen sie verschmähen würden und sie die liebe Abigail nicht vor den Kopf stoßen wollte. Leider hatte sie ihre Entscheidung schon bald bitter bereut und versucht, den unangenehmen Stein im Magen mit einem kleinen Spaziergang zu bekämpfen, bevor die anderen sich zum Essen hingesetzt hatten, damit ihre Abwesenheit nicht auffiel. Sie war sicher, nicht länger als zehn Minuten fort gewesen zu sein.

Höchstwahrscheinlich war sie gegen Viertel vor vier wieder zurück gewesen, dachte Sarah. Die Feier hatte gegen Mittag begonnen, zuerst waren die Gaukler und Possenreißer aufgetreten, danach hatten sie dem Madrigal gelauscht und die Morris-Tänzer bewundert, und um halb vier hatten die Herolde schließlich das Bankett eröffnet. Für den heutigen Geschmack war dies eine merkwürdige Zeit für ein Mittagessen, doch in der Renaissance sei dies durchaus normal gewesen, hatte ihr Professor Ufford versichert. Wer sich zwei Mahlzeiten am Tag erlauben konnte, hatte kurz nach Sonnenaufgang ein herzhaftes Frühstück aus Fleisch und Ale eingenommen und sich am Spätnachmittag erneut hingesetzt und solange geschlemmt und gezecht, bis nichts mehr übrig war.

Beim Gedanken an Essen und Trinken fiel Sarah ein, daß sie noch nicht mit der Köchin gesprochen hatte. Sie ging zur Zugbrücke, betrat das Haus durch die riesige, weit offen stehende Eingangstür und folgte dem Pagen, der eine Ladung schmutziger Krüge in die Küche trug. Sie hielt es für wenig sinnvoll, ihn oder die anderen Dienstboten zu befragen. Soweit sie sehen konnte, hatten die jungen Leute ihre Aufmerksamkeit weniger dem Kommen und Gehen der Gäste als ihrer Arbeit und ihren Witzen und Späßen gewidmet. Außerdem war es unmöglich, einen von ihnen in die Mangel zu nehmen, ohne daß die anderen davon erfuhren und Verdacht schöpften.

Ein kleines Gespräch mit der Köchin dagegen war etwas völlig anderes. Es war durchaus üblich, daß sich ein Gast bei der Schöpferin einer derartigen Speisenvielfalt bedankte. Die Köchin nahm die Komplimente mit hochmütiger Würde entgegen, und akzeptierte Sarahs Entschuldigung dafür, daß sie ihren Namen nicht kannte, mit wohlwollender Großzügigkeit.

»Ich bin die Köchin, also können Sie mich auch ruhig so nennen. Mein Name tut nichts zur Sache.«

Die imposante Dame saß in einem riesigen Schaukelstuhl, der anscheinend eigens für sie angefertigt worden war, und machte keine Anstalten, sich bei Sarahs Ankunft zu erheben, was diese auch nicht erwartet hatte. Aufzustehen war ein Unterfangen, das eine gewichtige Person wie die Köchin nur ganz langsam in Angriff nehmen konnte.

»Wahrscheinlich waren heute schon eine Menge Leute hier bei Ihnen in der Küche«, versuchte Sarah ihr Glück.

»Das ist sicher richtig. Aber bei so großen Festen konzentriere ich mich so sehr auf die unzähligen Einzelheiten, die mit dem Bankett zu tun haben, daß ich mich nicht erinnere, wer wann kommt und geht. Mir genügt, daß sie kommen, wenn man sie braucht, und holen, was nötig ist. Ich meine damit natürlich unsere Pagen und Schankmägde. Was Besucher wie Sie betrifft, versuche ich immer zu verhindern, daß sie mich stören. Den meisten Gästen ist dies bekannt. Nehmen Sie das bitte nicht persönlich, Mrs. Bittersohn. Sie können das schließlich nicht wissen. Sie sind heute zum ersten Mal hier, und jetzt ist es ohnehin egal, denn ich bin mit meiner Arbeit fertig. Die Küchenjungen kümmern sich um den Abwasch. Ich persönlich bin ziemlich erschöpft.«

»Dann möchte ich Sie nicht noch mehr ermüden«, sagte Sarah. »Vielen Dank, daß Sie mich empfangen haben.«

Die Köchin quittierte dies lediglich mit einem freundlichen Lächeln und der Hoffnung, daß sie Sarah vielleicht irgendwann wiedersehen würde, wenn ihr ein wenig geselliger zumute wäre. Daraufhin lehnte sie sich zurück, ließ ihren Schaukelstuhl so weit nach hinten wippen, wie sie es für vertretbar hielt, und schloß die Augen. Sarah begab sich wieder nach draußen auf den Rasen.

Drusilla Gaheris, die ihr tristes Gewand inzwischen mit einem warmen grauen Lodencape bedeckt hatte, stand am Pavillon und unterhielt sich mit Dork Junior und Tick Purbody. Als Sarah auf sie zuging, entfernten sich die beiden Männer mit flatternden Rockzipfeln. Irgendwie wirkten sie so, als hätten sie ein wenig zuviel Honigwein zu sich genommen, dachte Sarah.

»Die beiden scheinen dicke Freunde zu sein«, meinte sie zu Mrs. Gaheris.

»Dorkie und Tick? O ja, das waren sie immer schon. Lorista hat mir erzählt, sie hätten in Princeton das Zimmer miteinander geteilt. Apropos Zimmergenosse, wo ist eigentlich Bodie? Ich hatte gehofft, wir könnten ein bißchen mehr Zeit miteinander verbringen, aber jetzt habe ich sie schon seit einer Ewigkeit nicht mehr gesehen.«

»Ich wollte Sie gerade nach ihr fragen«, sagte Sarah. »Tante Appie macht sich Sorgen, daß der kalte Wind Tante Bodies Arthritis verschlimmern könnte.«

»Dann ist sie vielleicht ins Haus gegangen, um sich aufzuwärmen. Ich werde gleich nachsehen. Sie wissen ja, daß ich hier bei den Billingsgates wohne, bis ich ein Haus für mich gefunden habe, daher kenne ich mich drinnen ziemlich gut aus. Suchen Sie Bodie aus einem besonderen Grund?«

»Ich wollte nur sichergehen, daß alles in Ordnung ist.«

»Wenn ich sie finde, sage ich Ihnen sofort Bescheid. Sie wollen doch noch nicht etwa jetzt schon nach Hause?«

»Nein, wir bleiben noch ein bißchen.« Sarah fragte sich, wie lange wohl noch, und seufzte. Davy war bei seiner Tante Miriam und Großmutter Bittersohn natürlich bestens aufgehoben, aber inzwischen vermißte er seine Mutter bestimmt schon. Sehnsüchtig stellte sie sich Davy in der Babywanne und Davy im Strampler vor und dachte daran, wie gemütlich sie alle drei immer noch auf dem Sofa kuschelten, während Max Davy eine Gutenachtgeschichte erzählte, und wie sie ihr Söhnchen schließlich gemeinsam ins Bett brachten. Sie überlegte, ob sie nicht einfach den Wagen nehmen und allein nach Hause fahren sollte. Miriams Sohn Mike würde ihr sicher gern den Gefallen tun und herfahren, um seinen Onkel abzuholen.

Aber leider wäre Max heute wie so oft nicht da, um Davy ins Bett zu bringen. Außerdem war es ihm wirklich wichtig gewesen, daß sie diesen ungewöhnlichen Fall gemeinsam lösten. »Du kennst diese Leute besser als ich«, hatte er gesagt. »Mir fällt es unendlich schwer, mich in sie hineinzuversetzen.« Also rückte sie schweren Herzens ihren Hennin zurecht und sah sich nach einem neuen Opfer um.

Die meisten Gäste waren gegangen. Man hatte zu tanzen aufgehört, und die Musiker waren dabei, ihre Instrumente zu verstauen. Diejenigen, die bis zur Pavane durchgehalten hatten, waren auf dem Weg zu der momentan ziemlich überfüllten Terrasse, wo Abigail sich von ihren Gästen verabschiedete. Zwischen Händeschütteln und Umarmungen hielt die Gastgeberin immer wieder besorgt nach ihrem Gatten Ausschau. Schließlich tauchte auch Bill auf. Er gab sich Mühe, seinen Gästen mit der gewohnten Herzlichkeit entgegenzutreten, was ihm auch einigermaßen gut gelang.

Und da kam auch Tante Appie, die sich inzwischen in eine häßliche dunkle Wolldecke gehüllt hatte. Ihre Nase hatte den Farbton einer Quittenblüte angenommen, und ihre Augen hatten zu tränen begonnen. »Sarah, wo in aller Welt steckt Bodie bloß? Ich habe überall nach ihr gesucht.«

»Was meinst du mit ›überall‹?« erkundigte sich Sarah ziemlich beunruhigt.

»Oh, na ja, überall eben. Ich habe alle, die ich getroffen habe, nach ihr gefragt. Und dann haben wir uns über etwas anderes unterhalten, wie das halt so ist.«

»Das bedeutet also, daß du dich vorwiegend auf der Terrasse und im Pavillon aufgehalten hast?«

»Ja, da könntest du recht haben, wenn ich es mir recht überlege. Aber ich habe immer wieder nach ihr gefragt, und keiner hat sie gesehen.«

»Sie macht wahrscheinlich gerade ihren Gewaltmarsch. Mach dir bitte keine Sorgen, Tante Appie.«

»Aber Lionel will gleich fahren, und ich wollte vorher unbedingt noch ein wenig mit Bodie plaudern. Wir sehen uns so selten.«

Dazu gab es gute Gründe. Apollonia war nicht umsonst nach der Schutzpatronin der Zahnschmerzkranken benannt worden. Vielleicht war es ihren Eltern nicht aufgefallen, aber sie hätten wirklich keinen passenderen Namen für ihre Tochter finden können. Ihre Gesellschaft hatte auf die meisten Menschen, die an ein geordnetes Leben gewöhnt waren, ungefähr dieselbe Wirkung wie eine Wurzelbehandlung beim Zahnarzt. Sogar Boadiceas Glaube an die Kraft des positiven Denkens stieß bei Apollonia Kelling an seine Grenzen. Aber Sarah hätte es natürlich nie übers Herz gebracht, Appie dies zu sagen. Sie küßte ihre Tante und gab ihr einen zärtlichen Klaps auf die Wange.

»Fahr ruhig mit Lionel nach Hause, sonst holst du dir noch eine Erkältung. Ich bestell Tante Bodie liebe Grüße von dir, wenn ich sie gefunden habe.«

Wenn das nur gut ging. Sarah begann allmählich selbst, sich Sorgen um Bodie zu machen. Doch vor allem machte sie sich Sorgen um Max und wollte unbedingt wissen, was sich in der Wagenhalle abspielte.

Wozu sie allen Grund hatte. Seit Nehemiah Billingsgate Polizeichef Grimpen und seinen diensthabenden Begleiter getroffen und zu der verhängnisvollen Kastanie geführt hatte, war Max Bittersohn nahe daran zu verzweifeln. Der Polizeichef war nämlich von der baumelnden Leiche keineswegs beeindruckt gewesen.

»Hatte wohl zuviel getrunken. Stimmt's oder hab ich recht, Mr. Billingsgate?«

»Soweit ich weiß, hatte er nur einen Krug Ale zu seinem Brotlaib und Braten. Und auch nur, um sich besser in seine Rolle hineindenken zu können«, erwiderte Bill ziemlich steif. »Wir haben dafür gesorgt, daß er ein herzhaftes Frühstück hatte, bevor er seinen Dienst antrat.«

»Haben Sie denn gesehen, wie er gegessen hat?« wollte Grimpen wissen.

»Wohl kaum.« Bill wurde noch förmlicher. »Ich hatte alle Hände voll zu tun, wie Sie sich vorstellen können. Aber ich habe ihm gesagt, er habe einen langen Nachmittag vor sich und solle ruhig ordentlich zugreifen, und Rufus hat mich immer beim Wort genommen, wenn ich ihm etwas gesagt habe. Er ist in die Küche gegangen, wo unsere Köchin ihn sicher mit allem versorgt hat, was er wollte. Wir können sie gern fragen, was genau Rufus gegessen hat, wenn Sie es für so wichtig halten.«

Chief Grimpen entschied, daß dies nicht nötig sei. »Wann haben Sie diesen Rufus zuletzt gesehen?«

»Kurz nach zwölf, hier an der Wagenhalle. Ich habe ihm sein Kostüm und seinen *Totschläger* gebracht.«

»Seinen was?«

»Eine mittelalterliche Waffe, die zu seinem Kostüm gehörte. Ein schreckliches Ding, übrigens. Jemand hat sie meinem Urgroßvater zur Einweihung seines etwas exzentrischen Hauses geschenkt. Sollte wohl ein Scherz sein. Jedenfalls lag der *Totschläger* seitdem bei uns herum, und ich dachte, warum sollen wir ihn nicht einmal nutzen. Ein *Totschläger* ist eine Art Keule. Man schwingt sie herum und schlägt zu. Rufus sollte natürlich nur damit drohen, falls jemand versuchen sollte, an seinem Wachhäuschen vorbeizukommen.«

»Und wo ist der Totschläger jetzt?«

»Keine Ahnung«, sagte Billingsgate. »Du liebe Zeit, warum habe ich nicht schon früher daran gedacht? Haben Sie das Ding gesehen, Max?«

»Nein. Es sei denn, jemand hat es Rufus auf den Rücken gebunden. Ich habe ihn nicht umgedreht, um nachzuschauen.«

»Und warum nicht?« fragte Grimpen.

Max schaute ihn verblüfft an. »Weil ich annahm, es wäre Ihnen lieber, wenn ich möglichst nichts anfasse.«

»Ach ja. Na, dann wollen wir ihn mal abschneiden und nachsehen.«

»Wollen Sie denn nicht vorher das Seil untersuchen?«

Chief Grimpen war blond und wäre sicher von vielen Leuten als gutaussehend bezeichnet worden. Obwohl er nur wenige Zentimeter größer war als Max, schaute er jetzt verächtlich auf ihn herab. »So etwas gibt es nur in Detektivromanen, Mr. – eh – Sergeant Myre, lösen Sie bitte diesen Knoten.«

»Es ist ein Schifferknoten«, sagte Max.

Auch diese Information ließ den Polizeichef völlig kalt. Er hob nicht einmal die Braue und sagte auch nicht »Ach ja?«. Sergeant Myre meinte nur: »So ein Knoten ist ziemlich fest.«

»Durch das Gewicht des Körpers zieht er sich immer mehr zu«, sagte Max. »Man muß die Spannung des Seils verringern.«

Chief Grimpen wirkte weiterhin belustigt und arrogant. Er nahm ein Taschenmesser mit Silbergriff heraus und zerschnitt das Seil einfach. Max fing den Toten auf, bevor er auf die Erde aufschlagen konnte, und legte die sterbliche Hülle des treuen alten Gefolgsmannes vorsichtig auf den Boden.

Der *Totschläger* war nirgends zu sehen und war Gott sei Dank auch nicht die Mordwaffe gewesen, wie Max mit großer Erleichterung, vor allem im Hinblick auf Bill, feststellte. Aber was hatte Rufus umgebracht? Die Schlinge hatte sich zwar tief in den faltigen Hals gegraben, das Genick schien jedoch nicht gebrochen zu sein, denn weder war der Kopf entsprechend abgeknickt, noch war das Gesicht geschwollen. Auch die Zunge hing nicht heraus.

»Genau wie ich erwartet habe«, sagte Chief Grimpen. »Es ist zwar eine tragische Geschichte, Mr. Billingsgate, aber glücklicherweise ist sonnenklar, was passiert ist. Ihr alter Bediensteter hier hat sich ein Seil genommen, eine Schlinge daraus geknüpft und sie sich um den Hals gelegt. Das andere Ende des Seils hat er mit einem Knoten an dem Baum befestigt. Mit einem Schifferknoten, wie Ihr kluger Freund uns eben freundlicherweise dargelegt hat. Dann ist er auf den Baum geklettert, hat das Seil über einen Ast geworfen und ist gesprungen.«

»Wobei seine schweren Stiefel keinerlei Spuren auf dem Stamm hinterlassen haben. Außerdem gibt es weder abgebrochene Zweige und heruntergefallene Blätter noch Risse oder Abriebspuren an seiner neuen Samthose«, sagte Max.

»Er scheint für sein Alter wirklich erstaunlich gelenkig gewesen zu sein«, gab Grimpen herablassend zu. »Möchten Sie gern selbst alles mit dem Bestatter regeln, Mr. Billingsgate, oder soll Sergeant Myre den Leichenwagen kommen lassen?«

»Keine Ahnung. Was meinen Sie, Max?«

»Da auf jeden Fall eine Autopsie vorgenommen werden muß, um die Todesursache festzustellen«, sagte Max, »rufen Sie besser den Leichenwagen, Myre.«

»Ich will Ihnen nicht zu nahe treten, Mr. – äh« – Grimpens Selbstsicherheit schien ein wenig erschüttert zu sein... »aber normalerweise überlassen Außenstehende diese Entscheidungen den zuständigen Autoritäten.«

»Auch ich will Ihnen nicht zu nahe treten, Grimpen«, meinte Max. »Sie sind beim besten Willen keine Autorität. Und was Ihre Arbeit betrifft, sind Sie eine absolute Niete. Der Tote weist keinerlei Spuren von Strangulation auf. Der Mann wurde auf dem Boden umgebracht und erst dann hochgezogen. Und zwar mit Hilfe eines vorher angebrachten Flaschenzuges.«

»Wie bitte?«

»Wenn Sie nicht so gottverdammt faul gewesen und statt dessen den Baum hochgeklettert wären, hätten Sie gesehen, daß das Seil durch zwei Rollen führt. Die eine ist ein Stück höher im Baum festgeschraubt, die andere wurde an dem dicken Ast befestigt, an dem die Leiche hing. Die Rollen dienten zweifellos dem Zweck, den Toten schnell und mühelos hochzuziehen, was alles darauf hindeutet, daß es sich um einen sorgfältig im voraus geplanten Mord handelt. Wahrscheinlich glauben Sie, Mr. Billingsgate wolle die Geschichte vertuschen, aber genau das Gegenteil ist der Fall. Mr. Billingsgate will unbedingt wissen, wer seinen alten Freund ermordet und seinen Silver Ghost gestohlen hat.«

»Seinen Silver Ghost gestohlen...« Grimpen drehte Max mit

aller Deutlichkeit seinen attraktiven uniformierten Rücken zu. »Also wirklich, Mr. Billingsgate, Sie können wirklich nicht erwarten, daß ich mir anhöre, was dieser …«

»Mr. Bittersohn meint damit meinen Rolls Royce Silver Ghost von 1908, Chief Grimpen.« In Bills Stimme schwang eine Schärfe mit, die Max bisher noch nicht bei ihm gehört hatte.

»Ihren Rolls Royce?« Auch diesen peinlichen Moment meisterte Grimpen mühelos. »Sie meinen damit, daß einer Ihrer berühmten Oldtimer gestohlen wurde? Das wirft natürlich ein völlig neues Licht auf die Sache. Warum haben Sie das nicht vorher gesagt? Sie hätten uns damit viel kostbare Zeit gespart.«

»Da könnten Sie sogar recht haben«, meinte Billingsgate trokken. »Es kommt immer darauf an, was man für wichtiger hält, ein altes Auto oder ein Menschenleben. Ich schlage vor, wir bringen den armen Rufe in die Wagenhalle, bis der Leichenwagen hier eintrifft. Einige unserer Gäste könnten auf dem Nachhauseweg zufällig hier vorbeikommen, und ich möchte ihnen diesen traurigen Anblick auf jeden Fall ersparen.«

»Selbstverständlich«, sagte Grimpen. »Es sei denn, Mr. -äh – hat etwas dagegen.«

»Machen Sie das Tor auf, Bill.«

Max ging in die Hocke und packte den Körper des Toten mit sicherem Griff. »Würde es Ihnen etwas ausmachen, die Füße zu nehmen, Myre?«

Es machte Sergeant Myre nichts aus. Jedenfalls zeigte er es nicht. Gemeinsam trugen die beiden Männer den alten Gefolgsmann in die Wagenhalle und legten ihn auf einen langen Tisch, von dem Bill gerade die Bänder und Trophäen unzähliger Autorallyes weggeräumt hatte. Dann holte er eine hübsche Mohairdecke aus einem der Wagen und breitete sie liebevoll über seinen treuen Diener. Schließlich faltete er die Hände, neigte den Kopf und stand eine Zeitlang schweigend da. Grimpen beobachtete ihn verwundert. Max konnte sich gut vorstellen, was in Bill vorging. Sergeant Myre entfernte ein paar Grashalme von seiner Uniform.

»Okay.« Bill richtete sich wieder auf und sprach sehr schnell, damit man nicht merkte, daß er den Tränen nahe war. »Sie wollen sicher die Einzelheiten hören, Grimpen.«

Er zog eine tiefe Schublade unter dem Tisch auf und nahm einen dicken Ordner heraus. »Hier ist ein Foto von unserem Ghost. Wie Sie sicher bereits wissen, wurde der erste Silver Ghost 1906 in England hergestellt und war möglicherweise das Modell, das im selben Jahr in der Olympia Show in London präsentiert wurde. Man weiß es nicht genau. Der Wagen hatte grüne Polster und war silbern lackiert, daher auch der Name. Unser Ghost ist weniger aufwendig, einfaches Grau mit kastanienbraunen Polstern, wie Sie auf dem Schnappschuß hier gut erkennen können. Der Mann am Steuer ist übrigens Rufe. Mein Gott, der arme Kerl.«

Bill ging schnell zu dem größeren Schwarzweißfoto über. »Während des Ersten Weltkrieges und kurz danach wurden in britischen Fabriken mehrere Silver Ghosts gebaut, obwohl sie ihren Namen eigentlich erst 1925 erhielten, damit man sie von den New Phantoms unterscheiden konnte. Unser New Phantom war übrigens der erste Wagen, den wir verloren haben, muß ich leider gestehen.«

»Was meinen Sie mit verloren?« fragte Myre.

»Er wurde ebenfalls gestohlen. Aus diesem Grund habe ich mich ja an Mr. Bittersohn gewandt. New Phantoms wurden nur von 1925 bis 1929 hergestellt, was sie für heimliche Sammler, wenn ich sie einmal so nennen darf, sicher besonders begehrenswert macht. Obwohl ich zugeben muß, daß ein Silver Ghost wie der unsere in Topzustand noch viel seltener ist, weil die meisten frühen Ghosts schlichtweg zu Tode gefahren wurden. Es waren einfach großartige Wagen, wissen Sie.«

Bill verzog schmerzlich das Gesicht, als er das Foto wieder zurück in den Ordner legte. »Es ist überhaupt schwierig, einen frühen Rolls Royce zu finden, der keine Rarität ist, weil es so viele Kombinationsmöglichkeiten von Fahrgestell und Karosserie gab und jeder Wagen auf Bestellung gefertigt wurde. Aber ich schweife ab. Tatsache ist, heute mittag gegen zwölf war der Silver Ghost noch hier, und jetzt ist er weg. Die Wagenhalle war verschlossen, und das Tor ebenfalls. Mein zuverlässiger Freund und Helfer Rufus stand als Wächter vor dem Gebäude. Jetzt ist er tot. Und ich glaube keine Sekunde lang, daß er Selbstmord begangen hat.«

Kapitel 6

Chief Grimpen überging diesen unwichtigen Aspekt geflissentlich. »Wann ist der New Phantom verschwunden? Myre, Notizen machen!«

»Ich habe ihn zum ersten Mal letzten Montag vermißt, als ich abends hergekommen bin«, sagte Bill.

»Sie haben den Diebstahl nicht gemeldet.«

»Ich war zu dem Zeitpunkt noch nicht sicher, ob es sich wirklich um einen Diebstahl handelt. Meine Tochter Melisande und ihr Mann Tichnor Purbody leihen sich gelegentlich einen der Wagen.«

»Und warum tun sie das, Mr. Billingsgate?«

»Weil sie an einer Parade oder Rallye teilnehmen oder einfach nur eine Spritztour machen wollen. Es wäre doch sinnlos, all die Wagen zu besitzen, wenn man nicht ab und zu ein wenig Spaß mit ihnen haben kann. Es hätte auch sein können, daß mein Schwiegersohn einen Defekt an dem Phantom festgestellt und ihn zur Werkstatt gebracht hätte, ohne mich vorher zu informieren.«

»Haben Sie ihn gefragt?«

»Zum damaligen Zeitpunkt nicht. Er war gar nicht da. Er und meine Tochter leben in Shrewsbury, aber sie kommen uns regelmäßig besuchen.«

»Haben Sie in der Werkstatt nachgefragt?«

»Dazu war es schon zu spät. Außerdem hatte ich keine Zeit. Ich war kaum mit dem Abendessen fertig, als ich einen Anruf erhielt und wegen einer dringenden Angelegenheiten fortmußte. Wie Sie wissen, besitze ich mehrere Radiostationen. Im großen und ganzen sind sie ziemlich unbedeutend und müssen zum Teil mit sehr wenig Personal auskommen. Am Montag abend erhielt ich einen verzweifelten Anruf von unserer Station in Pettibunk in Maine. Der Studioleiter, der Toningenieur und der wichtigste Sprecher waren alle innerhalb einer Stunde verschwunden und nach New Brunswick gefahren, weil sie gehört hatten, im Miramachi gäbe es die ersten Lachszüge.«

»Das haben Sie doch wohl nicht geglaubt?«

»Warum nicht? Es würde durchaus zu den Leuten in Maine passen. Am schlimmsten ist es, wenn die Hirschjagd eröffnet wird. Jedenfalls war die Lage mehr als kritisch. Also bin ich in den Silver Shadow gesprungen und auf der Stelle hingefahren. Ich habe es gerade noch rechtzeitig für die Zehnuhrnachrichten geschafft. Dann bin ich so lange dort geblieben, bis wir zwei Leute von anderen Stationen abgezogen hatten. Ich saß quasi bis Freitag dort fest.«

»Haben Sie während dieser Zeit mit Ihrem Schwiegersohn gesprochen?«

»Natürlich, aber nur über wirklich wichtige Dinge. Tick, wie wir ihn nennen, ist sozusagen mein Assistent und Stellvertreter. Ich habe ihn beauftragt, Ersatzleute aufzutreiben, was bedeutete, daß er selbst in den Stationen einspringen mußte, von denen wir sie abgezogen haben. Tick ist unglaublich vielseitig und talentiert. Er kann eigentlich alles, und ich muß sagen, daß wir ihn diese Woche völlig eingespannt hatten. Er mußte außerdem mit den Morris-Tänzern für unser Fest proben und meiner Tochter bei den Metlieferungen helfen. Wie üblich konnten wir uns natürlich ausgerechnet zu diesem ungünstigen Zeitpunkt vor Bestellungen nicht retten.«

»Aber haben Sie sich denn keine Sorgen wegen Ihres Rolls Royce gemacht?« wollte Grimpen wissen.

»Nein, ich hatte den New Phantom völlig vergessen, bis ich wieder hier ankam und den Shadow in die Wagenhalle fuhr. Da fiel mir der leere Stellplatz wieder auf und ich fing an, mir Sorgen zu machen. Meine Tochter war zufällig gerade bei uns zu Besuch und half ihrer Mutter bei den Vorbereitungen für das Fest, daher habe ich sie gefragt. Sie war absolut sicher, daß Tick nicht mal im Traum daran gedacht hatte, sich den Phantom auszuleihen, und hielt es für unmöglich, daß er mit dem Wagen irgendwo hingefahren war. Daher habe ich mich an die Bittersohns gewandt und sie gebeten, herzukommen und der Sache nachzugehen.«

»Warum haben Sie nicht sofort die Polizei benachrichtigt?«

»Weil ich immer noch nicht sicher war, ob es sich wirklich um ein Verbrechen handelte oder nicht. Die Bittersohns sind Privatdetektive, von denen ich weiß, daß sie zuverlässig und diskret sind und hervorragende Arbeit leisten. Sie konnten unauffällig an unserem Fest teilnehmen, weil Mrs. Bittersohn mit mehreren Gästen, die wir eingeladen hatten, verwandt ist. Sie müssen verstehen, Chief Grimpen, daß hier während der letzten beiden Wochen unzählige Bekannte und Freunde ein und aus gegangen sind, um bei den Vorbereitungen zu helfen. Selbst die Arbeiter, die den Pavillon aufgestellt haben, sind alte Bekannte von uns. Ich hielt es immer noch für möglich, daß sich jemand den New Phantom ausgeliehen hatte, ohne vorher um Erlaubnis zu fragen.«

»Passiert das oft?«

»Bisher noch nie, aber es gibt schließlich immer ein erstes Mal. Gestern wollte ich den Wagen nur möglichst ohne viel Aufhebens zurückbekommen. Aber jetzt, wo Rufus ermordet wurde und auch der Silver Ghost verschwunden ist, sehe ich ein, daß drastischere Maßnahmen nötig sind. Obwohl ich gestehen muß«, fügte er treuherzig hinzu, »daß ich nicht so prompt gehandelt hätte, wenn Mr. Bittersohn nicht darauf bestanden hätte.«

Max fragte sich inzwischen, warum zum Teufel sie die Polizei überhaupt geholt hatten. Chief Grimpen setzte aus irgendeinem unerfindlichen Grund wieder sein überlegenes Gesicht auf.

»Sic sagen, beide Wagen seien aus dieser Wagenhalle verschwunden, Mr. Billingsgate. War das Gebäude denn nicht verschlossen?«

»Selbstverständlich war es das. Und das Tor ebenfalls. Unsere Versicherungsleute bestehen darauf, daß wir alle Sicherheitsmaßnahmen strikt einhalten. Vor allem jetzt, wo antike Rolls Royce so sehr im Wert gestiegen sind.«

Grimpen griff diese Information sofort auf. »Können Sie mir sagen, was die beiden verschwundenen Fahrzeuge heute wert sind?«

»Ich kann Ihnen sagen, für welche Summe ich sie versichert habe.«

Genau das tat er auch, und Grimpen vergaß für einen Moment sogar sein überlegenes Gesicht. »So viel? Dann handelt es sich ja um einen besonders schweren Fall von Diebstahl! Dann wollen wir nicht weiter unsere Zeit verschwenden. Geben Sie mir ein Foto von Ihrem Silver Ghost. Wie lauten Kennzeichen und Seriennummer? Und dann brauche ich auch noch ein Foto des New Phantom. Genaue Beschreibung, aber pronto. Myre, Sie notieren die Einzelheiten. Ich komme später darauf zurück. Wo ist das nächste Telefon?«

»Direkt neben Ihnen, an der Wand«, informierte Billingsgate den Polizeichef mit unbewegter Miene. »Und hier haben Sie die gewünschten Informationen zu den Autos.«

Grimpen brüllte gebieterisch ins Telefon und streckte dann die Hand aus. »Die Ordner behalte ich, Mr. Billingsgate.«

»Tut mir leid, aber das geht nicht. Wir bewahren unsere Unterlagen aus Prinzip stets hier in der Wagenhalle auf. Aber ich kann Ihnen Kopien der Fotos geben, wenn Sie möchten.«

»Das ist wahrscheinlich immer noch besser als gar nichts. Dann mal her mit Ihren Notizen, Myre.«

»Sie sind aber in Kurzschrift.«

»Dann lesen Sie sie mir eben vor.«

Myre begann zu lesen. Max und Bill entfernten sich. Als sie außer Hörweite waren, murmelte Bill: »Man soll zwar nicht schlecht über seine Mitmenschen reden, aber ich finde, dieser Grimpen ist ganz schön von sich eingenommen.«

»Fragt sich nur, auf was er sich so viel einbildet«, meinte Max. »Wer ist der Kerl eigentlich? Etwa der Neffe des Bürgermeisters?«

»Der einzige Sohn und ganze Stolz des Stadtratsvorsitzenden. Wahrscheinlich brennt er darauf, Sir John Appleby zu werden. Glauben Sie, daß seine Vorgehensweise irgend etwas bringen wird?«

»Wir wollen es hoffen. Polizeiliche Routinearbeit kann manchmal hocheffizient sein. Jedenfalls hat die Polizei Möglichkeiten, die wir nicht haben.«

Max war unruhig und ging um die riesige Wagenhalle herum, wobei er die kahlen Betonwände mit mehr Aufmerksamkeit betrachtete, als sie eigentlich verdienten. »Die Wagenhalle stößt direkt an die Steinmauer, nicht?«

»Eigentlich ist sie sogar Teil der Mauer«, erklärte Bill. »Die Steinkonstruktion geht auf beiden Seiten in die Halle über. Die Eisenspitzen auf der Mauerkrone gehen oben auf dem Dach des Gebäudes weiter. Falls jemand auf die Idee kommen sollte, über die Wagenhalle in den Hof zu klettern, wird er feststellen, daß dies äußerst schwierig ist. Der Zaun steht außerdem unter Strom. Unsere Versicherungsfritzen haben darauf bestanden. Als zusätzliche Sicherheitsvorkehrung sozusagen.«

»Kann man ihnen kaum verübeln, wenn man bedenkt, was die Autos auf dem heutigen Sammlermarkt wert sind«, meinte Max. »Und was ist hinter der Mauer?«

»Die Straße zu den Bienenfeldern. Eigentlich ist es nur ein Weg, die Verlängerung der Auffahrt«, erklärte Bill.

»Und wo endet sie? Verläuft sie lediglich im Kreis und schließt sich hier wieder?«

»Nein. Es gibt mehrere Wege, die durch die Bienenfelder führen. Dieser hier geht weiter und verbindet unser Grundstück mit einer richtigen Straße, die zuerst durch die Stadt und dann zur alten Mautstraße führt.«

»Ist der Weg breit genug für einen Wagen?«

»Gerade noch. Zum Schluß wird es etwas beschwerlich. Wir haben die Löcher nicht aufgefüllt, um Fremde abzuschrecken.«

»Wie lang ist dieser Weg?« erkundigte sich Max.

»Etwa eine Meile. Meinen Sie, man hat die Wagen über diesen Weg fortgebracht?«

»Was spricht dagegen?«

»Abgesehen davon, daß es reichlich auffällig gewesen wäre, durch die Felder zu fahren, fällt mir nichts ein. Vor allem wenn der Fahrer wußte, wie man die Zugbrücke bedient«, fügte Bill hinzu.

»Sie haben eine zweite Zugbrücke?« Dumme Frage. Hatte die nicht jeder?

»Sie ist nicht besonders eindrucksvoll. Auf den ersten Blick sieht sie aus wie ein alter Lattenzaun, aber zwischen den beiden dünnen Holzlagen befindet sich eine stabile Stahlplatte. Man kann sie mit Hilfe einer ziemlich cleveren Konstruktion aus Drahtseilen herunterlassen und auf die Weise die gröbsten Unebenheiten mühelos meistern. Vielleicht kommt es Ihnen albern vor, aber wir haben unseren Spaß daran.«

»Mit ›wir‹ meinen Sie Ihre Familie?« fragte Max.

»Und einige unserer engsten Freunde. Außer im Winter, wenn Schnee liegt. Dann können wir natürlich nicht mit dem Schneepflug oder dem Wagen dort lang fahren, ohne Spuren zu hinterlassen und unser kleines Geheimnis zu verraten. Ansonsten benutzen wir die Bienenfeldroute, wie wir sie nennen, ziemlich häufig. Dadurch sparen wir eine Menge Zeit, denn sonst müßten wir einen weiten Umweg machen, um die Mautstraße zu erreichen. Wir gehen davon aus, daß wir mindestens zehn bis zwanzig Minuten sparen, je nachdem wer fährt. Tick und Melly geben meist bedeutend mehr Gas als Abigail und ich.«

»Kann Ihre Frau die Zugbrücke allein herunterlassen?«

»Mühelos. Der Zaun ist gut ausbalanciert und mit einem Gegengewicht versehen, so daß wir ihn ohne große Kraftaufwendung herauf- oder herunterlassen können. Das einzige Problem besteht darin, das Ende des Seils zu finden. Man kann leicht vergessen, wo es ist. Es ist nämlich ziemlich gut versteckt.«

»Und wer außer Ihnen kennt das Versteck?«

»Gute Frage. Wir haben im Laufe der Jahre viele Gäste durch die Bienenfelder gefahren, etwa wenn sie in Eile waren, ein Flugzeug bekommen mußten oder dergleichen. Es ist auch durchaus denkbar, daß jemand von der Straße her kommt, sich ein bißchen umsieht und zufällig auf das Seil stößt. Uns ist es nicht so wichtig, die Straße geheimzuhalten, wir wollen nur nicht, daß die ganzen Jugendlichen mit ihren Klapperkisten und Mopeds über unser Grundstück fahren und die Bienen verrückt machen. Bienen lassen sich leicht aus der Ruhe bringen, wissen Sie.«

»Das kann ich mir lebhaft vorstellen«, sagte Max. »Aber vielleicht wirken die Bienen ja auch abschreckend.«

»Wahrscheinlich sind sie das beste Abschreckungsmittel, das man sich vorstellen kann«, stimmte Bill zu. »Wir haben überall am Rand unseres Grundstücks Warnschilder aufgestellt, und Fremde scheinen wenig Lust zu haben, sich weiter vorzuwagen. Aber lassen Sie mich noch mal über das Seil nachdenken. Also, die Tolbathys wissen natürlich davon. Schließlich hat Wouter die Zugbrücke konstruiert. Er war ein echtes Genie und hat die tollsten Erfindungen gemacht, wie Sie sich vielleicht erinnern.«

Max nickte. Tom Tolbathys verstorbener Bruder war sozusagen erschreckend talentiert und findig gewesen. Und, was noch schlimmer gewesen war, er hatte eine Phantasie besessen, die als grenzenlos zu bezeichnen untertrieben und lächerlich gewesen wäre.

»Ich wußte gar nicht, daß Wouter sich auch mit so banalen Dingen wie Zugbrücken beschäftigt hat. Wäre eine Drahtseilbahn, die an winzigen Luftschiffen hängt, nicht eher sein Stil gewesen?«

»Er hat ursprünglich tatsächlich etwas von abgerichteten Adlern gesagt«, gab Billingsgate zu, »aber wir befürchteten, die Audubon Society könnte etwas dagegen haben. Der gute alte Wouter! Ich werde seine Beerdigung nie vergessen. Jem Kelling hat die Ehrenrede gehalten und trug dabei die Große Kette vom Club des Geselligen Kabeljaus, während Tom mit dem feuerspeienden Drachen durch das Mittelschiff schritt. Es paßte alles so wunderbar zusammen. ›Ich bin der Bruder der Drachen und ein Geselle der Eulen‹, Hiob 30, 29.«

Er hielt einen Augenblick inne und schwelgte in Erinnerungen. »Jammerschade, daß Tom nicht an die Eule gedacht hat. Wouter hätte das bestimmt sehr gut gefallen. Max, bitte sagen Sie mir ganz ehrlich, ob Sie auch am Ende dieses schrecklichen Tunnels noch ein winziges bißchen Licht sehen. Werden die Diebe weitermachen? Ich frage mich allmählich, ob das Ganze nicht vielleicht die Strafe für meinen dummen Stolz auf weltliche Güter ist. O Gott! Vielleicht mußte mein Freund Rufus nur durch meine

Eitelkeit und Selbstgefälligkeit auf so schreckliche Weise sterben! Welche Buße kann ich auf mich nehmen? Soll ich all meine Autos verkaufen und das Geld für wohltätige Zwecke spenden?«

»Sie dürfen jetzt nicht aufgeben, Bill.«

»Wahrscheinlich haben Sie recht. ›Niemand, der seine Hand an den Pflug legt und zurückschaut auf das, was hinter ihm liegt, ist tauglich für das Reich Gottes.‹ Lukas 9, 62. Vielen Dank, Max. Ich hätte die Wagen lieber verkaufen sollen, bevor diese schreckliche Verkettung von Ereignissen begann, ihren Lauf zu nehmen. Jetzt muß ich durchhalten. ›Laß dich nicht überwinden vom Bösen, sondern überwinde mit dem Gutem das Böse.‹ Römer 12, 21.«

»Was bedeutet, daß wir das Böse isolieren müssen, bevor wir überhaupt etwas Gutes tun können«, sagte Max. »Was ist das denn hier?«

Er war in eine Art Erker neben dem Umkleideraum getreten, der etwa zweieinhalb Meter im Quadrat maß und nicht sonderlich gut beleuchtet war. Die Seitenwände bestanden aus glattem Beton wie die anderen Wände der Halle, doch die hintere Wand war merkwürdig rauh.

»Ach, das.« Bill rang sich ein schwaches Lächeln ab. »Das war auch wieder so eine Schnapsidee von Wouter. Angefangen hat alles an einem Wochenende vor etwa fünf Jahren. Unsere Enkel waren noch klein, genau wie einige Kinder von den Tolbathys. Die Tochter von Dork Junior war noch im Krabbelalter und hatte ein Kindermädchen, das bereit war, auf sämtliche Kinder aufzupassen. Und unsere Köchin hat die ganze Truppe bekocht. Rufus ist mit uns und den anderen Erwachsenen zu einer Autorallye gefahren. Da wir genügend Personen waren, um alle zehn Automobile zu fahren, war die Wagenhalle leer, so daß die Kinder darin spielen durften.«

»Hier kann man sicher toll Nachlaufen spielen«, meinte Max.

»Genau das haben wir auch gedacht. Aber dummerweise glaubte das Kindermädchen, die Kinder müßten sich unbedingt kreativ betätigen, und gab ihnen bunte Kreide. Als wir zurückkamen, hatten sich unsere kleinen Künstler überall auf dem Boden und auf sämtlichen Wänden verwirklicht.«

»Da waren Sie sicher hocherfreut.«

»Das können Sie laut sagen. Ich dachte schon, Rufus würde völlig durchdrehen. Ich selbst war auch nicht gerade angetan von den Kunstwerken, muß ich gestehen. Jedenfalls hat Wouter uns angeboten, dazubleiben und Rufus beim Säubern der Wände zu helfen, und Abigail und ich sind zu einer anderen Rallye gefahren. In unserem New Phantom, übrigens. Als wir zurückkamen, hatte Wouter alles wunderbar saubergemacht, dafür aber die Wand hier mit einer Schicht Mörtel versehen und seine eigene Graffiti hineingeritzt. Er sagte, er habe immer schon Lust gehabt, eine Wand richtig zu verunstalten. Sogar Rufus hat gelacht. Man konnte Wouter einfach nicht böse sein, wissen Sie.«

»Also haben Sie die Wand so gelassen, wie sie war.«

»Oh, wir haben uns wer weiß wie oft vorgenommen, sie neu zu verputzen, aber aus irgendwelchen Gründen haben wir es dann doch nicht getan. Dann starb Wouter, und die Wand wurde eine Art Denkmal, das uns an ihn erinnerte. Jetzt sind wir sogar froh, daß wir sie haben. Ja, bitte, Chief Grimpen, haben Sie noch Fragen?«

»Ich wollte nur Bescheid sagen, daß ich jetzt gehe. Ich habe alles getan, was getan werden mußte. Der Fall ist ohnehin sonnenklar. Ihr Bediensteter hier«, er wies mit einer vielsagenden Kopfbewegung auf dic verhüllte Leiche, »steckte mit einer gut organisierten Diebesbande, die sich auf Oldtimer spezialisiert hat, unter einer Decke. Vielleicht hat man ihn ja auch erpreßt«, fügte Grimpen aus Rücksicht auf Mr. Billingsgates Gefühle hinzu.

»Jedenfalls hat er seine Komplizen in die Wagenhalle gelassen und ihnen geholfen, den Silver Ghost wegzuschaffen. Dann hat er den Kies geharkt, um die Spuren zu verwischen, und hinter ihnen das Tor wieder verschlossen. Genau in diesem Moment ist ihm wahrscheinlich aufgegangen, in welche unmögliche Lage er sich mit seiner schändlichen Tat gebracht hatte. Er wußte, daß es keinen Ausweg mehr gab und man ihn schon bald überführen würde. Daraufhin erhängte er sich.«

»Wobei ihm die Tatsache, daß er für alle Fälle schon einen Flaschenzug in dem Baum befestigt hatte, den Selbstmord sehr erleichterte«, ergänzte Bittersohn.

»Woher soll ich wissen, was er mit dem Flaschenzug vorhatte? Vielleicht wollte er oben im Baum arbeiten.«

»Wir haben Baumspezialisten, die diese Arbeiten hier bei uns erledigen«, sagte Bill. »Haben Sie die Autopsie schon veranlaßt?«

Jetzt war es ihm doch noch gelungen, Grimpen aus der Ruhe zu bringen. »Ich – äh – wollte diesen Punkt gerade mit Ihnen besprechen. Ich nehme an, es wäre Ihnen lieber, zu warten, bis Ihre Gäste fort sind, bevor wir die Leiche abholen lassen. Um Ihnen die Party nicht zu verderben«, fügte er hoffnungsvoll hinzu.

»Wie rücksichtsvoll von Ihnen.« Max hatte nicht gedacht, daß Nehemiah Billingsgate in diesem Ton mit jemandem sprechen konnte. »Sagen Sie den Leuten bitte, sie sollen so schnell wie möglich kommen. Ich nehme an, Sie bleiben noch so lange.«

»Sergeant Myre bleibt hier. Ich habe leider einen dringenden Termin, den ich unbedingt einhalten muß. Myre, Sie leiten jetzt hier die Ermittlungen. Rufen Sie den Leichenwagen und veranlassen Sie die Autopsie.«

Sergeant Myre öffnete den Mund und schloß ihn mit einem hörbaren Schnappen wieder. Grimpen vollführte eine elegante Drehung und schritt von dannen. Bill folgte ihm, um das Tor aufzuschließen. Max schaute Myre an und schüttelte den Kopf.

»Wo muß er denn so dringend hin?«

»Ich würde den Kerl am liebsten zwischen zwei Scheunentore legen und mit dem Trecker drüberfahren«, knurrte der Polizist. »Er weiß verdammt gut, daß meine Schwiegereltern heute zum Abendessen kommen. Ich habe es ihm schon gesagt, als wir losfuhren. Meine Frau ist bestimmt stinksauer, wenn sie erfährt, daß ich nicht dabei sein kann.«

»Rufen Sie sie doch an und teilen ihr mit, daß man Sie gerade vorübergehend zum Polizeichef befördert hat.«

»Wie wär's, wenn Sie das übernehmen würden?«

»Okay«, sagte Max. »Kein Problem.«

Zum ersten Mal seit seiner Ankunft entspannte sich Sergeant Myres pausbäckiges Gesicht zu einem Grinsen. »Danke vielmals, aber das bringe ich ihr wohl doch besser selbst bei. Was soll ich denn sagen?«

»Sagen Sie ihr, daß Ihr Dummkopf von Chef alles getan hat, um eine äußerst wichtige Ermittlung zu versauen, und daß Sie jetzt einspringen, weil Sie bedeutend mehr im Kopf haben als er.«

»Das hat sogar unsere Revierkatze.«

»Dann sagen Sie ihr außerdem, wir würden versuchen, die Katze ebenfalls bei der Ermittlungsarbeit einzuspannen. Aber bitte erwähnen Sie nicht, wo Sie sind und was passiert ist. Es ist besser, die Öffentlichkeit erfährt möglichst spät davon, sonst müssen wir uns zu allem anderen auch noch mit sensationslüsternen Menschenmassen herumschlagen.«

Kapitel 7

Mrs. Myre schien eine vernünftige Frau zu sein. Als der Polizist zurückkam, sah er erleichtert aus.

»Ich habe die Autopsie angeordnet und den Leichenwagen gerufen. Und meiner Frau habe ich gesagt, daß ich mit einem berühmten Detektiv aus Boston zusammenarbeite. Sie haben doch nichts dagegen, Mr. Bittersohn?«

»Ich fühle mich geschmeichelt. Was halten Sie von der Wand hier?«

»Könnte von ein paar Kindern stammen, die sich im nassen Zement verewigt haben.« Myre fuhr mit den Fingern ein wenig wehmütig über die grobe Skizze eines offenen Zweisitzers. »So was wollte ich auch schon immer mal machen.«

»Ich habe es einmal sogar getan«, gestand Max. »Als vor dem Haus meiner Eltern ein neuer Bürgersteig gelegt wurde. Ich beschloß, der Nachwelt meine Fußabdrücke zu hinterlassen. Aber mein Vater hat mich leider auf frischer Tat ertappt, und ich mußte sie mit einem Spatel wieder wegmachen. Außerdem hat er mir einen Monat lang das Kinogeld gesperrt. Ich frage mich nur, wie ich reagieren würde, wenn mein Sohn mir so etwas antun würde.«

»Wie alt ist er denn?«

»Sechs Monate.«

»Mein Jüngster ist sieben.« Myre klang stolz. »Wissen Sie, woran mich diese Wände erinnern? Vorigen Sommer gab es drüben im Park ein Sommerfest, und Grimpen hat mir wie üblich Überstunden aufgebrummt. Er traut sich nicht, die älteren Kollegen zu fragen, weil die ihm was husten würden. Jedenfalls gab es dort ein komisches Riesending, angeblich Volkskunst, die ganz ähnlich aussah wie das hier. Ich verstehe zwar nicht, wozu man so was braucht, aber wahrscheinlich bezahlen reiche Leute Unmengen Geld für solche Sachen.«

»Einige schon«, stimmte Max zu. »Aber das hier war bloß ein Scherz, den sich ein verrücktes Genie erlaubt hat. Ein Freund der

Familie. Er ist vor ein paar Jahren gestorben, und für die Billingsgates ist die Wand eine Art Erinnerung an ihn.«

Urplötzlich hellte sich Myres Miene auf. »Ach du liebe Zeit, ich glaube, ich bin dem Kerl sogar mal begegnet. An meinem ersten Tag bei der Polizei, als ich noch völlig unerfahren war. Grimpen hat mich unten am Platz als Verkehrspolizist eingesetzt. Es war Montag morgens. Zuerst gab es ein bißchen Stoßverkehr, ein paar Kinder, die zur Schule gingen, und dann war alles wieder ruhig. Ich habe ein paar alten Damen über die Straße geholfen und mich gefragt, ob an dem Tag vielleicht irgendwer die Bank ausrauben würde, aber es ist nichts passiert. Da steh ich also mit meiner nagelneuen Trillerpfeife, als plötzlich ein schwarzes 1932er Chevy Coupé mit roten Holzrädern auftaucht und mit etwa fünf Meilen die Stunde im Zickzack über die Straße fährt.«

Myre schwelgte in seinen Erinnerungen. »Ich fange also an, mit den Armen zu wedeln und in meine Trillerpfeife zu blasen, und der Wagen bleibt stehen. In dem winzig kleinen Coupé sitzt vorn ein Fahrer mit einer komischen Chauffeursuniform und hinten hockt ein großer fetter Waschbär. Der Chauffeur verzieht keine Miene und starrt stur geradeaus. Der Waschbär lehnt sich aus dem Wagen und fängt an, mich zur Schnecke zu machen.«

»Das soll doch wohl ein Witz sein«, sagte Max, obwohl er genau wußte, daß dem nicht so war.

»So wahr ich hier stehe! Der Waschbär trug 'nen schwarzen Filzhut, den er sich tief über die Augen gezogen hatte, und 'ne rosa-grüne Krawatte mit gelben Punkten. Dazu hat er 'ne dicke Zigarre gepafft und genauso gesprochen wie Jimmy Cagney. Und der Chauffeur saß völlig regungslos da. Irgendwann wurde mir siedendheiß bewußt, daß ich mich mit 'nem Waschbären streite. Der Chauffeur war anscheinend Bauchredner und bewegte die Pfoten und das Maul von dem Biest mit irgendwelchen Drähten. Ich gehe also nach vorn und sage, okay, Mr. Smart, jetzt zeigen Sie mir mal Ihren Führerschein.

Der Kerl würdigt mich keines Blickes und sagt keinen Ton. Er streckt bloß die Hand aus und hält mir eine Visitenkarte hin. Als ich danach greife, fällt ihm die Hand ab. Ich stehe da wie Piksieben und starre auf die Hand in meiner Hand und denke nur, das kann doch alles nicht wahr sein, als der Chevy wie der Blitz davonrast. Der Waschbär lehnt hinten aus dem Wagen und winkt mir freundlich zu. Ich hätte dem Mistkerl die Reifen zerschießen sollen, aber ich mußte so lachen, daß ich nicht mal die Pistole aus dem Halfter kriegte. Also habe ich einfach mit der Gummihand zurückgewinkt. Das verdammte Ding liegt immer noch in meinem Spind im Revier. Meinen Sie, das könnte dieser Mann gewesen sein?«

»Das will ich schwer hoffen«, sagte Max. »Der Gedanke, daß vielleicht noch ein Genie wie Wouter frei herumläuft und die Gegend unsicher macht, ist mir alles andere als angenehm. Meinen Sie, wir könnten hier ein wenig mehr Licht bekommen?«

»Klar, einen Moment.«

Myre flitzte zur Werkbank, öffnete eine Schublade und nahm einen großen batteriebetriebenen Handscheinwerfer heraus. »Ich dachte mir, daß es hier so etwas geben würde. Soll ich das Ding für Sie halten?«

»Stellen Sie es einfach hier auf den Boden. Wären Sie wohl so nett und würden nachsehen, ob Sie vielleicht auch noch einen Schraubenzieher oder etwas Ähnliches finden können?«

»In der Schublade ist einer.«

Myre holte das gewünschte Werkzeug und schaute aufmerksam zu, wie Max den Beton vorsichtig Zentimeter für Zentimeter abklopfte, wie ein Zahnarzt, der das Gebiß seines Patienten nach empfindlichen Stellen absucht. »Wonach suchen Sie eigentlich, Mr. Bittersohn?«

»Das weiß ich selbst nicht«, erwiderte Max. »Es kommt mir nur komisch vor, daß ein Mann, der in der Lage war, einen sprechenden Waschbären zu konstruieren, sich mit einer bekritzelten Betonwand zufriedengegeben haben soll.«

Er inspizierte und horchte weiter. Wenn ihm etwas auffiel, das vielleicht einen genaueren Blick verdiente, nahm er sogar seine Taschenlupe zu Hilfe, doch die Details stellten sich jedesmal als harmlos heraus. Schließlich kniete Max auf dem Boden, von seiner Robe umgeben wie von einer dunklen Pfütze, und nahm sich sogar den Staub vor. Insider, die wußten, was mit den Kürzeln gemeint war, mochten Wouters literarische Ergüsse möglicherweise amüsant finden, doch Max wurde es allmählich leid, immer nur Sätze wie »JT liebt ID« oder dergleichen zu lesen. Es war kaum anzunehmen, daß mit JT einer der intelligenten Tolbathy-Enkel gemeint war, falls ID die abscheuliche kleine Imogene Dork sein sollte. Max hatte sie erst neulich dabei beobachtet, wie sie Ahornsirup über ihren Vetter James gegossen hatte, um ihm eines von Tante Appies furchtbaren Familientreffen ein wenig zu versüßen. Soweit er sehen konnte, war die ganze Klopferei verlorene Liebesmüh und führte nur dazu, daß er langsam die Grenze seiner Geduld erreichte.

Unten in der rechten Ecke war Wouter als Krönung seiner mühseligen Kritzeleien nichts Originelleres eingefallen als ein krakeliges, etwa fünfzehn Zentimeter großes Herz. Mitten darin hatte er mit einem ziemlich kleinen Gegenstand, vielleicht einem Nagel oder etwas Ähnlichem, die Inschrift »K.I. + C.K.« geritzt.

Max sprang auf, klopfte sich den Staub von der Robe, reichte Sergeant Myre den Schraubenzieher und trat mit dem Fuß mitten in das Herz. Sofort schwang die gesamte Erkerwand lautlos im rechten Winkel zur Seite. Statt auf bekritzelten Beton schauten die beiden Männer jetzt auf große grüne Kleefelder und einen schmalen Weg aus blauem Tonsandstein.

»Dieser verrückte Mistkerl!« stieß Max aus.

Auch Sergeant Myre konnte es nicht fassen. »Donnerwetter! Da kommt meine Geschichte mit der Wachshand natürlich nicht mit. Warum zum Teufel hat er das wohl gemacht?«

»Wahrscheinlich hat er der Versuchung einfach nicht widerstehen können. Wouter hat sich bestimmt keine Gedanken darüber gemacht, was man alles mit einer Tür anstellen kann, von der ihr Eigentümer keine Ahnung hat. Ich wüßte nur gern, wie man sie wieder schließt.«

»Vielleicht warten wir einfach ein bißchen. Möglicherweise

kreuzt gleich ein ausgestopfter Waschbär auf und macht sie zu«, schlug Myre vor.

»Könnte ich mir sehr gut vorstellen«, meinte Max. »Aber ich glaube, daß Wouter in diesem Fall eher die technische Spielerei gereizt hat. Wahrscheinlich geht sie automatisch zu, sobald man mit dem Wagen über einen bestimmten Punkt gefahren ist. Das große Auge hier mitten auf der Wand, um das er ›Ich schau dir in die Augen, Kleines‹ geritzt hat, ist mir vorhin schon aufgefallen. Die Pupille sah irgendwie merkwürdig aus, aber da nichts passierte, als ich mit der Hand davor herumgewedelt habe, dachte ich, es sei vielleicht nur eine Glasperle, die er in den Beton eingelassen hat. Das ist bestimmt Wouters Version eines elektronischen Auges.«

Max griff nach einem langen Stab, der normalerweise dazu diente, die hohen Fenster zu öffnen, und bewegte ihn vor dem Auge hin und her. Die Tür schwang zu, und sie standen wieder vor einer harmlosen Betonwand.

»Wieso konnte dieser komische Wouter die ganze Zeit frei herumlaufen?« wollte Myre wissen. »Meine Güte! Jeder, der sich die Sätze hier an die Wand genauer angesehen hat, hätte doch schon vor Ewigkeiten drauf kommen können.«

»Dazu mußte er allerdings erst das verschlossene Tor und den elektrisch geladenen Zaun überwinden«, warf Max ein.

»Dann kann es eigentlich nur jemand aus der Familie oder dem Freundeskreis gewesen sein, nicht? Ich weiß nicht, wie es Ihnen geht, Mr. Bittersohn, aber wenn jemand meine Rolls Royce geklaut hätte, würde ich weniger an Profis denken, sondern als allererstes überprüfen, ob mein Schwager nicht vielleicht in finanziellen Schwierigkeiten steckt.«

»Es klingt jedenfalls sehr viel logischer als Grimpens abstruse Theorie«, meinte Max. »Aber man kann nie wissen. Diese Geheimtür eröffnet völlig neue Perspektiven, könnte man sagen.«

»Allerdings.«

Ein wenig verlegen hob Sergeant Myre den Fuß und versetzte

dem kleinen Herz einen kräftigen Tritt. Die Wand schwang zur Seite. Eine Frau schrie.

»Was war das?« Myre machte Anstalten, ins Freie zu stürzen.

Max hielt ihn zurück. »Passen Sie auf, sonst aktivieren Sie noch das elektronische Auge und werden eingeklemmt. Keine Sorge, es ist alles in Ordnung.«

Ein elektrisches Go-Cart, in dem zwei Frauen saßen, näherte sich dem Gebäude. Die Kleinere von beiden war ganz in Grün gekleidet, trug eine hohe kegelförmige Kopfbedeckung mit Schleier und wirkte sehr gelassen. Die Größere in dem glänzenden scharlachroten Gewand und der gepolsterten perlenverzierten Kopfbedeckung aus beigefarbenem Satin schien kurz vor einem hysterischen Anfall zu stehen.

»War das eine Bombe?« schrie Melisande.

»Nein«, beruhigte sie Max. »Fahren Sie einfach mit dem Wagen hier herein.«

Nehemiah Billingsgates Tochter gehorchte, und die Wand schwang wieder zurück an ihren Platz. »Das ist ja unglaublich. Wie haben Sie das gemacht?«

»Wir haben gerade einen von Wouter Tolbathys kleinen Scherzen entdeckt. Hat sich denn nie jemand aus Ihrer Familie die Kritzeleien genauer angesehen?«

»Ich jedenfalls nicht.« Melisande kletterte aus dem Wagen und hob vorsichtig die üppigen Falten ihres Gewandes. Sie war eine blonde, stattliche Frau um die vierzig, mit dem gleichen rosigem Teint wie ihre Eltern, aber größer als sie. Das Renaissancekostüm stand ihr hervorragend. »Was habe ich denn verpaßt?«

»Sehen Sie das hier?« Max bückte sich und zeigte auf das kleine Herz, das unten auf der inzwischen wieder völlig harmlos aussehenden Betonwand prangte.

»Ein Herz. Was ist damit?«

»Mit Buchstaben drin«, sagte Myre.

»Die kann ich ohne Brille nicht lesen. Was steht denn da?«

»K.I. und C.K.«

»Ach ja? C.K. ist sicher einer von den Kellings. Aber wer ist K.I.? Kennen Sie jemanden, der so heißt, Sarah?«

»Vielleicht sollte man einfach das Pluszeichen in der Mitte weglassen«, meinte Sarah. »Funktioniert es denn, Max?«

»Versuch's nur mal.«

Wenn man es einmal kapiert hatte, war es wirklich kinderleicht. Melisande Purbody riß ihre großen blauen Augen weit auf. »Weiß Daddy davon?«

»Noch nicht«, erwiderte Max. »Sergeant Myre und ich haben es eben erst entdeckt.«

Melisande wandte sich an den Polizisten. »Oh, hallo, Reggie. Ich bin froh, dich zu sehen und nicht den alten Schwachkopf. Wie kommt es, daß dein Chef nicht hier ist und sich wichtig tut?«

»Genau das hatte er ursprünglich vor, aber er mußte dringend zu einem Bridge-Turnier. In dem merkwürdigen Club, in dem er und seine liebe Gattin Mitglied sind. Er hat mich zurückgelassen, damit ich mich um die Leiche kümmere.«

Max warf Sarah einen fragenden Blick zu. Sie nickte.

»Ich habe es Melisande eben erzählt. Ich dachte, sie sollte es wissen.«

»Es ist wirklich furchtbar«, sagte Bills Tochter. »Der arme alte Rufe! Ich muß alle Kraft zusammennehmen, bis das alles hier vorbei ist, und dann fahre ich nach Shrewsbury und weine mir die Augen aus dem Kopf. Ich hoffe, Meisterdetektiv Grimpen hat den Fall bereits gelöst?«

»Natürlich hat er das«, sagte Myre. »Tut mir leid, Mel, daß das alles ausgerechnet heute passieren mußte.«

»Danke für dein Mitgefühl, Reg, aber das Fest ist Gott sei Dank fast vorbei. Der Parkplatz ist leer, bis auf...« Sie warf einen Blick auf Sarah. »Wir haben da noch ein Problem. Hoffentlich nur ein kleines.«

»Melisande und ich suchen immer noch nach Tante Bodie«, erklärte Sarah. »Wir haben überall herumgefragt, aber seit der Eröffnung des Banketts hat kein Mensch sie gesehen. Tick hatte die glorreiche Idee, den Hubschrauber auszuleihen, den der Sender XBIL immer für die Verkehrsnachrichten einsetzt. Wir haben vor, die Bienenfelder mit Ferngläsern abzusuchen.«

»Was meinst du mit ›wir‹?« wollte Max wissen.

»Na ja, der Hubschrauber ist nicht sehr groß, und Bodie ist immerhin meine Tante.«

»Sie ist auch Lionels Tante, und der hat kein Baby zu Hause. Meine Güte, Sarah! Vielleicht hat sie ja nur Kopfschmerzen gehabt und sich heimlich aus dem Staub gemacht, um das Fest nicht zu stören.«

»Lionel ist schon weg und bringt seine Mutter nach Hause. Außerdem ist Davy genausogut dein Kind. Ich weiß genau, was du denkst, Liebling. Aber ich mache mir wirklich Sorgen um Tante Bodie. Sie ist viel zu gesund, um Kopfschmerzen zu bekommen, außerdem würde sie nie verschwinden, ohne sich in aller Form von der Gastgeberin zu verabschieden, selbst wenn sie nicht mit Abigail befreundet wäre. Außerdem steht ihr Wagen noch auf dem Parkplatz.«

»Bist du sicher, daß es ihr Wagen ist?«

»Max, jetzt reicht es aber! Was meinst du denn wohl, wie viele beigegraue 1946er Daimler heute noch die Straßen unsicher machen?«

»Bei den Gästen, die ich hier gesehen habe, hätte ich Probleme, diese Frage zu beantworten.«

Jetzt schaltete sich auch Melisande ein. »Sie brauchen sich gar nicht aufzuregen, Max. In dem Hubschrauber werden nur Tick und der Pilot sitzen. Tick würde um nichts in der Welt auf den Flug verzichten. Für ihn gibt es nichts Schöneres, als hoch oben in der Luft zu sein und nach unten zu schauen. Ich persönlich fliege höchst ungern. Und Sarah hat völlig recht mit dem, was sie über Bodie Kelling sagt. So ein Verhalten paßt absolut nicht zu ihr. Wir haben alle ihre Freunde gefragt, und ungefähr seit der Mitte des Festessens hat sie keiner mehr gesehen. Wir haben im Haus und im Park nach ihr gesucht. Wir sind mit dem Honigwagen kurz durch die Bienenfelder gefahren, um nachzusehen, ob sie vielleicht einen langen Spaziergang gemacht hat und sich dabei möglicherweise den Knöchel verstaucht hat. Wenn Tick sie auch nicht findet«, Melisande zuckte mit ihren eindrucksvoll in Scharlachrot gehüllten Schultern, »weiß ich auch nicht mehr weiter.«

»Besteht die Möglichkeit, daß sie vielleicht mit dem Silver Ghost weggefahren ist?« mutmaßte Sergeant Myre.

»Das würde Tante Bodie ohne die Erlaubnis eines der Familienmitglieder niemals tun«, protestierte Sarah. »Außerdem wäre sie gar nicht in die Wagenhalle gekommen. Es sei denn …«

Sie holte tief Luft. »Tante Bodie wollte sich tatsächlich die Autos ansehen, das hat sie uns erzählt, als die Morris-Tänzer auftraten. Sie hat versucht, Mrs. Gaheris zu überreden, sie zu begleiten. Doch dann kamen die Herolde und eröffneten das Bankett, und dann sind sie statt dessen in den Pavillon gegangen.«

»Aber sie wäre doch nicht einfach mitten beim Essen aufgestanden und gegangen«, protestierte Myre. Er selbst hätte es auf gar keinen Fall getan, wie man seiner Taille ansehen konnte.

»Ich glaube, daß Tante Bodie so etwas durchaus zuzutrauen wäre«, meinte Sarah. »Sie ist eine ziemliche Gesundheitsfanatikerin und kann es nicht ausstehen, wenn Leute sich vollstopfen. Sie hatte sich vorgenommen, nur ganz wenig zu essen, das hat sie uns erzählt, und wahrscheinlich fand sie es langweilig, dazusitzen und all die malmenden Kiefer zu betrachten. Es würde gut zu ihr passen, einfach aufzustehen und einen Spaziergang zu machen. Allein schon, um den anderen Gästen mit gutem Beispiel voranzugehen. Meinen Sie nicht auch, Melly?«

»O ja, das wäre wirklich typisch Bodie.«

»Und anscheinend wußte sie auch nicht, daß Bill in diesem Jahr niemanden zu den Wagen lassen wollte, sonst hätte sie Mrs. Gaheris den Vorschlag nicht gemacht. Oder sie nahm an, daß man für sie eine Ausnahme machen würde, was auch wieder typisch für sie wäre. Und wenn sie zufällig genau im falschen Moment hier aufgetaucht ist …«

Max nahm Sarah in den Arm, um sie zu beruhigen. »Ist schon gut, Liebes, mach dir keine Sorgen. Am besten, wir sehen uns die restlichen Wagen mal genauer an. Es besteht immer noch die Möglichkeit, daß man sie gefesselt in einem der Autos zurückgelassen hat.« Zu den anderen Möglichkeiten äußerte er sich lieber nicht. »Sind die Kofferräume abgeschlossen, Melisande?«

»Ich hole die Schlüssel. Kommst du mit, Reggie?«

»Klar, Mel.«

Sarah beteiligte sich nicht an der Suche. Sie mochte Boadicea Kelling zwar nicht besonders, aber immerhin war sie ihre Tante. Falls es hier wirklich irgend etwas zu finden gab, wollte sie nicht die Person sein, die es fand.

Kapitel 8

Sarahs Befürchtungen stellten sich als grundlos heraus. Sämtliche Fahrzeuge waren leer. Auch in den Büschen machten sie keinen grausigen Fund. Tick Purbody und der Hubschrauberpilot flogen so niedrig wie überhaupt möglich und leuchteten mit ihrem Suchscheinwerfer jeden Zentimeter der Bienenfelder ab, konnten jedoch ebenfalls nichts entdecken. Ein Anruf in Boadiceas Haus führte lediglich dazu, daß ihre Haushälterin die Nerven verlor.

Inzwischen war es längst dunkel. Die wenigen Gäste, die noch geblieben waren, hatten sich um das Feuer im Bergfried, wie Abigail ihn nannte, versammelt. Sie tranken heißen Kaffee und versuchten, einander Mut zu machen.

»Es gibt nur eine einzige logische Erklärung«, insistierte Bill. »Bodie hat es irgendwie geschafft, in die Wagenhalle zu kommen, dort den Geheimausgang entdeckt und ist dann mit dem Silver Ghost weggefahren. Wahrscheinlich, um Rufes Mörder zu verfolgen.«

»Das glaubst du doch selbst nicht.« Abigail hielt sich etwas besser als ihr Mann. »Warum sollte Bodie Wouters verrückte Konstruktion sofort entdecken, wenn uns allen fünf Jahre lang nicht das geringste aufgefallen ist? Warum sollte sie kostbare Zeit damit verschwenden, den Silver Ghost anzuwerfen, was wirklich nicht einfach ist, wie du sehr wohl weißt, statt in der Hälfte der Zeit den Hügel hinunterzulaufen und ihren eigenen Wagen zu holen?«

Sie bestrich ein Crumpet mit Honig und reichte es Bill. »Hier, jetzt iß endlich was, sonst brichst du uns am Ende noch zusammen. Warum sollte eine ältere Dame mit soviel Weitblick wie Bodie überhaupt auf die Idee kommen, einen Mörder zu jagen? Bodie hat in ihrem ganzen Leben noch nie etwas Unvernünftiges getan. Sie hat sich sogar geweigert, an den Kissenschlachten im Internat teilzunehmen. Erinnerst du dich noch, Drusilla? Ich will damit nicht sagen, daß sie nicht mit dem Silver Ghost die Garage verlassen hat, Bill. Ich sage lediglich, daß sie es in dem Fall bestimmt nicht aus freien Stücken getan hat. Wir müssen den Tatsachen einfach ins Auge sehen. Max, was haben Sie als nächstes vor?«

»Ich habe eine Beschreibung von Mrs. Kelling an die Bundespolizei durchgegeben«, beruhigte er sie. »Nach dem Silver Ghost wird bereits gefahndet. Wenn sie in dem Wagen ist, dann wird man sie auch finden.«

»Und wenn sie von jemand anderem gekidnappt wurde?«

»Das ist sehr unwahrscheinlich. Aber auch in diesem Fall müßten wir warten, bis die Entführer sich melden.«

»Bei wem sollen sie sich denn melden?« sorgte sich Abigail. »Bodie ist verwitwet, und ihr einziger Sohn lebt in Hongkong. Und hier bei uns werden sie ja wohl kaum anrufen, oder?«

»Vermutlich werden sie sich bei einem der Kellings melden«, meinte Tick Purbody.

»Der dann auf der Stelle Max anruft.« Sarah war nicht sehr glücklich darüber, daß ihre riesige Familie ständig sämtliche Probleme bei ihrem Gatten ablud. »Wir würden es bestimmt sofort erfahren.«

»Was wäre, wenn sie jemand als Geisel festhalten würde?« fragte Melisande.

Max schüttelte den Kopf. »Warum sollte das jemand tun? Wir sollten endlich aufhören, um den heißen Brei herumzureden. Es ist doch sicher jedem hier klar, daß die Ermordung von Rufus und der Diebstahl der beiden Wagen mit ziemlicher Wahrscheinlichkeit von einem der Hausangestellten, einem engen Freund oder sogar einem Familienmitglied begangen wurde.«

Drusilla Gaheris brach als erste das bleischwere Schweigen, das nach dieser Feststellung auf den Anwesenden lastete. »Ich hatte mich schon gefragt, ob jemand wagen würde, diesen Punkt anzusprechen. Es scheint tatsächlich alles darauf hinzudeuten, daran gibt es nichts zu rütteln. Ich vermute, Mr. Bittersohn will damit sagen, daß jemand, der diese Taten begangen hat, bestimmt keine Geisel nehmen würde. Falls die fragliche Person tatsächlich genau im falschen Moment auf Bodie gestoßen sein sollte, hätte sie doch einfach behaupten können, sie mache ebenfalls nur einen kleinen Spaziergang. Den Silver Ghost hätte sie dann später stehlen können, als die Luft wieder rein war.«

»Aber wenn Bodie nun ausgerechnet in dem Moment aufgetaucht ist, als diese Person Rufe ermordete?« insistierte Tick Purbody.

»Dann hätten bestimmt zwei Leichen in dem Baum gehangen und nicht nur eine, meinen Sie nicht? Als wir noch in Europa herumgereist sind, waren die Leute überall entsetzt über die angebliche Grausamkeit von uns Amerikanern. Ich habe jahrelang versucht, sie davon zu überzeugen, daß wir hier nicht samt und sonders Revolverhelden und Straßenräuber sind, aber ...«

Mrs. Gaheris zuckte mit den Achseln und setzte ihre Kaffeetasse ab. »Nein, vielen Dank, Abigail. Ich glaube, ich trinke jetzt besser keinen Kaffee mehr, sonst kann ich nachher kein Auge mehr zutun. Außerdem beginnt das Gespräch jetzt so vertraulich zu werden, daß ich es für taktvoller halte, mich zurückzuziehen. Ich bin ohnehin ziemlich erschöpft.«

»Du solltest auf jeden Fall das tun, was dir am angenehmsten ist, Drusilla.« Abigail Billingsgate klang, als wäre sie am liebsten gleich mitgegangen. »Es tut mir schrecklich leid, daß dein erster Besuch bei uns von diesen schrecklichen Ereignissen überschattet wird.«

»Sag so was nicht, Abigail. Ich bin froh und dankbar, daß ich hier bin und dich wenigstens moralisch ein bißchen unterstützen darf, wenn ich sonst schon nichts tun kann.«

»Vielleicht können Sie das doch«, sagte Max. »Bevor Sie nach oben gehen, Mrs. Gaheris, könnten Sie vielleicht kurz nachdenken, ob Sie nicht doch irgend etwas gesehen haben, das uns weiterhelfen könnte. Meine Frau sagt, Sie hätten zu den letzten Personen gehört, die während des Banketts mit ihrer Tante gesprochen haben.«

»Das kann durchaus sein, aber ganz sicher bin ich mir da nicht. Ironischerweise wollten Bodie und ich eigentlich gemeinsam zu den Rolls Royce gehen. Oder hatten es uns jedenfalls vorgenommen. Dummerweise war mir völlig entgangen, daß die Wagenhalle für Besucher geschlossen war, obwohl ich doch schon seit einer Woche hier bin.«

»Die Entscheidung ist erst in letzter Minute gefallen«, erklärte Bill.

»Das sagst du bestimmt nur aus Freundlichkeit, Bill. Lieb von dir, daß du versuchst, es mir leichter zu machen. Wir wollten gerade losgehen, als die Herolde mit ihren Posaunen erschienen – was für eine wunderbare Idee übrigens, Abigail. Daraufhin sind wir natürlich schnurstracks in den Pavillon gegangen.«

Mrs. Gaheris strich den schweren braunen Rock glatt, den sie immer noch trug. »Ich war irgendwie davon ausgegangen, daß Bodie und ich zusammensitzen und uns unterhalten würden, doch dazu kam es gar nicht. Wahrscheinlich war es meine Schuld. Ich bin dauernd auf Leute gestoßen, die ich seit Ewigkeiten nicht gesehen hatte, und habe mit ihnen geplaudert. Sie wissen ja, wie so was ist. Als ich schließlich das Bedürfnis hatte, mich ruhig irgendwo hinzusetzen, war Bodie nirgends zu sehen und Dorothy Dork bat mich, ihr Gesellschaft zu leisten. Dot ist nämlich meine Cousine, wissen Sie, und ihre Kinder sagen Tante zu mir. Ich glaube, sie ist ein bißchen beleidigt, daß ich bei Abigail und Bill wohne und nicht bei ihr und ihrem Mann, daher wollte ich sie natürlich auf keinen Fall wieder vor den Kopf stoßen. Aber das ist alles langweiliges Geschwätz und für Sie sicher völlig uninteressant, Mr. Bittersohn.«

Max teilte diese Ansicht voll und ganz. Er kam daher wieder auf den Punkt. »Wie hat Boadicea auf Sie gewirkt, als Sie mit ihr zusammen waren? Schien sie irgendein Problem zu haben?«

»Wenn man bedenkt, daß wir uns jahrelang nicht gesehen hatten, würde ich sagen, sie verhielt sich völlig normal. Bodie ist ein Unikum, und sie hat sich eigentlich kein bißchen verändert. Ich war enttäuscht, daß wir nicht mehr Zeit miteinander verbringen konnten. Sobald ich die Möglichkeit dazu hatte, habe ich mich nach ihr umgesehen.«

»Wo haben Sie denn nach ihr gesucht?«

»Oh, nur im Pavillon und in der Nähe der Terrasse. Ich habe nicht direkt nach ihr gesucht, wissen Sie, sondern nur nach ihr ausgeschaut.«

»Haben Sie den Pavillon während des Banketts zu irgendeinem Zeitpunkt verlassen?« wollte Max wissen.

»Ja, das habe ich. Ich nehme zu den Mahlzeiten immer ein bestimmtes Medikament ein, und das hatte ich in meinem Zimmer vergessen. Nichts Ernstes, Abigail, ich muß mich nur wieder an die amerikanische Küche gewöhnen.«

Max Bittersohn konnte sich für die Verdauungsprobleme von Mrs. Gaheris nicht sonderlich erwärmen. »Befand sich das Medikament in Ihrem Schlafzimmer? Wie lange haben Sie gebraucht, um es zu holen?«

Seine Hartnäckigkeit schien sie zu amüsieren. »Ja, die Tabletten waren in meinem Schlafzimmer. Auf dem Frisiertisch, um es ganz genau zu sagen. Als ich mir nach dem Frühstück mein Kostüm anzog, habe ich sie dort hingelegt. Was den genauen Zeitpunkt betrifft, muß ich leider passen. Ich habe ein oder zwei Minuten vor dem Spiegel vertrödelt, mir meinen Schleier zurechtgezupft und ein wenig Puder aufgelegt, auch wenn das wahrscheinlich wenig gebracht hat. Bei der Gelegenheit habe ich schnell auch noch das gewisse Örtchen aufgesucht, das lernt man im diplomatischen Dienst, wissen Sie. Und danach habe ich kurz am Fenster gestanden und die Terrasse und die Felder bewundert. Oh!«

»Ist Ihnen etwas eingefallen?«

»Na ja, aber wahrscheinlich ist es völlig unwichtig. Es ist wirklich nur eine winzige Kleinigkeit, die Sie bestimmt nicht interessieren wird.«

»Warum erzählen Sie uns nicht einfach trotzdem davon?« meinte Sarah.

»Also, ich haben einen der Morris-Tänzer gesehen.«

»Wo war er denn?« wollte Max wissen. »Kam er aus dem Wäldchen?«

»Nein, er ging hinein. Ich dachte schon, er wollte zur Wagenhalle. Wahrscheinlich nahm ich das an, weil Bodie und ich auch dorthin wollten. Es gibt da einen hübschen Weg und eine kleine Holzbrücke. Ich bin schon mehrfach an der Stelle spazieren gegangen.«

»Haben Sie den Tänzer erkannt?«

»Nein, er drehte mir den Rücken zu und hatte die Kapuze auf. Die roten und gelben Zacken sahen sehr hübsch aus vor dem vielen Grün. Ich habe es fast bedauert, als ich ihn nicht mehr sehen konnte.«

»Wie lange haben Sie Ihrer Meinung nach am Fenster gestanden und ihn beobachtet?«

»Etwa ein oder zwei Minuten, denke ich. Länger auf keinen Fall. Er ging sehr schnell, man könnte fast sagen, er rannte.«

»Wissen Sie zufällig, wie spät es ungefähr war?«

»Nein, das weiß ich nicht. Ich habe zwar einen Reisewecker auf dem Nachttisch, aber ich habe mir nicht die Mühe gemacht hinzusehen. Wenn ich die Wahrheit sagen soll, habe ich es sogar bewußt vermieden, weil ich mir vorgestellt habe, in einer Zeit zu leben, in der Uhren noch keine Bedeutung hatten. Wenn man lange Zeit unter großem Zeitdruck stand und dann plötzlich die Möglichkeit hat auszuspannen, möchte man dieses Vergnügen auch voll und ganz genießen. Es tut mir leid, daß ich Ihnen in dem Punkt nicht weiterhelfen kann, aber zu dem Zeitpunkt schien es mir absolut unwichtig. Wann immer es auch war.«

»Haben Sie gesehen, ob der Mann in Richtung Wagenhalle ging?«

»Nein. So weit konnte ich unmöglich sehen. Die Aussicht wird von mehreren großen Bäumen völlig verdeckt. Ich glaube, du sagtest, der Park sei ganz bewußt so gestaltet worden, Bill.«

»Stimmt«, bestätigte Billingsgate. »Zu Lebzeiten meines Urgroßvaters spielte die Wahrung der Privatsphäre eine weitaus größere Rolle als die Sicherheit. Inzwischen sind einige der Bäume, die er gepflanzt hat, so groß, daß sie uns Probleme machen. Aber es sind so wunderschöne Exemplare, daß wir es nicht übers Herz bringen, sie fällen zu lassen. Tut mir leid, Max, ich wollte nicht vom Thema abschweifen. Hast du irgendeine Ahnung, wer der Morris-Tänzer gewesen sein könnte, Drusilla? War er groß oder klein, dick oder dünn?«

»Er wirkte sehr gelenkig, aber das sind sie ja alle. Seine Figur kann ich beim besten Willen nicht beschreiben. Dazu war ich einfach zu weit weg. Außerdem liegt das Fenster ziemlich hoch, das verzerrt die Perspektive, wie Sie wissen. Er war weder dick, noch hatte er auffallend breite Schultern, aber dünn war er auch nicht. Muskulös, würde ich sagen, ein besseres Wort fällt mir nicht ein.«

Und es paßte schließlich auf alle, dachte Sarah, sagte aber nichts. Mrs. Gaheris schien derselbe Gedanke durch den Kopf gegangen sein, denn sie fügte noch ein paar zusätzliche Informationen hinzu.

»Dork Junior war es jedenfalls nicht, da bin ich ganz sicher. Er ist zu klein und gedrungen. Und Sie können es auch nicht gewesen sein, Tick, weil Sie von allen der Größte sind.«

Sarah wollte wieder etwas sagen, entschied sich aber auch diesmal dafür, den Mund zu halten. Mrs. Gaheris sprach weiter.

»Jemanden von hinten aus dieser Entfernung zu erkennen, wenn alle das gleiche Kostüm tragen, ist ziemlich schwierig, selbst wenn man sie gut kennt. Und ich brauche sicher nicht zu sagen, daß dies auf mich keineswegs zutrifft.«

»Wie ist es mit dir, Tick?« erkundigte sich Bill. »Hast du eine Ahnung, wer es gewesen sein könnte?«

»Ich kann dazu leider gar nichts sagen. Ich kann lediglich Drusillas Aussage, daß ich es nicht war, bestätigen. Nachdem ich mit Tanzen fertig war, bin ich schnurstracks zur Toilette gegangen, wenn ich ehrlich sein soll. Und danach zum Pavillon.«

»Wie lange waren Sie denn ungefähr dort?« fragte Max.

»Nur so lange wie nötig. Ich war hungrig und durstig und wollte mir den Rest des Festes auf keinen Fall entgehen lassen.«

»Und in welchem Bad waren Sie?«

»Oh. Gute Frage. Die beiden Toiletten unten waren besetzt, also bin ich nach oben gerannt. In das Bad, das zu Mellys altem

Zimmer gehört, das sie und ich immer noch benutzen, wenn wir hier übernachten. Es ist nicht auf derselben Seite wie Drusillas Zimmer, was Sie sicher fragen wollten. Ich hätte also unmöglich dasselbe gesehen wie sie, wenn ich aus dem Fenster geschaut hätte, was ich übrigens nicht getan habe. Ich hatte den Eindruck, daß die meisten anderen Tänzer im Pavillon waren, als ich wieder nach unten kam. Aber sie waren nicht zusammen, daher kann ich es nicht mit Sicherheit sagen.«

»Können Sie mir aufzählen, wer zu den Tänzern gehört?«

»Klar. Ich selbst natürlich, dann Dork Junior und Lionel Kelling. Bunny Whet und sein Sohn Erp, der die Betty getanzt hat, und Buck Tolbathy und sein Vetter Chad.«

»Wieso ist Chad eigentlich für Sallie eingesprungen?« unterbrach Melisande. »Das wollte ich schon die ganze Zeit fragen.«

»Sal hat sich heute morgen den Knöchel verstaucht. Er ist aus dem Bett gehüpft und ausgerechnet über seinen alten Beagle gestolpert. Daraufhin hat er kurz entschlossen Chad Bescheid gesagt und ihn geschickt.«

»Und der ist eigens von Schenectady hergekommen? Wie hat er denn das so schnell geschafft?«

»Sal hat per Telefon ein Flugzeug gechartert und Buck beauftragt, Chad in Worcester abzuholen, um uns die Arbeit abzunehmen. Verdammt nett von ihm, finde ich.«

»Verdammt praktisch, daß Chad so einfach einspringen konnte«, meinte Max.

»Chad ist früher regelmäßig mit uns aufgetreten«, erklärte Tick. »Bis er nach New York State versetzt wurde. Er hätte gern weiter bei uns mitgemacht, aber es war einfach zu schwierig, die Termine für die Proben zu organisieren. Deshalb haben wir Erp dazugeholt. Wo waren wir eben noch mal stehengeblieben? Ah ja, dann wären da noch Joe Abbott und sein Sohn Monk. Aber die Abbotts kommen auf gar keinen Fall in Frage, Max. Sie mußten Punkt drei bei einer Hochzeit sein und waren schon weg, bevor wir fertig waren. Deshalb haben wir die Tänze, für die wir acht Morris-Tänzer brauchten, vorgezogen und die für sechs zum

Schluß vorgeführt. Die sind außerdem ohnehin älter und authentischer, was die Renaissance betrifft. Versey fand es nicht besonders gut, daß wir im letzten Moment die Reihenfolge geändert haben, aber das ließ sich leider nicht verhindern.«

»Wieso hatte er denn etwas dagegen?« fragte Sarah.

»Oh, Versey regt sich immer wer weiß wie auf, wenn wir irgendwas ändern, ohne ihn vorher zu fragen. Er hält sich nämlich für den eigentlichen Organisator der Feste.«

»Nur wenn es ans Arbeiten geht, löst er sich immer in Luft auf«, spottete Abigail. »Kommen Sie, Max, ich gieß Ihnen frischen Kaffee nach.«

»Vielen Dank, ich bin voll und ganz zufrieden. Was ist mit den Kostümen der Abbotts passiert, Tick? Haben die beiden sie noch getragen, als sie losfuhren?«

»Wohl kaum. Sie sind direkt von hier zur Kirche gefahren. Ich nehme an, sie haben sich in einem der Schlafzimmer umgezogen und die Kostüme entweder mitgenommen oder hier gelassen, um sie später abzuholen. Mum, du hast sie nicht zufällig gesehen?«

»Ich hatte seltsamerweise kaum Zeit, mich ausgiebig mit den Gästezimmern zu befassen, Tick«, informierte ihn seine Schwiegermutter mit erstaunlicher Nachsicht. »Falls Sie glauben, die Kostüme würden uns helfen, Bodie zu finden, Max, dann werde ich sofort danach suchen. Wenn nicht, würde ich lieber bis morgen früh warten. Ich fange nämlich langsam an, müde zu werden.«

Das war mit Sicherheit eine Riesenuntertreibung. Zum ersten Mal, seit die Bittersohns sie kannten, sah Abigail tatsächlich so alt aus, wie sie wahrscheinlich war. Ihre Wangen waren bleich, und ihre Augen waren tief eingesunken. Sarah war erstaunt, daß sie überhaupt noch die Kraft besaß, die Kaffeekanne hochzuheben.

»Die Kostüme sind wirklich nicht wichtig. Falls sie nicht auftauchen, können Max oder ich morgen früh die Abbotts anrufen und uns danach erkundigen«, versicherte sie Abigail.

Wenn jemand das Kostüm in der Wagenhalle getragen hatte, war es höchstwahrscheinlich mit dem Silver Ghost verschwunden. Theoretisch war es natürlich möglich, daß Joe Abbott oder sein Sohn ihr Kostüm anbehalten und sich irgendwo im Haus versteckt hatten, bis die anderen Gäste im Pavillon verschwunden waren und die Luft rein war, und dann das Verbrechen begangen hatten. Doch das ließ sich mühelos herausfinden. Man brauchte schließlich nur mit den Hochzeitsgästen zu reden. Sarah glaubte nicht, daß die Abbotts etwas mit der Sache zu tun hatten, und Max ging es sicher genauso. Dazu war das Alibi viel zu leicht nachprüfbar.

Auch Max dachte nach. Die wahrscheinlichste und gleichzeitig unangenehmste Erklärung für Boadicea Kellings Verschwinden war, daß sie durch die Felder spaziert war und gesehen hatte, wie der Mörder mit dem Silver Ghost davongefahren war. Mrs. Gaheris hatte wahrscheinlich recht mit ihrer These, daß Bodie auf der Stelle umgebracht worden wäre, wenn sie den Mord mitangesehen hätte.

Der Silver Ghost war immerhin ein offener Tourer. Der Dieb hätte zwar riskieren können, einfach davonzufahren, da er wußte, daß die Einheimischen an den Anblick der alten Automobile gewöhnt waren. Der Fahrer hätte sich mit einem Staubmantel, einem Schleier, einer Schirmmütze oder einer Staubbrille unkenntlich machen können, aber wäre er auch kaltblütig genug gewesen, mit einer Leiche im Wagen herumzukutschieren? Er mußte Boadicea demnach in der Wagenhalle versteckt haben, was nicht der Fall war, oder ihre Leiche irgendwo im Wald in der Nähe der Zugbrücke abgeladen haben, doch auch da hatte man keinerlei Spuren gefunden.

Und wenn die Begegnung draußen auf dem Weg stattgefunden hatte? Es wäre töricht gewesen, einfach hupend und winkend an Boadicea vorbeizufahren, zudem paßte es nicht zu dem ansonsten so perfekt organisierten Verbrechen. Die sicherste Lösung wäre gewesen, sie zuerst einsteigen zu lassen und später zum Schweigen zu bringen, wahrscheinlich in dem Versteck, das der Täter sich für den Wagen ausgesucht hatte. Möglicherweise gab es auch einen Komplizen, der irgendwo mit einem großen geschlossenen Lastwagen gewartet, den Oldtimer eingeladen und sich zu gegebener Zeit der unangenehmen Last entledigt hatte. Der Dieb selbst hatte wahrscheinlich nicht riskiert, dem Fest zu lange fernzubleiben. Doch die Staatspolizei konnte einen derartigen Lastwagen sicher bedeutend leichter aufspüren als die Bittersohns.

»Ich würde Ihnen allen gern noch eine Frage stellen. Danach werde ich mit meiner Frau nach Hause fahren und Sie haben endlich Ihre wohlverdiente Ruhe«, sagte Max. »Da Sie jedes Jahr so ein Fest veranstalten, nehme ich an, daß inzwischen das meiste relativ ähnlich abläuft. Diesmal ist zwar eine schreckliche Katastrophe über Sie hereingebrochen, aber die meisten Gäste haben sicher nichts davon bemerkt und sind der Meinung, alles sei genauso schön wie sonst gewesen. Würden Sie mir da recht geben? Oder gab es sonst noch irgendwelche größeren Überraschungen?«

»Nun ja, ich war ziemlich überrascht, als Chad anstelle von Sal hier antanzte«, meinte Tick.

»Und mich hat überrascht, daß es Sarah gelungen ist, Versey einen Korb zu geben«, kicherte Melisande. »Ich wünschte nur, ich hätte dabei Mäuschen spielen können.«

»Also wirklich, Melly!« schimpfte ihr Vater, wobei seine Mundwinkel allerdings verräterisch zuckten. »Vercingetorix Ufford ist immerhin ein alter, geschätzter Kollege.«

»Kollege?« fragte Sarah überrascht. »Ich dachte, er sei Professor.«

»Ist er auch. Er gibt hin und wieder eine Vorlesung, aber er stellt auch gelegentlich die Programme für unsere Studios zusammen, wählt die Musik aus und schreibt die Texte für unsere Serie ›Reise in die Renaissance‹. Er hatte sogar eine Zeitlang sein eigenes Programm bei uns. Er hat Gedichte gelesen, vor allem von frühen Dichtern wie Chaucer und Spencer.«

»Den Hörern hat es gut gefallen«, spöttelte Tick. »Alle drei waren hochzufrieden. Wie hat er es denn diesmal angestellt, Sarah? Hockte er hinter den Büschen, um sich auf das erste hübsche weibliche Wesen zu stürzen, das vorbeikam?«

»Würde mich nicht wundern«, sagte Melisande. »Das paßt zu ihm. Er lauert ständig irgendwelchen Frauen auf.«

Sarah schenkte ihr ein mattes Lächeln. »Schon wieder eine Illusion weniger. Er hat behauptet, er sei mir den ganzen Weg vom Pavillon her gefolgt, weil keine andere Frau seine Erwartungen erfüllte.«

»Das sagt er immer, der alte Mistkerl. Mich hat er damit an meinem achtzehnten Geburtstag beglückt. Leider ist mir keine passende Antwort eingefallen und ich mußte zur Strafe zweimal die Courante und einmal die Gagliarde mit ihm tanzen.«

»Urteilt nicht zu hart über den armen Versey, Kinder«, sagte Abigail. »Er versucht nur, aus dem wenigen, was ihm die Natur gegeben hat, das Beste zu machen. Lassen Sie mich mal überlegen, Max. Daß Drusilla hier ist, ist ungewöhnlich. Aber nur, weil sie so lange fort war. Als Überraschung würde ich es trotzdem nicht bezeichnen, denn sie wollte schon vor zwei Monaten hier sein. Das einzige, was mich wirklich überrascht hat, ist die Tatsache, daß diesmal das gesamte Frumenty gegessen wurde.«

»Mutter, das kann doch nicht wahr sein!« rief Melisande.

»Doch. Die Gäste haben sogar die Schüssel ausgekratzt. Unsere Köchin hat es erst geglaubt, als ich es ihr gezeigt habe. Jetzt macht sie sich die schlimmsten Vorwürfe, daß sie nicht mehr gemacht hat. Die Ärmste, aber wer hätte das ahnen können? Normalerweise bleibt immer wer weiß wie viel übrig. Sogar die Kinder aus der Sonntagsschule rühren es nicht an.«

»Hat Ihre Köchin diesmal ein neues Rezept ausprobiert?« erkundigte sich Sarah.

»O nein, das würde sie nie tun. Seit unserem ersten Renaissance-Fest benutzen wir immer dasselbe alte Rezept. Es stammt aus einem Manuskript aus dem vierzehnten Jahrhundert und wurde von einer Äbtissin aus Kent niedergeschrieben. Ihr glaubt doch nicht etwa, daß dieser Nouvelle cuisine-Unsinn inzwischen Frumenty entdeckt hat?«

Diese Frage konnte niemand beantworten. Nehemiah Billingsgate musterte den traurigen Rest der immer noch kostümierten Gäste seines Renaissance-Fests.

»Also wirklich, meine Lieben, wenn Grütze das Interessanteste ist, das uns noch einfällt, dann sollten wir unser Gespräch besser auf morgen vertagen. Dürfen wir damit rechnen, daß Sie und Sarah morgen früh wieder herkommen, Max?«

»Morgen wissen wir vielleicht mehr«, meinte Max. »Die Polizei hat bis dahin sicher schon einiges herausgefunden.«

Es war gar nicht so einfach, sich loszueisen. Sarah konnte ihrer Gastgeberin unter diesen Umständen kaum für das wundervolle Fest danken und entschied sich daher für einen Kompromiß. »Machen Sie sich bitte keine zu großen Sorgen, vor allem nicht wegen Tante Bodie. Es wird bestimmt alles gut. Ich kann mir einfach nicht vorstellen, daß ihr irgend etwas Schreckliches passiert sein soll. Wir sehen uns dann morgen.«

Kapitel 9

»Meine Güte, war das unbequem!« Sarah löste die Befestigung ihres Hennins, riß sich die Spitzhaube vom Kopf und warf sie hinter sich auf den Rücksitz. »Würdest du bitte die Heizung etwas höher schalten, Liebling?«

»Schon passiert. Es wird gleich wärmer. In der Zwischenzeit könntest du vielleicht ein bißchen näher rücken?«

»Ich habe Angst, daß du dann vor lauter Stoff das Gaspedal nicht mehr findest.« Trotzdem konnte Sarah dem verlockenden Angebot ihres Mannes nicht widerstehen und räumte ihre inzwischen unansehnlich gewordene Schleppe, so gut es ging, aus dem Weg.

»Irgendwie habe ich das Bedürfnis, sämtliche Seitenwege nach Tante Bodie abzusuchen, obwohl ich genau weiß, daß sie die erste wäre, die mich für verrückt erklären würde. Andererseits können wir im Dunkeln kaum etwas ausrichten, wenn Tick und der Hubschrauberpilot schon im Hellen nichts gefunden haben. Nur gut, daß Bill und Abigail es geschafft haben, ihre Gäste loszuwerden, ohne daß die Polizei und die Presse überall herumstöberte.«

»Mich wundert, daß dieser Grimpen die Sache nicht an die große Glocke gehängt hat«, sagte Max. »Ich habe schon oft gesehen, wie Polizisten ein Verbrechen vertuscht haben, besonders, wenn wohlhabende, einflußreiche Personen darin verwickelt waren, obwohl manchmal natürlich auch genau das Gegenteil zutreffen kann. Aber ich habe noch nie gesehen, daß jemand so scharf darauf war, einen Fall komplett unter den Teppich zu kehren, nachdem er ihn derart brillant gelöst hat, ohne die geringsten Nachforschungen gemacht zu haben.«

Sarah gähnte. »Melly hat von ihrem Freund Reggie erfahren, daß Grimpen heute im Country Club ist und Bridge spielt. Vielleicht hatte er Angst, seine Frau könnte sauer sein, wenn er seine Zeit damit verplempert, seine Arbeit zu erledigen. Oder er hatte den Silver Ghost selbst gestohlen und wurde langsam nervös.«

»Ich wäre entzückt, wenn du recht hättest, aber wahrscheinlich hat Grimpen nicht genug Grips, um so etwas durchzuziehen. Aber wir müssen ihn natürlich trotzdem überprüfen, Kätzele.«

»Du wirst ihn überprüfen müssen, Schatz. Ich muß Cousin Lionel über Morris Dancing und Moriskentänze ausquetschen.«

»Womit wir bei einem heiklen Thema angelangt wären«, sagte Max.

»Ich weiß, Liebster. Aber keine Angst, ich weiß sofort, ob er etwas damit zu tun hat oder nicht. Lionel glaubt zwar, er könne alle hinters Licht führen, aber dummerweise fängt er immer an zu schielen, wenn er die Unwahrheit sagt. Außerdem ist er den ganzen Tag damit beschäftigt, Tante Appies Geld zu verjubeln, was dagegen spricht, daß er neuerdings aus purem Vergnügen Oldtimer klaut. Glaubst du, Miriam ist sauer, weil wir so lange geblieben sind?«

»Du hast sie doch angerufen und ihr alles erzählt, oder?«

»Natürlich. Sie sagte, Davy sei nach der Gutenachtgeschichte sofort eingeschlafen und könne gern die Nacht über bei ihr bleiben. Aber anscheinend kann sie sich vorstellen, wie uns zumute ist, und will daher aufbleiben und auf uns warten.«

»Ihretwegen brauchst du wirklich keine Schuldgefühle zu haben. Miriam und Ira sind richtige Nachtmenschen. Sie bleiben immer bis in die Puppen auf. Sollen wir mal hören, ob was Interessantes im Radio kommt?«

Danach sprachen sie kaum noch. Als sie Ireson Town erreichten, hatte sich Sarah auf ihrem Sitz zusammengerollt, den Kopf in den Schoß ihres Mannes gekuschelt, und schlief tief und fest. Er mußte sie mehrfach sanft anstupsen, damit sie wach wurde.

»Hey, Murmeltierchen! Wir sind da!«

»Da? Wo denn? Oh.« Sarah richtete sich auf und öffnete die Wagentür. »Brr! Ganz schön frisch. Ich hätte wirklich daran denken sollen, mir was Wärmeres mitzunehmen.«

Doch es waren nur ein paar Schritte bis zum hübschen Farmhaus der Rivkins, und Miriam erwartete sie bereits mit heißem Tee.

»Was ist denn passiert?« wurden sie von Ira begrüßt.

»Wie ist deine Houppelande angekommen?« wollte Miriam wissen.

Sarah beantwortete die wichtigere Frage zuerst. »Hervorragend. Alle haben gesagt, ich hätte das schönste Kostüm. Nicht wahr, Max? War Davy auch schön brav?«

»Schaut ihn euch selbst an.«

Sie schlichen auf Zehenspitzen ins Gästezimmer, wo Miriam das alte Kinderbettchen ihres Sohnes aufgestellt hatte. Nachdem sie sich versichert hatten, daß Davy noch lebte, daß es ihm gut ging und er sanft und selig schlief, gingen alle in die Küche, wo Sarah und Max sich erschöpft und erleichtert auf die Küchenstühle fallen ließen.

»Ich wußte gar nicht, daß ich so hungrig bin«, sagte Sarah und nahm dankend eine Scheibe von Miriams köstlichem Früchtebrot in Empfang. »Außer einer Tasse Kaffee habe ich seit dem Bankett keinen Bissen mehr zu mir genommen, und das ist schon eine Ewigkeit her. Oder kommt mir zumindest so vor.«

»Gab es was Leckeres zu essen?« fragte Miriam.

»Wer ist denn diesmal umgebracht worden?« erkundigte sich Ira. Max und Sarah versuchten, beiden gleichzeitig gerecht zu werden, was gar nicht so einfach war.

»Pfauenbraten? Wer ißt denn so was?«

»Es war bloß Truthahn, der mit ein paar Pfauenfedern …«

»Dieser Mann hing also oben im Baum, und man konnte nur die Füße …«

»Am merkwürdigsten war das Frumenty. Keiner mochte es, aber alle haben davon …«

»Klingt ganz so, als sei es der Cop gewesen.« Endlich hatte Ira sich durchgesetzt. »Aber wie zum Teufel fängt man es an, wenn man einen Polizeichef verhaften will?«

»Das sag ich dir, wenn ich es herausgefunden habe.« Max stellte seine leere Tasse auf den Tisch. »Was meinst du, Sarah? Sollen wir unseren Sprößling mit nach Hause nehmen?«

»Er kann gern bei uns bleiben«, erklärte Miriam zum fünften

oder sechsten Mal. »Ihr könnt doch alle hier übernachten. Wir haben genug Platz.«

»Aber dann hätten wir morgen früh nichts anzuziehen«, gab Sarah zu bedenken. »Leihst du mir eine Extradecke für Davy?«

»Am besten nimmst du dir auch noch eine für dich selbst mit«, schlug Max vor. »Sie hat mir nämlich während der ganzen Fahrt vorgejammert, ihr sei so kalt.«

»Stimmt überhaupt nicht«, protestierte Sarah. »Den größten Teil unserer Fahrt habe ich nämlich verschlafen, wie ich zu meiner Schande gestehen muß. Oh, vielen Dank, Miriam. Du bekommst sie morgen zurück.«

Nach dem üblichen Hin und Her waren Max und Sarah schließlich abfahrbereit, trugen ihr schlafendes Baby nach draußen ins Auto, fuhren in aller Seelenruhe die kurze Strecke zu ihrem eigenen Haus und verfrachteten Davy behutsam in sein eigenes Bettchen. Sie hatten gerade die Häupter auf ihre jeweiligen Kopfkissen gebettet, als der Kleine plötzlich aufwachte und wie am Spieß losbrüllte.

»Das nenne ich Dankbarkeit«, stöhnte Max. »Soll ich gehen?«

»Nein, bleib ruhig liegen. Ich habe im Wagen genug geschlafen. Er ist bestimmt naß, ich kann mir nicht vorstellen, daß er nach einem Besuch bei Miriam hungrig sein sollte.«

Sarah tastete nach ihren Pantoffeln und machte sich auf den Weg ins Zimmer ihres eben noch so friedlich schlummernden Sohnes und zupfte unterwegs die Ärmel ihres Morgenmantels zurecht. »Na komm schon, Spätzchen. Mami gibt dir ein trockenes Höschen.«

Doch saubere Windeln schienen dem Kleinen nicht zu genügen. Sarah trug das immer noch brüllende Baby hinunter in die Küche. Sie machte ein Fläschchen warm und ließ sich mit ihrem Sprößling auf den Schaukelstuhl sinken. Davy nahm ein paar kräftige Schlucke, gluckste leise und schlief mit dem Schnuller im Mund ein.

»Du kleines Monster.« Sarah küßte ihn hingebungsvoll auf sein Köpfchen. Davys Haar war blond und lockig. Genau wie bei

Max, als er noch ein Baby war, hatte Miriam gesagt. Als sie ihn wieder zurück ins Bettchen legte, gab er keinen Mucks von sich. Und Max brummte nicht einmal, als sie sich endlich wieder neben ihn in ihr eigenes Bett kuschelte. Der Apfel fiel eben nicht weit vom Stamm.

Sarah selbst war inzwischen hellwach. Was mochte nur mit Tante Bodie sein, fragte sie sich. Wo war sie, und was war ihr zugestoßen?

Es war schwer vorstellbar, daß Boadicea Kelling irgend etwas zustoßen könnte. In ihrem wohlgeordneten Leben passierte so leicht nichts Ungewöhnliches. Alles entwickelte sich stets aus weiser Voraussicht und genauer Planung. Nicht gerade typisch für eine Kelling. Aber schließlich war Boadicea ja auch keine echte Kelling.

Diese Erkenntnis verblüffte Sarah ungemein. Sie war so sehr daran gewöhnt, daß fast alle Kellings irgendwelche entfernten Verwandte heirateten, damit das Geld in der Familie blieb, daß sie und die meisten Mitglieder ihres Clans dazu tendierten, alle Angeheirateten automatisch für echte Kellings zu halten, ganz egal, woher sie ursprünglich stammen mochten. Max hatte seine Probleme mit dieser Kellingisierung, doch Bodie war sofort akzeptiert worden, soweit Sarah sich erinnerte.

Aber woher stammte Boadicea und warum konnte Sarah sich nicht mehr daran erinnern? Ihr Vater hatte sich zu seinen Lebzeiten geradezu zwanghaft mit dem Familienstammbaum beschäftigt. Während ihrer ersten achtzehn Lebensjahre hatte sie sich täglich zu jeder Mahlzeit und manchmal auch noch zum Nachmittagstee seine endlosen Aufzählungen anhören müssen. Sie versuchte verzweifelt, sich auf die knorrigen und verschlungenen Zweige ihres Familienstammbaums zu konzentrieren.

Boadicea war mit Onkel Morgan verheiratet gewesen. Eigentlich war er gar nicht Sarahs Onkel gewesen, sondern Cousin Percys, und Percy war nur um drei Ecken mit ihr verwandt. Morgan Kelling hatte mit Wolle und Kämmling gehandelt, eine durchaus akzeptable Laufbahn für einen Bostoner seiner Herkunft, außerdem hatte schon sein Vater einen schwunghaften Handel mit diesen Materialien betrieben. Sarah konnte sich leider nur noch an Onkel Morgans Beerdigung erinnern. Damals war sie zehn gewesen, und man hatte sie mitgenommen, um ihr einen besonderen Gefallen zu tun, indem man sie wie eine Erwachsene behandelte. Aber sie konnte sich auch noch daran erinnern, daß Onkel Morgan jeden Tag mit dem Zug von Wenham nach Boston gefahren war.

Das war sicher auch der Grund, warum sie so wenig über die Morgan Kellings wußte, nicht etwa, weil Tante Bodie ein Geheimnis aus ihren Angelegenheiten machte, sondern weil sie in einem Ort lebte, der außerhalb des Orbits lag, in dem Sarah aufgewachsen war. Tante Bodie konnte einen Großteil ihrer angeheirateten Verwandten nicht leiden, worin sie wiederum den echten Kellings ähnelte, die ebenfalls ständig miteinander im Clinch lagen und dazu meistens gute und triftige Gründe hatten.

Bodie hatte Großonkel Frederick für verrückt erklärt, was wahrscheinlich sogar zutraf, und Großtante Mathilda für einen Drachen gehalten, womit sie wohl ebenfalls recht gehabt hatte. Außerdem hielt sie Cousin Dolph für einen Langweiler, Tante Appie für einen Wirrkopf und Onkel Jem für einen notorischen Verschwender. Sarahs Eltern hatte sie gemocht, denn sie waren ihrer Meinung nach vernünftige Leute gewesen. Doch sie hatte sie nie besucht, da sie zu nah mit Tante Caroline verwandt gewesen waren, und die hatte auf ihrer Haßliste ganz oben gestanden.

Aber warum hatte Bodie Tante Caroline so abgrundtief gehaßt? Sarah wurde allmählich wieder müde. Sie kam sich vor wie Alice im Wunderland beim Fall ins Kaninchenloch und fragte sich wie die berühmte literarische Vorlage, ob Katzen Fledermäuse fraßen oder Lederfläuse Katzenmäuse. Hatte Boadicea Caroline irgendwie vor den Kopf gestoßen? Oder hatte Tante Caroline Tante Bodie beleidigt? Vielleicht hatten sie auch einfach nicht zueinander gepaßt, weil sie beide einen eisernen Willen besaßen. Aber war das nicht völlig unwichtig? Tante Caroline war schließlich schon seit Jahren tot.

Kapitel 10

Trotzdem war es wichtig. Sarah schlief schließlich ein, ohne das Rätsel gelöst zu haben. Als sie wieder aufwachte, schien die Sonne ins Zimmer. Max hatte die Vorhänge aufgezogen und unterhielt seinen Sohn mit einer Imitation von Boris Chaliapin und John McCormick und ihrer Version von »The Three Little Pigs«.

»Jetzt fällt es mir wieder ein«, rief sie in einer für jeden Außenstehenden völlig unverständlichen Anwandlung. »Sie kamen beide aus New York!«

Max sang noch ein hohes C und ein tiefes D. »Von wem sprichst du?«

»Tante Bodie und Tante Caroline natürlich. Hast du seine Windeln gewechselt?«

»Das ist doch wohl Männersache. Wir stellen dir ja schließlich auch keine peinlichen Fragen, oder? Hast du vor, heute irgendwann aufzustehen oder soll ich eine Dose Bohnen für Davy aufmachen und ein Steak auf den Grill knallen?«

»Warum verschwindet ihr nicht beide einfach, damit ich mich in Ruhe anziehen kann? Wie spät ist es überhaupt?«

»Fast acht. Wir müssen in Birmingham anrufen, bevor es wieder teuer wird.«

»Birmingham in England oder Birmingham in Alabama?«

»Beide, wenn ich es mir recht überlege. Na komm schon, Dave. Ich weihe dich in die Geheimnisse meines Berufs ein. Damit kann man nicht früh genug anfangen.«

Als die beiden fort waren, duschte Sarah und schlüpfte in einen weichen blauen Jogginganzug. Sie hatte zwar nicht die Absicht, athletische Wunderleistungen zu vollbringen, doch der Anzug war bequem und konnte problemlos in die Waschmachine gesteckt werden, falls Davy wieder einmal beschloß, ihn auf irgendeine Art zu verschönern, was er todsicher tun würde. Das Bett ließ sie ungemacht zurück. Mrs. Blufert kam schließlich um Punkt halb zehn, um nach dem Rechten zu sehen.

Weder Sarah noch Max hatten vorgehabt, eine Haushaltshilfe einzustellen, doch aufgrund ihres ungewöhnlichen Berufes brauchten sie unbedingt eine zuverlässige Person, die sich im Notfall um den Haushalt kümmerte und Davy versorgen konnte. Mr. Lomax, der schon so lange Hausmeister in Ireson's Landing war, wie Sarahs Erinnerung zurückreichte, hatte wie so oft das Problem für sie gelöst. Seine verwitwete Nichte lebte ganz in der Nähe, liebte Hausarbeit und Babys und hatte nichts dagegen, sich ein bißchen nebenher zu verdienen.

Was bedeutete, daß sie knapp bei Kasse war und einen Job brauchte. Die Bittersohns hatten über Miriams diverse Quellen Erkundigungen über sie eingezogen, ein Gespräch mit ihr geführt, sie auf Anhieb gemocht und ihr ein großzügiges Gehalt dafür geboten, daß sie zu derart unregelmäßigen Zeiten arbeiten mußte. Bisher klappte alles wie am Schnürchen. Sarah hätte zwar lieber mehr Zeit gehabt, um sich ihrem neuen Heim zu widmen, aber sie hatte noch nie gern geputzt und so konnte sie wenigstens soviel wie möglich mit Davy zusammensein.

Sie konnte Max zwar nicht mehr wie früher überallhin begleiten, doch sie hatte genügend Zeit, einen Großteil der Arbeit per Telefon zu erledigen. Außerdem recherchierte sie die Hintergründe der Fälle und erledigte den Papierkram, eine Tätigkeit, die Max absolut zuwider war. Sarah selbst schrieb gern Briefe und führte auch gern Buch. Sie hatte während ihrer ersten Ehe als Schriftführerin und Schatzmeisterin unzähliger Clubs genügend Erfahrung gesammelt. Die verstorbene Caroline Kelling hatte ständig führende Rollen in irgendwelchen Wohltätigkeitsorganisationen gespielt und eine unglaubliche Begabung besessen, die ganze lästige Arbeit auf andere abzuwälzen.

Warum fiel ihr bloß im Moment dauernd ihre erste Schwiegermutter ein, die sie stets Tante Caroline genannt hatte? Es war irgend etwas zwischen Tante Caroline und Tante Bodie vorgefallen, an das sie sich einfach nicht erinnern konnte. Dabei hatte sich die Familie damals wer weiß wie lange das Maul darüber zerrissen. Statt hier herumzusitzen, den einen Schuh am Fuß, den anderen noch in der Hand, und sich über eine wahrscheinlich völlig unwichtige Kleinigkeit den Kopf zu zerbrechen, sollte sie lieber nach unten gehen und nachsehen, ob es Max und Davy gelungen war, die Küche in ein Schlachtfeld zu verwandeln.

Doch sie hatte ihre beiden Männer unterschätzt. Davy saß brav in seinem Hochstuhl und schien überglücklich über seinen Löffel und das Schüsselchen mit Brei. Es war ihm gelungen, ein wenig davon zu essen, den Großteil auf seinem Kinn und dem Tablett zu verteilen und selbst die dunkelroten Bodenfliesen mit Klecksen zu verschönern. Max telefonierte und griff nur hin und wieder ein, um den Löffel seines Sohnes in Richtung Mund zu dirigieren. Sarah griff nach dem Küchenpapier, wischte das Gröbste weg und füllte Kaffee in die elegante Kaffeemaschine, die Miriam und Ira ihnen zur Hauseinweihung geschenkt hatten.

Das neue Haus lag noch näher am Meer als das alte Sommerhaus der Kellings. Die Granitfelsen der North Shore waren ein gutes Fundament für ein Haus, über Erosionen brauchten sie sich daher keine Gedanken zu machen. Vom Fenster im oberen Stock aus sah man Little Nibble Island und den Horizont. Selbst hier in der Küche gönnte sich Sarah beim Toasten von Muffins und Schneiden einer Grapefruit hin und wieder einen Blick auf den Atlantik.

Das alte Haus mit seinen dunklen, zugigen Räumen und Wänden voller Schimmelpilz war wenig einladend gewesen, ihr neues Heim war hell und freundlich. Sie hatten sich von sämtlichen alten Möbeln getrennt, doch Sarah hatte ohnehin längst alles, was einigermaßen erhaltenswert war, in das Backsteinhaus am Beacon Hill verfrachtet, als sie es damals eingerichtet hatte. Sowohl das Haus in Boston als auch das in Ireson's Landing hatte sie von ihrem verstorbenen ersten Mann geerbt. Was noch übrig gewesen war, hatte sie einer Wohltätigkeitsorganisation geschenkt, bevor die Abbrucharbeiter gekommen waren. Jetzt hatten sie Möbel aus hellem Holz, freundliche Farben, Naturmaterialien, die wunderschöne Landschaft von Burchfield, die Max ihr zur Hochzeit geschenkt hatte, und zugfreie, dreifach verglaste hübsche Fenster mit einem wunderschönen Blick auf die Klippen, das Moor, die Wälder und das Meer.

Um diese Jahreszeit spielten die Bittersohns morgens entweder mit Davy oder griffen sich die beiden Ferngläser, die direkt neben dem Toaster lagen, und hielten nach Zugvögeln Ausschau. Doch heute hatten sie dazu keine Zeit.

»Woran denkst du?« fragte Max, als Sarah Anstalten machte, mit dem Kaffeelöffel Butter auf ihr Muffin zu streichen.

»Wieso? Ach so, ich verstehe, was du meinst.« Sie legte den Löffel wieder fort. »Wahrscheinlich ist es völlig unwichtig, aber irgendwas war mit Tante Bodie, und ich kann mich einfach nicht daran erinnern. Falls Tante Emma mir nicht weiterhelfen kann, werde ich in den sauren Apfel beißen und Cousine Mabel anrufen müssen. Dabei hatte ich gehofft, bei den Whets und Tolbathys ein bißchen herumzuschnüffeln. Wenn Onkel Jem bloß nicht auf diesem blöden Segeltörn wäre! Er wüßte es bestimmt.«

»Hetz ihm doch die Männer von der Küstenwache auf den Hals.«

»Liebend gern, aber ich glaube kaum, daß sie mitspielen würden. Du fährst sicher wieder zu den Billingsgates?«

»Ich möchte nachsehen, ob Wouter nicht in einem Aufwasch auch noch eine unterirdische Garage konstruiert hat.« Max hob den Löffel auf, den Davy auf den Boden geschleudert hatte und nun schmerzlich zu vermissen begann. »Hier hast du deinen Löffel wieder, Tiger.«

»Gar keine so abwegige Idee«, meinte Sarah. »Ich habe mich auch schon gefragt, ob die Billingsgates vielleicht irgendwo einen Atombunker haben. War das nicht in den vierziger oder fünfziger Jahren groß in Mode?«

»Bevor den Leuten dämmerte, daß es nichts mehr geben würde, für das es sich lohnte, wieder herauszukriechen. Mein Gott, Davy, was haben wir dir bloß angetan.«

»Das Leben ist eben gefährlich, Schatz«, erinnerte ihn Sarah. »Früher hätte er an Blutvergiftung, Keuchhusten, Scharlach, Lungenentzündung oder weiß der Himmel was sterben können, wenn er lange genug gelebt hätte, um sich anzustecken. Ist dir bewußt, daß Oliver Wendell Holmes erst 1843 seine Schrift über die Gefahren des Kindbettfiebers veröffentlicht hat? Er hat jahrelang versucht, die großen Ärzte seiner Zeit davon zu überzeugen, daß sie unzählige junge Mütter umbrachten, bloß weil sie sich die Hände nicht wuschen und ihre schmutzigen alten Gehröcke trugen, wenn sie Geburtshilfe leisteten. Je schmutziger der Gehrock, desto erfolgreicher fühlte sich der Arzt. Damals marschierte man in einer wahren Bazillenwolke von einem Patienten zum nächsten, brachte reihenweise Frauen um und schob es auf den Willen Gottes. Und dann haben sie den armen Dr. Holmes auch noch in der Luft zerrissen, weil er für mehr Sauberkeit plädierte. Mistkerle!«

Davy brabbelte etwas, das sich ziemlich ähnlich anhörte wie Sarahs Bezeichnung für die berühmten Mediziner. Max schmunzelte. »Da sieht man mal wieder! Du bringst dem Kind schlimme Wörter bei.«

»Es gibt nun einmal Dinge, die man nicht anders ausdrücken kann. Noch etwas Kaffee?«

»Nur eine halbe Tasse. Ich muß mich unbedingt auf die Socken machen.«

»Bestell Abigail alles Liebe von mir, wenn du sie siehst. Die Ärmste, ich kann mir vorstellen, wie es sein muß, nach einer Party aufzuräumen, die in einer Katastrophe endete.«

»Es hätte noch schlimmer kommen können«, sagte Max. »Keiner der Gäste wurde verletzt, und die meisten haben gar nicht bemerkt, daß etwas passiert ist. Es wäre ohnehin sinnlos gewesen, alle dazubehalten und zu verhören, selbst wenn dieser Dummkopf Grimpen auf diese Idee gekommen wäre. Sobald das Ergebnis der Autopsie vorliegt, wissen wir mehr. Ich bin ziemlich sicher, daß Rufus schon mindestens eine Stunde tot war, als ich ihn fand. Der Mörder hatte also mehr als genug Zeit, seine Spuren zu verwischen. Wahrscheinlich hast du genau das richtige getan, als du die Gäste, so gut es ging, ausgehorcht hast, ohne sie zu beunruhigen.«

»Ich hätte viel mehr tun können. Wir wissen immer noch nichts über den Morris-Tänzer, den Mrs. Gaheris erwähnt hat. Hast du irgendeine Ahnung, wer es gewesen sein könnte?«

»Sie hat nur gesagt, daß es weder Tick noch Dork Junior war.«

»Was hätte sie sonst sagen sollen? Dork Junior ist ein entfernter Verwandter von ihr und Tick ist der Schwiegersohn ihrer alten Schulfreundin. Lionel hat sie nicht erwähnt, dabei ist er ein ganzes Stück größer als Tick. Ich finde, wir sollten die ganze Truppe mal unter die Lupe nehmen. Laß das, Davy.«

Sarah nahm ihrem Sohn die leere Schüssel ab, die er sich gerade als Helm aufsetzen wollte, und versuchte, ihn mit einem großen Holzlöffel abzulenken, den sie von dem Regal über der Arbeitsfläche genommen hatte. »Wenn ich ehrlich sein soll, habe ich Lionel zu Beginn des Banketts nirgends gesehen. Er ist eine halbe Stunde später als wir in den Pavillon gekommen, soweit ich mich erinnere. Tante Appie hat die ganze Zeit nach ihm gesucht, und als ich später nachhakte, wo er denn gewesen sei, hat er ziemlich ausweichend reagiert.«

»Schade, daß Mrs. Gaheris nicht weiß, wann genau sie aus dem Fenster geschaut hat«, meinte Max bedauernd.

»Stimmt, das war sehr unüberlegt von ihr, einfach nicht auf die Uhr zu sehen. Aber warum hätte sie das tun sollen?«

»Weil sie ihre komischen Pillen immer zu einer ganz bestimmten Zeit schluckt?«

»Es sind Magentabletten. Sie sagte, sie nähme sie immer zu den Mahlzeiten ein. Ach herrje, Tante Appie wird der Schlag treffen, wenn sie erfährt, daß Lionel etwas Dummes angestellt hat.«

»Etwas Dummes scheint mir eine ziemliche Untertreibung zu sein. Immerhin wurde ein Mann ermordet und in einen Baum gehängt, Liebste.«

»Lionel hätte vielleicht den Wagen geklaut, aber er würde nie jemanden umbringen. Dazu ist er viel zu zart besaitet. Seine abscheulichen Gören müssen ihre blutrünstige Ader von Vares Seite geerbt haben.«

»Wo steckt Vare eigentlich?«

»Sie hat das Wochenende damit verbracht, gemeinsam mit ihren lieben Kleinen einen Felsen zu erklimmen.«

»Sagt wer?«

»Sagt Lionel«, antwortete Sarah bedrückt. »Liebling, du glaubst doch nicht etwa, daß Vare ein Verbrechen begehen würde, nur um ihren Kinder einen realistischen Eindruck von den Schrecknissen des Lebens zu vermitteln?«

»Du kennst deine Familie besser als ich, Kätzele.«

»Nur weiter so, schieb ruhig mir den Schwarzen Peter zu. Was kann ich für meine Verwandtschaft? Schon gut, du grausamer Mann, ich gebe zu, daß Vare und ihre Hyänenbrut durchaus in der Lage wären, etwas Gräßliches zu tun, wenn es ihnen in den Sinn käme und Vare vom pädagogischen Nutzen der Tat überzeugt wäre. Und ich brauche dir sicher nicht zu sagen, daß Lionel alles tut, was Vare will, so lange sie ihn nicht zwingt, unnötig Geld zum Fenster hinauszuwerfen.«

Dazu war kein Kelling fähig. Selbst Großonkel Serapis hatte bei seinem Ableben noch sämtliche Millionen besessen, obwohl er durch geschicktes Bluffen und gute Selbstvermarktung international den Ruf eines verschwenderischen Playboys genossen hatte. Irgend etwas in den Kelling-Genen verhinderte, daß sich ihre Träger finanziell verausgabten. Auch wenn das Bedürfnis, mit Dollars um sich zu schmeißen, noch so groß war, pflegte ein Kelling immer zuvor seine Pennys zu zählen.

Was den meisten von Sarahs Verwandten ebenfalls im Blut zu liegen schien, war das Bedürfnis, andere Familienmitglieder über sämtliche Probleme und Ereignisse auf dem laufenden zu halten. So hatte sie munkeln hören, daß Lionels Geiz, was das Geld seiner Mutter betraf, Vare ziemlich auf den Geist ging. Es hatte ihm nichts ausgemacht, Tante Appie für seine Skihütte und seine neue Segeljacht bezahlen zu lassen. Abgesehen davon, daß Lionel selbst ein großer Ski- und Segelfan war, konnte man diese Ausgaben durchaus als gute Investitionen bezeichnen. Wenn er wollte, konnte er schließlich sowohl die Hütte als auch die Jacht vermieten. Außerdem konnte er beides zu einem gesalzenen Preis wieder abstoßen, wenn die Familie genug davon hatte.

Doch als es darum ging, Vares Bedürfnis nach einer kleinen Andenexpedition zu befriedigen, hatte sich Lionel unerbittlich gezeigt. Sie hätten danach vielleicht Lamas verkaufen können, aber im großen und ganzen wäre mit Verlusten zu rechnen gewesen, und diese Aussicht schreckte nun einmal jeden Kelling ab. Lionel hatte zudem Vares Plan vereitelt, mit der neuen Jacht den Amazonas zu besegeln. Offenbar traute er seinen Söhnen nicht zu, während der Expedition genügend Boas zur Strecke zu bringen und die erbeuteten Häute zum Zwecke des Verkaufs an die Handtaschenindustrie erfolgreich in die USA zu schmuggeln. Alles in allem war Lionel für Kinder und Gattin in der letzten Zeit eine maßlose Enttäuschung gewesen. Ob er unter diesen Voraussetzungen wohl in der Lage gewesen war, seine Mitarbeit an einem Projekt zu verweigern, das hundertprozentigen Profit versprach?

Vare und Lorista hatten sich zwar nie sonderlich gut verstanden, waren aber immerhin Schwestern. Wenn die Dorks etwas von Wouter Tolbathys kleinem Scherz in der Wagenhalle gewußt hatten, war es durchaus denkbar, daß man zumindest Vare in das Geheimnis eingeweiht hatte.

Es gab keinen triftigen Grund, warum Vare und Anhang ausgerechnet dieses Wochenende zum Bergsteigen auserkoren hatten. Das Frühjahrssemester in der besseren Jugendstrafanstalt, die ihre Söhne besuchten, war noch nicht zu Ende, und laut Familientratsch hatten die Jungs wenig Lust auf einen vorzeitigen Ferienbeginn gezeigt. Jesse steckte gerade mitten in einem interessanten Chemieexperiment. Höchstwahrscheinlich bereitete er sich darauf vor, das gesamte Labor in die Luft zu jagen. Woody hatte seine arithmetischen Fähigkeiten erfolgreich unter Beweis gestellt, indem er das Wettbuch für das anstehende Fußballspiel gegen eine andere Schule geführt hatte. James und der süße kleine Frank hatten den Großteil der letzten Woche damit verbracht, eine Tigergrube auszuheben, in die sie ihren Schuldirektor im Rahmen eines psychologischen Experimentes zu locken hofften. Warum hatte Vare ihre Höllenhunde also nicht da gelassen, wo sie waren und ihre lehrreichen Versuche durchführen konnten, und war mit ihrem Gatten zum Fest erschienen?

Dort hätte sie immerhin Volta und Gigue mit Vercingetorix Ufford tanzen, authentische Grütze aus dem 14. Jahrhundert zu sich nehmen und mit ihrer Tante Drusilla plaudern können, die sie so lange nicht gesehen hatte. Hatte ihr die Vorstellung nicht zugesagt, nur eine unter vielen zu sein, während ihre Schwester sich auf der Bühne produzierte? In diesem Fall hätte sie ihre Posaune mitbringen und ihrer Schwester Gesellschaft leisten können. Oder sie hätte sich unter die Zuhörer mischen und bei jeder falschen Note ein mitleidiges und verständnisvolles Gesicht aufsetzen können. Es paßte ganz und gar nicht zu Vare, sich so eine Gelegenheit entgehen zu lassen.

»Schon gut, Schatz«, sagte Sarah. »Ich werde sowohl Vare als auch Lionel überprüfen. Oder möchtest du das lieber selbst übernehmen? Lorista kann dir vielleicht etwas genauere Angaben über ihren Aufenthaltsort machen. Hast du die Absicht, mit ihr zu reden?«

»Nur wenn es sich partout nicht vermeiden läßt.« Lorista gehörte zu dem Personenkreis, den Max für sein Leben als wenig bereichernd empfand. »Ade, mein Lieb', ich mache mich jetzt besser auf die Socken. Ruf mich bei den Billingsgates an, falls du etwas Wichtiges herausfinden solltest. Kann sein, daß ich nicht da bin, aber sie werden dir sicher sagen können, wo du mich erreichen kannst.«

»Besteht die Möglichkeit, daß wir gemeinsam zu Abend essen?«

»Das will ich doch schwer hoffen. Ich rufe dich später an. Bis dann, Dave. Macht euch einen schönen Tag.«

Max suchte im Gesicht seines Sohnes nach einer einigermaßen breifreien Stelle, drückte einen väterlichen Abschiedskuß darauf, verabschiedete sich auf etwas handfestere Weise von seiner Gattin und verließ das Haus, wobei er wie üblich den Eindruck eines

Mannes vermittelte, der gegen die wütenden Elemente ankämpfen muß.

Draußen war es in der Tat stürmisch und unfreundlich. Wenigstens hatten die Billingsgates gestern trotz des unbeständigen Maiwetters Glück gehabt. Sarah stellte das Frühstücksgeschirr in den Ausguß, damit Mrs. Blufert sich darum kümmern konnte, und hob ihren Sohn aus seinem Hochstuhl.

»So, Davy, Schnuller raus und ran an die Arbeit.«

Als die Haushälterin schließlich auf der Bildfläche erschien, war Davy frisch gewaschen, trug einen gestreiften Pullover mit passender Latzhose aus rotem Cord und genoß es, Mrs. Blufert vom Laufstall aus zu unterhalten, während sie arbeitete. »Sagen Sie mir Bescheid, wenn er unruhig wird«, erklärte Sarah und begab sich in das Büro, das sie und Max gemeinsam nutzten. Sie hatten drei Telefone. Das grüne war das sogenannte Familientelefon, das weiße das Geschäftstelefon und das rote ihre private Hotline. Die letzte Nummer kannte außer ihnen nur Cousin Brooks.

Cousin Brooks leitete ihr Büro in Boston. Max hatte seit Jahren ein winziges Kämmerchen gemietet, das sich in dem inzwischen ehrwürdigen alten Little Building in Bostons sogenannter Windy Corner an der Ecke Boylston und Tremont Street befand. Er nutzte es gelegentlich als Postanschrift oder als neutralen Ort, um dort mit Personen zu reden, die er aus diversen Gründen sonst nirgendwo treffen konnte. Mit typischem Kelling-Gespür hatte Sarah vor einiger Zeit entschieden, daß sie den Raum ebensogut richtig nutzen konnten, wenn sie schon dafür Miete zahlten. Sie hatten das Zimmerchen mit Hilfe einiger Secondhand-Sachen ein wenig aufgepeppt, da neue Möbel immer so geschmacklos neureich aussahen, und kurzerhand Cousin Brooks als Mitarbeiter angeheuert.

Brooks Kelling hatte schon mehrfach inoffiziell mit Sarah und Max zusammengearbeitet, als die beiden noch nicht verheiratet gewesen waren. Sein Mut, seine Klugheit und der fast schon legendäre Erfindergeist, den sich der drahtige kleine Mittsechziger während seiner Laufbahn als Ornithologe angeeignet hatte, kam ihm als Detektiv sehr zugute. Inzwischen bewältigte er gemeinsam mit Sarah einen Großteil der hiesigen Fälle auf eigene Faust, während Max sich mit den auswärtigen Auftraggebern traf.

Nachdem Sarah noch einmal mit Boadiceas inzwischen höchst beunruhigter Haushälterin gesprochen hatte, rief sie Brooks vom Hotline-Telefon aus an und informierte ihn über die Geschehnisse des gestrigen Tages.

»Ich zerbreche mir seit gestern abend den Kopf wegen einer Klatschgeschichte, die ich mal über Tante Bodie und Tante Caroline gehört habe«, gestand sie. »Ich glaube zwar nicht, daß es wichtig ist, aber es geht mir einfach nicht aus dem Kopf.«

»Ich kann dir da leider nicht weiterhelfen«, lautete die unbefriedigende Antwort. »Meine Mutter hätte es bestimmt gewußt, aber wie du weißt, ist sie schon lange tot. Ich habe sie nie wiedergesehen, nachdem sie sich mit Vaters restlichem Geld in die Schweiz abgesetzt hatte. Unsere Wege hatten sich ja schon vorher getrennt, wie du weißt. Ich habe Caroline nur ein paarmal besucht, aber soweit ich mich erinnere, hat sie Bodie nie erwähnt. Hast du schon mit Emma gesprochen?«

»Nein, sie steht als nächste auf meiner Liste. Tante Appie frage ich besser erst gar nicht.«

»Nur wenn du Lust hast, den restlichen Morgen mit völlig unwichtigen Einzelheiten zu verplempern. Kommt Max heute noch nach Hause?«

»Hat er gesagt. Aber ich weiß nicht, wann.«

»Macht nichts. Vielleicht kannst du ihm sagen, daß ich im Wilton-Rugge-Fall eine heiße Spur verfolge. Ich gehe gleich los und höre mich noch ein wenig um. Für den Fall, daß Max versuchen sollte, mich zu erreichen, lasse ich ihm eine Nachricht auf dem Anrufbeantworter zurück.«

Max und Brooks hatten eine erstaunlich komplexe Geheimsprache in der Art von Albert Campion entwickelt. Manchmal konnten sie ihre Chiffren selbst nicht mehr entschlüsseln, doch sie machten unbeirrt weiter und dachten sich immer verrücktere

Sachen aus. Sarah hielt das Ganze für ziemlich pubertär, auch wenn Max immerhin zehn und Brooks sogar dreißig Jahre älter war als sie, und weigerte sich mitzuspielen. Als Entschuldigung gab sie an, daß sie sich schon genug Kauderwelsch von Davy anhören mußte. Sie verabschiedete sich von ihrem Cousin und Kollegen und suchte Tante Emmas Telefonnummer heraus.

Sarah hatte entweder vergessen oder gar nicht erst gewußt, daß in Pleasaunce gerade eine Feuerverhütungswoche stattfand. Emma Kelling hatte vor einigen Jahren ihre Mitbürger dazu gebracht, das Geld für einen neuen Löschzug zusammenzukratzen, und war seitdem Ehrenmitglied der Feuerwehr von Pleasaunce. Auf Anfrage erfuhr sie von Emmas Butler, daß Mrs. Kelling bei einem Frühstück im Frauenverein sei und den Damen bei dieser Gelegenheit den richtigen Umgang mit einem Sprungtuch vorführe.

»Heatherstone, Sie machen Witze«, rief Sarah entgeistert. »Nein, wahrscheinlich stimmt es wirklich. Was hat sie denn angezogen?«

»Knickerbocker, ihr Norfolk-Jackett und den Tirolerhut. Sie trug diese Kleidung auch bei ihrem Ausflug im Heißluftballon, als sie die Spenden für den neuen Kirchturm gesammelt hat«, erklärte Heatherstone.

Tante Emma hatte schon immer ein Gespür für die richtige Kostümierung gehabt. Sarah dankte dem Butler und legte auf, erheitert, aber genauso schlau wie vorher. Sie spielte schon mit dem Gedanken, in den sauren Apfel zu beißen und Cousine Mabel anzurufen, verwarf diesen Plan jedoch wieder und rief statt dessen in Jeremy Kellings Beacon Hill-Apartment an, auch wenn sie selbst nicht wußte, warum.

»Hallo, Egbert.« Jems Kammerdiener und Mädchen für alles war genau wie Heatherstone ein alter Freund von Sarah. »Schon Nachrichten aus dem Reich der Tiefe?«

»Allerdings«, erwiderte Egbert. »In Maine ist es zu kalt, daher segeln sie wieder an der Küste entlang in Richtung Heimat zurück. Mr. Jem hat vorige Nacht von Halibut Point aus angerufen.

Wenn mich nicht alles täuscht, müßten sie eigentlich gerade den Leuchtturm von Marblehead erreichen.«

»So nah sind sie schon? Warum hat mich der alte Seebär denn nicht angerufen? Gehen sie im Hafen von Marblehead vor Anker?«

»Nein, sie wollen gleich weiter nach Scituate, machen heute abend einen kleinen Zwischenstopp im Jachtclub und haben vor, morgen an Provincetown vorbei nach Newport zu segeln.«

»Was Sie nicht sagen! Wie heißt die Jacht, Egbert?«

»Maphwacha III, Mrs. Sarah. Eine fünfundvierzig Fuß lange Yawl. Mr. Jem hat mir mitgeteilt, der Besan, was immer das ist, stehe hinter dem Ruder statt davor wie bei der Ketsch.«

»Er meint den Besanmast.« Sarah war dank Cousin Lionel über Yawl und Ketsch bestens informiert. »Seien Sie bedankt, Egbert.«

Sarah hatte sich zwar auf einen Morgen zu Hause mit ihrem Sohn gefreut, doch diese Gelegenheit konnte sie sich einfach nicht entgehen lassen. »Mrs. Blufert«, rief sie. »Wo ist Ihr Onkel heute morgen?«

Kapitel 11

Mr. Lomax war genau dort, wo Sarah ihn haben wollte, nämlich unten am Dock. Er flickte gerade einen seiner Hummerfangkörbe, die er inzwischen bedeutend seltener als früher benutzte. Sarah fuhr mit ihrem kleinen Wagen so nah wie möglich heran. »Wieviel Sprit haben Sie noch in der Mary L, Mr. Lomax?« rief sie.

»Höh? Was is'n los, Miz Max?«

Ihr alter Hausmeister hatte sie schon mit den verschiedensten Namen angeredet. Zuerst war sie einfach nur Sarah gewesen, wenn sie als Kind zu Besuch nach Ireson's Landing kam. Nach der Heirat mit seinem ehemaligen Arbeitgeber, Alexander Kelling, war sie Mrs. Alex gewesen, und als sie nach dem Tode ihres Mannes mit Mr. Lomax's Hilfe das Haus ganz allein geführt hatte, Mrs. Kelling. Jetzt konnte er sich nicht dazu durchringen, sie wieder Sarah zu nennen, aber noch viel weniger brachte er es fertig, die Schwiegertochter seines Freundes Isaac mit Mrs. Bittersohn anzureden. Miz Max war ein Kompromiß, mit dem sie beide zufrieden waren.

»Ich brauche Sie und die Mary L., aber wir müßten sofort los«, teilte sie ihm mit.

»Der Tank is' rappelvoll.«

Mr. Lomax legte Hammer und Hummerkäfig zur Seite, richtete sich auf, reckte und streckte sich und kletterte an Bord seines alten, aber gepflegten sechsundzwanzig Fuß langen Bootes und half Sarah über den Dollbord. Erst als er den Motor angeworfen hatte und sie sich außerhalb des Wellenbrechers befanden, fragte er: »Wo woll'n wir überhaupt hin?«

»Nach Marblehead. Wir müssen unbedingt eine Yawl namens Maphwacha III abfangen. Sie hat irgendwann heute morgen Halibut Point verlassen und ist auf dem Weg nach Scituate. Sie ist doch hoffentlich noch nicht vorbeigekommen?«

»Hab sie nich' gesehen. Hier, übernehmen Sie mal kurz das

Ruder. Immer schön zwischen den Bojen bleiben, bis wir an den Felsen vorbei sind.«

Sarah hatte zwar Erfahrungen im Segeln und Rudern, aber sie hatte es noch nie zuvor mit einem Motorboot zu tun gehabt. Wenn sie Zeit zum Nachdenken gehabt hätte, wäre sie vielleicht nervös geworden, aber dazu ging alles viel zu schnell. Sie schaute nach vorn und hielt das Ruder fest, während Mr. Lomax versuchte, sein altes Funkgerät in Gang zu bringen.

Zuerst hörte man nur ein Gellen und Kreischen, als würde ein Huhn bei lebendigem Leib gerupft, doch dann erreichte er jemanden, hielt ein kurzes Schwätzchen mit ihm und benutzte dabei Wörter, die Sarah auffallend an den Geheimcode von Max und Brooks erinnerten. Vermutlich handelte es sich entweder um einen Mann von der Küstenwache oder den Hafenmeister. Dann übernahm Lomax wieder das Ruder und deutete mit dem Kopf auf einige schäbige Kissen, die auf einem Spind in dem winzigen zum Heck hin offenen Ruderhaus lagen.

»Ich drück jetz' mal richtig auf die Tube. Sie bleiben besser da drin, sonst werden Sie noch klitschnaß von der Gischt.«

Sarah war klug genug, ihm nicht mit Fragen auf die Nerven zu gehen. Sie ließ sich auf die Kissen fallen, zog die Knie an und saß so ruhig, wie es das Schlingern und Stampfen des Bootes zuließ. Sie war erstaunt, wie schnell die Mary L. sein konnte, und erinnerte sich daran, wie Mr. Lomax ihrem ersten Mann vor sechs oder sieben Jahren von dem gebrauchten 5,7 Liter Chrysler Lkw-Motor erzählt hatte, den er auf einem Schrottplatz in Chelsea gekauft hatte. Alexander hatte sich immer gern über Motoren unterhalten. Sie hatte schon lange nicht mehr um Alexander geweint.

Mr. Lomax warf ihr einen besorgten Blick zu. »Sie werden doch wohl nich' seekrank, oder?«

Sarah schüttelte den Kopf. »Sie etwa?«

Der Satz brachte ihn zum Schmunzeln. Er überprüfte seinen Kompaß, zog die schmutzige alte Schwertfischermütze tiefer über seine Glatze und gab weiter Gas.

Heute war kein ungewöhnlich hoher Wellengang, doch die

Brise blies steif genug, um die Wellen unangenehm gegen das Boot klatschen zu lassen. Die Sonne lugte immer nur kurz zwischen den jagenden Wolken hervor. Sarah bedauerte, daß sie ihre Sonnenbrille und ihre Windjacke nicht dabei hatte, doch so blieb ihr nichts anderes übrig, als zu warten, bis die Höllenfahrt vorbei war.

Es schien endlos lange zu dauern. Sarah war zwar nicht seekrank, doch sie hatte die Nase gestrichen voll von dem ewigen Auf und Ab, dem Motorenlärm und dem Gestank nach Abgasen und altem Fisch. Hatten sie sich verfahren? Hatten sie die Yawl verpaßt? Sie hatten bisher ein paar Kutter und eine Jacht gesehen, aber das war ein Schoner gewesen. Die Maphwacha III war sicher längst weg.

Nein, war sie nicht. Sie hatten sie tatsächlich gefunden. Sarah geriet beinahe in Panik.

»Mr. Lomax, was sollen wir denn jetzt machen? Mit den Armen wedeln und schreien?«

»Gar keine schlechte Idee. Stell'n Sie sich nach achtern, daß man Sie sehen kann.«

Er reichte ihr ein angeschlagenes Megaphon. Sie begab sich vorsichtig nach achtern und hielt sich an der Reling fest. Doch Lomax hatte alles im Griff, er wurde langsamer, steuerte geradewegs auf den Bug der Maphwacha zu und feuerte dabei eine Leuchtrakete ab, während Sarah winkte und ins Megaphon schrie.

»Beidrehen! Beidrehen! Stoppt endlich, ihr Idioten!«

»Was zum Teufel soll das?« brüllte jemand zurück. »Aus dem Weg!«

»Nein! Anhalten!«

Es gab nur zwei Alternativen, entweder sie drehten bei oder sie rammten sie. Glücklicherweise fiel die Yawl vom Wind ab und ließ ihr Großsegel fallen. Inzwischen tauchten an der Reling mehrere neugierige Gesichter auf. Zu Sarahs unendlicher Erleichterung war das von Jeremy Kelling auch darunter.

»Onkel Jem«, kreischte sie.

»Sarah! Menschenskind, bist du das?«

»Natürlich. Wir sind hier, um dich abzuholen.«

»Was ist denn los? Doch hoffentlich nichts mit Egbert?«

Inzwischen berührten die alten Reifen, die der Mary L. als Fender dienten, bereits den schlanken weißen Bootskörper der Maphwacha III, und ein Mann in Kapitänsuniform stand kurz vor dem Nervenzusammenbruch. Doch Sarah war nicht bereit, sich abschrecken zu lassen.

»Hören Sie auf zu schreien. Werfen Sie uns lieber ein Tau zu. Wir müssen unbedingt Jem Kelling sprechen, es ist äußerst dringend.«

»Was ist denn so dringend?« verlangte der Kapitän zu wissen.

Sie betrachtete die neugierigen Gesichter und bemerkte, daß die meisten glasige Augen hatten, obwohl die Sonne erst in mehreren Stunden in Höhe der Nock stehen würde. Jem sah Gott sei Dank stocknüchtern aus.

»Top Secret«, rief sie.

»Ach ja? Raus mit der Sprache, Jem!« Die Passagiere platzten fast vor Neugierde. »Bist du etwa ein CIA-Agent?«

»Kein Kommentar.« Jeremy Kelling kostete seinen Triumph voll und ganz aus. Sein Gesicht wurde so hart und undurchdringlich, wie seine Hängebacken es zuließen. »Ich will von Bord. Und zwar auf der Stelle.«

Es ist kaum möglich, einen älteren, übergewichtigen und nicht sehr wendigen Gentleman in einem schicken blauen Blazer und weißer Flannelhose von einer fünfundvierzig Fuß langen Jacht auf offener See in ein sechsundzwanzig Fuß langes Fischerboot zu transferieren, ohne dem Betreffenden Unbehagen zu bereiten und die weiße Hose akut zu gefährden. Doch Jem ertrug es mit Fassung, so plötzlich und unerwartet im Mittelpunkt der allgemeinen Aufmerksamkeit zu stehen, und Mr. Lomax war ein geschickter Seemann, auch wenn er leise vor sich hinschimpfte und ein oder zwei der Passagiere auf der Maphwacha III mit Bezeichnungen bedachte, die Sarah leider nicht verstehen konnte. Egbert würde sicher außer sich sein, wenn er die Hose zu Gesicht bekam, doch Jeremy Kelling hielt sich wacker und schien überaus stolz auf sich zu sein, als sie ihn schließlich ins Cockpit der Mary L. verfrachtet hatten.

»Kommst du danach wieder aufs Schiff?« rief der Jachtbesitzer in einem Ton, der mit einem Mal bedeutend freundlicher klang.

Jem schaute seine Nichte fragend an. Sarah zuckte mit den Achseln.

»Wenn du möchtest. Ich könnte dich nachher nach Scituate fahren. Kannst du deine Crew notfalls telefonisch erreichen?«

Nach beträchtlichem Hin und Her stellte sich heraus, daß dies möglich war. Die Telefonnummer, auf einem mit Signalflaggen verzierten Notizblatt mit dem Aufdruck »Maphwacha Memo« wurde in einem rosa Plastikeimer zu ihnen heruntergelassen. Jem salutierte, Mr. Lomax warf seinen Motor an, und sie schossen davon.

»Was ist denn los?« brüllte Jem, doch der Geräuschpegel war so hoch, daß Sarah nur zurückschreien konnte: »Ich sag's dir, wenn wir an Land sind«, woraufhin Jem sich zurücklehnte und wieder sein undurchdringliches Gesicht aufsetzte.

Die Rückfahrt dauerte nur halb so lange wie die Hinfahrt, wie es häufig der Fall ist. Als sie in Ireson's Landing vor Anker gegangen waren, stellte Sarah angenehm überrascht fest, daß die Uhr in ihrem Wagen erst Viertel vor zwölf anzeigte. Sie verabschiedete sich von Mr. Lomax, überredete ihn, sich wenigstens seinen Sprit von ihr bezahlen zu lassen und fuhr mit Jem zurück zu ihrem Haus. Während der Fahrt gab sie ihrem Onkel einen kurzen Überblick über alles, was sich während des Renaissance-Festes ereignet hatte.

»Also genau deshalb brauchen wir dich, Onkel Jem. Du kennst die ganzen Freunde und Verwandten der Billingsgates, du hast ein Gedächtnis wie ein Elefant. Du brauchst dich nur zu erinnern. Es sieht ganz so aus, als hinge Tante Bodies Leben von dir ab.«

Jem grinste. »Hoffentlich nicht. Bodie würde die Demütigung, von einem ausschweifenden Schurken wie mir gerettet zu werden, nie verwinden.«

Sie erreichten das Haus gerade rechtzeitig, um Mrs. Blufert verlegen zu machen, der es furchtbar peinlich war, daß sie noch nicht ganz fertig mit Staubwischen war. Sarah parkte Jem mit einem Martini und der Morgenzeitung im Wohnzimmer. Sie nutzte die Gelegenheit, um Davy ein paarmal zärtlich zu knuddeln und mit einem Zwieback bewaffnet auf seinen Hochstuhl zu verfrachten. Mrs. Blufert würde ihm sein Mittagessen geben müssen, Onkel Jem war mental nicht auf zahnende Babys eingestellt. Sie stellte einen Topf mit Clam Chowder auf den Herd und machte noch einen Martini für Jem.

»Würden Sie den bitte meinem Onkel bringen, Mrs. Blufert, und sich ein wenig mit ihm unterhalten? Ich möchte nur kurz meinen Mann anrufen.«

Max sei nicht im Haus, teilte Abigail ihr mit, aber er und Bill müßten sich irgendwo auf dem Grundstück befinden. Sie versprach, ihm die Nachricht zu übermitteln. Sarah legte auf und öffnete eine Flasche Chablis, die sie kühl gestellt hatte. Jem würde natürlich nicht so unfein sein, zum Essen Martini zu trinken, erwartete jedoch, daß man ihm etwas anderes als Wasser anbot. Während sie die Suppe ein letztes Mal umrührte, klingelte eines der Telefone, ein schrilles Schellen, das nur von der privaten Hotline stammen konnte. Sie legte den Deckel auf den Topf, nahm die Suppe vom Herd und lief zum roten Telefon.

»Hi, was gibt's Neues?« wurde sie von Max begrüßt.

»Jem ist hier«, teilte sie ihm mit. »Wir essen gleich zusammen zu Mittag.«

»Jem? Ich dachte, der wäre in Newport. Wie zum Teufel hast du ihn von seiner Jacht geholt?«

»Mr. Lomax hat ihn mit der Mary L. abgeholt.« Sarah hielt es für besser, momentan keine weiteren Einzelheiten preiszugeben. »Und was gibt es Neues bei den Billingsgates?«

»Bill hat den Autopsiebericht.«

»Ach ja?«

»Narkosegewehr. Im Wams steckte ein Pfeil.«

»Was? Willst du damit etwa sagen, Rufus wurde mit so einem

Ding erschossen, wie sie es immer in den National Geographic-Filmen benutzen? Ist das nicht schrecklich …«, Sarah suchte nach einem Wort und kam schließlich auf: »unpassend?«

»Allerdings.« Max konnte nur zustimmen. »Der Pathologe meint, die Dosis sei stark genug für ein Nashorn gewesen.«

»Meinst du, Gerry Whet hat es von Nairobi mitgebracht?«

»Ich nehme an, du meinst das Gewehr und nicht das Nashorn.« Max schien nicht sonderlich beeindruckt. »Möglich ist alles. Andererseits könntest du Jem fragen, welcher der geladenen Gäste einen Verwandten hat, der im Zoo arbeitet. Narkosegewehre sind in diesem Land häufiger, als man denkt. Viele Leute haben so etwas, Tierpfleger, Parkwächter, Wissenschaftler, Tierärzte.«

»Wie sehen sie aus?«

»So ähnlich wie ein ganz normales Gewehr, und so werden sie auch benutzt. Sie haben eine Art Federmechanismus, mit dem ein Pfeil abfeuert wird, der das Narkosemittel enthält. Im Prinzip ist es dasselbe wie eine große Spritze.«

»Wie nah muß man herangehen, um zu treffen?«

»Etwa vierzig Meter, wenn man ein guter Schütze ist.«

»Dann hätte der Täter auch vom Rand des Wäldchens aus auf Rufus schießen können?«

»Durchaus möglich. Das Gewehr hätte der Mörder vorher dort hinlegen und später auch verstecken können, während er zu Rufus lief, um ihn in den Baum zu hieven. Das hätte das Risiko, erwischt zu werden, sehr verringert. Falls der Mörder beim Überqueren des Rasens gesehen worden wäre, hätte er immer noch behaupten können, er habe Rufus fallen sehen und wolle zu ihm, um nachzusehen, ob alles in Ordnung sei.«

»Habt ihr das Gewehr gefunden?«

»Noch nicht. Grimpen läßt seine Männer gerade im Teich danach herumstochern. Ich wette, sie finden es sogar, aber es bringt uns natürlich keinen Schritt weiter.«

»Das Ganze ist hervorragend geplant, daran besteht kein Zweifel.« Sarah schoß der Gedanke durch den Kopf, daß nicht einmal Boadicea Kelling den Tatablauf besser hätte planen können. Doch sie sagte nur: »Gibt es schon eine Spur von Tante Bodie?«

»Bis jetzt noch nicht. Was ist mit Jem?«

»Ich hatte bisher noch keine Gelegenheit, mit ihm zu reden. Er erholt sich noch von den Strapazen.«

»Mit ein paar Drinks, nehme ich an. Wie geht es Davy?«

»Er nimmt gerade sein Mittagessen zu sich. Hast du übrigens schon gegessen?«

»Mehr als genug.«

Max hielt regelmäßige Mahlzeiten nicht für sehr wichtig, was Sarah manchmal Sorgen machte, doch heute wußte sie, daß gut für ihn gesorgt wurde. Es war schlichtweg unmöglich, unter der Obhut von Abigail Billingsgate zu verhungern. Sie erklärte, daß sie Jem versprochen habe, ihn zurück zur Jacht zu bringen, eiste sich schließlich schweren Herzens los und brachte ihrem Onkel das Mittagessen.

Als ehemaliger Allerwertester Fischkopf vom Club des Geselligen Kabeljaus nahm Jeremy Kelling seine Fischsuppe äußerst ernst. Sarah wartete, bis ihr Onkel genügend Wein intus hatte und kam dann auf den Punkt.

»Max hat mir gerade erzählt, daß Rufus mit einem Narkosegewehr umgebracht wurde, Onkel Jem. Hast du eine Ahnung, wer an so eine Waffe herankommen könnte?«

»Wouter Tolbathy hat mal so was gemacht.«

Sarah stöhnte. »Ich hätte es mir denken können. Was ist aus dem Ding geworden?«

»Keine Ahnung. Ich habe es nur ein einziges Mal gesehen, an dem Abend, als Tom eine Abschiedsparty für Gerry Whet gab. Gerry gondelt ständig nach Kenia, weißt du. Meistens kauft er dort Insektenpulver, aber diesmal wollte er seinen Sohn Bunny und seine beiden Schwiegersöhne mit auf eine Safari nehmen.«

»Wer sind denn seine Schwiegersöhne?«

»Joe Abbott und Buck Tolbathy. Joe hat Gerrys Tochter Lilias geheiratet, und Buck ist mit Primula verheiratet.«

»Und alle drei gehören zu den Morris-Tänzern«, sagte Sarah.

»Selbstverständlich. Joe und Buck sind Cousins, und die ganze Familie gluckt ohnehin ständig zusammen. Alle laufen gemeinsam Ski, segeln zusammen, du weißt schon. Jedenfalls hatte Wouter ein riesengroßes Nilpferd aus irgendeinem ekelhaften Kunststoffzeug gemacht und in einer geschmackvollen Kombination aus Fuchsienrot, Hellgrün und Türkis bemalt. Eben typisch Wouter. Wir mußten alle auf das arme Vieh schießen. Wenn man es an einer bestimmten Stelle traf, fing es an zu schnarchen.«

»Eindrucksvoll«, sagte Sarah. »Erinnerst du dich noch, wer das Gewehr aufbewahrt hat, Onkel Jem?«

»Keine Ahnung. Wahrscheinlich Wouter selbst, oder Tom hat es genommen und irgendwo eingeschlossen. Er wollte bestimmt nicht, daß seine Enkel das Ding zufällig finden.«

»Konnte man mit dem Gewehr richtige Narkosespritzen abschießen?«

»Sonst wäre es doch wohl witzlos gewesen, oder? Ich glaube allerdings nicht, daß Wouter ein richtiges Betäubungsmittel hineingetan hat. Wahrscheinlich Limonade oder sonst irgendwas Scheußliches. Er hat das Gewehr mit den Pfeilen geladen, und wir haben geschossen, mehr kann ich dir leider auch nicht sagen.«

»Kannst du von Tom erfahren, was aus dem Gewehr geworden ist, Onkel Jem? Wenn du es nicht herausfindest, muß es die Polizei tun.«

Jem bekleckerte seine Serviette. »Jetzt reicht es aber, Sarah, hat Tom wegen Wouters Erfindungen nicht schon genug durchmachen müssen?«

»Ich fürchte, es kommt noch einiges auf ihn zu, wenn er erst von der verrückten Geheimtür erfährt, die Wouter in der Betonwand von Bills Wagenhalle installiert hat. Wußtest du davon?«

»Ich hatte keinen Schimmer, Ehrenwort, und ich kannte Wouter besser als sonst jemand, mit Ausnahme von Tom natürlich. Der alte Wout konnte schweigen wie ein Grab, wenn er an einem seiner Spezialeffekte herumtüftelte. Würde mich sehr wundern, wenn er außer seinen Komplizen jemandem davon erzählt hätte.«

»Was meinst du mit Komplizen, um Gottes willen?«

»In diesem Fall würde ich sagen, seine Komplizen waren Rollo, der alte Trottel, der für die Tolbathys arbeitet, und Rufus.«

»Rufus?« rief Sarah.

»Allerdings. Rufus und Rollo waren dicke Freunde, und sie haben Wouter mehr oder weniger angebetet. Anscheinend weißt du nicht, was für ein komischer Kauz Rufus war. Er hat übrigens sein ganzes Leben bei den Billingsgates verbracht, er wurde sogar auf dem Anwesen geboren.«

»Das weiß ich. Bill hat es uns gestern erzählt.«

»Rufus hielt sich zwar für eine Art Seneschall, aber er hatte auch eine gehörige Portion Hofnarr in sich. Die meisten Leute haben nichts davon gemerkt, weil er sich die meiste Zeit gut verstellt hat. Außerdem war er ziemlich geschickt und erledigte alle möglichen Arbeiten, die gerade anfielen, daher hat Wouter ihn häufig hinzugezogen, wenn er seine Pläne mit Rollo allein nicht in die Tat umsetzen konnte. Ich könnte mir vorstellen, daß eine verdammte Betonwand sehr gut in diese Kategorie passen würde.«

»Onkel Jem!« Sarah legte ihren Suppenlöffel beiseite. »Das wirft ein völlig neues Licht auf den Fall. Rufus wurde vielleicht nicht getötet, weil er dem Dieb im Weg war, sondern weil er wußte, wie die Autos aus der Wagenhalle fortgeschafft wurden. Aber warum hat man ihn erst umgebracht, als der zweite Wagen gestohlen wurde? Warum hat er den Billingsgates nichts von der Geheimtür erzählt, als der New Phantom verschwand?«

»Das hätte er sicher, wenn er Gelegenheit dazu gehabt hätte«, meinte Jeremy Kelling. »Deinen Schilderungen zufolge kam Bill nach Hause, stellte fest, daß der Phantom weg war, drehte sich auf dem Absatz um und brauste nach Maine, ohne sich auch nur die Zeit zu nehmen, der Bienenkönigin guten Tag zu sagen. Er kam erst Samstag morgen zurück, und da waren bereits alle mit den Vorbereitungen für das Fest beschäftigt.«

»Abigail war die ganze Zeit zu Hause«, warf Sarah ein. »Rufus hätte es doch auch ihr sagen können, oder?«

»Hätte er schon, da hast du recht, aber das paßte nicht zu ihm. Rufe konnte seine Herrin zwar gut leiden, doch er fühlte sich nur dem Hausherrn gegenüber verpflichtet. Er hätte sicher gewartet, bis sein Herr und Meister wieder da war und es ihm dann persönlich mitgeteilt.«

»Rufus scheint mir ein bißchen überkandidelt gewesen zu sein.«

»Ah, ihr modernen Frauen«, seufzte Jem nachsichtig. »Ihr seid zu jung, um die Geheimnisse des Feudalsystems zu verstehen, das ist alles. Ich wollte noch sagen, Sarah, es ist natürlich auch möglich, daß man Rufe eine Nachricht hat zukommen lassen, die angeblich von einem der Jungs stammte, beispielsweise von Bunny Whet. Man ließ ihn wissen, daß er beabsichtige, als Ritter zu erscheinen und sich daher den Phantom ausgeliehen habe, um ihn als aufwendig herausgeputztes Kriegsroß zu tarnen. Das ist natürlich nur eine Hypothese, aber darauf wäre Rufe sicher sofort hereingefallen. Er hielt Bill für König Artur persönlich und seine Freunde, also mich und die anderen, für die Ritter von der Tafelrunde.«

Sarah schaute ihn prüfend an. Jeremy Kellings Gesicht war genauso rund und rosig wir das ihres Sohnes. Unter seinem Doppelkinn trug er eine rotweißkarierte Serviette, ebenfalls genau wie Davy, als sie ihn das letzte Mal gesehen hatte. Und genau wie Davy schaute er sie mit treuherziger Unschuldsmiene an.

»Dazu sage ich besser nichts«, sagte sie nur.

Kapitel 12

Doch Sarah hatte noch eine Frage. »Onkel Jem, wieso hast du eben ausgerechnet Bunny Whet erwähnt?«

Jems Gesicht wurde noch einen Ton rosiger. »Verflucht noch mal, Sarah, woher soll ich das wissen? Warum müssen Frauen einen bloß jedes Mal festnageln, sobald man es wagt, den Mund aufzumachen? Ich habe Bunny Whet erwähnt, weil ich gerade über die Whets gesprochen hatte, denke ich.«

»Wir haben auch über andere Leute gesprochen. Warum windest du dich denn wie ein Aal? Raus mit der Sprache, Onkel Jem, jetzt ist wirklich nicht der richtige Zeitpunkt für fadenscheinige Ausreden. Rufus ist tot, jemand hat ihn umgebracht. Es war kalter, berechnender Mord und kein dummer Streich. Es kann gut sein, daß Tante Bodie ebenfalls ermordet worden ist, und sie ist immerhin mit dir verwandt.«

»Verzeih mir, wenn ich dir in diesem Punkt widerspreche. Boadicea Van Brunt kommt aus einer alten aristokratischen New Yorker Familie, die angeblich direkt vom legendären Kopflosen Reiter abstammen soll. Ihre Vorfahren haben ein Vermögen daran verdient, während der Revolution gepökelte Schweinsfüße an hessische Soldaten zu verkaufen, was Bodie sicher nicht gern hört.«

»Na schön, aber was weißt du sonst noch von ihr? Warum haben sie und Tante Caroline sich gehaßt wie die Pest?«

»Deine Frage bezieht sich wahrscheinlich auf die Tatsache, daß Tante Caroline vor ihrer Hochzeit mit Onkel Gilbert Bodies Bruder Lancelot den Laufpaß gegeben hat?«

»Ach, so war das? Du meinst, Bodie hat ihr die ganze Zeit übelgenommen, daß sie das Eheversprechen gebrochen hat? Hat Tante Caroline Onkel Gilbert für die bessere Partie gehalten?«

»Nein, ich glaube, sie hat Lancelot fortgejagt, lange bevor Onkel Gilbert auf der Bildfläche erschienen ist. Bodies und Carolines Familien verkehrten natürlich in denselben New Yorker Kreisen. Caroline war einige Jahre älter als Bodie. Sie wurde in die Gesellschaft eingeführt, als Bodie noch ein Kind war. Lancelot tauchte auf dem Debütantinnenball auf, und da Caroline zweifellos die Schönste unter den jungen Damen war, versuchte er sein Glück bei ihr. Er war im Ausland aufgewachsen und hatte wahrscheinlich eine elegantere Art als die Jungs aus New York. Jedenfalls waren sie am Ende der Saison miteinander verlobt.«

»Lancelot scheint ganz anders zu sein als Tante Bodie«, meinte Sarah und dachte an den lila Kopfschmuck.

»Das kann man wohl sagen«, sagte Jem. »Die beiden waren wie Feuer und Wasser. Aber Bodie bewunderte ihren großen Bruder, wahrscheinlich weil sie ihn nur so selten sah. Man hatte den lieben Lancelot nämlich kurzerhand in die Schweiz geschickt, nachdem er hier in den Staaten von diversen Privatschulen geflogen war und die restlichen ablehnten, ihn aufzunehmen. Mabel sagt, Lancelot sei der hübscheste Kerl gewesen, den sie je zu Gesicht bekommen hat, obwohl Mabel natürlich herzlich wenig Vergleichsmöglichkeiten hat. Wie dem auch sei, als Carolines Vater sich ein wenig näher mit seinem zukünftigen Schwiegersohn beschäftigte, wurde die Verlobung jäh beendet.«

»Mich wundert, daß Tante Caroline sich das so einfach gefallen ließ. Sie konnte es nie ausstehen, wenn man ihr einen Strich durch die Rechnung machte, weißt du.« Sarah wußte, wovon sie sprach. Immerhin hatte sie Tante Caroline, die eigentlich nicht ihre richtige Tante, sondern in Wirklichkeit nur die Gattin eines entfernten Cousins ihres Vaters gewesen war, sieben lange Jahre als Schwiegermutter ertragen müssen.*

»Aber soweit ich weiß, liebte Caroline Luxus und Komfort«, erinnerte Jeremy Kelling seine Nichte. »Würde mich daher nicht wundern, wenn die Idee, dem jungen Lancelot die kalte Schulter zu zeigen, nicht nur auf dem Mist ihrer Eltern gewachsen ist. Jedenfalls akzeptierte Lancelots Familie Carolines Entscheidung mehr oder weniger philosophisch. Man muß ihnen lassen, daß sie ehrlich genug waren zuzugeben, daß sie selbst in dieser Situation

* *Die Familiengruft*, DuMonts Kriminal-Bibliothek Bd. 1012

genauso gehandelt hätten. Aber Bodie soll vor Wut geschäumt haben. Sie behauptete, die Geschichten über Lancelots wilden Lebenswandel seien dreckige Lügen, die eifersüchtige Rivalen in die Welt gesetzt hätten.«

»Die arme Tante Bodie! Man kann ihr schließlich nicht verübeln, daß sie ihren Bruder verteidigt hat. Hatte sie denn recht mit dem, was sie sagte?«

»Natürlich nicht«, erwiderte Jem. »Lancelot Van Brunt war ein Mensch, von dem man mit Fug und Recht behaupten kann, daß er es faustdick hinter den Ohren hatte. Als junger Kerl war er schon ein gerissener Betrüger, der sich vor allem auf ungedeckte Schecks und Hochstapelei spezialisierte. Als sein Vater es schließlich leid war, ständig für seine Schulden aufzukommen, und ihm den Geldhahn zudrehte, versuchte Lancelot sein Glück als Heiratsschwindler. Meistens bei Frauen, die es nicht übers Herz brachten, ihn anzuzeigen. Schließlich soll er sich mit der Mafia eingelassen und Probleme bekommen haben. Aber frag mich nicht, wo oder warum. Das Ganze klingt mehr als skurril, wenn du mich fragst.«

»Was ist denn aus ihm geworden? Lebt er noch?«

»Nein, angeblich hat man ihn erfolgreich um die Ecke gebracht. Die New Yorker Polizei zog irgendwann einen Zementblock, in dem eine Leiche steckte, aus dem East River. Die Umstände waren reichlich merkwürdig, und vieles deutete darauf hin, daß es Lancelot gewesen sein könnte. Bodie gab natürlich Caroline die Schuld. Sie ist der Überzeugung, daß ihr Bruder sein Leben niemals vergeudet hätte, wie sie es reichlich melodramatisch ausdrückte, wenn Caroline damals nicht sein Herz gebrochen hätte.«

»Ich habe sie das noch nie sagen hören«, meinte Sarah.

»Nein, das kann ich mir auch schlecht vorstellen. Das alles spielte sich vor etwa einem halben Jahrhundert ab, weißt du. Außerdem war das Thema Lancelot tabu, wenn Bodie in der Nähe war, und ich glaube nicht, daß irgend jemand noch einen Gedanken an ihn verschwendet, wenn sie nicht da ist. Wir kannten ihn überhaupt nicht, daher kann ich dir auch nur sagen, was ich vom

Hörensagen weiß. Und für Klatschgeschichten ist, wie du weißt, Cousine Mabel zuständig.«

»Wer hätte das gedacht?« wunderte sich Sarah. »Dann hatte Tante Bodie also einen Bruder, der von der Mafia aus dem Weg geräumt wurde. Dabei ist sie immer so selbstgerecht. Aber unter diesen Umständen hatte sie wohl kaum eine andere Wahl, findest du nicht auch? Es war doch sicher ein Riesenskandal, oder?«

»Tut mir leid, aber das kann ich dir leider nicht sagen. In Gangsterkreisen hatte man in den dreißiger Jahren seinen Spaß daran, sich gegenseitig auf ziemlich extravagante Weise zur Strecke zu bringen, aber ich glaube eher, daß Lancelot eines natürlichen Todes gestorben ist. Er war zwar ein Taugenichts, aber die Sache mit der Mafia paßt nicht zu ihm. Irgendwer hat irgendwann behauptet, er sei umgebracht worden, und man hat es geglaubt, das ist alles. Ich kann mich leider nicht mehr erinnern, wer es war. Hoffentlich geht mein Verstand noch nicht zum Teufel.«

»Dann sollten wir die Zeit nutzen, bevor du dich völlig auflöst«, meinte Sarah. »Schauen wir uns doch zuerst die Morris-Tänzer etwas näher an. Beispielsweise Cousin Lionel. Er steckt doch hoffentlich nicht in Schwierigkeiten, oder?«

»Kommt ganz auf die Definition an. Immerhin ist er mit einem freudverseuchten Mannweib verheiratet und hat mit ihr eine Affenhorde gezeugt«, meinte Jem. »Ganz zu schweigen davon, daß er Appie zur Mutter hat.«

»Aber es ist nichts Besonderes passiert, oder?«

»Lionel pflegt sich mir nicht anzuvertrauen. Am 27. Oktober 1949 gegen 17.15 Uhr habe ich mich Appies Willen gebeugt und ihr erlaubt, mir den kleinen Schmutzfink, das war er nämlich damals, auf den Schoß zu setzen. Er hat mir mit seinen klebrigen Fingern mein Hemd und meine Krawatte versaut, mit seinen Fersen gegen mein Schienbein getrampelt, etwas Unsägliches auf meinem Schoß zurückgelassen und mir zu guter Letzt auch noch in den Finger gebissen, als ich versuchte, ihn loszuwerden. Seit diesem Tag würde ich unser Verhältnis als unterkühlt bezeichnen.«

»Aber du kennst alle seine Freunde«, meinte Sarah. »Erzählen die dir denn nichts über ihn?«

»Um es etwas präziser auszudrücken: Ich kenne die Väter seiner Freunde. Ich gebe allerdings zu, daß ich auch mit den Söhnen recht gut auskomme. Warum erkundigst du dich nicht bei Tick Purbody über Lionel? Er leitet doch schließlich die Stampf- und Springtruppe, oder?«

»Gestern hat er sie tatsächlich geleitet. Er hat behauptet, der Kopf der Truppe müsse immer mittanzen. Stimmt das wirklich?«

»Sarah, ich weiß weniger über Morris Dancing als du über das Hüten von Büffelherden. Wenn Tick es sagt...« Jem unterbrach sich, um einen frischen Zwieback mit Butter zu bestreichen. »Außerdem hast du ihn doch bestimmt die ganze Zeit beobachtet, oder?«

»Wohl kaum. Ich wußte ja nicht mal, wer er war, bis Max mich auf ihn aufmerksam gemacht hat. Die Tänzer waren alle gleich gekleidet, und die Kostüme waren so bunt, daß man die Personen nicht auseinanderhalten konnte, selbst wenn man sie alle kannte. Es ist übrigens nicht wichtig, ob er tatsächlich die ganze Zeit getanzt hat oder nicht, weil Dorothy Dork Rufus noch lebend gesehen hat, als das Bankett schon eröffnet war. Hältst du sie für glaubwürdig?«

»Dorothy? Ich glaube schon. Ja, ich halte sie durchaus für glaubwürdig.«

»Wieso bist du eigentlich so ausweichend? Was ist los mit Tick?«

»Ich weiß nicht, wovon du sprichst, Sarah. Ich bin keineswegs ausweichend.«

Jem umklammerte den Griff seines Buttermessers, hielt es auf Armeslänge von sich und beäugte es mißtrauisch, bevor er es wieder zurück auf den Teller legte. »Soweit ich weiß, ist mit Tick alles in Ordnung. Er hatte bloß einen durchaus verdienten Ruf als notorischer Streichespieler und Erfinder von Lügengeschichten. Verglichen mit dem guten alten Wouter ist Tick zwar ein blutiger Anfänger, aber man sollte bei ihm immer sozusagen mit dem

Furzkissen auf dem Stuhlsitz rechnen, bevor man ihm auch nur ein Wort glaubt.«

»Aber er hätte doch sicher keine Witze über das gemacht, was gestern passiert ist?«

»Verflixt noch mal, Sarah, woher soll ich wissen, wozu Tick Purbody in der Lage ist, wenn er unter Streß steht? Es ist schließlich eine altbekannte Tatsache, daß man sich in die Phantasie flüchtet, wenn man die Realität nicht mehr erträgt. Außerdem läßt sich doch sicher leicht feststellen, wo Tick sich aufgehalten hat.«

»Das ist schwieriger, als man denkt. Du kennst diese Feste doch und weißt, wie es dort zugeht. Man geht zum Buffet und wandert anschließend zwischen den Tischen hin und her und unterhält sich mit allen möglichen Leuten. Die Tänzer schienen einfach überall zu sein. Man konnte sie bei dem auffälligen Kostüm gar nicht übersehen. Ich glaube, sie sind absichtlich überall herumgehüpft.«

Jem runzelte die Stirn. »Warum sollten sie das?«

»Weil niemand merken sollte, daß Tick nicht dabei war, vielleicht? Er ist doch ihr Freund. Also würden Sie ihn sicher auch decken, wenn er einen seiner neckischen kleinen Streiche spielen wollte.«

»Was meinst du mit Streich?«

»Du weißt genau, was ich meine. Onkel Jem, du stellst dich absichtlich so dumm. Tick Purbody ist Bills rechte Hand. Das bedeutet, daß er mit den Radiosendern und mit der Metherstellung zu tun hat. Außerdem ist er Kurator der Rolls Royce-Sammlung. Er muß daher notgedrungen einen Teil seiner Zeit in der Wagenhalle zubringen. Vielleicht hat er dabei Wouters Geheimtür entdeckt. Wenn er Wouter gut kannte, hätte er leicht darauf kommen können. Bill ist zu tugendhaft und Abigail zu praktisch, um an so etwas zu denken, aber du sagst ja, daß Tick und Wouter so ziemlich auf derselben Wellenlänge waren. Tick wußte wahrscheinlich schon die ganze Zeit von der Geheimtür und hat den Mund nur gehalten, weil er auf einen wirklich spektakulären Moment wartete, um sie zu nutzen.«

»Indem er die Autos seiner Schwiegereltern klaut? Jetzt mach aber mal halblang, Sarah, warum sollte er so etwas tun? Tick kann mit der Sammlung tun und lassen, was er will, seit er Melisande geheiratet hat. Wenn er den Phantom und den Silver Ghost wirklich gestohlen hat, kann er wohl kaum noch locker darin herumfahren, wie er es bisher immer getan hat.«

»Nein, aber er kann sie verkaufen. Ein 1937er Phantom III ist vor kurzem bei einer Auktion für über hunderttausend Dollar verkauft worden.«

»Pah! Glaubst du wirklich, Tick könnte so einfach Bills Autos verkaufen? Sie sind schon wer weiß wie oft ausgestellt worden. Jeder würde sofort wissen, wem sie gehören.«

»Jeder hier aus der Gegend«, gab Sarah zu, »aber vielleicht hat er sie einfach in einen anderen Staat geschafft. Tick ist doch ziemlich häufig auf Geschäftsreise, oder nicht? Könnte er nicht einfach ein wichtiges Treffen in Kalifornien erfinden?«

Jem schnaubte. »Aber nicht, wenn Bill dafür bezahlt. Die Tatsache, daß Bill ein guter Mensch ist, der seinen Nächsten liebt wie sich selbst, macht ihn noch lange nicht zu einem verdammten Trottel, das kannst du mir glauben. Er ist der Meinung, der Apostel Paulus habe ihn persönlich aufgefordert, ein guter Haushalter zu sein.«

»Willst du damit sagen, daß er Tick ziemlich kurzhält?«

»Nicht direkt. Es kommt ganz auf den Standpunkt an. Bill ist sicher nicht dieser Ansicht. Wie Melisande und Tick die Sache sehen, weiß ich nicht.«

»Hat Melisande von ihren Eltern oder jemand anderem eine großzügige Mitgift bekommen?« wollte Sarah wissen. »Und wie steht es mit Tick? Hat er eigenes Kapital?«

»Ich weiß nicht, ob Melly irgendeine Zuwendung bekommt oder nicht. Ich weiß nur, daß sie an den Gewinnen des Metgeschäfts beteiligt ist. Und nach Bills und Abigails Tod wird sie als einziges Kind natürlich alles erben. Tick hat bereits geerbt, aber viel war es bestimmt nicht. Der alte Purbody hat kurz vor seinem Tod durch den Einbruch in der Wollbranche eine Riesenschlappe erlitten. Er hatte ziemlich viel Geld in Kämmling gesteckt. Die Großmutter mütterlicherseits hat zwar ein beträchtliches Vermögen hinterlassen, aber es wurde unter siebenunddreißig Erben aufgeteilt, so daß davon keiner reich wurde.«

»Weißt du, ob Tick ein Spieler ist?«

»Meines Wissens nicht. Ein bißchen Bridge um einen Cent pro Punkt oder mal ne Runde Poker mit den Jungs. Genau wie wir alle, würde ich sagen.«

»Hat er teure Hobbys?«

»Keine, die Bill und Abigail ihm nicht finanzieren würden«, erwiderte Jem leicht gereizt. »Ich gebe zu, daß man Tick verdächtigen könnte, weil er die Gelegenheit zu der Tat hatte, aber was das Motiv betrifft, Sarah, wirst du sicher nichts finden.«

»Du hast ja keine Ahnung, was ich alles kann. Wie hält er es mit anderen Frauen? Er sieht verdammt gut aus.«

Jem blieb unbeeindruckt. »Wenn du mir zeigen kannst, wie Tick Purbody bei all seiner Arbeit noch Zeit für eine Affäre finden soll, bin ich geneigt, näher darüber nachzudenken. Die Billingsgates halten ihn ununterbrochen mit nützlichen Arbeiten auf Trab. Außerdem ist er dazu einfach nicht der Typ. Wenn ich sehen würde, wie er eine attraktive Frau beäugt, würde ich zunächst davon ausgehen, daß er sich überlegt, wie er ihr am besten einen Eiswürfel in den Kragen schmuggeln kann. Aber nichts ist unmöglich, wie wir ja wissen. Ich werde mich ein wenig umhören, obwohl ich es hasse, meine Nase in die Angelegenheiten anderer Leute zu stecken, wie du weißt.«

Das war natürlich kompletter Unsinn. Jem war ungefähr so neugierig wie Rickki-Tikki-Tavi und eine echte Mrs. Bennett, was Klatschgeschichten betraf. Sarah verkniff sich ein Grinsen.

»Das wäre wirklich sehr nett von dir, Onkel Jem. Und jetzt erzähl mir was über Bunny Whet und seinen Sohn. Wie alt ist Erp, und warum in aller Welt heißt er so?«

»Erp ist ungefähr siebzehn, und ich habe keinen Schimmer, wie er an den Namen kommt. Aber ich weiß auch nicht, warum Bunny von allen Bunny genannt wird, falls du mich das auch noch fragen möchtest. Außerdem scheint mir keine der beiden Fragen sonderlich wichtig zu sein.«

Jem blies seine Wangen auf und ließ sie langsam wieder zusammenfallen. »Laß mich nachdenken. Von Beruf ist Bunny Chemiker und auf Umweltprobleme spezialisiert. Frag mich bitte nicht nach Einzelheiten. Ich weiß nur, daß er an geheimen Forschungsarbeiten im Massachusetts Institute of Technology arbeitet und in seiner Freizeit in der Fabrik seines Vaters herumexperimentiert. Und der stellt, wie du weißt, Insektenkiller auf Bio-Basis her, die gegen Würmer und Wanzen ziemlich wirksam sind. Gerry düst dauernd nach Nairobi und holt sich immer neue Schiffsladungen von dem scheußlich riechenden Unkraut, mit dem sie die Käfer einpudern. Obwohl er es eigentlich gar nicht nötig hat. Gerry und Marcia haben beide genug geerbt, um ein bescheidenes Dasein fristen zu können.«

Sarah wußte genau, wie dieses bescheidene Dasein aussah, denn sie kannte das imposante Stadthaus am Beacon Hill und das Sommerhaus in Seal Harbour. »Dann schlägt Bunny sich also mehr schlecht als recht durch?«

»Er kommt einigermaßen zurecht. Er hat das Geld, das Gerry ihm bezahlt, sein Gehalt am M.I.T. und ein Haus in Milton, das seine Großeltern ihm vererbt haben. Dazu gehörte noch ein ziemliches Treuhandvermögen, aber Gerry hat mir erzählt, daß Bunny vor kurzem angefangen hat, sämtliche Zinsen irgendeinem ökologischen Projekt zukommen zu lassen, das er unterstützt.«

Kapitel 13

»Das klingt wirklich ziemlich engagiert«, meinte Sarah. »Hat er vor, sich noch mehr hineinzuknien?«

Jeremy Kelling verzog seinen kleinen rosa Mund. »Er will sogar, daß Gerry ihm hilft, das Treuhandvermögen aufzulösen, damit er an das Kapitel kann.«

»Du liebe Zeit! Und, hilft Gerry ihm?«

»Nein, er hält es Erp und seinen Schwestern gegenüber für unfair. Aber Gerry hat einen ordentlichen Batzen aus eigener Tasche gestiftet, um Bunny zu zeigen, daß er dem Projekt durchaus positiv gegenübersteht. Doch auch das war anscheinend nur ein Tropfen auf den heißen Stein, verglichen mit dem, was Bunny aufzubringen gehofft hatte. Elizabeth, Bunnys Frau, organisiert gerade eine große Sammelaktion. Vielleicht hast du ja Lust, ihr zu helfen, Sarah.«

»Das kannst du dir getrost abschminken. Und wag ja nicht, mich als Freiwillige zu erwähnen. Dann hat Bunny vielleicht versucht, auf etwas anderem Wege genügend Geld aufzutreiben.«

»Jetzt reicht es mir«, schimpfte Jem. »Dieses Gespräch wird immer schlimmer.«

»Du solltest lieber daran denken, wie schlimm es deinem Freund Bill momentan geht. Ich hoffe inständig, daß Bunny Whets Enthusiasmus nicht außer Kontrolle geraten ist, aber du weißt sehr gut, daß der Fall nur gelöst werden kann, wenn alles ans Licht kommt.«

Sarah fügte nicht hinzu, daß Drusillas Beschreibung des Morris-Tänzers durchaus auch auf Bunny Whet zutraf. Sie erinnerte ihren Onkel auch nicht an gewisse Kellings, die durch ihre Wohltätigkeitsader fast zu Fanatikern geworden waren. Aber eben nur fast. Doch wie war es bei Bunny? Würde er beispielsweise eher die Familienerbstücke der Billingsgates als das Haus seiner eigenen Großeltern verkaufen? Warum eigentlich nicht? Seine Frau und seine Kinder brauchten schließlich ein Dach über dem Kopf, aber wer brauchte schon eine ganze Halle voll antiker Rolls Royce?

Bunnys Frau war gestern als Serpentspielerin in Loristas Gefolge gewesen. Sarah erinnerte sich genau an Elizabeth. Sie war eine dieser relativ großen, relativ dünnen, ernsthaften Frauen, die immer und überall ihren Intellekt verströmten, selbst mit gestärktem Kragen und Spitzhaube. Bestimmt hatte sie in Radcliffe studiert. Sie stand Bunnys ökologischen Bestrebungen zweifellos positiv gegenüber, aber wahrscheinlich nicht so positiv, daß sie die finanzielle Zukunft ihrer eigenen Kinder gefährdete. Jem hatte recht, es war wirklich kein angenehmes Tischgespräch. Doch Sarah hatte trotzdem nicht vor, das Thema zu wechseln.

»Teilt Erp das Hobby seines Vaters?«

»Meinst du damit Morris Dancing? Aber sicher doch, sonst würde er wohl kaum mitmachen«, erwiderte Jem ziemlich scharf. »Sarah, du spielst doch hoffentlich nicht mit dem Gedanken, daß Bunny Whet wegen irgendeines dummen Prinzips seinen eigenen Sohn verleiten würde, den Diener eines Freundes umzubringen und seine Autos zu stehlen?«

»John Brown hat seine Söhne schließlich aus reinem Prinzip auch dazu verleitet, Harper's Ferry zu überfallen.«

»John Brown war jemand, den man heute zu Recht als Terroristen bezeichnen würde. Und seine Söhne besuchten kein sittenstrenges Internat. Du kannst dich ja bei Erps Erziehern erkundigen, wo er war, als der New Phantom verschwand.«

»Vielen Dank für den Tip. Das werde ich wahrscheinlich tatsächlich tun. Und jetzt erzähl mir mal etwas über Dork Junior.«

»Dork Junior ist ein wahrer Mustersohn. Er ist nett zu seinen Eltern und tut alles für seine Schwiegereltern. Er hat das Geschäft seines Großvaters übernommen, der Hackenstiele herstellte, und hat das so hervorragend gemacht, daß ›Dork Hackenstiele‹ inzwischen Kultstatus genießen und überall verkauft werden. Selbst in den elegantesten New Yorker Kreisen ist man verrückt nach den Dingern, obwohl keiner Hacken hat, um sie daran zu befestigen. Man nimmt allgemein an, er habe

Lionels scheußliche Schwägerin als eine Art Selbstbestrafung geheiratet, obwohl niemand weiß, wofür er sich bestrafen wollte. Darüber hinaus soll er dieser Lorista tatsächlich treu sein. Er soll sogar gesagt haben, daß er sie mag.«

»Wenn du es sagst, Onkel Jem. Versteht er sich gut mit Lionel?«

»Da sie mit zwei Schwestern verheiratet sind, ist dies wohl anzunehmen, meinst du nicht? Sarah, diese Jungs kennen sich seit Ewigkeiten. Sie sind zusammen aufgewachsen, gemeinsam zur Schule gegangen und haben die Mädchen geheiratet, mit denen sie tanzen gelernt haben, als sie zehn Jahre alt waren. Entweder sie sind miteinander verwandt oder verschwägert, oder sie treffen sich einfach aus Gewohnheit. Ich kann dir nicht sagen, ob Dork Junior Lionel öfter sieht als Buck Tolbathy oder Joe Abbott. Ich weiß, daß er Melly und Tick ziemlich häufig trifft, weil sie gemeinsam an Rallyes teilnehmen. Dork Junior ist ein ausgezeichneter Fahrer und kennt die Wagen der Billingsgates sehr gut. Er hätte die Wagen also genausogut stehlen können wie alle anderen auch. Aber ich kann mir beim besten Willen nicht vorstellen, daß er dazu fähig wäre. Es sei denn, Tick hat ihn dazu animiert, weil er wieder mal jemandem einen Streich spielen wollte«, fügte Jem widerwillig hinzu.

»Was natürlich Unsinn ist«, gab Sarah zurück. »Dork Junior wäre völlig hirnverbrannt, wenn er sich auf so etwas einließe. Und jetzt erzähl mir was über Buck und Chad Tolbathy«, fügte sie schnell hinzu, als sie sah, daß Jem wieder anfing, sein Gesicht zu verziehen.

»Chadwick ist kein Tolbathy, sondern ein Ogham. Du erinnerst dich vielleicht, daß Hester Tolbathy, Bucks Mutter, mit den Oghams befreundet ist, was ich ihr nicht übelnehme. Chad hat früher mit Ticks Gruppe getanzt, aber damit ist es vorbei, seit er nach Schenectady gezogen ist. Du meinst sicher Salmon Tolbathy, Bucks Bruder.«

»Wahrscheinlich meine ich beide. Tick hat gesagt, Sal hätte gestern mittanzen wollen, habe sich jedoch den Knöchel verstaucht, als er aus dem Bett stieg. Daraufhin hat Sal Chad angerufen, der dann mit einem gecharterten Sportflugzeug aus Schenectady eingeflogen und für ihn eingesprungen ist. Klingt das glaubwürdig?«

»Es wird wohl stimmen, wenn Chad da war und Sal nicht, oder? Jeder kann sich schließlich den Knöchel verstauchen. Mir ist es mal passiert, als ich nach einer Olive langte. Seitdem trinke ich meine Martinis grundsätzlich pur.«

»Das Leben ist hart, Onkel Jem. Können wir irgendwie herausfinden, ob Sals Knöchel wirklich verstaucht ist? Hat er Frau und Familie?«

»Hat er, aber momentan lebt er allein. Sal hat nur eine Tochter. Sie gehört zu den Klugscheißern, die das Glück haben, in Fernsehserien aufzutreten und ihren IQ zur Schau stellen, ohne daß ich darin einen Sinn erkennen könnte. Gedreht wird in Kalifornien, und da das Mädchen erst fünfzehn und zugegebenermaßen recht hübsch ist, wollten ihre Eltern sie verständlicherweise nicht allein reisen lassen. Also ist Sals Frau mitgefahren, und er führt solange in ihrem Haus in Dover ein Strohwitwerdasein.«

Jem fuhr sich ein wenig beunruhigt mit der Zunge über die Lippen. »Ein etwas schwieriger Fall, Sarah. Sal und Tabitha haben keine Haushaltshilfe, die bei ihnen wohnt, soweit ich weiß. Falls die Verstauchung nicht so schlimm war, daß er damit beim Arzt war, was selten der Fall ist, denn meistens heilt so was ja von selbst, weiß ich wirklich nicht, wie du herausfinden willst, ob Sal durch seine Verletzung tatsächlich so behindert ist, wie er sagt.«

»Er arbeitet gemeinsam mit seinem Bruder im Importgeschäft ihrer Eltern, nicht wahr?«

»O ja, seit seinem Harvardabschluß. Und er hat schon während der Schulferien immer dort ausgeholfen, soweit ich weiß. Weder Sal noch Buck wollten je etwas anderes machen. Inzwischen schmeißen sie den Laden ganz allein. Tom hatte sich schon vor einiger Zeit zurückgezogen. Und seit Wouters Tod hat er sich mehr oder weniger ganz verabschiedet.«

»Hat Sal Geldprobleme, von denen du weißt?« fragte Sarah. »Der Aufenthalt von Frau und Tochter in Hollywood kostet doch bestimmt eine Stange Geld.«

»Allerdings, aber Sal braucht es nicht zu bezahlen. Das Mädchen bekommt ein Schweinegeld, damit es die Haare zurückwirft und mit seinem Verstand angibt. Außerdem verfügt Tabitha über eigenes Geld, und Sal und Buck haben Wouters Anteil an der Tolbathy-Firma bekommen.«

»Kannst du dir vorstellen, daß sie die Firma völlig heruntergewirtschaftet haben und sich nicht trauen, es ihrem Vater zu sagen?«

»Soweit ich weiß, tragen sie immer noch sehr erfolgreich zur negativen Handelsbilanz unseres Landes bei«, konstatierte Jeremey Kelling gereizt. »Ich nehme an, du könntest sie durch Dun and Bradstreet oder sonst eine Wirtschaftsagentur überprüfen lassen, falls du dich tatsächlich auf dieses schmutzige Niveau begeben willst.«

»Es ist sicher bedeutend schmutziger, einen Mord zu begehen, als ihn aufzuklären, Onkel Jem. Du sagst, Chadwick sei ein Ogham, sei aber trotzdem mit den Tolbathys verwandt. Er hatte aber nichts mit dem Betrieb zu tun, bevor er umzog, oder?«

»Nein, er arbeitet im Elektronikbereich, in leitender Stellung, was immer das auch bedeuten mag. Chad hatte hier in Massachusetts einen ziemlich guten Job, aber seine Frau bekam einen noch besseren in Schenectady, also sind sie umgezogen. Sie ist eine dieser dynamischen Karrierefrauen. Ein bißchen zu dynamisch für Chad, wenn du meine bescheidene Meinung hören willst. Man nimmt allgemein an, daß sie ihn wegen seiner Beziehungen geheiratet hat.«

»Zum Renaissance-Fest ist sie jedenfalls nicht mitgekommen«, sagte Sarah. »Zumindest kann ich mich nicht erinnern, sie dort gesehen zu haben.«

Jeremy schüttelte den Kopf. »Nein, das paßt auch nicht zu Parthenia. Sie war bestimmt auf irgendeiner Konferenz.«

Falls sie nicht gerade in einem großen Lkw am Ende von Abigail Billingsgates Bienenfeld gesessen hatte, dachte Sarah. »Hat Chad je mit seinen elektronischen Fachkenntnissen eines von Wouters Experimenten bereichert?«

»Ich kann mir nicht vorstellen, daß Wouter ihn darum gebeten hätte. Wouter war selbst ziemlich geschickt auf dem Gebiet. Er hing ständig in Elektronikläden wie dem ›Radio Shack‹ herum und hat sich das neueste Equipment angesehen. Was das elektronische Auge betrifft, kann man sich das Zubehör nicht einfach im Geschäft kaufen?«

»Natürlich«, sagte Sarah. »Lionel hat es sich auch einfach gekauft und in Tante Appies Tür installiert. Er meint, das könne jeder. Sogar du«, fügte sie mit einiger Skepsis hinzu.

»Madam, Ihr beliebt zu scherzen! Wouter und Rufus hätten es jedenfalls bestimmt gekonnt. Was Chad betrifft, würde ich sagen, daß er in seinem Beruf mit diesem ganzen Schnickschnack nichts am Hut hat. Und falls du denken solltest, er hätte Spaß daran, in nassem Zement herumzukratzen, bist du schief gewickelt. Chad trägt ein Attaché-Köfferchen von Mark Cross mit echten Goldecken mit sich herum.«

»Als Morris-Tänzer tritt er in einer grünen Strumpfhose auf«, protestierte Sarah. »Manchmal scheint er also durchaus aus sich herauszugehen.«

»Das ist ja wohl etwas anderes, Sarah, wie du zugeben mußt. Ich will ganz offen sein: Chad Ogham gehört nicht zu meinen ausgesprochenen Lieblingen, ganz im Gegenteil. Er ist ein langweiliger, eingebildeter Fatzke. Ich hätte keine Skrupel, ihn zu verpfeifen, falls dies das richtige Wort dafür ist. Auch wenn es mich noch so sehr reizt, muß ich gestehen, daß ich mir beim besten Willen nicht vorstellen kann, daß Chad ein Motiv hat oder den nötigen Grips oder die Kaltblütigkeit besitzt, so etwas durchzuziehen.«

Jem trank seinen Chablis aus und stellte das Glas ein wenig unsanft auf den Tisch. »Sind wir jetzt endlich durch?«

»Mal sehen«, sagte Sarah. »Die Abbotts haben wir nur erwähnt. Sie scheinen aus dem Schneider zu sein, weil sie ein Alibi haben. Sie mußten früh weg, weil sie pünktlich zu einer Hochzeit wollten.«

»Joes Nichte«, erklärte das Orakel. »Sie ist eine Waise, daher sollte Joe ihr Brautführer sein. Monk war der Kavalier für eine der Brautjungfern. Lilias wollte sich die Zeremonie schenken und erst später beim Empfang in ihrer Tunika erscheinen.«

»Oh. Bill hat keine Einzelheiten erwähnt. Dann scheint das Alibi von Joe und Monk ziemlich wasserdicht zu sein. Trotzdem werden wir es überprüfen müssen. Wahrscheinlich reine Zeitverschwendung, meinst du nicht auch?«

»Ich meine grundsätzlich gar nichts, Sarah. Ich halte mich lieber an Fakten.«

Da Jeremy Kelling der geschickteste Lügner war, der je den Kellinglenden entsprossen war und deswegen von einigen Verwandten hochgeschätzt und von den übrigen gehaßt wurde wie die Pest, nahm Sarah diese Erklärung natürlich nicht ernst.

»Wie du meinst, Onkel Jem. Gibt es denn noch etwas, das ich über die Abbotts wissen sollte?«

»Sie gehen zweimal im Jahr zum Zahnarzt und essen Unmengen von Ballaststoffen zum Frühstück«, meinte ihr Onkel verächtlich. »Joe unterrichtet Shakespeare an irgendeiner Akademie für gescheite Mädel, Lilias hat einen Laden für Handgewebtes, und Monk arbeitet an einer Doktorarbeit in Anthropologie, weiß der Himmel, warum. Alle scheinen gesund und munter und mit ihrem Schicksal zufrieden zu sein, was man gut verstehen kann, wenn man bedenkt, daß Joe ein dickes Treuhandvermögen als Polster hat und Lilias auch nicht gerade mit leeren Händen dasteht. Das alles macht sie natürlich hochverdächtig. Mein Gott, was muß ein Mann bei dir sonst noch alles machen, um sich eine Tasse Kaffee zu verdienen?«

Kapitel 14

»›Wen der Herr liebt, den züchtigt er‹. Das sage ich mir andauernd, Max, aber ich muß gestehen, daß ich mich in letzter Zeit sehr exzessiv geliebt fühle.«

Nehemiah Billingsgate rang sich zu einem schwachen Lächeln durch. »Tut mir leid. Wahrscheinlich fühlen Sie sich schon wie Hiobs Freund Bildad, der Schuchit.«

Max Bittersohn protestierte und sagte, er fühle sich kein bißchen wie Bildad, der Schuchit. »Und diese merkwürdigen Zwischenfälle haben sich alle während des letzten Monats ereignet?«

»Ja, es war geradezu unheimlich. All die Jahre ist alles gelaufen wie am Schnürchen, und jetzt auf einmal jagt eine Katastrophe die nächste. Die Anlage bricht zusammen, wichtige Tonbänder sind plötzlich gelöscht, unersetzliche alte Schallplatten sind auf einmal zerkratzt oder zerbrochen, und keiner weiß warum. Natürlich gab es hin und wieder auch bei uns die ein oder andere Schwierigkeit, aber nie in diesem Ausmaß.«

Max bemerkte, daß Bills Hände zitterten. Was für eine schreckliche Situation für einen Mann in seinem Alter!

»Aber das Allerschlimmste«, fuhr Billingsgate fort, »sind die Probleme, die wir mit unseren Mitarbeitern haben. Leute, die seit Jahren bei uns sind und ihre Loyalität mit dem Sender oft genug unter Beweis gestellt haben, die sich durch Überschwemmungen und Schneestürme gekämpft haben, damit wir unsere Programme senden konnten, Personen, die ich als meine besten Freunde angesehen habe, haben einfach ihren Hut genommen und dem Sender wortlos den Rücken gekehrt. Ich kann es nicht begreifen, Max. Ich verstehe das einfach nicht.«

»Besteht die Möglichkeit, daß die Gewerkschaft dahintersteckt und es auf die harte Tour versucht?«

»Daran habe ich natürlich auch schon gedacht, aber es gibt weder Beweise noch einen Grund. Beim Radio wird man nicht so gut bezahlt wie beim Fernsehen, wie ich zugeben muß, aber wir bezahlen besser als die meisten anderen Sender unserer Größenordnung. Wir haben ein jährliches Gewinnbeteiligungsprogramm, von dem jeder anteilsmäßig profitiert. Wir haben eine hervorragende betriebliche Altersversorgung, die bestmögliche Krankenversicherung, die für die Beschäftigten kostenlos ist, und wir sind die einzige Kette in der Medienbranche, die jeden Mitarbeiter mit selbstgemachtem Honig versorgt.«

»Dann verstehe ich es auch nicht, Bill. Haben Sie Ihre restlichen Mitarbeiter schon einmal darauf angesprochen?«

»Sie haben mich angesprochen, das ist ja das, was ich am allerwenigsten verstehe. Wir mußten ziemlich viel spontan organisieren, Anlagen ausleihen, Springer in den verschiedenen Stationen einsetzen, wissen Sie, um die entstandenen Lücken wieder zu schließen. Natürlich mußte ich erklären, was passiert war. Und jedesmal fragten alle völlig entgeistert ›Was ist denn mit Soundso los? Wie konnte er so etwas tun? Warum tut er dem Sender so etwas an?‹ Entrüstung und Erstaunen waren absolut echt, Max, da bin ich mir absolut sicher. Trotzdem machte sich mehr als einmal ausgerechnet derjenige, der besonders entsetzt über seinen Kollegen war, als nächster ohne eine Erklärung aus dem Staub.«

»Gab es Hinweise auf Drohungen oder Belästigungen?«

»Max, unsere Mitarbeiter kennen mich und vertrauen mir. Wenigstens habe ich das immer angenommen. Ich hatte stets ein offenes Ohr für ihre Probleme, seien sie nun privater oder beruflicher Natur. Das wissen sie, oder sollten es zumindest wissen. Im Laufe der Jahre haben wir viele offene Gespräche geführt und mit Gottes Hilfe viele Probleme gemeinsam gelöst. Wenn irgendein Außenseiter unsere Mitarbeiter schikanieren und einschüchtern würde, gäbe es bestimmt wenigstens einen, der den Mut hätte, zu mir zu kommen und ein offenes Wort mit mir zu reden. Außerdem scheint keiner von ihnen vor irgend etwas Angst zu haben. Sie waren ganz sachlich, sagen die Kollegen, die mit ihnen zusammen waren. Sie hatten einfach genug und sind gegangen. Wie Lemminge, die beschlossen haben, daß es ihnen reicht, und sich ins Meer stürzen«, schloß Billingsgate bitter.

»Wie viele Mitarbeiter haben sie inzwischen verloren?«

»Elf. In der Hauptsache Sprecher. Das scheint Ihnen vielleicht nicht sehr viel zu sein, aber Sie dürfen nicht vergessen, daß unsere Kette nur aus zehn Stationen besteht und die meisten davon nur über eine Handvoll Mitarbeiter verfügen. Wenn auch nur eine einzige Schlüsselposition nicht besetzt ist, gibt es in der gesamten Kette Riesenprobleme. In einem einzigen Monat elf Leute zu verlieren, hat uns an den Rand des Ruins getrieben, wie Sie sich vorstellen können. Wenn jetzt noch ein weiterer Mitarbeiter geht, weiß ich, ehrlich gesagt, nicht mehr, was ich tun soll.«

Max zuckte mit den Achseln. »Anscheinend will Sie jemand aufkaufen. Aber wer?«

»Niemand.« Billingsgate war ganz sicher. »Warum sollte uns jemand übernehmen wollen? Wir machen doch überhaupt keinen Profit. Das Geld, das wir durch Werbung verdienen, deckt nur die laufenden Kosten und wirft ein wenig für das Gewinnbeteiligungsprogramm ab, das ich bereits erwähnt habe. Sobald das ausgezahlt wird, ist nichts mehr übrig und wir fangen wieder von vorn an. Ich selbst arbeite sozusagen für Gottes Lohn. Ich nehme keinen Pfennig aus den Einkünften und bezahle meinen Assistenten aus eigener Tasche.«

»Handelt es sich dabei um Tick oder Ufford?«

Bill schien verwundert über die Frage. »Oh, Tick. Er ist für uns ein Geschenk des Himmels. Er unterstützt unser Anliegen voll und ganz und ist mit einem kleinen Gehalt zufrieden. Natürlich bekommen er und Melly auch die Gewinne aus unserem Apian Way Met- und Honigunternehmen. Aber das steht ihnen auch zu, denn sie verrichten schließlich den Großteil der Arbeit. Außerdem bekommen sie regelmäßig Dividende aus den Treuhandfonds, die sie geerbt haben, so daß sie im großen und ganzen ganz gut zurechtkommen.«

Vielleicht kannte Bill seinen Schwiegersohn besser als Lionel Kelling. Max äußerte sich nicht weiter dazu.

Bill schob die Hände in die Taschen seiner Tweedjacke. »Ich weiß, daß Übernahmen momentan groß in Mode sind, aber wir sind nur ein ganz kleines Unternehmen, Max. Außerdem gehen Übernahmen normalerweise nicht so vonstatten, daß Angestellte ihre Arbeitsgeräte zerstören, einfach verschwinden und ihren gutbezahlten, angenehmen Job hinschmeißen, meinen Sie nicht auch? Man sagt zwar, jeder Mensch sei käuflich, aber selbst wenn das wahr wäre, was ich stark bezweifle, müßten die Bestechungsgelder sehr viel höher sein als der Gewinn, den jemand aus unseren Sendern erwirtschaften könnte. Glauben Sie ja nicht, Tick und ich hätten darüber nicht nachgedacht. Wir sind nicht die naiven Träumer, für die uns einige Leute halten.«

Max nickte. »Das weiß ich, Bill. Aber verdammt noch mal, irgend etwas ist doch faul hier. Es klingt vielleicht verrückt, aber haben Sie Feinde? Gibt es jemanden, der Sie so sehr haßt, daß er bereit ist, Sie in den Ruin zu treiben?«

»Wie kann ich diese Frage beantworten? Ich könnte Ihnen eine ziemlich lange Liste von Personen zusammenstellen, die mich für verrückt oder dumm oder beides halten, aber daß mich jemand abgrundtief haßt und mein ganzes Lebenswerk vernichten will – Max, ich weiß wirklich nicht, was ich sagen soll. Wir haben zwar einen ganzen Sack voller Briefe von Ironclad Rockbound bekommen, einem Fundamentalistenprediger, der auch der Eiserne Bruder genannt wird und unsere kleinen ökumenischen Homilien für gefährlich und ketzerisch hält. Es sind weniger die müßigen Hände, die zum Werkzeug des Teufels werden, als vielmehr die verbohrten Köpfe und verschlossenen Herzen. Entschuldigen Sie bitte, Max. Ich fange an, Sie mit meinen Predigten zu langweilen, dabei wollen Sie doch nur herausfinden, wer versucht, mich zu ruinieren.«

Nehemiah Billingsgate dachte einen Moment nach und schüttelte dann den Kopf. »Mir fällt wirklich niemand ein. Dazu bin ich viel zu unbedeutend. Es sei denn, ein psychisch gestörter Hörer hat etwas gegen mich, auch wenn ich mir nicht vorstellen kann, warum.«

»Das halte ich für ziemlich unwahrscheinlich, Bill. Ein Hörer müßte sehr viel mehr über Ihr Privatleben und Ihre Gewohnheiten wissen, als dies normalerweise möglich ist. Okay, lassen wir es damit zunächst einmal gut sein. Vielleicht fällt Ihnen ja noch etwas ein. Ich wüßte nur gern, ob das Narkosegewehr schon gefunden worden ist.«

Außer einem kurzen und nicht sehr ergiebigen Besuch bei den Tolbathys und Dorks hatte Max bisher noch nicht viel geschafft, dafür allerdings ein hervorragendes Mittagessen zu sich genommen, das aus den Resten vom Bankett bestand. Er befand sich immer noch in der Ermittlungsphase, die Sarah so treffend als Herumstocherstadium bezeichnete, und hoffte, bald auf etwas Wichtiges zu stoßen und dies auch zu merken. Auf eine Konfrontation mit gewissen Gesetzeshütern war er allerdings nicht sonderlich scharf.

Captain Grimpen war heute in Jodhpurs und Stiefeln, jedoch ohne Pferd erschienen und hatte wieder einmal eindrucksvoll demonstriert, daß er alles Unwichtige fest im Griff hatte. Er hatte vorgeschlagen, den Teich von Sporttauchern absuchen zu lassen. Nehemiah Billingsgate hatte dezent darauf hingewiesen, daß der Teich an keiner Stelle mehr als drei Fuß tief war, und daß sie normalerweise zum Säubern langstielige Rechen benutzten. Daraufhin hatte Bill besagte Rechen geholt und Chief Grimpen zur Belustigung aller Anwesenden, mit Ausnahme von Grimpen selbst, angeboten, ihm zu zeigen, wie man sie benutzte.

Bisher hatten die Rechen nichts weiter zutage gebracht als die traurigen Überreste eines Spielzeug-U-Bootes, eine erboste Sumpfschildkröte, mehrere dicke Steine und eine Unmenge von verrotteten Pflanzen, die Bill gern für den Kompost genutzt hätte, was Grimpen auf keinen Fall zulassen konnte, da er üble Machenschaften dahinter vermutete. Schließlich erschien Abigail mit einem Korb voll Sandwiches für die Polizisten und einer Einladung für Max, doch mit ihnen und Drusilla Gaheris im Wohnzimmer zu Mittag zu essen. Max ließ die Cops erleichtert im Wäldchen zurück und ging mit Bill und Abigail zurück zum Haus.

Doch die Stimmung war gedrückt. Bill hatte eine neue Hiobsbotschaft von einem seiner ohnehin kurz vor dem Zusammenbruch stehenden Studios erhalten. Abigail war deprimiert, weil sie das Sonntagsschulpicknick absagen und statt dessen einen Großteil des Morgens mit Vorbereitungen für die Beerdigung von Rufus verbringen mußte. Alle machten sich große Sorgen um die immer noch spurlos verschwundene Boadicea Kelling. Mrs. Gaheris hatte mehrere beherzte Versuche gemacht, ein belangloses Tischgespräch zu eröffnen, dann jedoch aufgegeben und ihre unbeachteten Kommentare liegen lassen, wo sie hingefallen waren, und schweigend ihr kaltes Rindfleisch und den Salat zu Ende gegessen.

In dieser Situation Gast zu sein, war sicher nicht angenehm, doch Mrs. Gaheris verhielt sich so diplomatisch und feinfühlig, wie es nur eben ging. Sie hatte Max angeboten, ihm ihr Zimmer zu zeigen, damit er sich die Aussicht von ihrem Fenster aus selbst ansehen konnte. Sie hatte sogar einen gelben Pullover und ein rotes Kopftuch angezogen, das sie von Abigail geliehen hatte, da ihre eigene Garderobe in der Hauptsache aus Brauntönen bestand, und war für ihn in die Rolle des Morris-Tänzers geschlüpft.

Max hatte die Zeit gestoppt, während Mrs. Gaheris forschen Schrittes über den Rasen geeilt und im Wäldchen verschwunden war, wo ihre auffällige Verkleidung tatsächlich sofort unsichtbar wurde, als sich das grüne Blättermeer hinter ihr schloß. Eine Minute und siebenundvierzig Sekunden. Ein wendiger Mann, der nur durch ein paar Zatteln und Bänder behindert wurde, hätte sicher noch eine halbe Minute weniger gebraucht als die nicht mehr ganz junge Witwe.

Nach dem Mittagessen hatte Mrs. Gaheris Abigail und der Köchin geholfen, die Essensreste einzupacken und zu einer Armenküche in einer Arbeitersiedlung ganz in der Nähe des reichen Vororts zu bringen. Max und Bill waren nach draußen auf die Terrasse gegangen. Vielleicht hatten die traurigen Überbleibsel des gestrigen Festes, der leere Pavillon und das flach getretene Gras, Bill dazu verleitet, über das Problem zu sprechen, das ihn weit mehr bedrückte als der Verlust seiner beiden Wagen, vielleicht sogar noch mehr als der schreckliche Tod seines alten Dieners. Abigail fand die beiden Männer schließlich in der Nähe des Pavillons.

»Max, Sarah hat eben angerufen. Sie möchte, daß Sie möglichst schnell zurückrufen. Ich glaube, sie erwähnte, daß Jem bei ihr sei, aber ich höre nicht mehr so gut wie früher, vermutlich habe ich da etwas falsch verstanden. Jem ist doch auf Segeltörn mit Harry Bellropes Freunden, nicht wahr?«

Ohne die Frage zu beantworten, rannte Max ins Haus und wählte seine eigene Nummer. »Hallo, was gibt's Neues?«

Während sie miteinander sprachen, kritzelte er unermüdlich in sein kleines schwarzes Notizbuch, das seit langem sein unersetzlicher Begleiter war. »Ist das alles?« fragte er schließlich.

»Momentan, ja. Vielleicht fällt ihm später noch etwas ein.«

»Wann bist du zurück?«

»Gegen fünf, hoffe ich. Hängt ganz davon ab, wie voll die Straßen sind. Und du?«

»Schwer zu sagen. Bisher hattest du mehr Erfolg als ich.«

Max hätte sich am liebsten noch länger mit Sarah unterhalten, doch sie mußte sich um ihren Gast kümmern und er hatte seine Arbeit zu erledigen. Also ging er besser zurück zu Bill.

Doch da kam Bill schon selbst. »Max, ich habe gerade draußen jemanden rufen hören.«

»Ich wette, die Polizei hat das Narkosegewehr gefunden. Kommen Sie, wir gehen nachschauen.«

Als sie den Teich erreichten, sahen sie tatsächlich Grimpen dort stehen, immer noch piekfein, mit glänzenden Stiefeln und makelloser Uniform. Myre dagegen war über und über mit Modder bedeckt, genau wie einige seiner Kollegen, und alle hatten sich um einen ebenfalls mit Schlamm bedeckten Gegenstand am Ufer versammelt.

»Können Sie das hier identifizieren?« blaffte der Polizeichef.

»Dazu müßten Sie vorher den Schlamm entfernen«, meinte Bill.

»Myre!«

Der so unfreundlich Angebrüllte packte den Gegenstand an seinem schmaleren Ende, rührte damit im trüben Wasser herum und reichte ihn dann Bill zur genaueren Betrachtung. Bill nickte.

»Das muß das Narkosegewehr sein, das Wouter Tolbathy angefertigt hat.«

»Keine vorschnellen Schlüsse, bitte«, tadelte der Chief. »Schauen Sie es sich genau an, Mr. Billingsgate.«

»Chief Grimpen«, erwiderte Bill reichlich gereizt. »Ich bin kein leichtfertiger Mann, und ich neige nicht zu vorschnellen Urteilen. Zufälligerweise war ich nicht auf der Abschiedsparty, bei der das Narkosegewehr vorgestellt wurde, daher habe ich es noch nie gesehen. Ich habe dennoch kein Problem damit, es als solches zu identifizieren, weil ich weiß, daß so ein Gewehr existiert. Außerdem kann ich mir nicht vorstellen, daß jemand anderer als Wouter Tolbathy auf die Idee gekommen wäre, den Schaft in Form eines Krokodils zu schnitzen und hellgrün zu lackieren. Ganz abgesehen von den magentaroten Verzierungen.«

Doch damit gab sich Grimpen natürlich nicht zufrieden. Er wollte nähere Informationen zu den Hintergründen. Nachdem er sie erhalten hatte, was eine geraume Zeit in Anspruch nahm, meinte er, sie seien irrelevant. Womit er durchaus recht hatte. »Wer hatte das Gewehr als letzter?« wollte er wissen.

Bill wußte es nicht. »Wahrscheinlich Wouter selbst. Aber vielleicht hat er es nach der Party auch jemand anderem überlassen. Möglicherweise ist es auch gestohlen worden. Die Party fand vor etwa fünf Jahren statt, wenn mich mein Gedächtnis nicht täuscht. Seitdem hätte das Gewehr mehrfach den Besitzer wechseln können.«

»Oder es hat die ganze Zeit hier auf dem Grunde des Teichs gelegen«, fügte Grimpen mit schlecht verhohlener Verachtung hinzu. »Bevor ich meine kostbare Zeit weiter mit falschen Spuren verschwende, müssen wir herausfinden, ob diese angeblich selbstgebaute Waffe überhaupt funktioniert. Und ob man damit tatsächlich die Spritze abschießen kann, die man in der Kleidung

Ihres verstorbenen Dienstboten gefunden hat, genau wie ich vorhergesagt habe.«

Niemand erkundigte sich, wann er diese Vorhersage gemacht hatte. Billingsgate schaute Max an und nickte.

»Tun Sie, was Sie für richtig halten, Chief Grimpen. Ich kann Ihnen die Erlaubnis, das Gewehr zu benutzen, ohnehin nicht geben, da es mir nicht gehört. Aber ich denke, Sie haben das Recht, es als Beweisstück zu konfiszieren.«

»Als mögliches Beweisstück«, korrigierte Grimpen. »Nun kommt schon, Leute, hier gibt es nichts mehr zu sehen. Das Gewehr muß auf dem schnellsten Weg zu den Ballistikern.«

»Wo sollen wir die Rechen hinbringen, Mr. Billingsgate?« erkundigte sich Sergeant Myre.

»Lassen Sie die Dinger einfach stehen«, befahl Grimpen. »Sie sind kein Dienstbote, Myre, sondern Polizist.«

Als Chief Grimpen mit seinen schlammbedeckten Mannen selbstbewußten Schrittes das Wäldchen verließ, konnte er nicht ahnen, welch dramatische Kette von Ereignissen sein letzter Satz auslösen würde. Noch vor Jahresende sollte Sergeant Myre zum Polizeichef aufsteigen, er selbst aber zum Handlanger in der Hustenbonbonfabrik seines Onkels herabsinken. Max und sein Auftraggeber zuckten die Achseln.

»Und was machen wir jetzt?« fragte Bill.

»Ich weiß zwar, daß die Polizei den ganzen Morgen Ihr Grundstück abgesucht hat«, erwiderte Max, »aber wenn Sie nichts dagegen haben, würde ich mich gern ebenfalls hier umsehen. Sarah hat gestern abend eine interessante Hypothese aufgestellt. Da bisher nichts darauf hinweist, daß der Silver Ghost weggefahren oder in einem Lastwagen abtransportiert wurde, meint sie, der Wagen könnte sich vielleicht noch ganz in der Nähe befinden. Sie fragt sich, ob Sie oder einer Ihrer Nachbarn vielleicht einen ausrangierten Atombunker oder etwas Ähnliches besitzen. Fällt Ihnen dazu etwas ein?«

»Du lieber Himmel, Max, daran habe ich ja noch gar nicht gedacht! Mal überlegen. Wir selbst haben keinen. Aber unser Nachbar Eric Hohnser hat sich vor ein paar Jahren einen bauen lassen, als die Dinger groß in Mode waren. Der Bunker sah aus wie ein unterirdischer Tank, soweit ich mich erinnere. Mit einer Art Kommandoturm wie bei einem U-Boot. Er hatte eine schwere Stahltür, die man mit einem Hebel öffnen konnte, und eine lange Leiter, die nach innen führte. Die ganze Konstruktion erinnerte mich auf groteske Weise an eine riesige unterirdische Mülltonne. Ich war nur einmal drin und bin sofort wieder herausgestiegen. Es war ein grauenhaftes Gefühl. Als wäre man lebendig begraben. Hohnser ist der Bunker heute ziemlich peinlich, soweit ich gehört habe. Er hat die Öffnung zugeschüttet und Rosen darauf gepflanzt, was sicher weitaus vernünftiger ist.«

»Und wie geht es den Rosen?«

»Hervorragend, da bin ich sicher. Hohnser hat immer wunderbare Rosen. Wenn Sie wollen, können wir gern rübergehen und sie uns ansehen. Aber wir sollten es nicht übertreiben, Hohnser nimmt seinen Mulch äußerst ernst, und mich kann er ohnehin nicht besonders gut leiden.«

»Man kann schon mit einem Blick sehen, ob der Boden dort vor kurzem bearbeitet worden ist.«

»Das ist er bestimmt. Im Frühjahr gräbt schließlich jeder seine Blumenbeete um und düngt den Boden«, sagte Bill mit der naiven Überzeugung eines reichen Großgrundbesitzers, der Leute hat, die diese Arbeiten für ihn erledigen. »Die Luke hatte allerdings nur einen Durchmesser von etwa einem Meter, und bis zum Boden ging es etwa dreieinhalb Meter steil hinab.«

»Hätte ja sein können«, meinte Max. »Allerdings hätte man dazu den Wagen in seine Bestandteile zerlegen und Stück für Stück hinunterwerfen müssen. Fällt Ihnen ein geeigneteres Versteck ein?«

»Leider nicht. Aber wenn Sie sich das Grundstück gern ansehen möchten, nehmen wir doch einfach unseren Honigwagen. Manchmal fallen mir beim Fahren die tollsten Sachen ein.«

Die Idee war nicht schlecht. Max begab sich gemeinsam mit Bill zum Gärtnerhäuschen und kletterte in den mit Fliegendraht versehenen kleinen Elektrowagen. In so einem Gefährt hatte er noch nie gesessen. Es erinnerte ihn an die Autoskooter im Revere Beach Amusement Park, die er als Kind so faszinierend gefunden hatte. Wie lange würde es wohl dauern, bis Davy alt genug war, Autoskooter zu fahren?

Kapitel 15

Als sie die breite Auffahrt verließen und in die Bienenfelder fuhren, sagte Max: »Erzählen Sie mir doch ein bißchen mehr über Ufford, Bill. Seit wann kennen Sie ihn?«

»Versey? Ach du liebe Zeit, länger als dreißig Jahre, denke ich. Er ist zwar nicht gerade mein Jugendfreund, aber man könnte ihn doch als guten alten Bekannten bezeichnen. Wieso fragen Sie, Max? Verdächtigen Sie etwa den armen Versey?«

»Ich bin nur ein bißchen neugierig. Sie erinnern sich vielleicht, daß er meine Frau oben auf dem Hügel angesprochen hat, ganz in der Nähe der Wagenhalle. Außerdem erinnern Sie sich bestimmt auch, daß er zu seinem ansonsten authentischen Kostüm eine leuchtend grüne Strumpfhose trug, obwohl die Hose auf dem Arnolfini-Porträt schwarz oder zumindest sehr dunkel ist. Ich habe gestern abend in einem Buch nachgeschaut. Der genaue Farbton war auf der Abbildung zwar nicht richtig zu erkennen, aber es war todsicher kein Smaragdgrün.«

»Ist das denn wichtig?«

»Möglicherweise schon, wenn er zufällig unter dem losen Überrock ein rotes Wams mit einer gelben Kapuze trug.«

»Wollen Sie damit etwa andeuten, Vercingetorix Ufford sei Drusillas umherirrender Morris-Tänzer gewesen?«

»Beweisen Sie mir erst mal das Gegenteil.«

Bill seufzte und schüttelte den Kopf. »Tick sagte zwar, Versey sei ungehalten gewesen, weil sie die Reihenfolge der Tänze verändern mußten, aber das heißt noch lange nicht ...«

»Tick sagte, die Programmteile, die weniger Tänzer erforderten, seien ursprünglich für den Anfang geplant gewesen. Das hätte doch bedeutet, daß es kaum aufgefallen wäre, wenn jemand im gleichen Kostüm wie die Tänzer allein umhergewandert wäre, oder?«

»Es sei denn, man hätte die Tänzer gezählt, festgestellt, daß sie vollzählig waren, und sich gefragt, woher der überzählige wohl kam«, erwiderte Bill vorsichtig. »Vielleicht war es die Betty. Eine Frauenfigur, die von einem der Tänzer dargestellt wird. Sie tritt nur manchmal auf. Betty ist eine Art Clown, wissen Sie. Sie hält sich immer ein wenig abseits und hüpft in einem absurden Reifrock herum. Was natürlich nicht heißt, daß ich den jungen Erp verdächtige.«

»Mit Erp scheint alles in Ordnung zu sein«, versicherte Max seinem Auftraggeber. »Erp, die Dorks und die Tolbathys habe ich heute morgen unter die Lupe genommen. Er hofft, in der Schule seine eigene Morris-Tanzgruppe gründen zu können. Er verbringt jede freie Minute damit, nach geeigneten Leuten zu suchen. Wenn er nicht die Betty tanzte, hat er jemanden abgelöst, der eine Pause machen wollte.«

Hester Tolbathy hatte spontan auf Erps Engagement hingewiesen und deutlich gemacht, wie sehr sie es begrüßen würde, wenn einer ihrer Enkel ein ähnlich starkes Interesse zeigen würde. Bisher war Monk Abbott der einzige Vertreter der dritten Generation, der willens zu sein schien, schellenklingend in die Fußstapfen seines Vaters zu hüpfen. Da ihr Buck sich unter den Tänzern befand, hatten sie und Tom sich fast alle Darbietungen angesehen. Sie versicherten, ihnen sei nichts Ungewöhnliches aufgefallen.

Die Dorks, deren Sohn und Schwiegertochter aufgetreten waren, hatten sich ebenfalls in der Nähe des Tanzbereichs aufgehalten. Dorothy hatte sogar erwähnt, wie schnell Erp jedesmal aus seinem Betty-Kostüm in die Rolle des Tänzers gewechselt war. Aber das Kostüm bestand auch nur aus einem Reifrockgestell, das mit rotem Stoff bedeckt war. Er brauchte es nur fallen zu lassen, in Wams, Strumpfhose und Kapuze zu schlüpfen und sich zu den übrigen zu gesellen. Bei dieser Gelegenheit stellte sich übrigens heraus, daß Dorothy das Kostüm entworfen hatte.

Sowohl die Dorks als auch die Tolbathys waren der Meinung, sämtliche Tänzer seien bei der Gruppe geblieben, ob sie nun getanzt hatten oder nicht, die kurzen Abstecher ins Pavillonzelt zum Wiederauftanken einmal ausgenommen. Die Abbotts waren als einzige früh gegangen, wie sie vorher angekündigt hatten. Sie waren sogar noch etwas länger geblieben als geplant. Am Ende war die Zeit so knapp geworden, daß ihnen nicht mehr genug Zeit zum Umziehen geblieben war und sie völlig entnervt zu ihrem Wagen gehastet waren. Lilias war doch nicht zum Bankett geblieben, sondern hatte sich ans Steuer gesetzt, damit ihr Gatte und Sohn sich während der Fahrt umziehen konnten. Lilias hatte in ihrer Tunika sicher die Braut in den Schatten gestellt, doch als man sie zuletzt gesehen hatte, schien sie diese Aussicht wenig zu schrecken.

Die Frage, was die Abbotts mit ihren Kostümen gemacht hatten und warum sich Max Bittersohn plötzlich für die leuchtend grüne Strumpfhose von Vercingetorix Ufford interessierte, war damit geklärt. Leider war Nehemiah Billingsgate bisher wenig hilfreich gewesen.

»Ich weiß wirklich nicht, was ich Ihnen erzählen soll, Max. Wenn ich es mir recht überlege, kenne ich Versey wohl doch nicht so gut, wie ich dachte.«

»Nach dreißig Jahren?«

»Ich weiß selbst, daß es absurd klingt. Aber vermutlich haben auch Sie langjährige Bekannte, die Sie trotzdem nicht zu Ihren Freunden zählen. Ich sage es zwar nicht gern, aber Versey gehört nicht zu den Menschen, mit denen man unbedingt befreundet sein möchte.«

»Ist er unverträglich?«

»Ich würde nicht sagen, daß er streitsüchtig ist. Es ist seine herablassende Art, die einem auf die Nerven geht. Versey weiß eine Menge, aber er geht immer davon aus, daß alle anderen keine Ahnung haben. Sie müssen zugeben, daß es nicht einfach ist, mit jemandem befreundet zu sein, der einem das Gefühl gibt, man sei ein Dummkopf. Wahrscheinlich tue ich dem armen Mann unrecht. Bestimmt sehe ich alles ganz falsch, aber das ist nun einmal mein Eindruck. Finden Sie mich herzlos, Max?«

»Ganz im Gegenteil, Bill. Ich hatte zwar gestern keine Gelegenheit, mich mit dem Mann zu unterhalten, doch meine Gefühle ihm gegenüber sind auch so nicht sehr herzlich. Sarah hatte einige Schwierigkeiten mit ihm, wie sie mir gestern abend erzählte.«

»Ja, das gehört leider auch zu Verseys Problemen. Er hält sich für einen unwiderstehlichen Charmeur, was einen auch nicht gerade für ihn einnimmt. Aus diesem Grund laden wir ihn auch möglichst selten ein. Aber von unserem Renaissance-Fest konnten wir ihn unmöglich ausschließen, wenn man bedenkt, wie sehr er uns geholfen hat.«

»Wie meinen Sie das?«

»Er hat die Musik und die Speisen zusammengestellt, uns bei den Kostümen beraten, mit den Morris-Tänzern geprobt und Lorista bei der Zusammenstellung und Ausstattung ihrer Spielleute geholfen. Es gibt heutzutage nur wenige Menschen, die wissen, ob sie eine Lautengitarre oder eine Pandora in der Hand halten.«

»War Pandora nicht das Mädchen, das die falsche Büchse geöffnet hat?«

»Das dachte ich auch immer«, gestand Bill. »Aber dank Versey weiß ich jetzt, daß es noch eine andere Bedeutung gibt. Die merkwürdig aussehende Gitarre, die Ticks Nichte Alison gestern zum Minnesang gespielt hat, war eine Pandora. Oder Bandora, wenn Sie das vorziehen.«

Max hatte keine besondere Präferenz. »Alison war das hübsche Mädchen in dem Burne-Jones-Kostüm, das aussah, als wäre es gerade auf einem Zelter von Camelot hergeritten?«

»Genau. Wir finden Alison auch sehr hübsch. Sie ist übrigens auch nicht gut auf Versey zu sprechen. Den Grund können Sie sich bestimmt denken.«

»Wie schafft jemand wie er es überhaupt, ein guter Lehrer zu sein? Unterrichtet er nur an Jungenschulen?«

»Oh, Versey unterrichtet schon seit Jahren so gut wie gar nicht mehr. Er ist Gastdozent, das heißt, er verbringt ein bißchen Zeit hier und dort und hält Vorträge über Renaissance-Tänze. Das ist nämlich sein eigentliches Spezialgebiet. Aber er bleibt nie lange an einem Ort, so daß er sich wahrscheinlich unter Kontrolle behält, sollte man meinen.«

»Doch genau das könnte auch der Grund sein, warum er nirgendwo lange bleibt«, sagte Max. »Wie sieht es finanziell bei ihm aus?«

»Ganz gut, soweit ich weiß. Er hat, glaube ich, einiges geerbt. Außerdem bekommt er natürlich Geld für seine Veröffentlichungen und Vorträge. Was er von uns bekommt, ist kaum der Rede wert, aber die Arbeit scheint ihm Freude zu machen und verschafft ihm anscheinend in akademischen Kreisen sogar einen gewissen Ruf.«

»Er hat also auf jeden Fall genug zum Leben?«

»O ja, auch wenn er nicht gerade im Überfluß lebt.« Bill schüttelte den Kopf. »Aber genau weiß ich es natürlich auch nicht. Er verbringt ziemlich viel Zeit im Ausland. Wer weiß, wie es ihm dort geht. Hier scheint er eher sparsam zu leben. Angeblich wohnt er in einer kleinen Dachwohnung zur Miete. Er besitzt nicht einmal einen Wagen. Für uns ist das ziemlich lästig, weil wir ihn immer holen und zurückbringen müssen. Andererseits braucht er wahrscheinlich wirklich kein Auto, so daß sich der Kostenaufwand nicht lohnen würde. Versey scheint eine Menge Geld für Musik und Aufnahmegeräte auszugeben, wie er mir gegenüber schon mehrfach erwähnt hat, aber wahrscheinlich kann er es steuerlich als Betriebskosten geltend machen. Seine einzige andere Schwäche ist modische Kleidung, soweit ich weiß. Versey ist ein äußerst gepflegter Mann. Allerdings kauft er seine Sachen immer in Italien. Vielleicht sind sie dort weniger teuer.«

»Warum ausgerechnet in Italien?«

»Weil er dort fast die Hälfte seiner Zeit verbringt. Versey hat ein Haus in Venedig. Genaueres weiß ich leider nicht, ich war selbst noch nie dort. Aber ich habe die Adresse, falls Sie sich dafür interessieren. Melly behauptet immer, er hätte eine Geliebte dort, die ihm das Haus putzt und Fettucine kocht, aber nebenbei eine Affäre mit einem dicken Gondoliere hat, wenn Versey nicht da ist. Melly und Tick machen sich ständig auf ziemlich unverschämte Weise über Verseys Liebesleben lustig, wie ich zu meiner Schande gestehen muß.«

Dabei strafte ihn sein Gesicht Lügen, denn zum ersten Mal, seit er von Rufus' Tod erfahren hatte, verrieten seine Züge eine gewisse Belustigung. Max wartete mit seiner nächsten Bemerkung, bis das kaum merkliche Lächeln wieder verschwunden war. »Sie haben ja ein wunderschönes Fleckchen Land hier. Ich hatte gestern keine Gelegenheit, mir das Grundstück genauer anzusehen. Was sind denn die großen rosa Dinger da hinten?«

»Holzapfelbäume in voller Blüte. Momentan gibt es kaum blühende Gartenpflanzen, daher haben wir zahlreiche blühende Bäume und Sträucher, damit unsere Bienen auch genug zu tun haben. Wir pflanzen sie möglichst weit weg vom Haus, weil wir nicht wollen, daß die Bienen die Leute stören. Das ist ein Problem, das man nicht übersehen darf, denn wenn man nach einer einzigen Biene schlägt und gestochen wird, kann es passieren, daß der ganze Schwarm angreift.«

»Vielen Dank für die Aufklärung«, sagte Max und vergewisserte sich rasch, ob der schützende Draht, der über den Wagen gespannt war, auch überall intakt war. »Was ist das da vorn für ein Gebäude?«

Das niedrige Backsteinhaus war so gut durch wuchernde Kletterpflanzen getarnt, daß jemand mit weniger guten Augen es vielleicht gar nicht gesehen hätte. Bill lenkte den kleinen Wagen in die gewünschte Richtung, versicherte aber, dort gebe es wirklich nichts Interessantes zu sehen.

»Das ist unser sogenannter Honigschuppen. Hier schleudern wir den Honig und füllen ihn in Gläser. Außerdem bewahren wir hier alle möglichen Arbeitsgeräte auf. Sie glauben gar nicht, was man alles braucht: Imkerschleier, Rauchbläser, Smoker, Wabenrähmchen, Kästen mit leeren Gläsern und Flaschen – Abigail könnte Ihnen da noch mehr erzählen als ich. Den Met machen wir im Keller unseres Hauses, dort reift er und von dort wird er auch verschickt. Daher versuchen wir auch, alles, was wir nicht unbedingt brauchen, hier im Schuppen aufzubewahren.«

»Ist die Tür verschlossen?«

»Das hoffe ich doch. Es gibt darin zwar nichts objektiv Wertvolles, aber unsere Versicherung besteht darauf, also schließen wir prinzipiell immer ab.«

»Darf ich mir das Gebäude mal von innen ansehen?«

»Selbstverständlich, aber Sie werden es sicher nicht sehr interessant finden.« Bill stoppte den Honigwagen und griff in seine Tasche. »Ach herrje, ich hatte befürchtet, die Schlüssel zu Hause gelassen zu haben, und jetzt muß ich feststellen, daß es tatsächlich so ist. Der Morgen war wohl ein bißchen zuviel für mich.« Er kramte weiter in seinen Taschen. »Meine Brieftasche und meine kleine Bibel habe ich auch vergessen. Wahrscheinlich liegt alles noch auf der Kommode in unserem Schlafzimmer. Tja, ich werde langsam alt, Max. Manchmal verbringe ich die Hälfte meiner Zeit damit nachzudenken, wo ich meine Sachen hingelegt habe. Falls Sie noch ein paar Minuten Zeit haben, können wir hier rechts abbiegen und auf direktem Weg zum Haus zurückfahren.«

»Kein Problem, ich habe Zeit genug.«

Während sie zurückfuhren, versuchte Max, den Honigschuppen nicht aus den Augen zu verlieren, doch die grüne Tarnung war so perfekt, daß er ihn bereits nach etwa fünfundvierzig Metern nicht mehr sehen konnte. Bill zeigte keinerlei Interesse, er konzentrierte sich darauf, eine kleine Seitentür des Hauses anzusteuern, die aussah, als gehöre sie zu einem Schloßkerker.

Nachdem sie den Wagen verlassen hatten, stiegen sie ein paar Stufen empor, durchquerten einen kleinen Flur und gelangten schließlich in ein kleines Wohnzimmer, in dem Abigail und Drusilla in ihre jeweilige Handarbeit vertieft vor einem brennenden Kaminfeuer saßen. Wenn die Tweedröcke und Strickjacken nicht gewesen wären, hätte man sie genausogut für zwei Frauen aus dem Mittelalter halten können, die sich die Zeit vertrieben, während sie darauf warteten, daß ihre Ritter nach bestandenen Abenteuern zur heimatlichen Burg zurückkehrten.

»Ihr habt es euch aber schön gemütlich gemacht«, bemerkte Bill, als er geschickt zwischen Betkissen und Handarbeitskorb trat, um seiner Gattin ein Küßchen auf die Wange zu geben. »Ich glaube, ein bißchen Gemütlichkeit ist im Moment auch genau das richtige für euch. Nein, Drusilla, bleib ruhig sitzen. Wir sind gleich wieder weg. Beziehungsweise ich bin gleich wieder weg. Max, warum bleiben Sie nicht so lange hier und genießen das Kaminfeuer, während ich schnell nach oben laufe? Ich bin in zwei Minuten zurück.«

»Mit Vergnügen.« Max setzte sich auf das Sofa, auf dem auch Drusilla Gaheris Platz genommen hatte, und streckte die Beine in Richtung Kamingitter. »Es ist ganz schön frisch draußen. Ganz im Gegensatz zu gestern.«

»Was habt ihr denn gemacht?« erkundigte sich Abigail.

»Die meiste Zeit sind wir im Honigwagen herumgefahren.«

Max hatte keine Lust, ausgerechnet jetzt das Gespräch auf unangenehme Themen wie Narkosegewehre und dergleichen zu bringen. Das konnte Bill später immer noch tun. »Diese kleinen Wagen sind lustig, finde ich. Ich würde Sarah gern auch einen kaufen, aber wahrscheinlich eignen sie sich nicht sonderlich für unebenes Terrain. Bei uns ist es sehr hügelig.«

»Haben Sie ein großes Grundstück, Mr. Bittersohn?« erkundigte sich Mrs. Gaheris.

»Jetzt noch ungefähr zwölf Hektar. Wir haben vor kurzem noch ein Stück verkauft. Im Vergleich zu diesem Grundstück hier ist es natürlich winzig.«

»Bills Großvater hatte einen 18-Loch-Golfplatz hier angelegt. Wußtest du das, Drusilla?« sagte Abigail. »Aber es war fürchterlich zeitaufwendig, ihn in Schuß zu halten, und Bill hat sich ohnehin noch nie viel aus Golf gemacht. Nach dem Tod seines Vaters haben wir angefangen, uns mit Bienenzucht zu beschäftigen. Beziehungsweise ich habe damit angefangen, und der arme Bill hat mich, lieb wie er ist, dabei unterstützt. Als die Schwärme immer größer wurden, haben wir nacheinander den ganzen Platz umgepflügt und immer mehr Klee angepflanzt, bis von dem Golfplatz schließlich nichts mehr übrig war. Inzwischen haben wir es auch auf den Tennisplatz abgesehen, aber Melly und Tick und die Enkel sind dagegen. Sie lieben Tennis. Na ja, besonders groß ist er ohnehin nicht. Wahrscheinlich lassen wir daher alles so, wie es ist. Hast du in Europa viel Tennis gespielt? Drusilla war nämlich die beste Spielerin an unserer Schule«, erklärte sie Max.

»Aber das ist doch schon eine Ewigkeit her.« Mrs. Gaheris schnitt ihren Faden ab, griff in ihr Nähkästchen und nahm einen andersfarbigen Strang Garn heraus. »Wenn ich ehrlich sein soll, kann ich mich gar nicht mehr erinnern, wann ich das letzte Mal Tennis gespielt habe. Mit Diplomaten macht es wenig Spaß. Man muß ständig aufpassen, daß man seinen Partner nicht besiegt. Mein Mann und ich haben uns dann als Bergsteiger versucht, als wir das erste Mal in der Schweiz waren, allerdings nur zum Spaß. Ansonsten sind wir viel spazieren gegangen. Aber schließlich mußten wir uns damit abfinden, daß die Spaziergänge immer kürzer und die Autofahrten immer länger wurden.«

»Ihr seid im Gebirge Auto gefahren?« versuchte Abigail die peinliche Stille zu übertönen, die wohl alle Anwesenden spürten, als sie an den traurigen Verlust dachten, den Mrs. Gaheris erst vor kurzem hatte verschmerzen müssen. »Das stelle ich mir unheimlich schwer vor.«

»So wild war es gar nicht. Es macht sogar ziemlichen Spaß, wenn man sich erst daran gewöhnt hat, daß einem das Herz bis zum Halse schlägt.«

»Und es bereitet einen hervorragend auf Massachusetts vor. Hier fährt jeder so. Aber wenn du möchtest, können wir gern ein schönes harmloses Tennismatch für dich organisieren, Drusilla.«

»Spart euch die Mühe. Ich habe beschlossen, mit Blockflötespielen anzufangen. Eine Blockflöte läßt sich leicht transportieren, und niemand bittet einen zu spielen.«

»Wir werden dich bestimmt bitten. Wir lieben nämlich Blockflötenmusik. Da du dich ohnehin hier niederlassen willst, hast du vielleicht Lust, in Loristas Gruppe mitzuspielen.«

»Auf gar keinen Fall. Dazu wird es bei mir nie reichen. Außerdem habe ich nicht die geringste Ahnung von Renaissancemusik.«

»Das kann Ufford Ihnen sicher beibringen«, schlug Max vor.

»Professor Ufford kenne ich doch gar nicht.« Mrs. Gaheris hatte ihr Garn erfolgreich eingefädelt und widmete sich wieder ihrer Handarbeit. »Jedenfalls nicht gut genug, um ihn um einen Gefallen zu bitten.«

»So ein Unsinn«, sagte Abigail. »Versey würde dich sicher liebend gern unterrichten.«

»Vielleicht wenn ich vierzig Jahre jünger wäre und so hübsch wie Mrs. Bittersohn. Aber selbst dann hätte es wahrscheinlich kaum zwischen uns gefunkt. Ich war brünett, und Versey steht auf blond.« Sie machte einen sauberen Stich. »Das behauptet jedenfalls Melisande. Und nach allem, was sie gestern abend erzählt hat, glaube ich, daß Melly weiß, wovon sie spricht. Sie sah übrigens hinreißend aus, Abby.«

Mrs. Gaheris machte einen weiteren Stich. »Welche Haarfarbe hat Ihre Frau eigentlich, Mr. Bittersohn? Sie trug den ganzen Abend ihren Hut, so daß ich es nicht sehen konnte.«

»Braun.« Aus irgendeinem Grund ärgerte Max sich über die Frage. Er war erleichtert, als Bill endlich den Kopf ins Zimmer steckte.

»Darf ich Sie noch einmal entführen, Max?«

»Wollt ihr nicht vorher noch eine Tasse Tee, um euch ein bißchen aufzuwärmen?« bot Abigail an.

»Nein, danke«, sagte Max, »ich würde gern möglichst viel draußen erledigen, bevor es regnet. Und ich fürchte, das wird es bald.«

Der Himmel, der am Morgen noch so vielversprechend ausgesehen hatte, war nun bedeckt. Max hoffte, daß Sarah auf der Rückfahrt von Scituate nicht in einen Sturm geraten würde. Die Highways an der South Shore waren selbst bei schönem Wetter nicht sonderlich angenehm.

Die Felder waren anscheinend von einem Netz kleiner Wege durchzogen, denn Bill wählte schon wieder eine andere Route zum Honigschuppen.

»Der Weg hier wird nur selten benutzt«, meinte er, als sie ein ganzes Stück in die Felder hineingefahren waren. »In der Nähe des Honigschuppens gibt es nämlich eine tückische Bodensenke, mit der Abigail immer Probleme hat. Ich weiß auch nicht, warum wir nie die Zeit gefunden haben, sie aufzufüllen. Irgendwie gibt es immer etwas, das noch wichtiger ist und zuerst erledigt werden muß. Max, klingt der Motor irgendwie lauter als vorhin? Hoffentlich ist er nicht kaputt.«

»Es ist nicht der Wagen, Bill.« Der Elektromotor schnurrte immer noch genauso leise wie eine zufriedene Katze. »Das Geräusch kommt von da vorn. Kann es sein, daß da jemand eine Motorsäge benutzt?«

»Ich hoffe doch sehr, daß es nicht auf unserem Grundstück ist!«

Bill beschleunigte verärgert. Max hoffte nur, daß er sich beruhigt haben würde, bevor sie zu der tückischen Bodensenke kamen. Das Geräusch wurde immer lauter und wuchs zu einem dröhnenden Brummen an, das eher wie ein halbes Dutzend Motorsägen in der Ferne klang. Oder auch nicht. Bill hielt den Wagen an, um besser hören zu können.

»Das sind Bienen, Max. Aber warum schwärmen sie jetzt aus? Und warum ausgerechnet hier? Wir müssen unbedingt nachsehen, was los ist. Sie bleiben besser im Wagen. Und öffnen Sie auf keinen Fall das Drahtverdeck, egal, was passiert.«

Bill fuhr vorsichtig weiter. Das Brummen wurde noch lauter und intensiver. Max fühlte sich äußerst unwohl in seiner Haut. Als er die Bienen schließlich sah, wurde ihm ganz schlecht.

Sie blockierten den Weg am Ende der Bodensenke, ein großer pulsierender Klumpen aus braunen Arbeiterinnen, die übereinander herkrabbelten, um an etwas heranzukommen, das unter ihnen lag. Die Form des Gewimmels ließ das Schlimmste befürchten, aber alles, was die beiden Männer von ihrem Wagen in der dunklen Masse sehen konnten, war ein sorgfältig polierter schwarzer Slipper, der vorn an der Spitze mit einer schicken kleinen Goldperle mit Troddel verziert war.

»Gütiger Herrgott«, flüsterte Nehemiah Billingsgate. »Wie konnte das passieren?«

»Wissen Sie, wer es ist?« wollte Max wissen.

»Ich fürchte, ja.«

Bill wich dem grausigen Hindernis mit einem gewagten Manöver aus und fuhr so schnell es ging zum Honigschuppen. »Wir müssen unbedingt Smoker und Schleier holen, sonst greifen sie uns auch noch an. Nur gut, daß wir zurückgefahren sind und den Schlüssel geholt haben.«

Er fuhr bis an den Schuppen heran, schloß die Eingangstür auf und drängte Max hinein. »Hier, ziehen Sie sich das schnell über.«

Er reichte Max einen gelbbraunen Kombi-Anzug mit Klettverschluß an Hals, Ärmeln und Knöcheln, einen großen Imkerhut mit Bindeschleier und dicke Imkerhandschuhe. Ein lächerliches Kostüm, aber Max war froh und dankbar, daß er es hatte. Bill zog sich genauso an, zündete vier Smoker an, reichte zwei davon Max und nahm die anderen beiden selbst. »Sie brauchen nur leicht auf den Blasebalg zu drücken und die Düse auf die Bienen zu richten. Der Rauch betäubt sie nämlich. Na, dann wollen wir mal.«

»Besteht die Hoffnung, daß er noch lebt?« fragte Max, während der Wagen mit ihnen zurück zum Weg holperte.

»Das wage ich nicht zu hoffen, aber wir müssen alles tun, was in unserer Macht steht. Max, ich verstehe nicht, wie das passieren konnte. Abigail hat seit siebenunddreißig Jahren Bienen, und es hat nie ein Problem gegeben. Unsere Bienen sind ausgesprochen friedliche Tiere. Normalerweise fliegen sie immer zurück zu ihren Beuten, sobald es kühl und dunkel wird. Mein Gott, was für ein schrecklicher Unfall, und auch noch ausgerechnet jetzt. Halten Sie den Smoker parat. Normalerweise brauchen wir nur einen, aber in diesem Fall ...«

Bill stoppte den Wagen, riß die Gittertür auf und rannte auf das fürchterliche Brummen zu. Max folgte ihm.

Die Minuten zogen sich endlos in die Länge. Beide Männer waren in Rauch gehüllt, husteten, schnappten nach Luft, schoben mit ihren unförmigen Handschuhen die betäubten Bienen fort und versuchten verzweifelt, das Opfer zu befreien, falls es noch einen Funken Leben in sich hatte.

Doch es war zu spät. Vercingetorix Ufford war tot, wie man toter nicht sein konnte.

Kapitel 16

»›O Herr, in deine Hände befehlen wir den Geist deines Dieners‹. Der arme Versey, ich dachte mir schon, daß er es ist. Diese komischen Troddel an seinen Schuhen, wissen Sie. Max, wir müssen hier weg, bevor die Bienen wieder zu sich kommen.«

»Was passiert, wenn sie wach werden?«

»Die armen Dinger, die ihren Stachel verloren haben, werden sterben. Aber es gibt bestimmt viele, die ihn nicht gestochen haben, weil sie seinen Körper nicht erreicht haben. Können Sie den Kopf nehmen?«

Max wußte zwar, daß er eigentlich darauf bestehen sollte, die Leiche nicht zu berühren, damit alle Spuren gesichert werden konnten. Aber er wußte auch, daß er auf keinen Fall so lange bleiben würde, bis der Rauch sich verzogen hatte. Er beugte sich über den Toten und versuchte, möglichst nicht auf das zu einem unförmigen Klumpen angeschwollene Gesicht zu schauen. »Okay, Bill, Sollen wir ihn auf den Wagen legen?«

»Ja, am besten nach hinten.« Das Fahrzeug besaß einen kastenförmigen Anhänger, mit dem man normalerweise alles Nötige zu den Bienenfeldern brachte oder von dort holte. Sie legten den Toten quer darüber, und Max hielt ihn fest, während Bill fuhr. Das bedeutete, daß die Drahthaube offen bleiben mußte, und Max war ungeheuer erleichtert, als sie den Schuppen erreichten, ohne das Summen wieder gehört zu haben.

»Wir sollten darauf achten, daß wir keine Bienen mit nach drinnen nehmen, sonst haben wir ein Problem«, meinte Bill. »Kommen Sie, Max, ich bürste Sie ab. Und dann holen Sie am besten für alle Fälle noch einen Smoker. Mein Gott, der arme Versey, seine Kleidung ist voller Bienen. Ich fürchte, wir müssen ihn ausziehen und seine Sachen draußen lassen. Wie furchtbar!«

Womit er mehr als recht hatte. Ufford trug einen schwarzen Rollkragenpullover aus Kaschmir und eine dazu passende Hose. Seine Kleidungsstücke waren qualitativ hochwertig und hätten eigentlich weich sein müssen, fühlten sich jedoch ausgesprochen steif an und klebten unangenehm an ihren Handschuhen.

»Alles total klebrig«, sagte Max. »Hat er etwa die Waben ausgenommen?«

»Ich kann mir nicht vorstellen, warum er das getan haben sollte. Um diese Zeit ist noch gar nicht genug darin, es würde sich überhaupt nicht lohnen. Außerdem hat Abigail ihm noch vor ein paar Wochen Honig geschenkt, und er wußte, daß er uns nur zu fragen brauchte, wenn er neuen wollte. O Gott, ich hoffe nur, daß ich so etwas Schreckliches nie mehr mit ansehen muß.«

Die Bienen waren unter den Pullover gekrochen und unter der Hose an Uffords Beinen hochgeklettert. Sie steckten sogar in seinen teuren schwarzen Baumwollstrümpfen. Einige waren noch aktiv, weil der Rauch nicht bis zu ihnen vorgedrungen war.

»Man sollte meinen, sie würden ihn wenigstens jetzt in Ruhe lassen. Der arme Kerl ist immerhin tot«, sagte Bill mit belegter Stimme.

»Vielleicht sind sie hinter irgend etwas her«, sagte Max. »Sehen Sie die glänzenden Stellen auf der Haut? Sieht ganz so aus, als wäre er mit einer süßen Flüssigkeit übergossen worden, die durch die Kleidung bis auf den Körper gedrungen ist. Haben Sie eine Ahnung, was es gewesen sein könnte?«

»Ich glaube, ja. Da wir den Tieren den meisten Honig wegnehmen, der im Winter ihr natürliches Futter wäre, bekommen sie Ersatzfutter von uns. Ein hochkonzentrierter Zuckersirup. Auf die Art haben wir übrigens gestern die Bienen in die hinteren Felder gelockt. Wir haben mehrere Tränken aufgestellt und Sirup hineingegossen. Natürlich haben wir Netze darübergelegt, damit die Bienen an die Nahrung kommen konnten, ohne darin zu ertrinken.

»Was ist dann mit den Tränken passiert?«

»Wahrscheinlich stehen sie noch genau da, wo wir sie hingestellt haben. Rufus sollte sie nach Anbruch der Dunkelheit einsammeln, wenn die Bienen wieder in ihre Kästen zurückgekehrt waren.« Bill verzog das Gesicht. »Wahrscheinlich hat niemand mehr daran gedacht. Mir ist es jedenfalls total entfallen. Ich glaube, Sie haben recht, was den Sirup auf Verseys Kleidung betrifft, Max.«

Sie hatten die ausgezogenen Kleidungsstücke sofort beiseite geworfen, weg von dem Rauch, den sie immer noch einsetzten, um auch die letzten Tiere zu vertreiben, die versuchten, den nackten, auf grausame Weise entstellten Körper anzugreifen. Allmählich begannen sich einige Bienen, die sie von Ufford und sich selbst weggejagt hatten, zu erholen und über die Hose und den Pullover, sogar über die Unterwäsche zu kriechen. Bill stand auf, betrachtete seine Bienen und seufzte.

»Irgendwie bin ich trotzdem erleichtert, Max. Zumindest waren sie nicht grundlos aggressiv. Ich nehme an, sie waren hinter dem süßen Zeug her, und Versey ist in Panik geraten. Er hat angefangen, um sich zu schlagen, und dann sind sie auch in Panik geraten. Es erfordert eine enorme Selbstbeherrschung, stocksteif stehenzubleiben, wenn sie auf einen zukommen, wie ich zugeben muß. Der arme Kerl.«

Er seufzte wieder. »Wir müssen wohl Grimpen Bescheid sagen. Er wird auch diesen Zwischenfall als Unfall abtun, kann ich mir vorstellen.«

»Besteht die Möglichkeit, daß er damit recht hat, Bill?«

«Alles ist möglich, aber Versey war im Laufe der Jahre oft genug hier, um zu wissen, daß man nicht einfach durch die Bienenfelder läuft, ohne die nötigen Vorsichtsmaßnahmen zu treffen. Er war ohnehin kein besonderer Bienenfreund. Ich kann mir nicht vorstellen, was er hier wollte, ganz zu schweigen davon, wie er an den Sirup gekommen ist. Ich nehme an, er ist gestolpert und auf eine der Tränken gefallen, aber sie sind ziemlich flach und auch nicht besonders groß, nur etwa sechzig mal sechzig Zentimeter. Es ist schwierig, damit einen Pullover und eine Hose zu tränken.«

»Apropos Hose, wo hat er diese Sachen eigentlich her? Er trug doch ein Kostüm. Hat er sich hier umgezogen?«

»Nein, da bin ich ziemlich sicher. Die Whets haben ihn abgeholt und hergebracht. Soweit ich weiß, wollten sie ihn auch wieder nach Hause bringen. Sie waren schon alle kostümiert, als sie ankamen. Ich kann mich noch genau erinnern, wie eindrucksvoll es aussah, als sie zusammen über die Zugbrücke zum Pavillon gingen.«

Max fragte sich sekundenlang, ob sein Auftraggeber wohl wieder im Begriff war zu beten, doch Bill sprach ganz normal weiter. »Warum hätten er sich umziehen sollen? Die anderen haben es doch auch nicht getan. Was er allerdings heute hier draußen zu suchen hatte, weiß ich wirklich nicht. Ich glaube nicht, daß er wegen Rufus gekommen ist. Wir haben noch niemandem davon erzählt. Es sei denn, Grimpen hat es bei der Presse durchsickern lassen.«

»Waren schon Reporter hier? Hatten Sie Anrufe von Leuten, die wissen wollten, was passiert ist?«

»Nein, es haben nur Freunde angerufen, die sich für die Party bedanken wollten. Wie das so üblich ist.«

»Dann haben die Medien auch noch nicht Wind davon bekommen. Grimpen hat anscheinend kein Interesse daran, es an die große Glocke zu hängen. Ich frage mich nur, warum. Vielleicht hat er trotz der dicken Lippe, die er ständig riskiert, Angst davor, wie ein Trottel dazustehen. Ufford hatte also keinen eigenen Wagen. Hätte er mit dem Bus oder einem anderen Verkehrsmittel herkommen können?«

»Das wäre ziemlich umständlich gewesen. Ich muß gestehen, daß wir bei großen Einladungen zu uns hier draußen immer davon ausgehen, daß Besucher ihre eigene Transportmöglichkeit haben. Versey hätte natürlich ein Taxi nehmen können, aber das ist ziemlich teuer. Normalerweise hat er angerufen und sich abholen lassen, wenn er irgendwohin wollte. Er war ziemlich unverschämt in dieser Beziehung, wenn ich es mal etwas unfein ausdrücken darf. Ich verstehe wirklich nicht, warum er sich so angezogen hat.«

»Wie meinen Sie das, Bill?«

»Es paßt irgendwie nicht. Wenn er mich aus geschäftlichen Gründen hätte sehen wollen, hätte er sicher einen Business-Anzug getragen. Und wenn sein Besuch privater Natur gewesen wäre, hätte er problemlos in einer bequemen Tweedhose und seinem Norfolk-Jackett erscheinen können. Als Gentleman im

Country-Look, wissen Sie. Versey genoß es zwar, ein wenig exzentrisch zu sein, aber er hätte es nie übertrieben, wenn Sie verstehen, was ich meine. Warum er sich von Kopf bis Fuß in Schwarz gehüllt hat, verstehe ich nicht. Es paßt nicht zu ihm. Zu modern und elegant, will ich damit wahrscheinlich sagen.«

»Sie glauben, daß die Kleidungsstücke jemand anderem gehören?«

»O nein, so war das nicht gemeint. Ich kann mir gut vorstellen, daß Versey sie unter bestimmten Umständen getragen hätte. Teuer, qualitativ hochwertig, maßgeschneidert und ziemlich elegant. Abigail könnte Ihnen dazu sicher mehr sagen als ich. O je, wie soll ich ihr bloß beibringen, was Versey zugestoßen ist?«

»Mochte sie ihn sehr?«

Bill ließ sich die Frage durch den Kopf gehen. »Gelegentlich hat er sie ziemlich wütend gemacht. Uns alle, wie ich gestehen muß. Aber wir kennen ihn schon so lange, und dann wird er von unseren Bienen umgebracht – Max, ist Ihnen schon mal die Idee gekommen, daß hier irgend jemand einen teuflischen Plan verfolgt?«

»Ich würde es nicht teuflisch nennen, er geht eher praktisch vor und vor allem eiskalt. Ich habe den Eindruck, daß der Mensch, der für diese Morde verantwortlich ist, sich nur dafür interessiert, daß seine Opfer mit möglichst wenig Risiko aus dem Weg geräumt werden. Die Waffen, auf die er zurückgreift, sind ihm ziemlich egal. Falls man einen Bienenschwarm überhaupt als Waffe bezeichnen kann. Ich habe keine Ahnung, wie wir je beweisen wollen, daß Ufford sich nicht selbst mit Sirup bekleckert hat und zufällig von den Bienen getötet wurde.«

»Könnte es sich nicht ähnlich abgespielt haben wie bei Rufe? Vielleicht hat man zuerst mit dem Narkosegewehr auf ihn geschossen und ihn dann erst mit Sirup überschüttet.«

»Falls er schon tot war, wie hat er dann die Bienen so aggressiv gemacht, daß sie ihn gestochen haben? Und hätte es dann noch so schreckliche Schwellungen gegeben?«

»Ich weiß es nicht, Max«, mußte Bill zugeben.

»Das kann uns der Leichenbeschauer sicher bald sagen. Aber warum haben Grimpens Männer ihn nicht gefunden, wenn sie das Grundstück wirklich so gründlich abgesucht haben, wie Grimpen behauptet? Es sei denn, sie haben die Bienen gehört und sich aus dem Staub gemacht.«

»Das könnte ich sogar verstehen«, sagte Bill. »Ich selbst wäre sicher auch weniger mutig gewesen, wenn wir völlig schutzlos gewesen wären und uns ein wütender Schwarm angegriffen hätte. Aber Grimpen hätte uns zumindest Bescheid sagen können. Wenn wir rechtzeitig gekommen wären, hätten wir Versey vielleicht retten können. Wie lange mag er wohl schon tot sein, Max?«

»Unter diesen Umständen wage ich dazu überhaupt keine Prognose. Die Autopsie wird diese Frage klären, auch wenn Sie wahrscheinlich alle Ihre Überredungskünste brauchen, damit er sie in die Wege leitet.«

»Ich werde mir den Mund fusselig reden, wenn es sein muß. Am besten, wir decken den armen Kerl zu. Irgendwo müssen hier saubere Laken sein. Ich frage mich nur, wo Melly sie aufbewahrt.«

Während Bill leise vor sich hinschimpfend überall herumstöberte und diverse Schubladen aufzog, gab Max endlich der Neugier nach, die sie veranlaßt hatte, zum Haus zurückzufahren und den Schlüssel zu holen. Beim ersten Mal hatte er eine Art Betonrampe hinter den Wacholderbüschen gesehen, aber jetzt fand er keine Öffnung, zu der sie hätte führen können. Der rückwärtige Teil des Raumes, in dem er sich momentan befand, schien bis zur Decke mit Kästen und Honiggläsern gefüllt zu sein, doch er wußte, daß dies nicht alles sein konnte. Als es ihm gelungen war, hinter die Kästen zu kommen, fand er schließlich eine weitere Tür.

An der Tür hing ein Schild, das mit Klebeband befestigt war. Es war ein Briefbogen der Apian Way-Imkerei, auf dem jemand mit dickem Filzstift geschrieben hatte: FRISCH STERILISIERT. BITTE NICHT BETRETEN!

Max bemerkte, daß die Tür aus Stahl war und genau in den Rahmen paßte. Am unteren Rand war ein dicker Streifen Isolierband angebracht. Vermutlich sollten damit auch die mutigsten

Keime abgeschreckt werden. Max warf alle Vorsicht über Bord und drehte an dem weißen Porzellanknauf. Es war genau so, wie er gehofft hatte.

»Können Sie mal eben kommen, Bill?«

»Wie? Was ist denn los, Max?«

»Ich habe Ihre Wagen gefunden.«

»Im Honigraum? Grundgütiger, das ist der einzige Ort, an dem ich nicht nachgeschaut habe, weil es mir einfach zu lächerlich erschien.«

Er hastete in den Raum. »Tatsächlich, da stehen sie ja. Genau neben den Zentrifugen. Der Phantom und der Ghost. Dann gibt es also doch Balsam in Gilead.«

Es gab sogar mehr Balsam, als Max zu hoffen gewagt hatte. Aus dem offenen Rücksitz des alten Silver Ghost ragte ein etwas ramponierter grauer Kopf mit einem altmodischen Kopfputz aus Samt hervor.

»Da bist du ja endlich, Bill. Ich hatte mich schon gefragt, wann du endlich kommen würdest.«

»Bodie! Was in aller Welt machst du denn hier?«

»Ich versuche, die Fesseln von meinen Füßen zu lösen«, lautete die trockene Antwort. »Meine Hände waren schon schlimm genug. Die Blutzirkulation ist noch nicht richtig in Gang gekommen. Vielleicht kannst du oder – wer ist der Mann? Kenne ich Sie, Sir?«

»Ich bin Max Bittersohn. Gestern haben Sie mich noch Max genannt.«

»Tatsächlich? Das paßt aber gar nicht zu mir. Wann fängt die Rallye an, Bill? Ich vermute, dieser dumme Kerl hat mich gefesselt, weil er selbst ans Steuer wollte. Ein törichter, unhöflicher Mensch, und das sollte man ihm auch sagen.«

»Von wem sprichst du, Bodie? Wer hat dich gefesselt?«

»Bill, was soll das alles? Du redest vollkommenen Blödsinn. Mir ist ein wenig schwindelig, weißt du. Es war sicher der Honigwein.«

»Nicht nur«, meinte Max. »Ich glaube, man hat Ihnen ein Betäubungsmittel gegeben. Ihre Augen sehen so merkwürdig aus.«

»Ihre bestimmt auch, wenn Sie mal so alt sind wie ich. Dummes Geschwätz, junger Mann, ich würde dieses Teufelszeug nie anrühren. Ich nehme nicht einmal Aspirin. Ein strammer langer Spaziergang jeden Tag, ausgewogene Ernährung und ein großes Glas Wasser vor dem Frühstück, um die Verdauung auf Trab zu bringen, das ist alles, was ein Mensch braucht. Habt ihr mich endlich losgebunden? Meine Füße sind völlig taub.«

»Am besten, Sie massieren ihr die Knöchel, Bill«, sagte Max. »Und dann fahren wir sie auf dem schnellsten Weg zum Haus und rufen einen Arzt, damit er sie gründlich untersucht.«

»Falls Sie mit ›sie‹ mich meinen, wüßte ich gern, warum Sie mich nicht selbst fragen!« schnaubte Boadicea Kelling. »Ich brauche keinen Arzt. Ich brauche nur eine anständige Tasse Tee und ein heißes Bad, und schon geht es mir blendend.«

Wahrscheinlich hatte die alte Furie damit sogar recht. Trotzdem wollte Max, daß sie untersucht wurde.

»Hören Sie mir genau zu, Boadicea. Bill fährt Sie jetzt mit dem Honigwagen zurück zum Haus. Er ruft die Staatspolizei an und bittet sie, so schnell wie möglich jemanden herzuschicken. Es muß einiges überprüft werden, und Polizeichef Grimpen hat weder die nötige Ausrüstung noch genug Grips, um sie richtig einzusetzen. Außerdem wird Bill einen Arzt kommen lassen, der Sie eingehend untersucht. Falls wir niemanden erreichen, werden Sie so schnell wie möglich ins nächste Krankenhaus gebracht.«

»Das können Sie mit mir nicht machen!«

»Und ob wir das können«, teilte Max ihr mit. »Sie sind überfallen worden, und Ihre körperliche Verfassung muß ärztlich protokolliert werden.«

Und falls Boadicea Kelling nun gar nicht überfallen worden war, mußte auch dies ins Protokoll aufgenommen werden, selbst wenn sie Sarahs Tante war. Oder was auch immer. Sarah würde es schon verstehen, sie hatte ihm am Telefon ihren Familienstammbaum sicher nicht zu ihrem Vergnügen so haarklein erläutert.

Glücklicherweise gab es tatsächlich einen Seitenausgang, der auf die Rampe führte, daher konnte Bill den Honigwagen einfach um das Gebäude herumfahren und Boadicea den Anblick der lakenbedeckten Leiche vor dem Häuschen ersparen. Die beiden Männer führten sie schließlich gemeinsam zu Bills Elektrowagen und verstauten sie sicher an Bord.

»Kommen Sie auch mit?« erkundigte sich Bill.

Boadicea und er hatten zwar inzwischen die einzigen Sitzplätze in dem kleinen Gefährt mit Beschlag belegt, doch auf diesen Punkt ging Max nicht ein. »Nein, ich bleibe hier, für den Fall, daß jemand sich hierher verirrt. Sie kommen doch allein zurecht, oder?«

Boadicea gab sich alle Mühe, ihm einen vernichtenden Blick zuzuwerfen, auch wenn das Resultat aufgrund ihrer momentanen Verfassung zu wünschen übrigließ. »Fahren Sie zu, Wilberforce!« befahl sie.

Es war ziemlich unwahrscheinlich, daß sie aus dem gut gesicherten Wagen fallen würde, es sei denn, sie machte sich an der Türklinke zu schaffen. Trotzdem beneidete Max Bill nicht. Er ging wieder vor den Honigschuppen und starrte auf das kleine Kleiderbündel, das ein Stück weiter auf dem Weg lag. Immer noch krochen Bienen über die kostbaren Stoffe, braune Insekten auf schwarzem, glänzenden Grund. Ufford hatte sogar schwarze Seidenunterwäsche getragen, der alte Lüstling. Bill hatte vollkommen recht. Diese Kleidung war hier einfach fehl am Platz. Für eine Koksparty am Lido wäre sie vielleicht angemessen gewesen, möglicherweise auch für einen Absinth schlürfenden Mann in einem dekadenten Apartment, der *Die Blumen des Bösen* las, aber zu den Billingsgates paßte sie absolut nicht.

Es sah ganz so aus, als habe Versey sich aus seiner Giovanni Arnolfini-Periode herausgeschält, um in die Haut von Raffles, dem Gentleman-Einbrecher zu schlüpfen. Raffles hätte zwar gewußt, daß schwarze Kleidung in einem Kleefeld mehr als auffällig sein würde, aber vielleicht war Ufford diese Kleinigkeit entgangen. Vielleicht war er ja auch nachts gekommen und hatte vorgehabt, vor Tagesanbruch wieder zu verschwinden. Aber was mochte ihn hier festgehalten haben? Griffen Bienen im Dunkeln überhaupt an? Waren sie die ganze Zeit bei ihrem Opfer geblieben? Oder waren immer neue gekommen und hatten die alten abgelöst? Die blühenden Bäume standen viel näher am Honigschuppen als am Haus. Max ging wieder hinein und schloß die Tür, um das nervtötende Summen nicht mehr zu hören.

Über Zuckermangel konnte man sich hier wahrlich nicht beklagen. Zwei Fünzigpfundsäcke lagen unter der Bank, auf die sie den Toten gelegt hatten. Eine Lücke ließ darauf schließen, daß dort noch andere Säcke gelegen hatten, die während der Winterfütterung aufgebraucht worden waren. Wahrscheinlich wurde die Zuckerlösung in der Spüle aus Edelstahl zubereitet, die sich an der Wand neben der Bank befand.

Vielleicht gab es irgendwo bereits fertig gemischten Sirup? Tatsächlich, unter der Spüle stand ein Plastikeimer. Der Deckel war offen, und Max sah, daß der Behälter nur noch halb voll war. Die körnigen Tropfen an der Außenseite paßten ganz und gar nicht in den peinlich sauberen Raum. Offenbar hatte es jemand sehr eilig gehabt.

Es war gar nicht so schwierig, jemanden mit dem Zeug zu überschütten. Jeder, der sich einmal eine Tasse heißen Kaffee über den Schoß gegossen hatte, konnte ein Lied davon singen, wie naß man bereits von so wenig Flüssigkeit werden konnte. Von einem halben Eimer ganz zu schweigen.

Falls Ufford seine tödliche Taufe hier im Honigschuppen erhalten hatte, müßte es jedoch mehr Spuren geben als die paar Tropfen. Max kroch auf allen vieren über den Zementfußboden und tastete nach einer klebrigen Pfütze, fand jedoch nichts. Daraufhin enthüllte er widerwillig den Kopf des Toten und berührte sein Haar. Die Pagenfrisur, die er gestern noch für eine Perücke gehalten hatte, war tatsächlich Uffords eigenes Haar. Aber jede Strähne, die er berührte, fühlte sich klebrig und steif an.

Der Sirup stammte wahrscheinlich aus diesem Eimer, doch hier war Ufford nicht damit übergossen worden. Boadicea Kelling hatte einen törichten Kerl erwähnt, der sie gefesselt hatte, zweifellos hatte sie den schwarzen Rollkragenpullover und den albernen Prinz Eisenherz-Haarschnitt als albern und affektiert empfunden. Zu diesem Zeitpunkt war Ufford noch sirupfrei gewesen. Wenn er sich in der Nähe dieser großen Spüle befunden hätte, wäre er sicher sofort dorthin geeilt und hätte den Kopf unter Wasser gehalten, um es abzuwaschen. Es sei denn, jemand hatte ihn mit vorgehaltener Waffe nach draußen geführt und gezwungen, an einer Stelle stehen zu bleiben, wo er den Bienen schutzlos ausgeliefert war.

Doch das wäre für einen praktisch denkenden Mörder unnötig kompliziert und melodramatisch gewesen. Falls der Täter vorgehabt hatte, eine derart unmenschliche Tat zu begehen, hätte er einfach ein großes Honigglas mit Sirup gefüllt. Den Deckel hätte er so fest zuschraubt, daß die Bienen auf keinen Fall vorzeitig etwas davon bemerken konnten, und dann hätte er Ufford draußen auf dem Weg überrascht. Sobald er nahe genug herangekommen war, hätte er das Glas aufgeschraubt und den Inhalt über Ufford gegossen. Er selbst wäre mit dem Sirup nicht in Berührung gekommen, hätte das Glas anschließend so weit wie möglich fortgeschleudert und die Beine in die Hand genommen.

An der Wand neben der Spüle war ein Spender mit Pappbechern befestigt. So ein Becher war genau richtig, um das Honigglas mit der Flüssigkeit aus dem Eimer zu füllen, ohne dabei allzu viel zu verschütten. Einige gebrauchte Becher lagen im Mülleimer unter der Spüle, gemeinsam mit diversen zusammengeknüllten Papiertüchern. Max hielt es zwar für unwahrscheinlich, ausgerechnet hier einen Becher zu finden, der innen klebrig war und außen ein hübsches Arrangement von Fingerabdrücken aufwies, doch sollte Grimpen ruhig danach suchen, falls er irgendwann damit fertig würde, das Narkosegewehr als Mordwaffe identifizieren zu lassen. Und er würde Grimpen auch nicht den Spaß verderben und ihm bei der Suche nach dem hypothetischen Honigglas zuvorkommen.

Der Polizeichef würde sicher ungehalten reagieren, wenn er herausfand, daß Uffords Leiche von ihrem ursprünglichen Fundort entfernt worden war. Aber vielleicht kannte er die betreffenden Vorschriften ja auch gar nicht. Warum verschwand Grimpen eigentlich immer, sobald es spannend wurde? Er hätte wenigstens Myre dalassen sollen. Wenn Max etwas an seinem Beruf haßte, dann war es das fruchtlose Warten auf Leute, die sich Zeit ließen. Besonders, wenn es Leute waren, die er nicht mochte und mit denen er gezwungenermaßen zusammenarbeiten mußte.

Kapitel 17

Wenigstens brauchte Max nicht lange auf Bills Rückkehr zu warten. Er ging im hinteren Raum umher und betrachtete kopfschüttelnd die beiden Rolls Royce, als auch schon die Schnauze des Elektrowagens hinter der Rampe auftauchte.

»Ich wollte nicht an Verseys Kleidern vorbeifahren, daher komme ich diesmal von der anderen Seite«, erklärte Bill. »Meinen Sie, wir sollten die Sachen nach drinnen bringen? Ich habe Sergeant Myre Bescheid gesagt, und er hat versprochen, so schnell wie möglich mit ein paar Männern zu kommen. Sie nehmen gerade an einer Führung im Polizeilabor teil. Myre klang nicht so, als sei es sehr faszinierend.«

»Grimpen gehört ausgestopft und in eine Ecke gestellt«, knurrte Max. »Wir lassen die Kleidungsstücke besser genau da, wo sie sind, dann kann er sich darum kümmern, falls er irgendwann Zeit haben sollte. Wir hätten die Leiche ohnehin nicht wegtragen oder entkleiden dürfen. Haben Sie wenigstens einen Arzt erreicht?«

»Ja, da hatte ich mehr Glück. Unsere Freundin Maude Addams hat eine Praxis in der Innenstadt und ist schon auf dem Weg. Sie hatte zwar gerade Sprechstunde, aber die beiden Ärzte, mit denen sie zusammenarbeitet, springen für sie ein.«

»Großartig. Hat Boadicea während der Fahrt etwas gesagt, das uns weiterhelfen könnte?«

»Nur daß sie Hunger und Durst habe und ein Bad nehmen wolle, was ich gut verstehen kann. Abigail und Drusilla kümmern sich jetzt um ihr leibliches Wohl. Was sie sonst noch gesagt hat, drehte sich hauptsächlich um eine imaginäre Autorallye. Wir haben sie mehrfach in unseren Wagen mitgenommen, daher hat sie wahrscheinlich gedacht, sie wäre auf dem Weg zu einer Rallye, als sie im Silver Ghost aufwachte. Eine Wahnvorstellung, die man gut nachvollziehen kann. Ich habe den Frauen noch nichts von Versey erzählt, Max. Ich konnte es einfach nicht, zumal Bodie sich in diesem Zustand befand. Sie waren auch so schon völlig aus dem Häuschen. Kaum zu glauben, daß Bodie die ganze Zeit hier im Schuppen war und wir nicht mal auf den Gedanken gekommen sind nachzuschauen! Das werde ich mir nie verzeihen.«

»Sie sollten mit sich selbst nicht härter ins Gericht gehen als mit anderen«, meinte Max. »Immerhin ist Abigail für die Bienen zuständig, also hätte sie genausogut daran denken können. Oder Ihre Tochter, als sie gestern mit Sarah hier herumfuhr. Oder Tick. Oder der Hubschrauberpilot. Der Schuppen ist schließlich aus der Luft gut zu sehen.«

»Wahrscheinlich haben alle gedacht, es hätte bereits jemand dort nachgesehen«, seufzte Bill. »Vielen Dank, Max. Sie haben ein gutes Herz. Ich spare mir Sack und Asche lieber für später auf, wenn es nichts Dringlicheres mehr zu tun gibt. Um noch einmal auf Bodie zurückzukommen, ich habe gar nicht erst versucht, sie auszufragen. Ich hielt es für klüger, damit zu warten, bis Maude sie sich genauer angesehen hat. Meinen Sie, das war falsch?«

»Nein, das war genau richtig. In ihrem momentanen Zustand hätte es sie möglicherweise vollends aus der Fassung gebracht. Oder sie hätte Ihnen etwas erzählt, was vielleicht ganz logisch geklungen, uns aber auf eine ganz falsche Fährte gelockt hätte. Wozu sind diese Dinger eigentlich gut?« fragte Max und versuchte auf diese Weise, das Thema zu wechseln.

Er meinte damit die Maschinen aus Edelstahl, die an der Wand hinter dem New Phantom standen.

»Das sind Wabenschleudern«, erklärte Bill. »Danach wird der Honig entweder abgefüllt oder in Eimern zum Haus gebracht, wo Met daraus gemacht wird.«

»Und was passiert mit dem Wachs? Nein, warten Sie, ich glaube, ich weiß es schon. Sind das da vorn Gießformen für Kerzen?«

»Genau. Früher haben wir aus dem Wachs immer handliche Stücke geformt und an Schuster verkauft. Sie haben damit ihren Zwirn gewachst, wissen Sie. Aber heute benutzt man keinen Zwirn mehr, sondern Synthetikgarn. Und Schuhmacher sind auch selten geworden. Deshalb stellen wir jetzt für Gotteslohn Kerzen aus reinem Bienenwachs für Kirchen her.«

»Das ist aber nett von Ihnen«, meinte Max. »Tut mir leid, Bill, aber wenn die Polizei nicht bald auftaucht, werden Sie ohne mich auskommen müssen. Es gibt verschiedene Dinge, die unbedingt möglichst bald erledigt werden müssen. Ich könnte mir vorstellen, daß Grimpen Tom Tolbathy wegen Wouters Gewehr ziemlich zusetzen wird. Sollten wir ihn nicht besser vorwarnen? Die Sache mit der Geheimtür scheint ihm ziemlich nahe gegangen zu sein.«

Bill nickte. »Tom vermißt Wouter immer noch schrecklich. Und er wird es sehr schwernehmen, wenn er erfährt, daß die exzentrischen Ideen seines Bruders alte Freunde wie uns in diese schreckliche Situation gebracht haben.«

»Ich glaube nicht, daß Wouters Erfindungen daran schuld sind, Bill. Ich bin ziemlich sicher, daß die Tür und das Betäubungsgewehr nur deshalb benutzt wurden, weil sie zufällig da waren. Sonst wäre es eben etwas anderes gewesen.«

»Aber warum tut ein Mensch so etwas?«

»Wenn ich es weiß, verrate ich es Ihnen«, war alles, was Max dazu sagen konnte. »Sagen Sie mal, Bill, was ist eigentlich aus all den Platten geworden, die gestern während des Banketts von Ihrem Radiosender gespielt wurden? Haben Sie sie noch?«

»Leider waren es nicht unsere Platten. Auch das gehörte zu den Dingen, die Versey für uns erledigt hat. Er hat die komplette zweistündige Sendung von seiner persönlichen Sammlung von Renaissancemusik auf Band überspielt.«

»Tatsächlich?« wunderte sich Max. »Und wo hat er die Aufnahmen gemacht?«

»In seiner Wohnung. Er hat eins der Zimmer zu einem kleinen Tonstudio umfunktioniert. Versey war ein hervorragender Toningenieur und hat sich im Laufe der Zeit eine erstklassige Anlage zugelegt. Er konnte einfach alles. Beispielsweise hat er einmal mehrere alte Edison-Walzen aufgetrieben und tatsächlich auch noch einen Phonographen gefunden, auf dem er sie abspielen konnte. Fragen Sie mich bloß nicht, wo. Wahrscheinlich auf irgendeinem Speicher. Jedenfalls hat Versey Aufnahmen davon gemacht und die ganzen Störgeräusche herausgefiltert, so daß sich das Ergebnis weit besser anhörte als das Original. Was natürlich nicht viel heißen will, gebe ich zu. Aber einige Aufnahmen von alten Singles und Langspielplatten klangen wirklich eindrucksvoll, nachdem Versey sich damit beschäftigt hatte.«

»Haben Sie in Ihren Stationen noch mehr Bänder von ihm gespielt?« erkundigte sich Max. »Von gestern einmal abgesehen.«

»O ja, sehr viele sogar«, erwiderte Bill. »Versey war ein richtiges Genie, wenn es darum ging, die geeignete Titelmelodie für eine Sendung zu finden. Außerdem hat er uns immer mit der Hintergrundmusik für unsere Homilien versorgt. Er hat auch Jingles für viele Werbebeiträge gemacht, die Melly und Tick ausgearbeitet haben – einige waren äußerst unterhaltsam. Die beiden haben wirklich ein Händchen für so etwas. Außerdem wurden seit fünfzehn Jahren sämtliche regulären Sendungen über Renaissancemusik in Verseys Studio aufgenommen. Er machte alle Ansagen selbst und hat viele interessante Einzelheiten über das Leben der Komponisten und die historischen Hintergründe zusammengetragen. Die Bänder hat er fix und fertig geliefert. Wir brauchten sie nur noch zu senden.«

»Wie ist das vonstatten gegangen?« wollte Max wissen. »Werden die Bänder von einem Sender zum nächsten weitergegeben oder gibt es eine Art Zentrale?«

»Weder noch. Versey hat für jedes Studio ein eigenes Band gemacht und genau angegeben, für wen es bestimmt war.«

»Warum hat er sich so viel Mühe gemacht, wenn doch alle Bänder gleich waren?«

»Das waren sie ja eben nicht«, erklärte Bill. »Höchstens wenn Versey auf einem seiner Italientrips war, dann hat er nämlich mehrere im voraus aufgenommen. Aber wenn er hier war, hat er immer Veranstaltungstermine und die neuesten Lokalnachrichten eingeflochten, die für die Fans von Renaissancemusik interessant sein könnten. Wie viele andere Sender werden auch wir ständig mit Informationen überschüttet und tun unser Bestes, möglichst viele davon weiterzugeben, aber nicht alle sind für alle Sender gleich wichtig. Wenn Lorista mit ihrem Ensemble einen Auftritt in Wayland hat, kündigen wir dies beispielsweise nur in unserem Natick-Studio an, nicht aber in Maine oder Vermont.«

»Verstehe.« Max hätte Loristas Auftritt auch nicht in Maine oder Vermont angekündigt.

»Ich weiß gar nicht, was jetzt aus unserer Sendung über Renaissancemusik werden soll«, fuhr Bill bedrückt fort. »Wir könnten zwar zunächst einige alte Sendungen wiederholen, aber letztendlich ist der Verlust von Versey ein weiterer schwerer Schlag für uns. Ich schäme mich zwar, die ganze Zeit nur über meine eigenen Probleme zu jammern, aber wir haben so viel Zeit und Liebe in unsere Organisation gesteckt, daß es wirklich schlimm ist, mit ansehen zu müssen, wie alles von heute auf morgen in sich zusammenfällt…« Bill hielt inne, um sich ein wenig zu fangen. »Es kommt mir fast so vor, als ob der Herrgott mir sagen will: Bill, es ist Zeit, pack alles zusammen und hör auf.«

»Ich würde an Ihrer Stelle genau hinhören, ob es wirklich der Herrgott ist, der da spricht, bevor ich meine Studios schließen würde«, sagte Max. »Haben Sie auch Studio-Bänder, die noch nicht gesendet wurden?«

»Ja, eins. Unser Studio in Oxbridge hat die Übertragung des Renaissance-Fests verschoben, um über den jährlichen Quilting-Wettbewerb und das Forsythien-Fest zu berichten. Sie wollen das Band heute nachmittag um vier senden. Es sei denn, es geht wieder etwas schief, wovor uns der Himmel bewahren möge. Es ist das einzige Studio, mit dem wir noch keine Probleme hatten.«

Bis jetzt, dachte Max. Allmählich wurde er unruhig. Er drückte auf den Schalter, mit dem das Tor zur Rampe geöffnet und geschlossen werden konnte, und ließ es zurück an seinen Platz gleiten. Es war kein sehr großes Tor, gerade groß genug für einen Wagen.

»Wir haben es anscheinend mit einem guten Fahrer zu tun«, bemerkte er. »Ein Amateur hätte es sicher nicht geschafft, die beiden

Wagen in einen Raum zu manövrieren, in den sie gerade noch hereinpassen, und dazu noch so geschickt nebeneinander zu parken.«

»Nein, wahrscheinlich nicht.« Billingsgate klang nicht sonderlich beeindruckt. »Aber in unseren Kreisen gibt es fast nur gute Fahrer. Ich bin so daran gewöhnt, daß es mir gar nicht aufgefallen ist.«

Die Tragweite dieser Aussage schien ihm ebenfalls nicht aufzufallen, dachte Max. »Sie sagen, Ufford habe keinen Wagen gehabt«, meinte er, »aber konnte er fahren?«

»Da bin ich völlig überfragt«, erwiderte Billingsgate. »Darüber haben wir nie gesprochen. Jedenfalls hat er nie einen unserer Wagen gefahren, falls Sie das meinen, er ist allerdings mehrere Male mitgefahren. Ich hatte übrigens immer den Eindruck, daß Versey am meisten Spaß an der dazugehörigen Verkleidung hatte. Kappe, Staubbrille und der lange Staubmantel, wissen Sie. Und daran, auf dem Rücksitz zu thronen und so zu tun, als sei er J. Pierpont Morgan, der sich von jemand anderem chauffieren läßt, wie Melly einmal boshaft bemerkte.«

Er ging um den Silver Ghost herum und schüttelte den Kopf. »Max, jetzt bin ich noch verwirrter als vorher. Warum mußten Rufus und Versey auf so schreckliche Weise sterben, nur damit zwei Autos von der Wagenhalle in den Honigschuppen gebracht werden konnten?«

»Gute Frage«, sagte Max. »Die Wagen wurden ja im Grunde nicht einmal gestohlen, denn sie befinden sich schließlich immer noch auf Ihrem Grund und Boden. Wenn man Rufes Tod als Selbstmord zu den Akten gelegt hätte, was sicher der Fall gewesen wäre, wenn Sie Grimpen nicht widersprochen hätten, und Uffords Tod als Unfall durchgehen ließe, was möglicherweise sogar zutrifft, wäre bisher gar kein Verbrechen begangen worden. Vielleicht wollte man Ihre Wagen gar nicht stehlen, sondern Ihnen nur noch mehr Schwierigkeiten machen.«

»Das ist dem Betreffenden weiß Gott gelungen. Aber das ist doch alles völlig verrückt, Max!«

»Was mir noch verrückter erscheint, wenn Sie mir die Bemerkung verzeihen, ist die Tatsache, daß niemand daran gedacht hat, hier nachzusehen. Es bietet sich doch geradezu an. Es gibt eine praktische Betonrampe, eine Menge Platz und ein Automatiktor, das mehr als einladend wirkt. Wie öffnet man es eigentlich von außen? Dazu braucht man doch sicher eine Fernbedienung?«

»Oder jemanden, der von innen auf den Schalter drückt«, erklärte Bill. »Soweit ich weiß, gibt es nur eine Fernbedienung, und die ist am Armaturenbrett unseres Honigwagens befestigt. Man betätigt sie, wenn man sich der Rampe nähert. Was Ihre Frage betrifft, warum keiner von uns an den Honigschuppen gedacht hat, kann ich nur sagen, daß wir einfach nicht damit gerechnet haben, daß jemand sich die Mühe machen würde, die Autos zu stehlen, nur um sie dann so nah am Haus zu verstecken. Außerdem sind wir alle konditioniert, wie es dieser Verhaltensforscher Skinner nennen würde. Ihnen ist doch bestimmt das Schild mit der Aufschrift ›Betreten verboten‹ an der Tür aufgefallen?«

»Stimmt.«

»Das hat Abigail gemacht. Sie legt ungeheuren Wert darauf, daß der Raum peinlich sauber ist, weil sie dort den Honig abfüllt. Sie läßt Melly und Tick immer alte Laken auf den Boden breiten, bevor sie den Honigwagen hineinfahren dürfen, wenn sie die Waben bringen. Sie ziehen sich immer die Schuhe aus und schlüpfen in waschbare Pantoffeln und Overalls. OP-Masken brauchen sie noch nicht zu tragen, statt dessen aber diese albernen Hüte, damit nur ja keine Haare in die Maschinen fallen. Vorausgesetzt, man hat noch Haare, die einem ausfallen können.«

Bills eigene Haarpracht war so spärlich, daß seine Kopfhaut durch den kurzen weißen Flaum fast genauso rosa schimmerte wie sein Gesicht. »Wenn im Herbst der ganze Honig abgefüllt und weggebracht worden ist, schrubben sie als letztes den ganzen Raum von oben bis unten ab – Boden, Wände, Decke, selbst die kleinsten Ritzen. Sie sterilisieren die Schleudern und anderen Geräte und versiegeln den Raum, bis er im Frühjahr wieder gebraucht wird. Ich sage ganz bewußt ›sie‹ und nicht ›ich‹ oder ›wir‹. Ich richte es immer so ein, daß ich während der Zeit einen wichtigen Termin habe. Melly und Tick müssen die Hauptarbeit verrichten. Abigail leitet die Aktion und feuert sie an.«

»Haben Rufus und Bob manchmal mitgeholfen?«

»Nein, aber unsere Enkel, wenn sie gerade Zeit hatten. Aber die jungen Leute sind heutzutage ständig ausgebucht, vor allem, wenn es darum geht, ordentlich mitanzufassen. Sie sind schon genauso schlimm wie ich«, fügte er mit einem kurzen Grinsen hinzu.

»Die Bienen waren von Anfang an Abigails Hobby«, fuhr er fort. »Und sie möchte, daß es ein reiner Familienbetrieb bleibt. Tick meint, wir sollten uns allmählich der Tatsache stellen, daß sich das Ganze zu einem erfolgreichen großen Unternehmen entwickelt hat, und endlich expandieren. Ich muß zugeben, daß der Junge recht hat, aber die Bienen gehören nun mal Abigail, daher halte ich mich aus allem heraus. Aber eigentlich wollte ich nur sagen, daß wir alle darauf geeicht sind, den Raum hier nicht zu betreten. Wir wissen nämlich genau, was uns erwartet, wenn wir es wagen, außerhalb der Honigsaison die Tür zu öffnen. Daher sind wir automatisch davon ausgegangen, daß hier niemand unbefugt eindringen würde. Jetzt muß alles noch einmal geputzt werden. Schon wieder ein schrecklicher Rückschlag.«

»Betrachten Sie es einfach als Prüfung Ihres Glaubens, Bill«, meinte Max. »Können Sie mir sagen, wer Zugriff zu Ihrer Fernbedienung gehabt haben könnte? Funktioniert sie nur in Verbindung mit diesem Tor?«

»Ursprünglich war sie auf Mellys Garage in Shrewsbury eingestellt, auch wenn es absurd klingt. Aber Melly hat die beiden Fernbedienungen ständig verwechselt und stand immer wieder vor verschlossener Tür. Nachdem sie sich mehrfach ausgesperrt hatte, ist Tick hingegangen und hat die Fernbedienungen synchronisiert, so daß wir jetzt beide benutzen können.«

»Großartige Idee«, sagte Max, obwohl er im Grunde alles andere als angetan war. »Wo sind Tick und Melly heute überhaupt?«

»Sie versuchen immer noch, die Krise in unserem Studio in Natick in den Griff zu bekommen. Tick sorgt dafür, daß die Abspielgeräte repariert werden, und Melly füllt die Lücken im Programm mit Musik und interessanten Textbeiträgen. Sie hat ein Händchen für sogenannte Oldies, wissen Sie, sie singt und spielt sie hervorragend. Beispielsweise Songs wie ›Hurrah for Baffin's Bay‹ und ›My Sweetheart's the Man in the Moon‹. Sie ist schon mehrfach bei uns aufgetreten, und wir haben jedesmal begeisterte Hörerzuschriften bekommen. Melly würde am liebsten eine eigene Sendung haben, und wir könnten uns nichts Schöneres vorstellen, aber sie hat ein Haus und eine Familie zu versorgen. Außerdem braucht Abigail sie für Apian Way. Daher hat Melly schlicht und einfach keine Zeit.«

»Schade«, sagte Max, und diesmal meinte er es auch. »Was machen Tick und Melly, wenn ihre Arbeit im Studio beendet ist? Müssen sie nach Hause fahren und sich um die Kinder kümmern?«

»Nein, die Kinder sind in der Schule. Wahrscheinlich kommen Melly und Tick her, um nachzuschauen, wie es uns geht. Sie sind bestimmt erleichtert, wenn sie erfahren, daß Bodie wohlauf ist und die Autos gefunden wurden. Die Sache mit dem armen Versey wird ihnen allerdings ziemlich zusetzen. Ganz zu schweigen von der Aussicht, daß sie den Honigraum schon wieder putzen müssen. Meinen Sie, wir könnten die Wagen zurück in die Wagenhalle bringen oder sollen wir sie lieber hier lassen?«

»Ich denke, wir sollten sie zuerst der Polizei zeigen. Falls sie sich denn endlich bequemt herzukommen. Bill, es tut mir sehr leid, aber ich kann wirklich nicht länger bleiben. Bestellen Sie Grimpen, daß ich ihm zu einem späteren Zeitpunkt gern zur Verfügung stehe, falls er noch Fragen haben sollte. Jetzt fahre ich erst mal nach Oxbridge. Können Sie mir sagen, wie ich zum Studio komme? Außerdem brauche ich so etwas wie ein Empfehlungsschreiben.«

»Aber sicher. Kommen Sie, wir gehen in den anderen Raum.«

Bill fragte gar nicht erst, warum Max nach Oxbridge wollte, er nahm einfach einen Bogen Apian Way-Papier und schrieb darauf: Bitte gewähren Sie Mr. Bittersohn jede Unterstützung, die er benötigt. N. Billingsgate.

»So, das müßte genügen. Falls es Probleme gibt, sollen sie hier bei mir anrufen. Was die Wegbeschreibung betrifft, nehmen Sie einfach zuerst die 495 und dann die Route G5. Immer geradeaus, bis Sie zur Mühle kommen, dann nach links abbiegen. Das Studio ist gleich um die Ecke, in dem kleinen grünen Schindelhaus. Außerdem erkennen Sie es an dem XBIX-Schild vor der Tür. Ähem, sollten Sie nicht besser den Imkeranzug vorher ausziehen?«

Max zögerte. »Ich muß eventuell noch eine kleine Untersuchung bei Uffords Sachen vornehmen. Es sei denn, Sie hätten zufällig einen Schlüssel zu seinem Apartment?«

»Ja, habe ich. Wir mußten mehrfach in sein Studio, als er im Ausland war. Er ist hier an meinem Schlüsselring, obwohl ich ihn seit Jahren nicht benutzt habe.«

»Hat Ufford zufällig in der letzten Zeit die Schlösser ausgewechselt?«

»Kann ich mir nicht vorstellen. Das hätte schließlich eine Stange Geld gekostet, wissen Sie.«

Bill gab ihm den Schlüssel, und Max schlüpfte ziemlich erleichtert aus seinem Imkeranzug.

Kapitel 18

»Da hol mich doch der Teufel!«

Der Studioleiter des Senders XBIX in Oxbridge, Massachusetts, warf Max Bittersohn einen nervösen Seitenblick zu. »Bitte verraten Sie Mr. Billingsgate nicht, daß ich das gesagt habe, ja? Er hält nichts von Ausdrücken dieser Art.«

»So ein verdammtes Pech«, sagte Max. »Und was wollen Sie jetzt machen?«

»Na ja, aus naheliegenden Gründen können wir dieses Band natürlich nicht senden. Heilige Mutter Gottes, da hätten wir im Nu die Kontrollbehörde am Hals. Ich habe in meinem ganzen Leben noch nicht solche Schweinereien gehört.«

»Wieviel davon wäre normalerweise gesendet worden?«

»Wahrscheinlich das ganze Band, das ist ja das Schlimme. Die Sendung ist so gut wie fertig, weil Professor Ufford immer schon alles von Anfang bis Ende für uns zusammenstellt, er nimmt sogar die Lokalmeldungen mit auf. Wir haben ein zweites Band, das sich automatisch anschaltet, falls das erste aus irgendeinem Grund ausfallen sollte. Geschichten aus dem Wienerwald. Aber bisher hat alles immer so hervorragend geklappt, daß wir nur die Erkennungsmelodie abwarten und nachsehen, ob das Band gut läuft. Dann gehen Ed und ich immer rüber zum Gasthaus und genehmigen uns eine kleine Stärkung.«

»Ed ist der Assistent, der für die Bänder zuständig ist?« fragte Max.

»Ed ist meine rechte Hand«, antwortete der Studioleiter, »wir beide erledigen sozusagen alles, was hier um diese Tageszeit anfällt.«

»Dann haben Sie wahrscheinlich nur selten Gelegenheit, zusammen irgendwohin zu gehen, nehme ich an. Weiß jemand von Ihrer Gewohnheit, während dieser speziellen Sendung eine kleine Pause einzulegen?«

»Aber sicher. Wir würden so etwas niemals tun, ohne es vorher abzuklären. Mr. Billingsgate weiß davon, und auch Mr. Purbody. Die beiden haben Verständnis für unsere Situation. Sie wissen, daß wir bis in die Puppen arbeiten und ab und zu dringend eine kleine Verschnaufpause brauchen. Außerdem geht Tick – Mr. Purbody, meine ich – meistens mit, wenn er da ist, und genehmigt sich einen mit uns. Er findet Renaissancemusik ungefähr genauso faszinierend wie Ed und ich. Aber dieses Band – vielleicht sind es ja wirklich authentische mittelalterliche Texte. Trotzdem kann ich nicht verstehen, wie Professor Ufford denken konnte, wir würden mit so etwas durchkommen. Den größten Teil von diesem Schund und Schmutz verstehe ich nicht mal. Können Sie sich erklären, wo er das Zeug herhatte, Mr. Bittersohn?«

»Ich würde vermuten, Ufford hat sich einen Schwung sogenannter Partyplatten zugelegt und die frivolsten Stellen, die er finden konnte, herausgeschnitten. Es ist wahrscheinlich ganz einfach, ein derartiges Band zusammenzustellen, wenn es einem gelingt, sich dabei nicht mitten in die Aufnahmegeräte zu übergeben.«

»Was immer er sich dabei auch gedacht haben mag, der verfluchte Mistkerl hat uns ganz schön in Schwierigkeiten gebracht«, stöhnte der Sendeleiter und pfiff auf seine normalerweise gepflegte Ausdrucksweise. »Wie zum Henker soll ich denn jetzt das verdammte Programm zusammenstellen? Wir können doch nicht einfach gar nichts senden, das wäre in unserem Metier ein unverzeihlicher Fehler. Sie haben wohl nicht zufällig eine Schalmei oder einen Dudelsack dabei? Oder vielleicht ein Kazoo?«

»Leider nicht.« Aber Max dachte nach. Wenn Melisande Purbody ihren Honigwein im Stich ließ, um den lauschenden Massen »Up in a Balloon, Boys« vorzuträllern, konnte er selbst kaum kneifen. Immerhin ging es um das Überleben eines Radiosenders. »Wie wäre es mit ein paar Ausführungen über das Stehlen eines Renaissancegemäldes?«

»Sie sind doch hoffentlich kein Dieb, oder?«

»Nein, nur ein Detektiv, der Dieben das Handwerk legt. Ab und zu jedenfalls.«

Das bisher gramgezeichnete Gesicht des Mannes begann mit einem Mal zu strahlen. »Sie – Sie können doch unmöglich – Sie sind doch nicht etwa – Max Bittersohn?«

»Da fragen Sie am besten meine Mutter.«

»Gott in seiner unendlichen Güte sei gepriesen! Meine Tochter Belinda hat voriges Jahr an der Universität von Boston einen Vortrag von Ihnen gehört und schwärmt uns seitdem ständig von Ihren wunderschönen Augen vor. Ich sah mich gezwungen, ihr einzureden, Sie wären ein verheirateter Mann, damit sie endlich Ruhe gab.«

»Das bin ich auch. Ich habe sogar einen sechs Monate alten Sohn«, fügte Max stolz hinzu.

»Ich werde Belinda sagen, daß der Herr uns diese Prüfungen schickt, um uns stark zu machen. Mal nachdenken. Ein Podium brauchen Sie ja wohl nicht, oder? Aber vielleicht ein Glas Wasser? Oder eine Stoppuhr?«

»Warum unterhalten wir uns nicht ganz zwanglos miteinander? Sie stellen mir Fragen, und ich antworte. Wenn die Zeit um ist, geben Sie mir einfach ein Zeichen, dann halte ich den Mund.«

»Aber woher soll ich wissen, was ich fragen soll?«

»Fragen Sie einfach alles, was Ihnen in den Kopf kommt. Vergessen Sie nicht, daß das Publikum genauso wenig weiß wie Sie. Fragen Sie genau das, was Ihre Hörer auch fragen würden.«

»Da könnten Sie recht haben. Je unwissender ich klinge, desto besser werden sie sich fühlen. Wenn es Ihnen nichts ausmacht, warten wir jetzt noch ein paar Minuten, bis Ed mit der Homilie fertig ist und ›Lobet den Herren‹ spielt. Dann lese ich den Wetterbericht und die Werbung für Apian Way und stelle Sie vor. Sie setzen sich bitte hier hin und sprechen direkt ins Mikrophon.«

So kam es, daß Mrs. Max Bittersohn eine knappe Stunde später auf der Heimfahrt von Scituate am Knopf ihres Autoradios drehte und den Schock ihres Lebens erlitt. Warum in aller Welt hatte Max ihr nicht erzählt, daß er heute in einer Talk-Show auftrat?

Weil er es selbst nicht gewußt hatte, natürlich. Es hatte wahrscheinlich schon wieder eine Krise in einem der Billingsgate-

Studios gegeben, und Max war kurzerhand in die Bresche gesprungen. Sie mußte unbedingt ein Telefon finden und herausfinden, was passiert war.

Außerdem würde sie liebend gern endlich diesen schrecklichen Highway verlassen. Sarah verzog das Gesicht, als schon wieder ein riesiger Sattelschlepper an ihrem kleinen Wagen vorbeidonnerte, die Radkappen ungefähr auf gleicher Höhe wie ihre Ohren. Sie hatte gehofft, dem Stoßverkehr zu entkommen, doch sie hätte eigentlich wissen müssen, daß es mindestens doppelt so lange als geplant dauern würde, Jem bei seinen Kumpanen abzuliefern. Aber wenigstens befand sie sich jetzt in der Nähe der Ausfahrt, wenn sie den Schildern Glauben schenken durfte. Die Route 28 führte nach Milton. Mit Milton würde sie fertig, vorausgesetzt, der Idiot neben ihr wurde sich endlich darüber klar, was er wollte, und ließ sie vorbei.

Doch sobald sie ihren rechten Blinker betätigte, raste er an ihr vorbei, schnitt ihr den Weg ab und ließ sie erst nach einem haarsträubenden Manöver abbiegen. »Stinktier«, zischte sie laut. So ein verdammter – ach du liebe Zeit, der Mistkerl sah aus wie Cousin Lionel.

Es war Cousin Lionel. Er schnitt ihr schon wieder den Weg ab und raste auf einen Parkplatz, der zu einem Supermarkt gehörte und auf dem sich ein Münzfernsprecher befand. Obwohl sie absolut keine Lust hatte, ihren Vetter zu treffen, beschloß sie, ebenfalls dort anzuhalten. Ein Blick auf die Uhr verriet ihr, daß es fast fünf war. Das bedeutete, daß die Sendung zu Ende sein mußte und die Telefonnummer des Senders durchgegeben wurde und sie erfuhr, wo sie Max erreichen konnte, bevor er wieder fort war.

Sobald sie die Worte »Sie hören Station XBIX, Oxbridge, Massachusetts« gehört hatte, hastete sie aus dem Wagen und rannte zu der einsamen Telefonzelle. Lionel verließ gerade das Geschäft und konzentrierte sich darauf, einen Schokoriegel aus seiner Verpackung zu schälen. Er marschierte ebenfalls in Richtung Telefon, doch Sarah war einige Sekunden schneller.

Lionel war schon immer ein miserabler Verlierer gewesen.

»Zum Teufel mit dir, Sarah«, jaulte er, »laß mich zuerst telefonieren! Ich muß unbedingt Vare anrufen. Du weißt doch, wie sie ist, wenn ich mich nicht melde.«

Sarah wußte es, aber es war ihr egal. Sie ignorierte Lionels Gejammer und rief die Auskunft an. Lionel würde sich wohl kaum zu einem tätlichen Angriff hinreißen lassen, wenn er von der Straße aus so gut sichtbar war. Sie mußte fünfzig Cent investieren, bevor sie Max endlich erreichte, aber es war jeden Nickel wert, endlich seine Stimme zu hören.

Er war genauso erfreut wie sie. »Wie in aller Welt hast du mich hier gefunden?«

»Göttliche Fügung«, erklärte sie. »Was ist passiert? Noch mehr Sabotageakte?«

Max gab ihr eine umfassende Schilderung, während Cousin Lionel draußen um die Zelle herumtanzte und immer wieder auf seine Armbanduhr zeigte. Sarah hörte beinahe wortlos zu, bis ihr Gatte ihr mitgeteilt hatte, daß Bodie gefunden worden war, und ihr eine etwas geschönte Beschreibung von Uffords Ableben gegeben hatte. Dann sagte sie nur: »Ich bin froh, daß es Tante Bodie gutgeht. Habt ihr das Fahrrad schon gefunden?«

»Welches Fahrrad?«

Lionel war zurück ins Geschäft gestapft, um sich noch einen Schokoriegel zu holen, so daß Sarah frei von der Leber weg reden konnte. »Schatz, Professor Ufford war ein großgewachsener Mann. Wenn ihm jemand Sirup über den Kopf schütten wollte, mußte er ihn überraschen, groß genug sein, um selbst nichts von dem klebrigen Zeug abzubekommen, und in der Lage sein, sich schnell aus dem Staub zu machen, bevor die Bienen ihren Angriff starteten. Ein Fahrrad ist schnell und leise, hinterläßt auf Sandsteinwegen wahrscheinlich keine Spuren und würde dem Fahrer einen Vorsprung geben. Vielleicht hat es sogar einen kleinen Korb am Lenker, in dem der Sirup transportiert werden konnte. Ein Fahrrad kann man einfach irgendwo liegen lassen. Ich persönlich würde mich mal in den Wäldern hinten bei der versteckten Zugbrücke umschauen.«

»Verdammt«, sagte Max. »An ein Fahrrad hatte ich noch gar nicht gedacht.«

»Hätte ich wahrscheinlich auch nicht«, gestand Sarah, »wenn Onkel Jem mir nicht die ganze Fahrt lang mit dem verflixten Dreirad in den Ohren gelegen hätte, das Wouter Tolbathy für Abigail aufgemotzt hat, als sie damals mit der Bienenzucht anfing. Nach Wouters Generalüberholung sah es aus wie ein riesiger Bienenkorb. Wie die altmodischen Strohdinger, du weißt schon. Abigail sollte darin sitzen, und nur ihr Kopf, ihre Beine und ihre Arme sollten herausragen. Dazu sollte sie ein schwarzgelb gestreiftes Trikot tragen und einen wuscheligen schwarzen Hut mit kleinen Fühlern. Und einen gelben Bienenschleier mit großen Glubschaugen aus Plastik dran.«

»Schlicht, geschmackvoll, praktisch und typisch Tolbathy, wenn du mich fragst. Existiert das Gefährt noch?«

»Nein, es gab schon vor Jahren seinen Geist auf, als die Brüder vom Geselligen Kabeljau wieder mal ein kleines ruhiges Beisammensein bei den Billingsgates veranstalteten. Offenbar sind alle nacheinander in dem Bienenkorb herumkutschiert und haben sich an dem Schleier erfreut, bis jemand auf die glorreiche Idee kam, ein paar akrobatische Übungen einzulegen. Beispielsweise nur auf den Hinterrädern zu fahren. Onkel Jem wollte nicht sagen, wessen Idee es war, also vermute ich das Schlimmste. Jedenfalls war der Bienenkorb danach schrottreif. Trotzdem könnte an der Theorie mit dem Rad etwas dran sein, meinst du nicht?«

»Allerdings. Am besten, ich rufe die Billingsgates sofort an und erkundige mich, ob dieser Hornochse Grimpen endlich aufgekreuzt ist. Oder möchtest du lieber dort anrufen?«

»Nein, eigentlich nicht. Ich stehe hier in einer Telefonzelle in Milton. Ich habe Onkel Jem zu seiner Crew zurückgebracht und war schon auf dem Heimweg, als ich dich zufällig im Radio hörte. Wahrscheinlich gibt es noch mehr Probleme, von denen ich nichts weiß, aber bitte erzähl mir jetzt nichts davon, denn das Geld geht mir langsam aus und Lionel steht draußen und wartet mit schäumenden Nüstern. Er will unbedingt Vare anrufen. Frag mich nicht, was er hier zu suchen hat. Ich habe nämlich keine Ahnung, es sei denn, er hat drüben in den Blue Hills den Klapperschlangen einen Besuch abgestattet. Was das Abendessen betrifft, Schatz ...«

»Mach dir keine Sorgen, Kleines. Du hast noch eine weite Fahrt vor dir, und ich fahre jetzt besser zurück zu den Billingsgates. Warum suchst du dir nicht ein nettes Restaurant und wartest, bis sich der Verkehr wieder beruhigt hat? Davy geht es doch hoffentlich gut?«

»Alles in Ordnung. Ich habe Mrs. Blufert vom Jachtclub aus angerufen und ihr gesagt, daß ich spät komme und sie sich keine Sorgen machen soll. Sie bleibt, so lange wir sie brauchen, und im Kühlschrank ist genug zu essen. O Max! Jetzt braust auch noch Dork Junior auf den Parkplatz. Ich muß unbedingt herausfinden, was das alles zu bedeuten hat. Paß auf dich auf, Liebster. Bis bald, hoffe ich.«

Sie war willens, Lionel das Telefon kampflos zu überlassen, doch er stand jetzt mit Dork Junior zusammen, versuchte, seine Nervosität zu überspielen, und benahm sich ihr gegenüber auffallend freundlich. Trotzdem war Dork Junior, der Sarah kaum kannte, der bei weitem liebenswürdigere von beiden.

»Wie schön, sie schon so bald wiederzusehen, Sarah. Auch auf dem Weg zur Superparty?«

»Eigentlich bin ich auf dem Nachhauseweg«, teilte Sarah ihm mit. »Ich habe nur kurz angehalten, um meinen Mann anzurufen. Was wird denn so groß gefeiert?«

»Haben Sie denn noch nichts davon gehört? Bunny hat in der Lotterie gewonnen.«

»Bunny Whet? Sie meinen, in der staatlichen Lotterie, über die immer in den Zeitungen berichtet wird? Wieviel denn?«

»Einen ganzen Haufen«, sagte Dork Junior andächtig. »So etwa drei Millionen Dollar, soweit ich weiß. Nicht wahr, Lionel?«

Jetzt wußte Sarah auch, warum ihr Cousin so schlecht gelaunt war. Bunny Whet hatte einen Riesenhaufen Geld gewonnen, und Lionel Kelling nicht. Sie beschloß, Salz in die Wunde zu streuen.

»Wie wunderbar für Bunny. Einige Menschen sind richtige

Glückspilze, nicht, Lionel? Du freust dich bestimmt schrecklich für ihn. Dann fahrt ihr beide wohl hin und organisiert eine Überraschungsparty?«

»Das kannst du dir abschminken.« Mit Lionels Anflug von Freundlichkeit schien es vorbei zu sein. »Mit so viel Zaster kann Bunny ja wohl verdammt noch mal uns einladen.«

»Elizabeth hat die Party organisiert«, erklärte Dork Junior. »Kommen Sie doch auch mit, Sarah. Ich bin sicher, daß Elizabeth und Bunny sich sehr freuen würden. Fahren Sie einfach hinter mir her, wenn Sie den Weg nicht wissen.«

»Ich kann doch nicht einfach ohne Einladung auftauchen.«

»Aber klar können Sie das. Je mehr wir sind, desto besser. Elizabeth sagt, wir sollen jeden aus der Clique mitbringen, den sie bisher noch nicht erreicht hat.«

Sarah zuckte mit den Achseln. Sie gehörte nicht zur Clique und hatte auch keine Lust, diesen Zustand zu ändern, aber es wäre immerhin eine gute Gelegenheit, noch ein paar Nachforschungen anzustellen. Als Lionel sie ebenfalls einlud mitzukommen, denn selbst Lionel konnte durchaus gastfreundlich sein, wenn ein anderer für die Rechnung aufkam, kapitulierte sie schließlich.

»Sagt mir einfach, wohin ich fahren muß, dann finde ich das Haus schon. Ich muß zuerst noch schnell in den Laden.« Eine Kelling mochte durchaus uneingeladen mit leeren Händen erscheinen, eine Bittersohn todsicher nicht. Sarah hatte ihre Prinzipien inzwischen um einige neue erweitert.

Ihr kleines Mitbringsel, Käse und Cracker, wurde dankbar angenommen, und man schien sich auch zu freuen, daß sie gekommen war. »Was für eine reizende Überraschung, Sarah«, sagte Bunny Whet.

»Für mich ist es auch eine Überraschung«, antwortete Sarah. »Ich habe Onkel Jem zum Hafen von Scituate gebracht, wo er einige seiner Freunde treffen wollte, und war schon auf der Heimfahrt. Ich habe kurz angehalten, um Max anzurufen, und dabei Lionel und Dork Junior getroffen. Und jetzt bin ich plötzlich hier. Ich kann nicht lange bleiben, aber ich wollte Sie unbedingt zu Ihrem Gewinn beglückwünschen. Das war sicher einer der aufregendsten Tage in Ihrem Leben.«

»Eigentlich ist es schon eine Woche her«, gestand er. »Aber ich war mit Vater auf einer Messe für biologische Schädlingsbekämpfung in Philadelphia, und ich bin erst ganz spät Montag nacht nach Hause gekommen, weil wir auf dem Weg noch Tante Lucy besucht haben und zum Abendessen geblieben sind. Ich glaube nicht, daß Sie Tante Lucy kennen. Jedenfalls war ich deshalb mit der Arbeit im Hintertreffen, und Elizabeth und ich hatten alle Hände voll zu tun mit den Proben für das Renaissance-Fest. Daher habe ich das Lotterielos einfach in eine Tresorkassette gesteckt und bin erst heute dazu gekommen, es einzulösen. Ich wußte ja, daß das Geld sicher war, wissen Sie. Eigentlich hätte ich es ruhig noch ein paar Tage liegen lassen können, weil Montag sicher nicht der beste Tag für eine Party ist, aber ich muß zugeben, daß ich allmählich ein bißchen ungeduldig wurde. Die Leute von der Lotterie fanden mein Verhalten ohnehin reichlich ungewöhnlich.«

Das konnte Sarah irgendwie sogar verstehen.

»Aber woher soll man wissen, wie so etwas normalerweise abläuft?« fragte Bunny. »Ich hatte vorher noch nie ein Lotterielos gekauft. Ich weiß gar nicht, was in mich gefahren ist. Normalerweise gebe ich riskanten Impulsen nie nach.«

»Es hat nur einen Dollar gekostet«, erläuterte Elizabeth. »Aber wir wollten unbedingt einen ordentlichen Batzen Geld für das Fledermausprojekt. Haben Sie schon von Bunnys Steckenpferd gehört, Sarah?«

Falls nicht, war sie im Begriff, in Kürze alles darüber zu erfahren, soviel war klar. Bunny war nicht mehr zu stoppen.

»Fledermäuse sind natürliche Insektenvertilger und werden weithin völlig falsch eingeschätzt. Und was macht der Mensch mit ihrem natürlichen Lebensraum? Was meinen Sie wohl, Sarah?« Er gab seinem Gegenüber keine Gelegenheit zu antworten. »Schauen Sie sich nur die wunderschönen alten Steinkirchen an. Die Türme werden einfach abgehackt, der Rest des Gebäudes in

Eigentumswohnungen verwandelt. Und was ist eine Fledermaus schon ohne einen Glockenturm? Können Sie mir das sagen?«

Auch für die Beantwortung dieser Frage blieb Sarah keine Zeit. Bunnys normalerweise leidenschaftsloses Gesicht glühte vor Begeisterung. »Und wir bauen mehrere künstliche Glockentürme in geeigneten insektenreichen Lebensräumen, wo Fledermäuse ideale Überlebensbedingungen vorfinden und sich hoffentlich auch entsprechend vermehren.«

Endlich hatte Sarah Gelegenheit, etwas einzuwerfen. »Gibt es in Ihren Glockentürmen auch Glocken?«

»Glocken sind ein Extra, auf das wir aus ökonomischen Gründen leider verzichten mußten«, gestand Bunny. »Aber die Fledermäuse scheinen sich auch ohne sie wohl zu fühlen. Außerdem stellen wir an allen strategisch wichtigen Stellen Straßenlaternen auf, um Nachtfalter anzulocken.«

»Das ist bestimmt sehr wichtig.«

»Wirklich, Sarah, Sie müssen unbedingt mal eines unserer Fledermausschutzgebiete besuchen und beobachten, wie die kleinen Kerle an einem milden Sommerabend um die Laternen flattern und Motten und Mücken erbeuten. Es ist gelebte Poesie. Nicht wahr, Elizabeth?«

»Mit der Zeit lernt man den ästhetischen Aspekt zu schätzen«, pflichtete Elizabeth ihm wenig enthusiastisch bei.

»Ich hab gelernt, drei Millionen Dollar zu schätzen und würde sie nie für irgendwelche verdammten Insektenfresser verschwenden.« Lionel nahm mal wieder kein Blatt vor den Mund. »Die Flatterbiester hängen dir bestimmt schon zum Hals heraus.«

»Ganz im Gegenteil.« Bunnys Frau stand voll und ganz hinter ihrem Gatten. »Die Einkommensteuer wäre horrend gewesen. So haben wir für die nächsten zwanzig Jahre eine wunderbare Abschreibungsmöglichkeit, denn der Gewinn wird in Raten ausgezahlt. Außerdem brauchen Mutter Whet und ich jetzt keine Spendenaktionen mehr zu organisieren.«

Und Bunny brauchte jetzt auch nicht mehr um die Auszahlung des Treuhandfonds zu kämpfen, dachte Sarah. Zudem hätte er kein Motiv für den Diebstahl des New Phantom gehabt, selbst wenn er die Gelegenheit gehabt hätte, was nach neuester Sachlage ohnehin nicht der Fall zu sein schien.

Salmon Tolbathy fiel als Täter ebenfalls flach. Tom und Hester hatten ihren Jüngsten mit nach Milton gebracht, weil er immer noch nicht in der Lage war, selbst zu fahren. Sein Bruder Buck war leider verhindert, weil er sich um eine Schiffsladung Anchovis kümmern mußte. Sals Problem war inzwischen geklärt. Es handelte sich nicht um einen verstauchten Knöchel, sondern um einen Bänderriß. Der arme Kerl ging an Krücken und konnte sich nur mit Mühe fortbewegen. Seine Behinderung stand außer Frage.

Die Abbott-Männer waren verhindert. Monk war wieder in der Schule, und Joe mußte an irgendeinem Treffen teilnehmen. Dafür war Joes Gattin, die liebliche Lilias, mit ihren Eltern erschienen und wurde von diversen Leuten, die nicht auf dem Renaissance-Fest, dafür aber bei der Hochzeit gewesen waren, wegen ihrer spektakulären Tunika gefoppt. Sie gaben lautstark ihrem Bedauern Ausdruck, daß Joe und Monk es vorgezogen hatten, ihren jeweiligen Pflichten in konventioneller Kleidung nachzukommen statt mit Zatteln und Schellenbändern zu erscheinen.

Die Abbotts kamen für den Diebstahl des Silver Ghost auf jeden Fall nicht in Frage. Doch bisher hatte Sarah noch niemanden gefunden, der für beide Tage, den Tag des Renaissance-Festes und den Tag, an dem der New Phantom verschwunden war, ein wasserdichtes Alibi hatte. Hatten die Morris-Tänzer vielleicht in Schichten gearbeitet? Sarah schüttelte den Kopf, weil sie einerseits ein Glas Champagner ablehnen wollte und andererseits nicht verstand, warum jemand derartig sinnlose Verbrechen beging, und gesellte sich zu Dork Junior.

Er hatte den letzten Montag im Studio XBIG in Gibbon, New Hampshire, verbracht, um Tick einen Gefallen zu tun. Da eines der Kabel defekt gewesen war, hatten sie die geplanten Bänder und Schallplatten nicht abspielen können, daher hatte er Lorista und ihre Zimbel mitgebracht, um spontan eine Live-Sendung mit

Folksongs zu gestalten. Als ob ein Unglück nicht schon genug wäre, dachte Sarah lieblos.

»Sind Sie in der letzten Zeit viel mit dem Fahrrad gefahren?« erkundigte sie sich in ihrer Verzweiflung.

»Meinen Sie mich?« Dork Junior dachte über die Frage nach. Er kam zu dem Schluß, daß es sich nur um einen Witz handeln konnte, und lachte. »Ich würde jederzeit einen Rolls Royce von den Billingsgates vorziehen, wenn ich die Wahl hätte. Der leidenschaftliche Radfahrer ist Ihr Vetter Lionel.«

»Ja, ich weiß, daß Lionel gern Rad fährt.« Er hatte noch vorige Woche den gesamten Weg von Cambridge nach Ireson's Landing mit dem Rad zurückgelegt. Es gehörte zu seinem oder vielmehr Vares erbarmungslosen Fitness-Programm. Selbst vollständig bekleidet war Lionel keine Schönheit, aber in Shorts und mit einem fluoreszierenden grünen Fahrradhelm auf dem Kopf reichte schon sein Anblick, um Davy in Todesangst zu versetzen. Sarah hatte alle Kraft zusammennehmen müssen, um nicht zu ihrem Sohn in den Laufstall zu steigen und mit ihm um die Wette zu brüllen. »Ich dachte immer, Sie wären alle Fahrradfans«, bohrte sie weiter.

»Wir sind als Kinder geradelt«, gab Dork Junior zu, »aber ich kann mich nicht erinnern, daß einer von uns sich viel daraus gemacht hat. Außer Lionel, natürlich. Und Tick Purbody. Schade, daß Tick und Melly heute abend nicht kommen können, aber sie sind verhindert. Jedenfalls war Tick eine Zeitlang richtig fanatisch. Er hat sogar an mehreren Sechstagerennen teilgenommen, aber nach der Hochzeit hat Melly es ihm verboten. Möchten Sie wirklich keinen Champagner mehr?«

»Nein, danke, im Moment nicht«, sagte Sarah. »Ich möchte mich mit Hester und Tom unterhalten.«

Die beiden saßen nebeneinander auf dem Sofa und machten keinen sonderlich fröhlichen Eindruck. Sarah konnte es ihnen nicht verdenken, nach allem, was Max ihnen heute morgen bei seinem Besuch mitgeteilt haben mußte. Aber wenigstens hatte sie jetzt eine gute Nachricht für sie.

»Es wird Sie sicher freuen zu hören, daß Tante Bodie wieder aufgetaucht ist.«

Das verbesserte die Stimmung wenigstens ein bißchen. »Da bin ich aber erleichtert!« sagte Hester. »Wir haben uns schreckliche Sorgen um sie gemacht. Wo hat sie denn gesteckt, wissen Sie das schon?«

»Sie hat es irgendwie geschafft, sich im Honigschuppen einschließen zu lassen.«

»Aber das ist ja unglaublich! Ausgerechnet Bodie! Wie hat sie das denn gemacht?«

»Anscheinend wollte sie sich nur ein bißchen umsehen.« Sarah hielt weder den Zeitpunkt noch den Ort für besonders geeignet, um Bodies Problem genauer zu erläutern. »Der Raum war nach der letzten Honigsaison sterilisiert und versiegelt worden. Keine Ahnung, wann genau das war, aber daher ist natürlich niemand auf die Idee gekommen, dort nach ihr zu suchen. Es geht ihr gut, sie ist nur ein wenig erschöpft. Abigail und Drusilla kümmern sich um sie. Sie haben sie in einem der Gästezimmer untergebracht und spielen abwechselnd Florence Nightingale.«

Hester schaffte sogar ein kleines Lächeln. »Komisch, daß Sie das sagen. Wenn ich mir vorstelle, daß Drusilla irgend etwas spielt, dann hat es immer was mit einem Schläger und einem Ball zu tun. Drusilla war eine hervorragende Tennisspielerin. Sie hatte den spektakulärsten Aufschlag, den ich je gesehen habe, nur daß der Ball leider nie da landete, wo sie ihn eigentlich haben wollte.«

»Ich nehme an, sie hat sich in der langen Zeit ziemlich verändert.«

»Nein, eigentlich nicht. Wie sie mich findet, will ich lieber gar nicht wissen.«

»Sie findet sie natürlich absolut hinreißend. Wie könnte es anders sein?«

»Sie sind ein Schatz, Sarah. Wie dem auch sei, ich bin froh, daß sie Abigail ein bißchen zur Hand geht. Ich habe Abigail heute morgen angerufen, um mich zu erkundigen, wie es den beiden geht, und sie klang völlig erschöpft.«

»Wenn man bedenkt, was sie durchgemacht hat, ist das kaum verwunderlich«, meinte Tom.

Sarah hätte gern noch mehr gesagt, doch Lionel stand hinter ihr.

»Falls ihr noch einen Drink möchtet, müßt ihr euch beeilen. Elizabeth hat anklingen lassen, daß die Bar gleich geschlossen wird und es was zu mampfen gibt.«

»Das ist mir ganz recht. Ich möchte ohnehin nichts mehr trinken«, sagte Sarah.

Ihr Cousin starrte sie wütend an. »Du könntest wenigstens so tun als ob und mir dein Glas geben.«

»Du bist absolut unmöglich, Lionel!«

Sarah wünschte sich, den langweiligen Besuch endlich hinter sich zu haben, doch sie hatte immer noch keinen Schimmer, wer der Morris-Tänzer im Wäldchen gewesen sein konnte. Max hatte es anscheinend auch noch nicht herausgefunden, sonst hätte er bestimmt etwas gesagt. Er hatte auch Rufes *Totschläger* nicht erwähnt, was sie ziemlich beunruhigte.

Es gab einfach noch zu viele ungeklärte Punkte. Aber wenigstens war Tante Bodie gesund und munter. Und der Silver Ghost und der New Phantom waren auch wieder aufgetaucht. An Vercingetorix Ufford wollte sie lieber nicht denken, bevor sie Cousin Lionel ausgequetscht und herausgefunden hatte, wo er die erste halbe Stunde während des Festes gesteckt hatte. Außerdem stand ihr noch Elizabeth Whets ambitioniertes Buffet bevor.

Kapitel 19

»Sehr richtig, Bill, ein Fahrrad. Sarah meint, es müsse noch auf Ihrem Grundstück sein. Es dürfen keine Räder benutzt werden? Ach so, damit die Kinder nicht durch die Felder rasen und die Bienen aufscheuchen. Kann ich verstehen. Aber sorgen Sie bitte dafür, daß Grimpen trotzdem die Augen offen hält. Vielleicht liegt es ja irgendwo. Er hat versucht, Sie davon zu überzeugen, daß Uffords Tod auch ein Unfall war? Das paßt zu ihm. Nein, Sie sind nicht verpflichtet, mit der Presse zu reden. Wenn sie zu aufdringlich werden, lassen Sie einfach die Fallgitter herunter, ziehen die Zugbrücke hoch und schicken die Bienen ins Feld.«

Es wäre zu schön gewesen, um wahr zu sein, wenn die Presse keinen Wind von der Sache bekommen hätte. Der arme Bill, als ob er und Abigail nicht schon genug Probleme am Hals hätten. Wahrscheinlich war er hin und her gerissen zwischen dem Ehrgeiz, allen zuvorzukommen und die Story als erster in seinen Radiostationen zu bringen, und der Hoffnung, daß überhaupt keiner darüber berichten würde. Aber da hatte er schlechte Karten. Max überprüfte, ob die Adresse, die er sich notiert hatte, auch stimmte, schüttelte seinen neuen Freunden im XBIX-Studio die Hand, bestellte viele Grüße an die Tochter des Studioleiters und fuhr zu seinem nächsten Ziel.

Vercingetorix Uffords Horst war nicht schwer zu finden. Es lag zwischen den Giebeln und Kuppeln eines riesigen viktorianischen Hauses in einer ruhigen Seitenstraße in West Newton. Das Haus war drei Stockwerke hoch, zitronengelb gestrichen und in der Mitte mit einer Schokoladenschicht und unter dem Dachvorsprung mit Vanilleverzierungen dekoriert. Ufford hatte einen eigenen Eingang an der Seite des Hauses. Ein pompöses Messingschild an der Tür bewies, daß es sich in der Tat um die richtige Adresse handelte. Max versuchte sein Glück mit dem Schlüssel, den Bill ihm gegeben hatte. Er paßte.

»Noble Hütte«, murmelte er, als er das Ende der Treppe erreicht hatte und das Licht anknipste.

Ufford hatte offenbar ein ausgewachsenes Faible für Marmorhallen gehabt. Die verputzten Wände des Raumes, den er höchstwahrscheinlich als salotto bezeichnet hatte, waren mit Hilfe von weißem Travertin in faux marbre verwandelt worden, hier und da unterbrochen von Trompe l'oeil-Säulen und -Sockeln aus grünem Serpentin. Darauf standen Gefäße, die Max als Totenurnen in rosso antico identifizierte. Die schweren Vorhänge aus dunkelgrünem Samt mit goldenen Fransen wurden von dicken goldenen Schnüren zurückgehalten. Darunter prangten golden schimmernde Gardinen.

Max sah sofort, daß es sich sowohl bei den Möbeln als auch bei den Accessoires um Reproduktionen handelte, die Stücken aus den wildesten Exzessen der italienischen Renaissance nachempfunden waren. Es gab soviel Gold, daß selbst die hypothetischen Minen von Golconda nicht mehr hergegeben hätten, wenn Verseys Vergoldungen nicht genauso hypothetisch gewesen wären. Echt oder nicht, die Ausstattung mußte ihn ein Vermögen gekostet haben. Ein derart schlechter Geschmack war teuer.

Das Schlafzimmer hätte ein grandioses Setting für einen wirklich schrecklichen Alptraum abgegeben. In der Mitte prangte ein ebenfalls vergoldetes riesiges Himmelbett, das über und über mit Samt behangen war. Das Fußende schmückte ein künstliches Bärenfell. Und das war erst der Anfang. Max entschied, daß sein ästhetisches Empfinden genügend verletzt war, und begab sich in das Aufnahmestudio.

Erleichtert stellte er fest, daß der Raum frei von Falschgold war. Bill hatte nicht übertrieben, was die technische Ausstattung betraf, es war wirklich alles vorhanden. Max konnte zwar nicht beurteilen, wie gut die Anlagen waren, doch er erkannte mehrere international bekannte Markennamen. Alles schien in hervorragendem Zustand und sorgfältig organisiert zu sein. An den Wänden standen Regale mit Tausenden von Aufnahmen, alle nach einem komplizierten System geordnet und etikettiert. Es gab Schubladen mit

Kassetten und große Spulen, die Max für professionelle Radiobänder hielt. Er war gerade dabei, angesichts der riesigen Sammlung den Mut zu verlieren, als er ein Regal entdeckte, das mit dem Schildchen »Experimente« gekennzeichnet war.

Nachdem er herausgefunden hatte, wie man die Bänder abspielte, stellte er mit Befriedigung fest, daß sich der Besuch mehr als gelohnt hatte. Ufford hatte die Aufnahmen selbst gemacht, Max erkannte die schwülstige, übertriebene Sprache wieder, die ihm schon während des Festes unangenehm aufgefallen war. Eine der Aufnahmen des Professors war in sich selbst bereits ein kleines Renaissancedrama:

»Amaline Pettigrass, du bist die Sklavin dieser Plattenteller. Seit Jahren stehst du hier und siehst zu, wie sie sich unablässig drehen. Sie haben dich hypnotisiert. Du wirst von ihnen beherrscht. Sie sind deine Feinde. Du mußt diese Plattenteller zerstören. Du mußt ihren bösen Zauber brechen. Zerstöre deine Feinde, Amaline Pettigrass. Reiß die Tonarme ab. Tu es jetzt, Amaline, jetzt sofort. Danach wirst du sofort vergessen, was du getan hast. Du wirst dich an nichts erinnern. Du weißt nur noch, daß die Geräte nicht funktionieren. Du weißt nicht, warum sie nicht mehr funktionieren. Tu es, Amaline! Reiß die Tonarme ab. Du wirst dich an nichts erinnern. Jetzt, Amaline. Jetzt! Tu es!«

Es handelte sich anscheinend um einen von Uffords frühen Versuchen in unterschwelliger Suggestion. Er hatte die Bänder behalten. Bei einer Aufnahme hatte er versucht, die Botschaft in einen flotten Jingle für ein Restaurant namens Francine's Fritter Factory einzubauen, bei einer anderen war es eine Titelmelodie, die offenbar für einige von Bills Homilien benutzt worden war. Die ersten Versuche waren nicht sehr gekonnt, doch es gab ein Band, auf dem Worte und Musik völlig miteinander verschmolzen. Max war nicht mehr in der Lage, die versteckte Botschaft zu hören, doch das Unterbewußtsein von Amaline Pettigrass hatte sie bestimmt entschlüsselt. Sowohl das Jingle als auch die Titelmelodie waren wieder und wieder gespielt worden, wahrscheinlich mehrfach am Tag, über mehrere Wochen oder sogar Monate.

Es dauerte sicher lange, um eine loyale Mitarbeiterin dazu zu bringen, ohne ersichtlichen Grund eine teure Anlage zu zerstören.

Es gab andere Aufnahmen, in denen bestimmte Personen dazu aufgefordert wurden, Diamantnadeln verschwinden zu lassen, Kabel durchzuschneiden oder einen schönen großen Magneten direkt neben die Bänder zu deponieren, so daß sie gelöscht waren, wenn man sie abzuspielen versuchte. Einige waren weniger subtil, beispielsweise die Botschaft an einen gewissen Joseph Bunce. Hier hatte Ufford sich nicht viel einfallen lassen: »Joseph Bunce, verpiß dich. Joseph Bunce, hier will dich keiner mehr. Joseph Bunce, du bist ein Kotzbrocken. Joseph Bunce, verschwinde endlich. Hau ab!« Und es gab ein Band, auf dem immer wieder ein einziger Satz wiederholt wurde: »Gäste, eßt Frumenty. Gäste, eßt Frumenty. Gäste, eßt Frumenty.«

Max war nicht sonderlich überrascht. Er hatte etwas Ähnliches erwartet, seit er das Zeug bis zum Sodbrennen gegessen hatte ohne zu wissen wieso.

Vielleicht war es Uffords erster Versuch von Massenhypnose gewesen. Die Botschaft war klug gewählt. Wenn man jemanden aufforderte, etwas zu essen, das nicht schmeckte, aber gesund und nahrhaft war, stieß man wahrscheinlich auf keinen allzu großen Widerstand. Wahrscheinlich hätten die Gäste ohnehin aus reiner Höflichkeit einen Klacks von dem Zeug genommen, wenn auch nur, weil die Gastgeberin so stolz auf ihr authentisches Rezept aus dem vierzehnten Jahrhundert war. Als einige der leichter zu beeinflussenden Gäste begonnen hatten, mit ungewohntem Appetit die riesige Silberschüssel zu attackieren, war bei den anderen wie üblich der Herdentrieb aktiviert worden, und sie hatten es ihnen gleichgetan.

Max war wütend auf sich selbst. War er wirklich so leicht manipulierbar? Offenbar ja. Aber war Ufford tatsächlich ein derart geschickter Psychologe gewesen? War er der Initiator oder nur das ausführende Organ gewesen? Max verschwendete keine Zeit mehr mit dem Abspielen von experimentellen Bändern und begab sich auf die Suche nach weiteren Anhaltspunkten.

Eins mußte man Ufford lassen, seine Schurkerei hatte System. In einem kleinen Karteikasten unter dem Regal mit den Bändern entdeckte Max ein Register mit den verschiedenen Radiostationen. Hier fand er auch Amaline Pettigrass wieder. Ufford hatte peinlich genau eingetragen, wann sie die eigens auf sie zugeschnittene Botschaft zum ersten Mal gehört hatte, wie oft die manipulierte Aufnahme gespielt worden war und wann die Plattenspieler ihren Geist aufgegeben hatten. Auch für Joseph Bunce war eine Karte angelegt worden, auf der verzeichnet war, wann er seinen ersten Marschbefehl erhalten hatte und wann er tatsächlich abmarschiert war. Ufford hatte sogar eine Karte für das Frumenty angelegt, der verfluchte alte Mistkerl.

Gestern abend war er noch hier gewesen. Wahrscheinlich, um seine Daten auf den neuesten Stand zu bringen und sich umzuziehen. Max fand das Arnolfini-Kostüm im Schlafzimmerschrank, fein ordentlich in einer Plastikhaut mit Reißverschluß verstaut. Der Hut befand sich auf dem Regal darüber, ebenfalls unter einer schützenden Kunststoffhülle. Die leuchtend grüne Strumpfhose lag im Wäschekorb.

Doch Max konnte nichts finden, das auch nur annähernd dem Kostüm eines Morris-Tänzers ähnelte. Es befand sich nichts Verdächtiges in der kleinen Kleiderkammer vor dem salotto, und wenn es dort nicht war, würde er es auch sonst nirgends in der Wohnung finden. Ufford mußte sich absolut sicher gefühlt haben, wenn er seine Bänder und Karteikarten einfach so herumliegen ließ. Größenwahn machte bekanntlich unvorsichtig.

Max dagegen fühlte sich alles andere als sicher. Warum war Uffords Vermieterin nicht schon längst hochgekommen, um herauszufinden, wer er war und was er in ihrem Haus machte? Vielleicht hatte sie die Polizei verständigt und wartete nur darauf, daß sie eintraf? Er machte sich besser aus dem Staub, so lange das Glück ihm noch hold war. Er bezweifelte, daß man seine Ausrede, er sei im Auftrag von Uffords Chef hier, noch akzeptieren würde. Sicher war inzwischen bekannt, daß Ufford tot war. Bänder und Karteikarten aus der Wohnung zu entfernen, war riskant, aber es war noch riskanter, sie hier zu lassen. Bill mußte sie sich heute abend unbedingt ansehen und sich vergewissern, daß in seinen Studios keine unvollendeten Experimente mehr im Gange waren.

Es war ärgerlich, daß Ufford keinerlei Hinweise auf den Spielmann zurückgelassen hatte, der ihm zum letzten Tanz aufgespielt hatte. Außer einer gigantischen Telefonrechnung, aus der ersichtlich war, daß fast alle Gespräche mit ein und derselben Nummer in Busto Arsizio in Italien geführt worden waren, hatte Max nicht das geringste gefunden. Er kannte sich in Geographie ziemlich gut aus, und Busto Arsizio lag keinesfalls in der Nähe von Venedig. Vielleicht hatte Uffords italienische Geliebte ihre außersaisonale ventura amurosa mit einem Bergsteiger und nicht mit einem Gondoliere? Max notierte sich die Nummer in seinem schwarzen Büchlein, bevor er an dem falschen Marmor vorbei die Wohnung verließ und lautlos die Treppe hinunterging.

Sarah saß jetzt sicher in einem Restaurant in Milton, dachte er, als er den Wagen aufschloß und die Bänder auf den Beifahrersitz legte. Nein, dazu war es zu spät, sie hatte bestimmt schon gegessen. Wahrscheinlich war sie längst zu Hause und badete Davy oder erzählte ihm ganz allein eine Gutenachtgeschichte, weil der Kindsvater zu sehr damit beschäftigt war, in der Wohnung eines Toten herumzuschnüffeln. Die Uhr auf dem Armaturenbrett zeigte siebzehn Minuten vor acht an. Max hatte gar nicht gemerkt, daß er so lange in Uffords Wohnung gewesen war.

Eigentlich sollte er anhalten und sich mit einem kleinen Snack stärken. Vor allem sollte er aufhören, sich auf der Straße herumzutreiben, und statt dessen auf dem schnellsten Weg zu Weib und Kind eilen. Aber konnte er wirklich jetzt aufgeben? Vielleicht war Boadicea inzwischen aufgewacht und hatte zu reden angefangen? Was passierte, wenn sie das Falsche sagte und der Falsche es hörte? Er trat aufs Gaspedal, erinnerte sich jedoch rechtzeitig daran, daß er für eine Familie verantwortlich war, und beschloß, die erlaubte Höchstgeschwindigkeit nicht zu überschreiten. Oder nur ein ganz klein wenig. Verdammt noch mal, er wollte einfach möglichst schnell nach Hause.

Vielleicht sollte er Bill anrufen und ihm von den Bändern erzählen. Falls er bei sich im Haus nicht über Abspielmöglichkeiten verfügte, könnte er ihn in einem seiner Studios treffen. Max fand einen Drugstore mit einem Münzfernsprecher und wählte Bills Nummer.

Abigail hob ab. »O Max, ich bin ja so froh, daß Sie anrufen. Sarah möchte, daß Sie sie bei den Tolbathys abholen.«

Um Gottes willen, was war denn jetzt schon wieder los? »Ist ihr was passiert?« Er mußte sich zusammenreißen, um nicht laut in den Hörer zu schreien. »Hatte sie einen Unfall?«

»Kein Grund zur Sorge. Sie war auf Bunny Whets Party. Sie hatte den Wagen draußen geparkt, und jemand hat beim Zurücksetzen einen ihrer Scheinwerfer beschädigt. Die Werkstatt war geschlossen, und sie konnte unmöglich den ganzen Weg mit nur einem Scheinwerfer zurückfahren. Deshalb hat sie ihren Wagen bei den Whets gelassen und ist mit Tom und Hester gefahren. Warum, hat sie nicht gesagt. Vielleicht brauchten Hester und Tom ja Hilfe wegen Sal. Er geht immer noch an Krücken, wissen Sie.«

Max hatte es nicht gewußt, und es war ihm im Moment auch verdammt egal. Warum sollte Sarah Sal Tolbathy helfen? Warum war sie nicht zu Hause und kümmerte sich um ihr eigenes Kind? Einen Moment lang verspürte Max altmodische chauvinistische Wut in sich hochsteigen. Aber er war ein ehrlicher Mann. Er hatte Sarah mit in den Fall hineingezogen, weil er mit ihr zusammensein wollte und weil sie eine gute Detektivin war. Er wußte nicht, warum sie bei Bunny Whet gewesen war, ahnte jedoch, daß es etwas mit ihrem Treffen mit Lionel und Dork Junior zu tun hatte. Sie hatte wahrscheinlich gehofft, einige unbeantwortete Fragen zu klären, und hatte die beiden daher begleitet. Er selbst hätte dasselbe getan. Es wurde höchste Zeit, daß er sich endlich darüber klar wurde, was er eigentlich von seiner Frau erwartete.

Zum Teufel mit der verfluchten männlichen Eitelkeit. Er wollte Sarah haargenau so, wie sie sein wollte. Und er war unendlich glücklich, daß er sie schon in fünfzehn Minuten sehen würde und nicht erst irgendwann später. Er mußte Bill ohnehin wegen der

Bänder sprechen, also kaufte er sich ein Päckchen Käsecracker und ging zurück zu seinem Wagen.

Als Max bei den Tolbathys ankam, wartete Sarah bereits im Mantel auf ihn. »Abigail hat angerufen und gesagt, Sie hätten mit ihr gesprochen und seien schon unterwegs«, erklärte Tom. »Es wäre schön, wenn Sie noch eine Weile bleiben könnten«, fügte er wehmütig hinzu. »Aber ich weiß, daß die Billingsgates schon auf Sie warten. Außerdem haben wir uns mit Sarah wirklich sehr nett unterhalten.«

Sobald sie im Wagen saßen, begann Sarah mit ihrem Bericht. Während sie dort war, war Buck Tolbathy bei seinen Eltern vorbeigekommen, um alles über Bunnys Riesengewinn zu erfahren und sich um Sal zu kümmern, falls er Hilfe beim Zubettgehen brauchte. Sarah war es gelungen, das Gespräch auf die Morris-Tänzer zu lenken und noch ein paar wichtige Informationen darüber einzuholen, wer zur fraglichen Zeit wo gewesen war.

»Die Abbotts sind tatsächlich zu dieser Hochzeit gegangen und kommen demnach nicht in Frage. Sal Tolbathy hat sich einen Bänderriß zugezogen und mußte von einem Nachbarn zur Notfallambulanz gebracht werden. Er ist also ebenfalls aus dem Schneider. Buck kam direkt nach dem letzten Auftritt in den Pavillon und war die ganze Zeit dort. Das gleiche gilt für Dork Junior, und beide haben mehrere Zeugen, die dies bestätigen können. Erp und Monk haben ziemlich viel mit den Schankmägden herumgeschäkert, und Hester hat aufgepaßt wie ein Luchs, weil eine ihrer Enkelinnen eine vierzehnjährige Freundin mitgebracht hatte, die reichlich frühreif ist. Dieser Ogham aus Schenectady hat am Tisch gesessen und sich zwei Stunden lang unablässig vollgestopft, sagt Buck. Er hatte keine Zeit zu frühstücken, bevor er ins Flugzeug gestiegen ist, und dann ist er sofort zu den Billingsgates und hat sein Kostüm angezogen, daher war er völlig ausgehungert.«

»Bleiben also nur noch Tick und Lionel«, sagte Max.

»Ich weiß, Schatz. Ich habe alles versucht, was mir eingefallen ist, aber beide haben kein richtiges Alibi. Tick war überall und nirgends, darin sind sich alle einig, aber niemand kann etwas Definitives sagen. Der Mann scheint eine unerschöpfliche Energie zu besitzen. Was Lionel betrifft, habe ich versucht, ihn bei den Whets auszuquetschen. Er behauptet steif und fest, er sei die ganze Zeit im Pavillon gewesen, aber das kauf ich ihm nicht ab, Max. Und die Tolbathys können es auch nicht bestätigen. Ich weiß wirklich nicht, was ich denken soll. So ein blöder Wichtigtuer!«

»Du kennst ihn besser als ich«, meinte Max vorsichtig. »Was ist mit den Kostümen? Hast du noch etwas herausfinden können?«

»Ja, habe ich. Ich dachte zuerst, Lorista hätte sie entworfen, aber es hat sich herausgestellt, daß Professor Ufford sie von einer Volkstanzgruppe, die er gut kennt, ausgeliehen hat. Normalerweise tragen die Männer weniger exzentrische Kostüme. Schwarze Kniehosen, rote Westen und weiße Hemden und Strümpfe, und schwarze Strohhüte mit Blumen, Bändern und dergleichen, je nach Jahreszeit. Sie hielten nicht viel von den Wämsern und Strumpfhosen. Buck Tolbathy sagt, er sei sich wie ein Kasperle vorgekommen.«

»Kann ich mir vorstellen. Was ist danach mit den Kostümen passiert?«

»Lorista hat sie Samstag von der Frau abgeholt, die sie normalerweise in Ordnung hält. Sie hat sie zusammen mit Dork Junior Sonntag morgen gegen halb elf zu den Billingsgates gebracht, so daß die Tänzer sich umziehen konnten, sobald sie eingetroffen waren. Es gab kein überzähliges Kostüm, ich habe nachgefragt. Die Männer haben während des Banketts die Kostüme anbehalten und später auch so getanzt. Sie haben sich erst umgezogen, als sie aufbrachen. Mit Ausnahme der Abbotts, die früh fortmußten und sich im Wagen umgezogen haben, wie du bereits weißt. Buck sagt, er habe Dork Junior geholfen, die Kostüme zu Dorks Kombi zu tragen. Er sei ganz sicher, daß es sieben waren, sagt er. Er habe sie eigens gezählt. Lorista hat die restlichen beiden heute morgen bei Lilias Abbott abgeholt und der Frau, von der sie die Kostüme ursprünglich erhalten hat, alle neun zurückgegeben. Mit einem Scheck für die Reinigung, versteht sich. Sie hat extra noch mal nachgezählt, weil sie auf keinen Fall zuviel bezahlen wollte. Das Kostümproblem können wir damit wohl abhaken. Max, meinst du, jemand hat Lionel bewußtlos geschlagen, ihm sein Kostüm weggenommen und es ihm später wieder angezogen? Das würde auch seine temporäre Amnesie erklären. Er scheint sich an den Anfang des Banketts einfach nicht erinnern zu können.«

»Das ist sicher die einzig mögliche Erklärung.«

»Okay, schon verstanden. Du brauchst ja nicht gleich gemein zu werden. Ist das Fahrrad inzwischen aufgetaucht?«

»Nach deinem Anruf habe ich sofort vom Studio aus angerufen und Bescheid gesagt, aber ich weiß noch nicht, ob etwas dabei herausgekommen ist. Als Abigail mir deine Nachricht übermittelte, habe ich mich verabschiedet und bin sofort zu den Tolbathys gebraust. Was war das übrigens für eine Party?«

»Erinnerst du dich noch, daß ich Lionel und Dork Junior an der Tankstelle getroffen habe?«

»Ja, ein ziemlicher Zufall, würde ich sagen.«

»Das dachte ich zuerst auch, aber es war gar kein Zufall. Die Kellings kennen massenweise Leute in Milton. Wahrscheinlich ist es nur eine Frage der Zeit, wann einem während der Hauptverkehrszeit an einem so günstig gelegenen Parkplatz einer von ihnen über den Weg läuft. Es stellte sich heraus, daß Bunny Whet drei Millionen Dollar in der Lotterie gewonnen hat und Elizabeth Lust zum Feiern hatte, weil sie jetzt die Zinsen aus dem Treuhandfond nicht mehr in Bunnys Fledermausprojekt buttern müssen.«

»Sarah!«

»Ich weiß, Schatz. Aber es wird dich sicher erleichtern zu erfahren, daß sie keine Glocken in die Glockentürme hängen, die sie für die Tiere bauen. Bunny sagt, den Fledermäusen sei es ziemlich egal. Hast du schon zu Abend gegessen?«

»Noch nicht. Ich vertraue auf Abigails Fürsorglichkeit, was allerdings bedeutet, daß wir ihnen wahrscheinlich für unsere Arbeit nie eine Rechnung schicken werden. Wie steht's mit dir? Hast du schon gegessen?«

»Bei Elizabeth gab es Suppe und Sandwiches.«

Die Suppe war eine ziemlich verwässerte Tomatensuppe aus der Dose gewesen. Die Sandwiches hatten aus einer einsamen Scheibe Schmelzkäse auf labberigem Weißbrot bestanden. Sarah ließ sich lieber nicht näher darüber aus, denn sie wußte genau, was Max sagen würde. Und immerhin war Elizabeth angesichts der Tatsache, daß Bunnys drei Millionen vor die Fledermäuse gehen sollten, recht tapfer gewesen.

Als die Billingsgates sie zu einem kleinen Imbiß drängten, nahm sie dankend an. Sie konnten noch nicht zu Boadicea Kelling, weil Dr. Maude noch bei ihr war. Drusilla stand schon parat, um Bescheid zu sagen, sobald sie zu Bodie ins Zimmer durften. Der Pfauenbraten war zwar inzwischen bei den Armen und Bedürftigen gelandet, doch es gab noch genügend Brathähnchen, außerdem hatte die Köchin frische Plätzchen gebacken. Ausnahmsweise bot Abigail ihnen diesmal keinen Honig an.

Während sie am Tisch saßen, erzählte Sarah von Bunny Whets unerwartetem Glückstreffer und den Leuten, die sie auf der Party getroffen hatte, während Abigail und Bill interessierte Zwischenfragen stellten und Max mehr oder weniger schweigend aß. Sobald die Teller leer waren, kam sie auf den Punkt.

»Hat die Polizei das Fahrrad gefunden?«

Bill schüttelte den Kopf. »Ich glaube, sie haben aufgegeben. Grimpen kam gegen halb sieben und verkündete, er mache jetzt Feierabend. Aber sie haben einen Plastikbehälter gefunden, in dem anscheinend der Sirup war.«

»Was für eine Art Behälter?« wollte Max wissen.

»Eine ganz gewöhnliche Dose, wie man sie in der Küche braucht«, erklärte Abigail. »Mehr oder weniger quadratisch, mit einem farbigen Plastikdeckel. Man bekommt sie in jedem Supermarkt. Wir haben mehrere davon. Sie wahrscheinlich auch.«

»Stimmt«, meinte Sarah. »Sie eignen sich gut zum Aufbewahren von Essensresten und zum Einfrieren. Oder um Suppe zu den Armen zu bringen.« Sowohl Miriam als auch Mutter Bittersohn hielten große Stücke auf Plastikbehälter. »Wo haben sie das Ding denn gefunden, Bill?«

»Mitten im Klee, nicht weit von der Stelle, wo ...« Bill zögerte.

Abigail drückte seine Hand. »Du brauchst auf Sarah und mich keine Rücksicht zu nehmen, Lieber. Wir sind einiges gewöhnt. Er lag natürlich in der Nähe von Verseys Leiche. Man kann diese Dinger nicht sehr weit werfen, weil sie so leicht sind. Aber wie sind Sie auf die Idee mit dem Fahrrad gekommen, Sarah? Wir haben keine Räder mehr, seit Melly ein kleines Mädchen war. Sie ist damals gestürzt und hat sich das Schlüsselbein gebrochen. Da haben wir beschlossen, lieber Bienen zu züchten.«

»Es ist bloß so eine Ahnung. Ich wette, ich weiß sogar, wo Grimpen nicht nachgesehen hat. Würden Sie mich bitte einen Moment entschuldigen?«

»Wollen Sie denn nicht nach oben zu Bodie?«

»Natürlich, ich brauche ja auch nur ein paar Minuten. Ist Ihre Köchin schon nach Hause gegangen?«

»Ich glaube schon. Falls Sie sich Gedanken wegen des vielen Geschirrs machen ...«

»Nein, das kann warten. Kommst du mit, Max?«

»Aber sicher doch, Kleines.« Er war bereits aufgestanden und verließ gemeinsam mit ihr den Raum. »Wohin gehen wir?«

»In diese Richtung.«

»Du meinst doch nicht etwa den Geräteschuppen, in dem der Gärtner seine Rasenmäher aufbewahrt? Meinst du, Grimpen ist so dumm, daß er dort nicht nachgeschaut hat?«

»Zuzutrauen wäre es ihm, er bräuchte sich nur ein bißchen anzustrengen. Nein, ich dachte eher an etwas anderes. Fällt dir eine Stelle hier auf dem Grundstück ein, die sicher bisher aus Taktgefühl niemand mehr betreten hat?«

Max schaute sie überrascht an. »Allerdings. Okay, dann wollen wir uns dort mal umsehen.«

Kapitel 20

Sowohl die Köchin als auch Bob waren zu Hause. Beide gaben vor, sich über den unerwarteten Besuch zu freuen. Die Köchin erhob sich nicht aus ihrem übergroßen Schaukelstuhl, was ohnehin keiner erwartet hatte, schenkte ihnen jedoch ein huldvolles Lächeln.

»Sie haben doch hoffentlich noch genug zu essen im Haus? Ich habe extra noch Plätzchen gebacken.«

»Es ist genug da, vielen Dank«, antwortete Sarah. »Ich muß Sie unbedingt nach dem Rezept fragen, wenn wir mal ein bißchen mehr Zeit haben.«

»Ah, es ist nicht das Rezept allein. Wichtig ist die Verfassung, in der man ist, wenn man sie macht. Für Plätzchen muß man friedlich und entspannt sein. Ich habe ein besonderes Mantra für Plätzchen. Für Teufelsremoulade dagegen muß ich mich richtig hochputschen. Gott sei Dank brauche ich sie für Mr. und Mrs. Billingsgate nicht oft zu machen. Hauptsächlich dann, wenn die Enkel kommen und Lust auf ein Picknick haben. Nicht daß es mir etwas ausmacht, aber sie kosten mich wirklich viel Kraft. Chutney aus grünen Tomaten ist noch schlimmer. Melisande war immer ganz verrückt danach. Letzten Herbst hat sie mich ständig bekniet, ich sollte welches machen, aber es ging einfach nicht. Ich mußte hart bleiben. ›Melisande‹, hab ich gesagt, ›ich kann unmöglich die totale Zerstörung meines seelischen Gleichgewichts riskieren. Ich bin schließlich nicht so jung wie du‹, hab ich gesagt. ›Ich bin eben kein Stehaufmännchen mehr wie früher.‹«

»Das geht uns allen früher oder später so«, meinte Max mitfühlend.

Die Köchin sammelte ihre Kräfte für eine weitere tiefsinnige Bemerkung, doch Sarah hatte für heute abend genug geplaudert. »Waren Sie heute schon im Schlafzimmer von Rufus?« wollte sie wissen.

Die Köchin rang sich zu einer halben Drehung ihres Kopfes

durch, hob eine Augenbraue und brachte damit wahrscheinlich ihr seelisches Gleichgewicht in große Gefahr. »Nein, war ich nicht.«

»Und Sie, Bob?«

»Ich auch nicht«, sagte der Gärtner. »Montags arbeite ich immer für Mr. Hohnser, wissen Sie, und ich hatte ihm versprochen, heute mit ihm nach den Rosen zu sehen. Mr. Hohnser hat einen riesigen Rosengarten mit über hundert verschiedenen Sorten. Einige davon sind extrem selten. Sie können sich vorstellen, daß ihm sehr wichtig ist, wer seine Rosen pflegt. Jedenfalls hatte ich ihm fest versprochen, daß ich mich heute den ganzen Tag um die Rosen kümmern würde, egal ob es regnet oder nicht, und daran konnte auch die Feier nichts ändern. Mr. Billingsgate meinte, ich sollte es genauso halten wie sonst auch. Wir versuchen nämlich so zu tun, als wäre alles in Ordnung. Alles soll möglichst seinen gewohnten Gang gehen.«

»Dann waren Sie vorige Woche Montag und heute den ganzen Tag nicht da?«

»Genau. Seit März sozusagen jede Woche. Eigentlich von dem Zeitpunkt an, als man draußen wieder arbeiten konnte. Ich gehe morgens um halb neun los und komme erst um Viertel vor sieben wieder zurück. Ich bekomme drüben was zu essen, und mache auch Kaffeepausen und so. Mr. Hohnser ist kein Sklaventreiber, wie Sie vielleicht denken. Wir arbeiten zügig durch, das kann man wohl sagen. Aber Mr. Hohnser züchtet nicht nur Rosen, er spricht auch gern darüber, und das kostet ziemlich viel Zeit.«

»Mr. Hohnser ist ein echter Fachmann, was Rosen betrifft«, sagte die Köchin.

»Genau«, bestätigte ihr Gatte. »Ich selbst bin vor allem Dahlienspezialist, aber auch Rosen sind faszinierend, wie Sie sicher wissen. Wir können sie hier bei uns nicht anpflanzen, wir haben bloß ein paar Kletterrosen hinter dem Haus, die nicht viel gärtnerisches Können erfordern. Wenn Mr. Hohnser also Lust hat, über Rosen zu reden, höre ich ihm immer gern zu.«

Die Köchin rang sich zu einer weiteren kraftraubenden Bemerkung durch. »Mein Mann kann gut zuhören«, sagte sie.

»Du aber auch, Liebes«, erwiderte Bob höflich. »Entschuldigen Sie meine umständliche Art, aber eigentlich wollte ich nur sagen, daß ich gar keine Zeit hatte, in Rufes Schlafzimmer zu gehen. Selbst wenn ich gewollt hätte, was nicht der Fall war, wenn ich ehrlich sein soll. Wissen Sie, Mrs. Bittersohn, es wäre mir irgendwie indiskret vorgekommen. Sie verstehen sicher, was ich meine. Ich wäre nie unaufgefordert reingegangen, als er noch lebte, warum soll ich es also jetzt tun? Ich gebe zu, daß es mehr emotional als rational ist. Wahrscheinlich wird es anders sein, wenn er erst mal unter der Erde ist, aber so weit ist es ja noch nicht.«

»Und wie steht es mit Ihnen?« fragte Sarah die Köchin. »Ich hatte angenommen, daß jemand aus dem Haus Sie gebeten hätte, die Kleidungsstücke herauszusuchen, in denen Rufus beerdigt werden soll.«

»Mrs. Billingsgate hat mich tatsächlich darauf angesprochen. Ich hab zu ihr gesagt: ›Mrs. Billingsgate‹, hab ich gesagt, ›Rufe hat nie andere Sachen als seine Arbeitssachen getragen. Und die alte Tweedjacke mit den durchgescheuerten Ellbogen. Warum begraben wir ihn nicht einfach in dem Anzug, den Sie ihm für das Fest genäht haben? Rufe hätte das bestimmt so gewollt, Mrs. Billingsgate‹, hab ich gesagt. ›Es hat ihn richtig gerührt, daß Sie sich schon die ganze Arbeit gemacht haben und ihm den Anzug selbst geschneidert haben.‹ Rufe hat noch am Samstag abend hier in diesem Zimmer davon gesprochen«, fügte sie mit einem diskreten Schniefen hinzu.

»Stimmt genau«, sagte Bob. »Und ich habe mich sogar noch über sein Kostüm lustig gemacht, wie ich zu meiner Schande gestehen muß. ›Sie möchte es eben so‹, hat Rufe gesagt, ›und er möchte es auch so.‹ Damit meinte er natürlich Mr. Billingsgate. Rufus war ein Ehrenmann, wenn Sie mich fragen. Und dann hat er noch gesagt: ›Mir ziemt's nicht zu fragen, mir ziemt's nicht zu klagen, mir ziemt es zu wagen.‹ Ich dachte, jetzt trägt er aber wirklich dick auf, immerhin geht es bloß um eine komische Weste und eine Samthose. Aber da sieht man mal wieder, wie wenig man weiß. Das Leben des Menschen ist wie das Gras. Es wächst und gedeiht, und eines Tages kommt der Schnitter. Aber ich sollte bei so einem traurigen Anlaß nicht über meine Arbeit reden. Gibt es sonst noch was, was ich für die Herrschaften tun kann?«

»Ja«, sagte Sarah. »Wir wüßten gern, welches Zimmer Rufus gehört hat. Und wir würden gern einen Blick hinein werfen. Wir sind natürlich im Auftrag von Mr. Billingsgate hier«, fügte sie mit Rücksicht auf das Feudalsystem hinzu.

Bob sagte, Mr. Billingsgates Wunsch sei ihm Befehl. Die Köchin nickte zustimmend und drückte dabei sämtliche Kinnschichten zusammen. Daraufhin führte der Gärtner Sarah und Max durch die blitzblanke Küche zu einem Zimmer im hinteren Teil des Hauses.

»Das war Rufes Schlafzimmer, als seine Familie noch lebte«, teilte Bob ihnen mit. »Und er hat es behalten, als meine Frau und ich eingezogen sind. Es hat einen eigenen Eingang, wie Sie sehen. Das war für uns alle ganz praktisch.«

»Kann ich mir vorstellen.« Sarah beugte sich nach vorn und lüpfte eine Ecke der Patchworkdecke, die dem treuen alten Diener als Bettüberwurf gedient hatte. »Was macht denn das Fahrrad hier?«

Bob war völlig verblüfft und klang auch so. »Das hat nie im Leben Rufe gehört. Er wußte genau, daß Mrs. Billingsgate hier wegen der Kinder keine Fahrräder erlaubt. Wo zum Teufel kommt das Ding bloß her?«

»Schauen wir es uns doch mal genauer an.« Max faßte die Reifen an den Speichen und zog das Rad vorsichtig unter dem Bett hervor. Es war ein elegantes ausländisches Modell mit zehn Gängen, das in einem besonders häßlichen Oliveton lackiert war. Am Lenker war ein kleiner Drahtkorb befestigt. »Was meinst du, wem es gehört, Sarah?«

»Professor Ufford, würde ich sagen. Er hatte kein Auto, und ich kann mir nicht vorstellen, daß er ständig von jemandem mitgenommen wurde. Bill sagt, er hätte nur Geld für Taxis ausgegeben, wenn es sich nicht vermeiden ließ. Außerdem war er häufig in Italien, wo so gut wie jeder ein Fahrrad hat. Vermutlich hat er sich das Radfahren dort angewöhnt. Er ist wahrscheinlich letzte Nacht damit hergefahren und hat schwarze Kleidung getragen, um nicht aufzufallen, was theatralisch und dumm war und hervorragend zu ihm paßte.«

»Könnte durchaus sein«, meinte Max. »Er ist wahrscheinlich auf direktem Weg zum Honigschuppen gegangen. Deine Tante hat von einem komischen Kerl gefaselt, der sie gefesselt hat. Würde mich nicht wundern, wenn Ufford den Rest der Nacht bei ihr im Schuppen verbracht hätte.«

»Vielleicht hat er im New Phantom geschlafen«, vermutete Sarah. »Und dann kam sein Komplize, hat ihn aus irgendeinem Grund zu Fuß in die Bienenfelder geschickt und ist ihm mit dem Rad nachgefahren, um ihn mit Sirup zu überschütten.«

»Warum hat Professor Ufford denn erlaubt, daß der andere Kerl sein Rad benutzte?« wollte Bob wissen.

»Er hatte vermutlich keine Ahnung, daß sein Komplize etwas gegen ihn im Schilde führte. Wer es auch war, er hat eine Menge riskiert, als er das Fahrrad im Hellen hier versteckte.«

»Nicht, wenn er auf direktem Weg vom Honigschuppen hergekommen ist«, sagte Max. »Mir ist heute aufgefallen, daß der Weg ausschließlich zwischen Hecken verläuft. Bob, Sie verschließen am besten beide Türen zu diesem Zimmer und sorgen dafür, daß niemand das Fahrrad anrührt, bis es auf mögliche Fingerabdrücke untersucht worden ist.«

»Geht in Ordnung, Mr. Bittersohn. Sie glauben doch hoffentlich nicht, daß meine Frau und ich etwas mit der Sache zu tun haben?«

»Ich wüßte nicht, wie Sie das angestellt haben sollten, Bob. Ihre Frau war die ganze Zeit drüben im Haus, und Sie waren bei Mr. Hohnser. Jemand wußte, daß Sie beide fort waren und daß Rufes Zimmer einen separaten Eingang hat, und hielt es für das ideale Versteck. Es kann sicher jemand bezeugen, daß Sie bei Mr. Hohnser waren.«

»Also, da wäre Mr. Hohnser selbst und die Frau, die ihm den Haushalt führt. Porterfield heißt sie. Sie hat uns Kaffee rausgebracht, das Mittagessen gekocht und ist mehrfach gekommen und hat nachgesehen, was wir machten. Und dann waren da noch ein paar Männer von der Baumschule Perkins. Sie haben mehrere Ladungen Rindenmulch gebracht und waren fast den ganzen Tag damit beschäftigt, ihn neben den Wegen zu verteilen. Was meine Frau betrifft ...« Er wußte nicht weiter.

»Für Ihre Frau können sich Mrs. Billingsgate und Mrs. Gaheris verbürgen«, sagte Sarah und versuchte, sich nicht vorzustellen, wie die Köchin auf dem italienischen Rennrad ausgesehen hätte. »Vielen Dank für Ihre Unterstützung, Bob. Tut uns leid, daß wir Sie belästigen mußten.«

»Das macht doch nichts. Rufe war schließlich unser Freund.«

Man wünschte sich eine gute Nacht und tauschte die üblichen Höflichkeitsfloskeln aus. Als Sarah und Max in das Herrenhaus zurückkehrten, fanden sie Tick und Melly vor, die sich gerade die neuesten Schreckensmeldungen anhörten.

»Hallo. Wieder mal einen harten Tag am OK Corral erfolgreich überstanden?« lautete Ticks Begrüßung.

»So könnte man es durchaus ausdrücken«, erwiderte Max. »Wie war Ihre Sendung, Melisande?«

»Ganz gut, glaube ich. Wir hatten mehrere Anrufe mit Hörerwünschen. Aber wahrscheinlich habe ich mir eine Mandel verrenkt, als ich ›Don't Go in the Lion's Cage Tonight, Mother Darling‹ gesungen habe. Das Brüllen und Knurren war einfach zuviel für mich. Normalerweise trinke ich vorher immer heiße Zitrone mit Honig, aber diesmal ...« Melisande schüttelte sich und trank einen Schluck schwarzen Tee.

»Sie hat sie alle umgehauen, und das weiß sie auch«, sagte Tick. »Oje, das war keine sehr gelungene Formulierung. Das Telefon hat ununterbrochen geklingelt. Wir müssen Melly unbedingt eine eigene Sendung geben, Dad, und zwar auf der Stelle. Wir brauchen sie, um die Lücke zu füllen, die Verseys Tod hinterlassen hat. Vielleicht können wir sogar unsere alten Mitarbeiter wieder zurückbekommen, wenn wir ihnen erklären, mit welchen gemeinen Tricks der hinterlistige Schleimer sie vertrieben hat. Nur gut, daß ich von der ganzen Schweinerei nichts wußte, bevor die Bienen den Kerl erwischt haben. Sonst hätte ich vielleicht selbst …«

»Tick, bitte mäßige dich«, unterbrach sein Schwiegervater, »sag nichts, was du bereuen könntest!«

»Schon gut, Dad. Aber wenn ich daran denke, wie oft ich diesen Widerling herumkutschiert habe, weil er zu geizig war, sich selbst ein Auto zuzulegen, und mir anhören mußte, wie klug er doch war und wie dumm alle anderen …« Tick verkniff sich eine weitere Bemerkung, die er vielleicht bereut hätte. »Ich war immer der Meinung, daß Versey nicht alle Tassen im Schrank hatte. Jetzt weiß ich, daß es stimmt.«

»Da bin ich mir gar nicht so sicher«, sagte Abigail. »Ich wüßte nur gern, was er vorhatte.«

»Er war völlig bescheuert«, insistierte Tick. »Er war total plemplem und hielt sich für Cesare Borgia.«

»Ich frage mich nur, ob er auch eine Lucrezia hatte, die ihm geholfen hat«, sagte Sarah. »Soweit ich weiß, bevorzugte er Blondinen.«

»Er bevorzugte alles, was er bekommen konnte«, schnaubte Melisande. »Soll ich noch ein bißchen heißes Wasser holen, Mama?«

»Bleib sitzen, Schatz. Ich hol es schon selbst.«

Max hielt sie davon ab. »Bevor Sie gehen, Abigail, müssen Sie uns noch schnell sagen, wie es Bodie geht. Sarah brennt darauf, sie endlich zu sehen.«

»Das kann ich gut verstehen. Sie kann auch gleich zu ihr. Bodie geht es hervorragend, Sarah. Dr. Maude will sie nur eine Weile beobachten, um auch wirklich sicher zu sein, daß alles in Ordnung ist. Man hat Bodie nicht nur niedergeschlagen, sie stand auch unter Drogen. Und ich glaube, es hat ihr auch nicht sonderlich gut getan, daß sie die ganze Zeit im Honigschuppen eingeschlossen war.«

»Die Ärmste«, sagte Sarah. »Sollen wir nicht schnell nachschauen, ob sie schon Besuch empfangen kann?«

»Warum gehen wir nicht alle zusammen?« schlug Tick Purbody vor. »Sarah und Max gehen ins Zimmer, und wir stehen hinter der Tür und lauschen durchs Schlüsselloch, falls Dr. Maude uns nicht reinläßt.«

Melisandes Gatte schien eine schier unerschöpfliche Energie zu besitzen, dachte Sarah, als sie sah, wie Tick die Treppe hochstürmte und dabei drei Stufen auf einmal nahm. Aber vielleicht war er auch nur aufgeregt, weil er wissen wollte, was Boadicea Kelling zu sagen hatte. Sarah selbst war auch ein wenig nervös.

Drusilla Gaheris kam auf den Flur, um mit ihnen zu sprechen. »Meine Güte, mit einer ganzen Delegation hatten wir nicht gerechnet«, lautete die Begrüßung. »Ich bin nicht sicher, ob Dr. Maude sechs Personen gleichzeitig ins Zimmer läßt.«

»Warum fragen Sie sie nicht einfach?«

Tick mußte natürlich wieder vorpreschen. Sarah konnte sich des Eindrucks nicht erwehren, daß er die alte Schulfreundin seiner Schwiegermutter nicht sonderlich mochte, und fragte sich nach dem Grund. Hatte Mrs. Gaheris in der kurzen Zeit schon etwas getan, daß ihn verärgert hatte? Oder mochte er einfach keine Fremden im Haus?

»Sie dürfen alle hereinkommen.«

Dr. Maude war eine kleine, stämmige, fröhliche Person mit einem grauen Pagenkopf. Sie trug ein rostrotes Kostüm mit dazu passender rosa Bluse. »Mrs. Kelling geht es sehr viel besser, als ich erwartet hatte. Versuchen Sie bitte, Sie nicht zu verwirren. Ich würde vorschlagen, ihre Nichte spricht mit ihr, und alle anderen hören zu. Ich muß wieder weg, Abigail, aber ich glaube nicht, daß es noch Komplikationen geben wird. Mrs. Kelling weiß, daß sie sich bis morgen früh ruhig verhalten soll. Schade, daß nicht alle meine Patienten so vernünftig sind wie sie und so gesundheitsbewußt leben. Für eine Dame ihres Alters ist sie bemerkenswert fit. Anderenfalls wäre die Sache vielleicht sehr viel schlimmer ausgegangen.«

»Wissen Sie schon, welche Droge man ihr verabreicht hat?« fragte Sarah.

»Vermutlich die gleiche wie Rufus, nur weniger hoch dosiert.

An der rechten Schulter hat sie einen kleinen Einstich. Ich habe bereits Laboruntersuchungen eingeleitet, aber die Ergebnisse werden möglicherweise wenig bringen, weil schon so viel Zeit vergangen ist. Was es auch war, inzwischen ist davon so gut wie nichts mehr nachweisbar. Gehen Sie ruhig zu ihr, aber bitte hören Sie sofort auf zu fragen, wenn sie verwirrt wirkt.«

Sie gingen nacheinander ins Zimmer und stellten sich um das Bett. Boadicea Kelling erwartete sie bereits, von zahlreichen Kissen gestützt. Sie trug ein pinkfarbenes Bettjäckchen mit unzähligen Spitzen und Rüschen, das zweifellos Abigail gehörte. Sie sah darin ganz anders aus als sonst und wirkte eher wie eine liebe alte Dame, die sich bemüht, tapfer zu sein, und weniger wie die kühle, vernünftige Bodie. Sarah war ziemlich überrascht.

»Wie geht es dir, Tante Bodie?«

»Den Umständen entsprechend ganz passabel«, lautete die Antwort. »Ich nehme an, ihr seid hier, weil ihr herausfinden wollt, was mit mir passiert ist, also unterbrecht mich nicht mit unnötigen Fragen. Abigail, wenn es dir nicht zuviel Mühe macht, hätte ich gern um halb zehn einen Egg-Nogg. Danach möchte ich schlafen. Wir haben somit noch genau acht Minuten für unser Gespräch, was mehr als genug ist. Drusilla, du warst jetzt die ganze Zeit hier, du möchtest bestimmt gehen.«

»O nein, Bodie, ich lasse dich nicht allein«, protestierte Mrs. Gaheris.

»Wie du willst. Ich an deiner Stelle wäre längst vor Langeweile gestorben. Sarah, wenn du als Gruppensprecherin fungieren willst, dann setz dich bitte hin. Ich bekomme Kopfschmerzen, wenn ich noch lange zu dir hochschauen muß.«

Sarah nahm auf dem Stuhl Platz, auf dem wahrscheinlich bis vor kurzem noch Dr. Maude gesessen hatte, und beschloß, sich vor unnötigen Fragen zu hüten. Bevor Boadicea zu erzählen begann, nahm sie ihr Glas vom Nachttisch und trank einen Schluck.

»Nachdem ich ausreichend gegessen hatte und gerade aus einem mir unerklärlichen Grund einen Nachschlag von der Grütze nehmen wollte, beschloß ich, der Versuchung zu widerstehen und statt dessen meinen üblichen Viermeilenspaziergang zu machen, während die anderen Gäste weiterfeierten. Ich verließ den Pavillon und schlug den Weg in das Wäldchen ein.«

»Eine relevante Frage, Tante Bodie«, unterbrach Sarah. »Ist dir auf dem Weg zufällig ein Morris-Tänzer begegnet?«

»Nein. Mir ist niemand begegnet. Ich bin bis zur Wagenhalle gegangen und hatte vor, mich in einem der Rolls Royce ein wenig auszuruhen, bevor ich meinen Spaziergang fortsetze. Um ganz ehrlich zu sein, Abigail, dein Frumenty lag mir wie ein Stein im Magen. Ich weiß nicht, was in mich gefahren ist, daß ich noch mehr davon nehmen wollte.«

Abigail murmelte eine Entschuldigung. Boadicea schnitt ihr das Wort ab.

»Schon gut, es ist zweifellos überaus nahrhaft. Wie dem auch sei, ich erreichte das Tor und mußte feststellen, daß es verschlossen war.«

»War Rufus da und hielt Wache?« fragte Sarah.

»Wie ich bereits sagte, ich habe niemanden gesehen. Allerdings muß ich zugeben, daß ich über das verschlossene Tor ein wenig verärgert war.« Boadicea warf Bill einen entrüsteten Blick zu. Bill wollte gerade antworten, als ihm einfiel, daß er nicht sprechen sollte.

»In der Hoffnung, einen anderen Eingang zu finden, ging ich zur Rückseite des Gebäudes. Zu meiner großen Überraschung, und ich versichere euch, ich habe dabei bestimmt nicht halluziniert, auch wenn es noch so unglaublich klingt, schwang ein Teil der Wand plötzlich vor meinen Augen nach außen.«

»Du hast wirklich nicht halluziniert, Tante Bodie«, versicherte Sarah. »Wir wissen, wie es funktioniert. Erzähl weiter.«

»Ich stand eine Zeitlang wie angewurzelt da. Wie lange genau, kann ich nicht mehr sagen. Es war ein ziemlicher Schock, und außerdem hatte ich ja auch noch diese Grütze im Magen. Ich wurde aus meiner Lethargie aufgeschreckt, als ich hörte, wie ein Wagen angelassen wurde. Ich bin schnell zu dem Stück Wand gegangen, das gerade aufgeschwungen war. Es muß so etwa sechs Meter von der Stelle entfernt gewesen sein, an der ich gestanden habe, als die Wand begann, sich zu bewegen. Ich kam gerade noch rechtzeitig, um zu sehen, wie der Silver Ghost herausfuhr.«

»Hast du erkennen können, wer am Steuer saß?«

»Sarah, unterbrich mich nicht ständig. Der Wagen war schneller, als ich erwartet hatte. Ich bin beinahe überfahren worden. Ich habe eine Verwünschung ausgestoßen, ich weiß nicht mehr genau, was ich gerufen habe, und kurz darauf bremste der Wagen. Danach habe ich nur noch eine sehr vage Erinnerung an eine Art Rasseln und eine Gestalt, die über mir stand, und dann gab es so etwas wie eine Explosion in meinem Kopf. Dr. Maude hat mir erklärt, daß es sich dabei um eine ganz normale Reaktion handelt, wenn man einen Schlag auf den Schädel bekommt, und ich mir deswegen keine Sorgen zu machen brauche.«

Sarah wagte noch eine Unterbrechung. »Du hast von einer Person über dir gesprochen. Meinst du damit, daß die Person sehr groß war?«

»Ich bin selbst nicht klein, aber dieser Mensch war weit größer als ich. Mehr kann ich dazu nicht sagen.«

»Kannst du dich erinnern, wie er aussah? Welche Farbe seine Kleidung hatte?«

Boadicea Kelling schloß die Augen. »Ich versuche, mir die Gestalt vorzustellen. Ich glaube, und das ist das einzige, woran ich mich erinnere, daß diese Person einen dieser alten Staubmäntel trug. Das Gesicht war verdeckt. Ein Schleier wäre die einzige logische Erklärung, aber ich weiß sehr gut, daß es sich dabei nur um eine Annahme handelt.«

»Als Max und Bill dich fanden, hast du einen albernen Kerl in Schwarz erwähnt, der dich gefesselt hat«, soufflierte Sarah. »Erinnerst du dich daran noch?«

»Nur sehr vage. Dr. Maude hat mir versichert, daß Verwirrung und Halluzinationen normale Reaktionen sind, wenn man einen Schlag auf den Kopf und ein Betäubungsmittel bekommen hat.

Irgendwie schien sich die schwarze Gestalt in Professor Ufford zu verwandeln.«

»Es war tatsächlich Professor Ufford, Tante Bodie.«

»Dann hatte ich recht, als ich ihn einen albernen Kerl nannte. Wie beruhigend. Du mußt mir die Angelegenheit näher erklären, wenn ich wieder im Vollbesitz meiner Kräfte bin, Sarah. Momentan würde mich jede Schilderung nur weiter verwirren. Ich glaube, ich befand mich in dem Glauben, an einer Rallye teilzunehmen. Das war doch sicher eine Halluzination, oder?«

»Ich denke schon.«

»Hervorragend. Wir machen Fortschritte. Die nächste Frage, bitte.«

»Hast du sonst noch jemanden gesehen, Tante Bodie?«

»Nein. Der Mann, von dem du sagst, es sei Professor Ufford gewesen, hat mir den Hut bis über die Augen heruntergezogen. Daran erinnere ich mich sehr genau. Zum Zeitpunkt des Geschehens erschien es mir wie eine unnötige Grobheit, aber vermutlich wollte er damit nur verhindern, daß ich ihn erkenne. Ich hatte den Eindruck, daß er nicht sonderlich erfreut war, daß ich noch lebte. Jemand hat geschrien, soviel weiß ich noch. Ich glaube, ich bekam einen zweiten Schlag auf den Kopf, danach muß man mich wohl auch gefesselt haben, denn als ich wieder zu mir kam, konnte ich weder Hände noch Füße bewegen und hörte einen lauten, verwirrenden Streit darüber mit an, wer mich umbringen sollte, und wann und wo es geschehen würde. Ich wünschte mir, sie würden sich endlich entscheiden und den Mund halten, damit ich meine Ruhe hätte und die schrecklichen Kopfschmerzen aufhörten. Was man natürlich kaum als natürliche Reaktion bezeichnen kann, daher nehme ich an, daß es sich auch dabei um eine Halluzination handelte.«

Sarah bezweifelte dies stark. »Wen glaubst du denn gehört zu haben? Wer hat mit ihm gestritten?«

»Ich dachte, es sei seine Frau. Sie machte ihn ziemlich zur Schnecke, bezeichnete ihn als Feigling und Dummkopf, weil er irgend etwas mit den Autos nicht gemacht hatte. Vielleicht bin ich dadurch auf die Idee mit der Rallye gekommen, ansonsten muß es wohl alles zu ein und derselben Phantasie gehört haben. Professor Ufford ist nicht verheiratet, oder?«

»Soweit wir wissen, ist er das nicht.«

»Dann war das also auch eine Halluzination. Jetzt kommen wir dem Kern der Sache allmählich näher.«

»Hast du die Stimme der Person erkannt, die du für seine Frau gehalten hast?«

»Sarah, du erwartest wohl kaum, daß ich dir auf diese Frage eine vernünftige Antwort gebe. Immerhin sprechen wir über eine Ausgeburt meiner unbewußten Phantasien. Es ist alles bruchstückhaft. Ich habe da ein merkwürdiges, verworrenes Bild von einem Kuli, der mich in einer Rikscha umhergefahren hat. Inzwischen weiß ich, daß es Bill gewesen sein muß, als er mich in dem Elektrowagen zurück zum Haus gefahren hat. Und ich habe Stimmen gehört, vor allem die von Drusilla. Irgendwie scheine ich dich überall gehört zu haben, wo ich war, Drusilla.«

»Das ist doch ganz normal, Liebes.« Mrs. Gaheris sprach sanft und beruhigend und griff nach der Hand ihrer alten Freundin. »Ich war bei dir, als du wieder zu dir kamst, und ich habe auch schon mit dir gesprochen, als du noch ohnmächtig warst. Dr. Maude meinte, wir sollten unbedingt versuchen, dich aufzuwekken. Vielleicht war es ja auch so etwas wie Telepathie, denn ich muß gestehen, daß ich vor Sorge fast verrückt geworden bin, als du plötzlich verschwunden warst.«

»Ach, Drusilla.« Boadicea Kelling drückte kurz die Hand ihrer Freundin und ließ sie dann wieder los. »Da du dich zu meinem Schutzengel aufgeschwungen hast, könntest du mich jetzt vielleicht liebenswürdigerweise ins Bad begleiten. Abigail, in genau drei Minuten kannst du mir den Egg-Nogg bringen. Und euch anderen wünsche ich eine gute Nacht.«

Kapitel 21

»Das ist ja wirklich unglaublich!« Selbst wenn Tick stand, war er ständig in Bewegung, wedelte mit den Händen oder klopfte mit dem Fuß auf den Boden. »Bodie ist genau in dem Moment aufgetaucht, als der Silver Ghost aus der Wagenhalle gefahren wurde. Bill, ich mache mir Sorgen wegen des Rasselns, das sie gehört hat. Meinst du, im Ghost ist eine Stange locker?«

»Ich glaube eher, daß sie den verschwundenen *Totschläger* gehört hat«, sagte Max. »Haben Sie nicht gesagt, es sei eine Eisenkugel an einer kurzen Kette daran befestigt?«

»Richtig«, sagte Nehemiah Billingsgate. »Gütiger Himmel, wenn Bodie dieses Ding an den Kopf bekommen hat, dann hat nur die Gnade Gottes sie gerettet.«

»Ich würde eher sagen, ihr scheußlicher alter Hut hat sie gerettet«, bemerkte Melisande trocken. »Sieht jedenfalls ganz so aus, als habe man ihr einen Schlag versetzt, sie in den Ghost verfrachtet, ihr dann ein Narkosemittel injiziert und sie schließlich in den Honigschuppen gebracht, in dem Glauben, sie wäre tot. Ich kenne nur einen einzigen Menschen, der kaltblütig genug wäre, so etwas zu tun, und das ist Bodie selbst.«

»Ich weiß nicht recht«, widersprach ihr Ehemann. »Nach allem, was wir heute über Versey Ufford erfahren haben, würde ich ihm alles zutrauen.«

»Ufford kann es nicht gewesen sein«, sagte Sarah. »Er hat während der ersten Hälfte des Banketts die ganze Zeit neben mir gesessen. Tom Tolbathy kann das bezeugen. Tom und ich haben verzweifelt versucht, uns zu unterhalten, und Ufford hat uns dauernd unterbrochen. Wahrscheinlich wollte er sich auf diese Weise ein Alibi verschaffen.«

»Aber wenn Versey den Ghost nicht gestohlen hat, wer war es dann?« wollte Melisande wissen.

»Wenn wir das wüßten, würden wir kaum hier herumstehen und darüber reden«, sagte Max. »Bill, Sie sagten, der *Totschläger* sei immer noch nicht aufgetaucht. Haben Grimpens Männer das Haus durchsucht?«

»Das weiß ich nicht. Zuerst haben sie eine Zeitlang draußen im Teich herumgestochert, wie Sie ja wissen, dann sind sie mit Wouters vermaledeitem Gewehr weggegangen und ziemlich lange fortgeblieben. Als sie zurückkamen, haben sie nach dem Sirupbehälter gesucht, den sie auch gefunden haben. Und nach Ihrem Anruf haben sie auch nach dem Fahrrad gesucht, das sie nicht gefunden haben, wie Sie wissen. Ich kann mir nicht vorstellen, daß sie Zeit hatten, auch noch das Haus zu durchsuchen. Waren sie auch im Haus, Abigail?«

»Ich glaube nicht, Lieber. Ich hatte so viel zu tun, daß ich gar nicht darauf geachtet habe. Ich mußte mich um die Beerdigung kümmern, die Essensreste wegbringen und Bodie versorgen.«

»Dann schauen wir uns jetzt mal um«, sagte Tick.

»Hervorragende Idee«, stimmte Max zu. »Sie und Melisande fangen im Keller an, wenn Sie nichts dagegen haben. Bill, Sie und Abigail schauen sich im Erdgeschoß um. Sarah und ich übernehmen diese Etage hier.«

»In unserem Haus ist das Ding bestimmt nicht«, protestierte Bill, besann sich dann jedoch eines Besseren. »Aber möglich ist alles. Mit dem Honigschuppen hatte schließlich auch niemand gerechnet. Komm, Abigail, wir machen uns an die Arbeit, falls du nicht zu müde dazu bist.«

»Nein, nein. Ich bin froh, wenn ich etwas tun kann.«

Die vier eilten die Treppe hinab. Sarah wandte sich Max zu. »Der Gedanke, die Schlafzimmer der Leute hier zu durchwühlen, gefällt mir ganz und gar nicht.«

»Ich glaube kaum, daß wir sehr viel durchwühlen müssen«, sagte Max.

Er führte sie von Boadiceas Zimmer weg. »Das Zimmer gegenüber gehört Mrs. Gaheris, das können wir uns schenken. Das habe ich mir bereits angesehen und nicht das geringste finden können.«

Er ging durch den mit Teppichboden ausgelegten Flur, öffnete Türen und schloß sie wieder. Sarah folgte ihm, müde und verwirrt, und wünschte sich nur noch, das nächste Zimmer wäre ihr Schlafzimmer. Zum Ende hin wurde der Flur breiter, und sie standen vor zwei geräumigen nebeneinanderliegenden Schlafzimmern. Eins davon gehörte den Billingsgates. Sarah spähte durch die offene Tür ins Innere des Zimmers und sah eindrucksvolle viktorianische Möbel. Es gab eine Frisierkommode mit einem gehäkelten Läufer, wunderschönen alten blauen Glasflakons, silbernen Haarbürsten und unzähligen Fotografien in hübschen kleinen Rahmen. Max würdigte den Raum keines Blikkes, sondern öffnete die andere Tür.

»Er kann eigentlich nur hier sein. Okay, Kleines, dann mal los. Du findest ihn bestimmt.«

»Aber das ist doch Mellys Zimmer«, protestierte Sarah.

»Précisément, ma chérie.«

Es war ein hübsches Zimmer, vor Jahren für ein junges Mädchen hergerichtet und mit blaßgrünen französischen Landhausmöbeln mit cremefarbenen Lichtern eingerichtet. Die Tapete, der Aubusson-Teppich, die Chintzvorhänge, sogar die verspielte Spitzeneinfassung des Frisiertisches waren mit rosa Rosen bedeckt. Mr. Hohnser wäre entzückt gewesen. Das rote Satinkostüm, das Melisande auf dem Fest getragen hatte, hing über der Rückenlehne eines Stilsesselchens mit einem Polsterüberzug aus dickflorigem rosa Velours. Ticks schwarze Tanzschuhe wirkten neben dem Bettüberwurf aus rosafarbenem Samt riesig und unförmig. Sarah zuckte mit den Achseln.

»Wie du meinst, Schatz.«

Sarah sah sich nach einem unauffälligen Versteck um und ging dann zielstrebig zu dem altmodischen gußeisernen Radiator unter dem Fenster. Sie kletterte hinauf und tastete mit der Hand das Schabrackenbrett ab.

»Ich glaube, ich habe das Ding gefunden, aber ich kann es nicht richtig fassen. Versuch du mal.«

Da Max sehr viel größer war als sie, konnte er vom Radiator aus mühelos oben auf das Brett sehen. »Meine Güte, der Schädel deiner Tante ist offenbar härter als der Felsen von Gibraltar.«

»Sollen wir den *Totschläger* nicht herunterholen? Ich möchte ihn auch mal sehen.«

Max hob sie hoch, damit sie einen Blick darauf werfen konnte. »Wir lassen ihn besser erst mal dort liegen. Schade, daß Abigail so eine gute Hausfrau ist. Fingerabdrücke im Staub wären hilfreich gewesen, aber leider gibt es keinen Staub.«

Sarah ließ sich von Max beim Herabsteigen helfen. »Wie furchtbar, es deutet wirklich alles auf Tick hin. Er hat auch kein Alibi, obwohl ich alles versucht habe.«

»Mit Lionel hattest du auch kein Glück«, erinnerte sie Max.

»Und ich glaube, ich weiß auch, warum. Das haben wir gleich. Gibt es hier in der Etage ein Telefon?«

Max öffnete die Schublade von Melisandes Nachttisch und zog ein kitschiges rosa Telefon heraus, wie sie in den fünfziger Jahren der letzte Schrei waren. »Probier das mal.«

»Du wirst mir langsam unheimlich mit deiner Allwissenheit. Wahrscheinlich haben sie die Telefone wegen der unzähligen Reporter, die ständig hier anrufen, weggestellt. Sie wollten das Läuten wohl nicht mehr hören.« Sarah ließ sich auf dem rosa Bettüberwurf nieder und wählte. Die Party bei Bunny Whet war so gut wie vorbei. Elizabeth klang ganz so, als würde sie ihre Idee inzwischen von Herzen bereuen. Lionel war immer noch da und feierte. Typisch Lionel. Sarah verschwendete keine Zeit mit unnötigen Nettigkeiten.

»Lionel, ich bin bei den Billingsgates. Komm bitte so schnell wie möglich her. Ansonsten bekommt Vare von mir einen detaillierten Bericht darüber, wo du wirklich warst, als du ihr weisgemacht hast, du wärst mit Greenpeace Wale beobachten.«

Max konnte wütende Schreie hören. Sarah hielt den Hörer so lange von ihrem Ohr weg, bis Lionel sich wieder beruhigt hatte, und zog dann die Schrauben weiter an.

»Lionel, du kannst dir das ganze Theater ruhig sparen. Falls du nicht innerhalb einer halben Stunde hier erscheinst, rufe ich Vare an. Komm auf der Stelle her, sonst hast du ein Problem, das sich gewaschen hat.«

Sie verstaute das Telefon wieder in der Schublade und lächelte Max mit Unschuldsmiene an. »Es gibt nur eine Methode, um mit Lionel fertig zu werden.«

»Mein Gott, du bist wirklich eine bösartige Frau. Was hat er denn für ein schmutziges Geheimnis?«

»Keine Ahnung, ich weiß nur, daß er todsicher keine Wale beobachtet hat. Lionel hat eine Walphobie, seit sein Vater ihn gezwungen hat, Moby Dick zu lesen. Er schämt sich zu Tode deswegen, weil Wale heute doch so groß in Mode sind. Also erzählt er überall Lügen und behauptet, er wäre in einem kleinen Gummiboot zu ihnen rausgefahren, um ihnen klar zu machen, daß wir unterm Blubber alle Brüder sind.«

»Das will ich denn mal glauben«, erwiderte Max schwach. »Und was denkst du über Tick?«

»Dasselbe wie du, nehme ich an. Es wird ein furchtbarer Schock für die Billingsgates sein, aber wir wissen ja, daß Bill von Anfang etwas Ähnliches befürchtet hat. Sollen wir sie einfach so lange weitersuchen lassen, bis Lionel hier ist?«

»Warum nicht? Vielleicht möchtest du ja noch mal zu deiner Tante und zusehen, wie sie ihren Egg-Nogg trinkt?«

»Stimmt. Vielleicht sollte ich das wirklich. Es wäre schrecklich, wenn sie plötzlich einen Rückfall hätte. Und was machst du?«

»Hier bleiben und die Polizei anrufen, auch wenn es sicher wenig bringt. Schrei einfach, wenn du mich brauchst.«

»Ich brauche dich immer.«

Sarah gab ihrem Partner einen höchst unprofessionellen Kuß und verließ das Zimmer. Max rief im Polizeirevier an, nahm danach sein schwarzes Büchlein heraus, wählte die Nummer, die er dank der modernen Technik in Uffords Wohnung von der Telefonrechnung hatte abschreiben können, und telefonierte mehr als zwölfeinhalb Minuten.

Die Dame am anderen Ende der Leitung war freundlich, auf wortreiche Weise mitfühlend und versorgte ihn letztendlich auch mit den gewünschten Informationen. Max machte sich zahlreiche Notizen, versprach, bei seinem nächsten Besuch in Busto Arsizio vorbeizuschauen und verstaute das rosa Telefon wieder. Während er noch überlegte, wie er die Suchtrupps zusammentrommeln könnte, kam Abigail zu ihm nach oben und teilte ihm mit, daß Sergeant Myre eingetroffen sei. Sekunden später hechelte Lionel über die Zugbrücke.

»Wo ist Sarah?« blökte er. »Sagen Sie ihr, daß ich hier bin. Schnell! Es geht um Leben und Tod!«

»Was ist denn mit Ihnen los, Lionel?« wollte Abigail wissen, doch Sarah hatte das Geschrei schon gehört und kam die Treppe herunter.

»Lionel, hör mit dem Theater auf. Du bist gerettet. Wie in aller Welt hast du das so schnell geschafft?«

»Du hast doch gesagt, ich soll sofort kommen.«

»Ich habe nicht gesagt, daß du dich totfahren sollst.«

»Es wäre sicher die humanere Alternative gewesen«, teilte er ihr düster mit. »Also, hier bin ich. Was willst du von mir?«

»Ich will, daß du mit ins Burgverlies kommst und dich hinsetzt. Oh, Mrs. Gaheris.« Auch sie war heruntergekommen und hatte die Handarbeit mitgebracht, an der sie anscheinend am Krankenbett gearbeitet hatte, um der Langeweile zu entgehen. »Wären Sie wohl so lieb, in den Keller zu gehen und Melly und Tick zu sagen, daß sie heraufkommen sollen?« bat Sarah. »Sergeant Myre, wie nett, Sie zu sehen. Wo ist denn Ihr furchtloser Vorgesetzter?«

Ein seliges Lächeln huschte über das rundliche, durchaus sympathische Gesicht des Mannes. »Er hat sich angeschossen.«

»Freut mich zu hören«, sagte Max, der inzwischen ebenfalls zu der kleinen Gruppe gestoßen war. »Und wie hat er das angestellt?«

»Mit dem Nilpferdgewehr. Als wir zurück zum Revier kamen, hatte Officer Swithin Dienst. Sie ist unsere Quotenpolizistin. Der alte Macho wollte sie natürlich beeindrucken und hat ihr von dem Gewehr erzählt. Er hatte sich drüben in der Ballistik noch ein paar Spritzen besorgt. Kleine, wie man sie für Mungos und Nasenbären braucht.«

»Wieso denn Nasenbären?« wollte Melisande wissen. »Die können doch in Massachusetts kaum ein Problem darstellen, oder?«

»Du würdest dich wundern«, sagte Myre. »Die Leute kaufen sich diese sogenannten exotischen Haustiere, die eigentlich wilde Tiere sind und direkt aus dem Dschungel stammen. Zuerst sind sie klein und niedlich, doch dann werden sie groß und gefährlich, und der Besitzer vergißt eines Tages, die Zwingertür zuzumachen. Bald darauf bringen die lieben Haustiere den Pekinesen des Nachbarn um oder knabbern an irgendeinem Kind herum, das dumm genug war, nicht wegzulaufen. Grimpen lädt also das Gewehr, um Swithy zu zeigen, was für ein toller Hecht er ist. Er klemmt es sich unter den Arm, lehnt sich nach vorn, um ihr kurz in den Ausschnitt zu stieren und kommt dabei ungewollt an den Abzug. Die Spritze bleibt in seinen Jodhpurs stecken, und er kippt um wie ein narkotisierter Beuteldachs. Wir haben ihn im Streifenwagen abtransportiert und im Krankenhaus Bescheid gesagt, sie sollten ihn mindestens einen Monat lang im Streckverband lassen. Was ist denn los, Mr. Bittersohn, oder darf ich nicht fragen?«

»Wir haben das Fahrrad und den *Totschläger* gefunden.«

»Ehrlich? Wo denn?«

»Das Fahrrad unter dem Bett des Toten im Wärterhaus und den *Totschläger* oben auf dem Schabrackenbrett in einem der Schlafzimmer im ersten Stock.«

»In welchem denn?« fragte Tick Purbody.

»In dem Zimmer, in dem sich Ihre Schuhe und das Kleid Ihrer Frau befinden. Ich nehme an, Sie haben die beiden Räume nicht durchsucht, Myre?«

»Nein. Ich wollte zwar, aber mein Chef hielt es für hirnverbrannt.«

»Polizeichef Grimpen scheint mir in diesem Punkt ein ausgesprochener Fachmann zu sein«, meinte Nehemiah Billingsgate. »Max, darf ich fragen, ob Sie diesen beiden Entdeckungen irgendwelche brauchbaren Hinweise entnommen haben?«

»Nur los, Max«, stöhnte Tick. »Ich weiß schon, was jetzt kommt.«

»Tick, woher willst du das wissen?« rief Melisande.

»Das ist doch wohl mehr als sonnenklar, oder? Ich besitze ein Fahrrad. Der Honigschuppen und die Wagenhalle fallen hauptsächlich in meinen Verantwortungsbereich. Ich habe mit Versey Ufford sehr viel öfter zusammenarbeiten müssen als mir lieb war. Ich kenne sämtliche Studios und alle Personen, die dort arbeiten. Ich bin mit den Ansichten deiner Eltern nicht immer konform gegangen, sowohl was Apian Way als auch was die Radiosender betrifft, wie du sehr wohl weißt. Jetzt ist Urgroßvaters *Totschläger* im selben Zimmer aufgetaucht, in dem ich meine Tanzschuhe abgestellt habe, also kann nur ich der Täter sein. Richtig, Max?«

»Sie haben noch vergessen zu erwähnen, daß Sie kein wasserdichtes Alibi haben für die Zeit, in der Rufus ermordet und der Silver Ghost weggefahren wurde.«

»Woher wollen Sie wissen, wann das war?«

»Wir wissen, daß Rufus kurz nach Eröffnung des Banketts noch lebte, da Dorothy Dork an der Wagenhalle war und ihn gesehen hat. Außerdem wissen wir, daß er nicht mehr lebte, als Boadicea dort war, weil sie ihn nicht gesehen hat. Sie haben selbst gehört, was sie gesagt hat, und Sie kannten Rufus. Er hatte strikte Order, seinen Posten nicht zu verlassen. Meinen Sie, er hätte die Anweisungen Ihres Schwiegervaters mißachtet?«

»Nein, auf keinen Fall. Was sonst noch?«

»Mehr fällt mir im Moment nicht ein. Wie steht es denn nun mit Ihrem Alibi? Können Sie uns da vielleicht weiterhelfen?«

Tick Purbody zuckte mit den Achseln. »Wie soll ich mich daran erinnern? Als ich mit Tanzen fertig war, bin ich zuerst ins Badezimmer gegangen und danach in den Pavillon. Das habe ich Ihnen doch bereits gesagt. Kurze Zeit später bin ich noch einmal ins Haus gegangen, um ein Kissen für Ethelyn Fromes Rücken zu holen. Ich habe mir vorgenommen, nächstes Jahr Stühle zu mieten, die bequemer sind, Bill. Vorausgesetzt, ich bin dann überhaupt noch hier.«

»Red nicht solchen Unsinn, Junge«, wies Bill ihn zurecht.

»Lassen Sie uns beim Thema bleiben«, sagte Max. »Wo haben Sie das Kissen geholt, Tick?«

»Aus dem Wohnzimmer vorn im Haus. Der Raum liegt am nächsten bei der Tür. Mal überlegen. Beim Reingehen habe ich Lissy, unsere Jüngste, getroffen. Sie stolperte gerade mit einem Tablett voller Zinnkrüge nach draußen. Es war viel zu schwer für sie, daher habe ich ihr das Kissen gegeben und statt dessen das Tablett für sie getragen. Dann brauchte der Barmann neues Eis, und die Kinder waren alle mit etwas anderem beschäftigt, daher bin ich in die Küche gelaufen, um es zu holen. Die Köchin meditierte gerade, also bin ich runter in den Keller, habe Eis aus der großen Tiefkühltruhe genommen und bin unter der Zugbrücke hindurch wieder nach draußen gelaufen.«

»Dann waren Sie nicht im Wäldchen?«

»Selbstverständlich nicht. Mein Gott, immerhin habe ich etwa fünfzig Pfund Eiswürfel geschleppt! Ich habe das Zeug abgeliefert und – was ich dann gemacht habe, weiß ich beim besten Willen nicht mehr. Versucht, es den alten Leutchen so bequem wie möglich zu machen, aufgepaßt, daß die Kinder nicht anfingen, Met zu trinken. Eben alles getan, was gerade getan werden mußte. Außerdem hatte ich einen Bärenhunger. Am liebsten hätte ich mich hingesetzt und endlich auch was gegessen. Soweit meine nicht sehr befriedigende Geschichte. Und was soll jetzt passieren?«

»Ich werde noch ein paar dumme Fragen stellen, denke ich.« Max klang müde. »Mrs. Gaheris, als Sie uns zum ersten Mal davon erzählt haben, daß Sie einen der Tänzer ins Wäldchen gehen sahen, haben Sie ausdrücklich gesagt, er sei nicht so groß gewesen wie Tick. Bleiben Sie immer noch bei dieser Aussage?«

Mrs. Gaheris hatte sich wieder ihrer Handarbeit zugewandt. Jetzt ließ sie den Stoff auf das Nähkästchen auf ihrem Schoß sinken. »Was soll ich denn machen? Sie wissen doch selbst, daß Abigail und ich dasselbe Internat besucht haben.«

»Mr. Bittersohn hält diese zweifellos rührende Tatsache für

unwichtig«, sagte Tick Purbody. »Ich übrigens auch. Nun machen Sie schon, Drusilla. Sagen Sie ehrlich, was Sie denken.«

Mrs. Gaheris fuhr sich mit der Zunge über die Lippen. »Soweit ich weiß, habe ich auch gesagt, daß es schwierig ist, die Größe eines Menschen richtig einzuschätzen, wenn man ihn von oben aus dem Fenster sieht. Ich weiß es wirklich nicht mehr. Können wir es nicht einfach dabei belassen?«

Kapitel 22

»Machen Sie sich nichts draus, Tick«, sagte Sarah. »Lionel hat auch kein Alibi.«

»Was soll der Unsinn?« schrie ihr Cousin. »Natürlich habe ich eins. Ich war die ganze Zeit mit Mutter zusammen.«

»Warst du nicht. Deine Mutter ist die ganze Zeit herumgewieselt und hat sich mit jedem unterhalten, der ihr in die Quere kam. Du hast den Pavillon erst betreten, nachdem alle anderen schon mindestens eine halbe Stunde da waren. Wo warst du die ganze Zeit?«

»Ich ...« Es war Lionel Kelling noch nie leicht gefallen, etwas einzugestehen.

Sarah blieb hart. »Mrs. Gaheris, Sie wissen sicher, daß Lionel ebenfalls zu den Morris-Tänzern gehört. Könnte er der Mann gewesen sein, den Sie gesehen haben?«

»Liebe Mrs. Bittersohn, ich habe Ihnen doch bereits gesagt, daß ich es nicht weiß. Vermutlich kommt er genauso dafür in Frage wie alle anderen auch.«

»Vielen Dank, Mrs. Gaheris. Ich möchte dazu gern kurz anmerken, daß Lionel sogar noch etwas größer ist als Tick. Nun, Lionel, willst du nicht endlich mit der Sprache herausrücken? Wir wissen beide, wo du warst und was du getan hast. Es ist genau das, was du immer machst, sobald du die Möglichkeit dazu hast, oder sollte ich mich irren?«

Ihr Vetter richtete sich auf und preßte die Lippen zusammen. »Ich habe nicht die geringste Ahnung, wovon du sprichst, Sarah. Es sei denn, du meinst damit meine Angewohnheit, meine Beobachtungsgabe zu schärfen und neue Kenntnisse zu erwerben. In diesem Punkt bin ich durchaus bereit, dir zuzustimmen.«

»Dann hast du also mal wieder herumgeschnüffelt.«

»Immer noch besser als Verdauungsstörungen, weil man nach starker körperlicher Anstrengung zu schnell oder zu viel gegessen hat.« Lionels Verstand arbeitete wieder auf Hochtouren. »Ich wollte unbedingt meine alte Neugier befriedigen, was gewisse architektonische Besonderheiten dieses wunderschönen alten Gebäudes betrifft. Da das ganze Anwesen den Gästen, zu denen ich zweifellos auch gehörte, zugänglich war, kann man kaum behaupten, daß ich etwas Unrechtes getan habe.«

»Natürlich nicht.« Melisande klang wenig überzeugend. »Ich hoffe, du hast dich gründlich umgesehen, Lionel.«

»Danke der Nachfrage. Meine Nachforschungen waren in der Tat höchst interessant.«

»Und was hast du herausgefunden?« sagte Sarah. »Erspar uns die architektonischen Einzelheiten. Sag uns lieber, wen du getroffen hast.«

»Ich habe niemanden getroffen.«

»Bist du ganz sicher? Immerhin herrschte ein ständiges Kommen und Gehen im Haus. Tick hat doch gerade erzählt, daß er mehrfach hin und her gelaufen ist.«

»Ich weiß. Aber ich habe meine Nachforschungen auf die oberen Regionen des Hauses beschränkt. Ich wollte niemandem im Weg sein. Aber ich habe Stimmen und Schritte gehört. Und ich habe auch gehört, wie du die Treppe rauf und runter gestürmt bist, Tick. Du hast gesagt: ›Du solltest nicht soviel auf einmal tragen, Schätzchen. Nachher hebst du dir noch einen Bruch.‹«

»Kann schon sein«, meinte Tick. »Warum hast du denn nicht gerufen?«

»Wollte ich ja, aber da warst du auch schon wieder weg. Ich habe gehört, wie du die Tür hinter dir zugemacht hast.«

Sarah erinnerte sich, daß die Tür die ganze Zeit offen gestanden hatte, damit die jungen Leute mit den Tabletts ungehindert ein- und ausgehen konnten. Trotzdem ignorierte sie die Bemerkung. »In welchen Schlafzimmern warst du denn, Lionel?«

»Ich – ähm – wollte mir einen Eindruck von den genauen Proportionen des gesamten Hauses verschaffen.«

»Dann warst du also in allen Zimmern und behauptest trotzdem, du hättest niemanden getroffen. Die ganze Zeit nicht.«

»Sarah, warum reitest du ständig darauf herum? Warum hätte

ich denn jemanden treffen sollen? Die Leute waren doch alle draußen im Pavillon.«

»Ich nicht.« Mrs. Gaheris öffnete ihr Nähkästchen und nahm Garn in einer anderen Farbe heraus. »Ich bin ins Haus gegangen, um meine Tabletten zu nehmen, wie ich den anderen gestern abend bereits erzählt habe. Schade, daß ich Sie verpaßt habe, Lionel. Wir hätten gemeinsam auf Entdeckungsreise gehen können. Ich liebe alte Häuser.«

»Wann sind Sie denn nach oben gegangen, Mrs. Gaheris?«

»Nun ja, genau kann ich das auch nicht sagen. Ziemlich am Anfang, als am Buffet noch ein Riesenandrang herrschte. Ich war etwa – oh, drei bis vier Minuten in meinem Zimmer, würde ich sagen.«

»Aber nicht, während ich oben war.« Vor lauter Eifer, recht zu haben, vergaß Lionel alle Vorsicht. »Ich war bestimmt zehn Minuten in ihrem Zimmer. Ich habe mir die Proportionen angesehen.« Und diverse andere Dinge ebenfalls, daran bestand kein Zweifel. »Ich habe Sie während der ganzen Zeit, die ich oben verbracht habe, kein einziges Mal gesehen. Aber ich habe gesehen, wie Sie zurück zum Pavillon gingen. Ich habe es bisher nicht erwähnt, Sarah, weil ich es nicht für wichtig hielt.«

»Es ist aber wichtig«, krächzte Sarah. »Erzähl weiter, Lionel. Wo war sie denn?«

»Ich ging gerade die Hintertreppe hinunter, die in den langen Gang zwischen dem Parkplatz und der Eingangstür führt. Mrs. Gaheris kam von der Auffahrt und ist vor mir her in den Pavillon gehastet.«

»Sie hat dich nicht gesehen, weil du dich unsichtbar gemacht hast, nehme ich an.«

»Ich wollte sie nicht stören, weil sie offenbar sehr in Eile war«, korrigierte Lionel. »Für eine Frau ihres Alters hatte sie einen ganz schönen Zahn drauf.«

Mrs. Gaheris schien das Kompliment nicht zu gefallen. »Lionel, seien Sie kein Dummkopf. Es ist ja wohl sonnenklar, daß Sie versuchen, den Verdacht von sich selbst abzulenken, indem Sie mich zum Sündenbock machen. Dann waren Sie also der Tänzer, den ich ins Wäldchen habe gehen sehen. Sie haben mich zweifellos am Schlafzimmerfenster gesehen und erfinden jetzt diesen Unsinn, um ihre eigene Haut zu retten. Abigail, ich will dir hier in deinem Haus wirklich keine Szene machen, aber jetzt reicht es mir. Bitte entschuldigt mich, ich gehe.«

Die Anwesenden regten sich nicht, nur Sergeant Myre fand es an der Zeit, einzugreifen. »Ich glaube, Sie sollten lieber nicht gehen, Mrs. Gaheris.«

»Sie können mich nicht zwingen zu bleiben. Ich genieße Immunität.«

»Da muß ich Ihnen leider widersprechen, Mrs. Gaheris«, sagte Max. »Immunität gilt nur für Diplomaten im Ausland. Außerdem waren nicht Sie, sondern Ihr Gatte im diplomatischen Dienst tätig. Und Ihr Mann ist tot, soweit ich weiß. Das haben Sie uns jedenfalls erzählt.«

»Was für eine unnötig grausame Bemerkung, Mr. Bittersohn. Falls ich mich hinsichtlich der diplomatischen Immunität geirrt habe, dann nur deshalb, weil ich so lange daran gewöhnt war, daß ich sie für selbstverständlich hielt.«

»Sie halten eine Menge Dinge für selbstverständlich, Mrs. Gaheris. Unter anderem scheinen Sie anzunehmen, daß wir zu dumm sind, um die Verbindung zwischen Ihnen und Ufford aufzudecken.«

»Ich habe keine Ahnung, wovon Sie sprechen. Ich habe diesen Mann erst hier in diesem Haus als Freund der Billingsgates kennengelernt.«

»Die Sie seit etwa dreißig Jahren nicht mehr gesehen hatten?«

»Sehr richtig.«

»Und welche Erklärung haben Sie für die unzähligen Ferngespräche, die Ufford letzten Monat mit Ihnen geführt hat, als Sie im Albergo Verdi in Busto Arsizio waren?«

»Die brauche ich nicht zu erklären, weil sie nie stattgefunden haben.«

»Und ob sie das haben. Sie haben Ufford wahrscheinlich aufgetragen, die Telefonrechnungen zu vernichten, aber Ufford war nun einmal ein Pfennigfuchser. Er hatte sicher vor, sie bei seiner Steuererklärung als Betriebskosten abzusetzen. Signora DiCristofero läßt übrigens ausrichten, sie habe das Tonband gefunden, das Ihnen so viel Sorgen bereitet habe. Es war hinter das Bett gefallen. Ihr Vetter Pietro wird es abspielen, damit wir herausfinden können, ob es in Uffords Karteikasten auftaucht.«

»Sie müssen verrückt sein.«

»Das Band befand sich in einer Versandtasche, die an Sie adressiert war. Der Absender war Ufford.«

Es herrschte Totenstille. Dann sagte Nehemiah Billingsgate leise: »Ich glaube, du schuldest uns eine Erklärung, Drusilla.«

Mrs. Gaheris saß eine Zeitlang schweigend da und spielte mit dem Verschluß ihres Nähkästchens. Schließlich begann sie zu sprechen. »In Ordnung, Bill, wenn es denn sein muß. Es ist sehr schmerzlich für mich. Mein Mann war mir nicht immer treu, weißt du. Vor Jahren habe ich mich aus einem unseligen Impuls heraus auf eine kurze Affäre mit Versey Ufford eingelassen, um meinem Mann seine Weibergeschichten heimzuzahlen. Versey und ich haben uns bei einem Aufenthalt in Rom kennengelernt. Ich hatte schon bald genug von der Sache, doch Versey nicht. Er blieb weiter mit mir in Kontakt, und nach dem Tod meines Mannes versuchte er, mich zurückzugewinnen. Er hat mich mit Briefen, Anrufen und kleinen Geschenken bombardiert. Ich muß gestehen, daß ich ihn zunächst nicht entmutigt habe. Ich war einsam, und eine Frau in meinem Alter kann sich glücklich schätzen, wenn sich überhaupt noch jemand für sie interessiert. Aber Versey war ein schrecklicher Langweiler. Mit zunehmendem Alter wurde er immer schlimmer, und ich erkannte bald, daß ich einen Fehler gemacht hatte, als ich ihn wieder in mein Leben gelassen hatte.«

»Warum hast du dann hier gewohnt und nicht bei den Dorks?« wollte Melisande wissen. »Du mußt doch gewußt haben, daß er ständig hier herumschwirrte.«

»Ich kam hierher, weil ich mit meiner alten Freundin Abigail zusammensein wollte. Versey hat ja schließlich nicht in diesem

Haus gelebt. Die Gesellschaft der Menschen, die mir nahestehen, hat mich für seine lästige Anwesenheit mehr als entschädigt. Außerdem war Versey frei und ungebunden, und es gibt Zeiten, in denen jeder Begleiter besser ist als gar keiner, um es einmal ganz brutal auszudrücken.«

Mrs. Gaheris versuchte, den anderen wehmütig zuzulächeln, doch niemand erwiderte ihr Lächeln. »Dann kamen Sie wohl von einem heimlichen Treffen zurück, als Lionel Sie gesehen hat?« fragte Sarah.

»Richtig. Versey bestand darauf, daß ich ihn draußen zu einem Gespräch unter vier Augen treffen sollte. Er konnte es nicht ertragen, daß ich ihn vor den Billingsgates verleugnet hatte. Ich war mit dem Treffen einverstanden, weil ich nicht wollte, daß er mir vor versammelter Mannschaft im Pavillon eine Szene machte, wozu er durchaus in der Lage war, wie ich wußte.«

»Waren Sie vor oder nach dem Treffen oben in Ihrem Zimmer?«

»Vorher. Ich mußte unbedingt meine Magentabletten holen. Ich wußte, daß ich sie nach dem Treffen mit Versey dringend brauchen würde. Ich habe in meinem Zimmer herumgetrödelt, weil ich befürchtete, daß es ein unangenehmes Gespräch sein würde. Womit ich auch recht hatte. Daher war ich auch noch da, als ihr Vetter zum Wäldchen ging.«

»Tut mir leid, Mrs. Gaheris«, sagte Sarah. »Aber Sie haben Professor Ufford nicht draußen getroffen. Er hat sich in dem Moment, als ich den Pavillon betrat, an meine Fersen geheftet und ist während des gesamten Banketts nicht von meiner Seite gewichen. Lionel war genau dort, wo er eben gesagt hat, und nirgendwo sonst. Keiner der Morris-Tänzer ist ins Wäldchen gegangen. Das haben Sie nur erfunden, um von der Tatsache abzulenken, daß Sie zu dem Zeitpunkt, als Rufus ermordet wurde, nicht im Pavillon waren. Wir können über sämtliche Tänzer und Kostüme Rechenschaft ablegen. Ich bezweifle, ob die Billingsgates das Bedürfnis haben, weiterhin einen Gast unter ihrem Dach zu beherbergen, der versucht hat, ihren Schwiegersohn als Mörder hinzustellen. Und ich bin sicher, daß Tante Bodie ziemlich ungehalten sein wird, wenn sie erfährt, daß ihre alte Schulfreundin sie mit Bills *Totschläger* erschlagen wollte. Nimm ihr das Nähkästchen weg, Max!«

Leider konnte Tick Purbody der Versuchung nicht widerstehen, ebenfalls aktiv zu werden, und stürzte los, war jedoch ein wenig zu weit weg. Während er und Max noch versuchten, sich zu entwirren, hatte Drusilla genügend Zeit, ihr Nähkästchen zu öffnen. Es war Sarah, die mit mehreren Sofakissen nach ihr warf, um sie am Zielen zu hindern, und Melisande, die ihr die Waffe aus der Hand riß. Doch der eigentliche Held der Stunde war Lionel Kelling.

»Ich weiß gar nicht, warum ihr euch alle so aufregt. Ich habe die Patronen natürlich herausgenommen, als ich die Waffe gestern entdeckte. Sie sind alt genug, um zu wissen, daß man geladene Waffen nicht einfach so herumliegen lassen sollte, Mrs. Gaheris.«

Danach konnte Sergeant Myre sie endlich festnehmen.

Kapitel 23

Doch dies war erst der Anfang, der größte Teil der Arbeit lag noch vor ihnen. Erst am folgenden Freitag wurde wieder ein Treffen bei den Billingsgates einberufen. Abigail und Bill sahen müde, aber erleichtert aus, und bestrichen gemeinsam die Crumpets mit Butter. Sarah hatte Max am Logan Airport abgeholt, als er von Busto Arsizio zurückkehrte. Der amtierende Polizeichef Reginald Myre vertrat die Polizei von Fernwood. Auch Lionel Kelling war erschienen. Man hatte ihn einerseits eingeladen, weil Sarah sich ein klein wenig schuldig fühlte, daß sie ihn am Montag auf so brutale Weise herbeordert hatte, und andererseits, weil die brutale Behandlung immerhin zur Lösung des Falls geführt hatte. Boadicea Kelling war in ihrem 1946er Daimler aus Wenham hergefahren und trug wieder ihre Queen Mary-Toque, die das Abenteuer erstaunlich gut überstanden hatte.

Tom und Hester Tolbathy waren anwesend, weil man auf diese Weise zeigen wollte, daß man ihnen Wouter Tolbathys verhängnisvolles Erbe nicht übelnahm. Mr. und Mrs. Purbody ließen sich entschuldigen. Tick war damit beschäftigt, in seiner Funktion als Präsident von Apian Way Enterprises Einstellungsgespräche mit vielversprechenden Assistenten für die Metherstellung zu führen. Melisande befand sich in einem Tonstudio und nahm eine weitere Folge ihrer einstündigen Sendung »Mellys Mellow Melodies« auf.

Boadicea Kelling nahm einen prüfenden Schluck aus ihrer Teetasse und nickte zustimmend. »Genau richtig, Abigail. Im nachhinein muß ich sagen, daß Drusilla schon immer etwas zwielichtig war. Sie hat sich einmal meine besten Seidenstrümpfe ausgeliehen, ohne mich um Erlaubnis zu fragen, und sie mir wieder hingelegt, obwohl sie voller Laufmaschen waren, in dem festen Glauben, ich würde es nicht merken. Und sie hat ständig Süßigkeiten in die Schule geschmuggelt. Sie hat sie nachts im Bett gegessen, wenn im Schlafsaal das Licht aus war, damit sie uns nichts abzugeben brauchte. Ich konnte das Papier rascheln hören, wenn sie nach den Karamelbonbons suchte. Ihr Bett stand direkt neben meinem, wißt ihr. Ich habe sie nie verpetzt, aber jetzt, wo sie versucht hat, mich zu ermorden, fühle ich mich nicht länger zum Schweigen verpflichtet.«

»Meine Loyalität ihr gegenüber war wie weggeblasen, als ich herausfand, daß sie unsere Gastfreundschaft mißbraucht hat, um den armen Rufe umzubringen und unsere Autos zu stehlen. Und sie hatte wirklich vor, Bills Lebenswerk zu vernichten«, meinte Abigail. »Ich begreife immer noch nicht, wie sie das alles bewerkstelligt hat, ganz zu schweigen von ihren Beweggründen. Haben Sie in Italien noch etwas herausfinden können, Max?«

»Eine ganze Menge. Erstens war der verstorbene Gawein Gaheris niemals ein Diplomat, auch wenn er es oft genug behauptet hat.«

»Warum das denn? War er etwa ein Spion?«

»Hin und wieder. Darüber hinaus war er ein Schmuggler, ein Fälscher und noch so einiges mehr. Er und Drusilla haben zusammengearbeitet. Ihre eigentliche Spezialität bestand offenbar darin, für bestimmte Auftraggeber anderen Menschen übel mitzuspielen.«

»Inwiefern?«

Max zuckte mit den Achseln. »Indem sie Gerüchte in Umlauf brachten und falsche Beweise dafür lieferten, ihre Opfer in Widersprüche verwickelten und gelegentlich sogar klammheimlich aus dem Weg räumten.«

»Sie meinen ermordeten?« fragte Abigail unverblümt.

»Genau. Nicht auf die billige und vulgäre Tour, versteht sich, sie gingen immer sehr clever und vorsichtig vor. Aber irgendwann fiel es auf, daß sich überall, wo die beiden auftauchten, Unfälle, Selbstmorde, Rufmord und geplünderte Bankkonten häuften, auch wenn sie nie einen brauchbaren Hinweis hinterließen. Das Unglaubliche daran ist, daß sie diese Masche vierzig Jahre lang, vielleicht sogar noch länger, durchgezogen haben. Sie haben in Europa gearbeitet, aber auch in Nordafrika und Hongkong, nur hier bei uns in den USA haben sie sich möglichst wenig blicken lassen. Mrs. Gaheris kam manchmal für einen kurzen Besuch her, doch soweit ich herausfinden konnte, ist ihr Mann nie mitgekommen. Was darauf schließen läßt, daß das Pflaster hier zu heiß für ihn war.«

»Hat man seine Spur je hierher zurückverfolgt?« erkundigte sich Sarah.

»Nein. Er gab sich als Engländer aus und behauptete, man hätte ihn als Waise nach Amerika geschickt, was seinen New Yorker Akzent erklärte. Er hatte tadellose Papiere, was bei einem Mann mit seiner Begabung natürlich kaum anders zu erwarten war. Und wenn irgendwann jemand auf die Idee kam, seine Identität genauer zu überprüfen, gab es plötzlich niemanden mehr, der ihn kannte.«

»Wie alt war er?« fragte Bill.

»Zweiundsiebzig, als er starb, wenn die Eintragung in seinem Paß stimmt. Anscheinend war er kerngesund. Er starb nicht etwa an einem Herzinfarkt, wie seine Frau uns weiszumachen versuchte, sondern fiel aus einer offenen Seilbahn. Der Mann von Interpol, der bei ihm war, sagte, Gaheris sei aufgestanden, um einen besseren Blick auf die Landschaft zu werfen, und habe dabei das Gleichgewicht verloren.«

Lionel schnaubte. »Das hat ihm doch sicher keiner abgekauft, oder?«

»Ich hatte den Eindruck, daß man ihm nur allzu bereitwillig glaubte«, erklärte Max. »Jedenfalls beschloß die Witwe, allein weiterzumachen. Kurz bevor Gaheris starb, hatte eine Person mit ihnen Kontakt aufgenommen, bei der es sich meiner Meinung nach um einen Neonazi handelte, der beabsichtigte, in den USA ein faschistisches Sendernetz aufzubauen. Gaheris hätte ihn wahrscheinlich abblitzen lassen, aber Drusilla konnte der Versuchung nicht widerstehen. Wahrscheinlich wollte sie tatsächlich zurück in ihre Heimat, genau wie sie es uns auch erzählt hat. Sie hatte keine Vorstrafen, besaß in Ufford einen geeigneten Komplizen und war hervorragend getarnt. Sie konnte beispielsweise

Verwandte besuchen, die sie seit Jahren nicht gesehen hatte, und eine alte Schulfreundin, die praktisch unmittelbar neben ihrem Auftraggeber wohnte.«

»Der Herr steh uns bei!« rief Bill. »Wer ist denn ihr Auftraggeber?«

»Hohnser, der Rosenfan. Er hat das Ehepaar Gaheris in Busto Arsizio als Repräsentant einer neofaschistischen Untergrundbewegung kontaktiert, die so geheim ist, daß er nicht einmal den Namen verraten hat. Aber er hat ihnen danach eine Art Geschäftsbrief geschickt, in dem er sich über seinen Nachbarn ausließ. Er behauptete, der Mann besitze mehrere Radiosender, die gefährliche subversive Propaganda über Rassengleichheit, Nächstenliebe und anderen linkslastigen Mist verbreiten.«

»Hat er das tatsächlich so ausgedrückt?« fragte Abigail.

»Allerdings, doch das war nur der Anfang. Danach hat er detailliert ausgeführt, wie er sich den Einsatz vorstellte. Die Gaherises sollten die Studios infiltrieren und lahmlegen. Sie sollten den Eigentümer so lange mürbe machen, bis er bereit war aufzugeben, und ihn dann aufkaufen. Und zwar mit dem Geld, das sie durch die Konfiszierung – Originalton Hohnser – und den Verkauf der antiken Rolls Royce-Sammlung ebendieses Nachbarn erhalten hätten. Über die Studios sollten dann offene und verschlüsselte Botschaften gesendet werden, die Hohnser als ›die richtigen‹ bezeichnete.«

»Der Mann spinnt doch!« rief Hester Tolbathy.

»Zweifellos«, stimmte Max zu. »Aber er kann hervorragend organisieren. Er hat den Gaherises detailliert erklärt, wie er sich den Diebstahl der Autos vorstellte, und dabei auch die Geheimtür in der Wagenhalle erwähnt. Er behauptete, sie sei vor einiger Zeit von russischen Spionen installiert worden. Der Eigentümer sei zu diesem Zeitpunkt nicht zu Hause gewesen, doch Hohnser habe alles beobachtet und den Mechanismus entdeckt, mit dem sich die Tür öffnen läßt.«

»Wollen Sie damit etwa sagen, daß er uns all die Jahre ausspioniert hat? Und Bob als seinen ...« Bill fehlten die Worte.

Max schüttelte den Kopf. »Hohnser erwähnt ausdrücklich, daß Ihr Gärtner dummerweise stur wie ein Esel und Ihnen treu ergeben sei und sich trotz diverser Versuche als unbestechbar erwiesen habe. Man solle den Mann daher in Ruhe lassen.«

»Dieser niederträchtige Halunke! Man sollte ihn kopfüber an einen Baum hängen! Bitte entschuldigen Sie meine unmäßige Ausdrucksweise, aber ich finde diese Enthüllungen einfach unfaßbar. Hohnser ist seit langem ein Pfeiler unserer Gemeinde. Er bekleidet in unserer Stadt mehrere Ehrenämter.«

»Genau«, sagte Myre. »Daher konnte er auch Grimpen als Polizeichef einsetzen. Hohnser hat sich mit dem Vorsitzenden vom Stadtrat zusammengetan, und sie haben ihn gemeinsam durchgeboxt. Ich habe gehört, daß Hohnser sogar für Grimpen die schriftliche Prüfung abgelegt haben soll.«

Bill schüttelte erneut den Kopf. »Ich weiß zwar, daß Hohnser ein begeisterter Anhänger von Grimpen ist, aber – du lieber Himmel! Wir haben doch all die Jahre nebeneinander gewohnt!«

»Und während der ganzen Zeit hatte er nie ein freundliches Wort für uns übrig«, schimpfte Abigail. »Du weißt ja, was er vorige Weihnachten bei den Fromes über unsere Homilien gesagt hat, Bill. Deine Zurückhaltung hat meinen gerechten Zorn nicht mildern können, das kann ich dir sagen. Aber wie ist Versey da hineingeraten, Max? Er war doch nicht wirklich Drusillas Geliebter, oder?«

»Wahrscheinlich nicht, aber anscheinend wurde er schon seit Jahren von den Gaherises für seine Dienste bezahlt. Er hatte übrigens tatsächlich ein Haus in Venedig. Es ist zwar kein Palazzo, aber auch so sicher teuer genug. Das erklärt vielleicht auch, warum Ufford seine kleine Nebentätigkeit anfing.«

»Aber er kann doch unmöglich die ganze Zeit über seine scheußliche Propaganda durch unsere Studios verbreitet haben«, protestierte Bill.

»Das hat er auch nicht, Bill. Ich bin sicher, daß dies erst seit kurzem der Fall ist. Sonst hätte Ufford nicht immer wieder ausprobiert, ob seine Botschaften auch funktionieren. Es gab nur einen Grund, die Frumenty-Geschichte durchzuziehen: Ufford wollte Drusilla auf diese Weise davon überzeugen, daß er in der Lage war, eine Art Massenhypnose durchzuführen. Vermutlich hat er die langjährige Verbindung mit Ihnen vorwiegend deshalb aufrechterhalten, weil er dadurch eine gute Entschuldigung hatte, im Auftrag der Gaherises hin und her zu reisen. Die angeblichen Gastvorträge, von denen er Ihnen immer erzählt hat. Vielleicht hat er ab und zu wirklich einen Vortrag gehalten, aber sehr wahrscheinlich hat er seine Zeit meistens für etwas anderes genutzt.«

»Und er ist die ganze Zeit ungestraft davongekommen.« Lionel Kellings Stimme klang eher bewundernd als tadelnd.

»Sehr viel länger wäre es bestimmt nicht gutgegangen«, versicherte Max. »Ufford hielt sich für unangreifbar und nahm immer mehr unnötige Risiken in Kauf. Die italienische Polizei war ihm bereits auf den Fersen, wie ich erfahren habe.«

»Wahrscheinlich hat Mrs. Gaheris aus diesem Grunde beschlossen, ihn aus dem Weg zu räumen«, meinte Sarah. »Das Fahrrad hat übrigens wirklich ihm gehört. Brooks hat die Vermieterin von Professor Ufford gefragt. Die beiden haben gemütlich zusammengesessen, eine Tasse Tee getrunken und geplaudert. Typisch Brooks. Angeblich hat sie gesehen, wie Professor Ufford am Montag morgen gegen halb zwei auf dem Rad weggefahren ist. Sie sagt, sie habe sich dabei nichts gedacht, da er dies häufig getan habe. Er habe ihr erzählt, er radele besonders gern auf leeren Straßen, aber sie hält es für wahrscheinlicher, daß er eine Freundin besuchte, deren Mann Nachtschicht hatte.«

»In Wirklichkeit wird er unsere alte Schulfreundin getroffen haben.« Hester Tolbathy streckte die Hand aus, um ihre leere Tasse auf den Teewagen zu stellen. »Einfach unglaublich, daß Drusilla das alles geplant hat, während sie hier mit ihrer endlosen Handarbeit saß.«

»Bei der Planung war sie allerdings lange nicht so gut wie ihr verstorbener Mann, wenn ich mir diese sexistische Bemerkung erlauben darf«, sagte Max. »Gaheris wäre nicht so dumm gewesen, seinen Gegner zu unterschätzen.«

Boadicea schnaubte. »Drusilla hat immer geglaubt, sie käme mit allem durch. Als Hockeyspielerin war sie richtig gefährlich. Aber sie ist immer noch sehr fit, das muß man ihr lassen. Nicht viele Frauen in ihrem Alter hätten es geschafft, in die Wagenhalle einzudringen, Rufus umzubringen, die Leiche auf diese bizarre Weise zu verstecken, den Silver Ghost zum Honigschuppen zu fahren, anzuhalten, mich niederzuschlagen und in den Wagen zu laden, das Auto zu verstecken, den gesamten Weg im Laufschritt zurückzulegen, hinten ins Haus zu gehen und wieder im Pavillon zu erscheinen, ohne daß jemand auch nur das geringste bemerkte.«

»Du hättest es auch geschafft, Bodie«, meinte Hester.

»Ganz bestimmt«, sagte Sarah, »aber ich wette, Drusilla Gaheris hat gar nicht alles auf einmal gemacht. Bestimmt hat sie Rufe Sonntag morgen aufgetragen, den Elektrowagen zum Honigschuppen zu fahren und dort abzustellen. Als Melisande und ich nach dem Fest unsere kleine Rundfahrt machten, ist ihr aufgefallen, daß der Honigwagen nicht an der üblichen Stelle stand. Sie nahm an, die Kinder hätten damit herumgespielt, und nahm sich vor, ihnen ganz fürchterlich den Marsch zu blasen, aber wahrscheinlich hat sie es dann wieder vergessen.«

»Rufe hätte Drusilla nie im Leben gehorcht«, protestierte Tom Tolbathy.

»Sie wird behauptet haben, daß sie in Bills Auftrag gekommen sei. Sie wußte wahrscheinlich, daß sie Rufus ruhig anlügen konnte, weil er ohnehin nicht lange genug leben würde, um ...« Abigail versagte die Stimme.

Boadicea versuchte, taktvoll zu sein.

»Es erschien Drusilla sicher am praktischsten, den Elektrowagen an einer günstigen Stelle zu parken, um schnell damit wegfahren zu können. Ich persönlich bin der Meinung, daß sie zwar für ihr Alter äußerst fit ist, wie ich bereits sagte, aber längst nicht mehr so athletisch wie früher. Wenn sie wirklich noch so stark wäre, hätte ich den Schlag mit dem *Totschläger* nicht überlebt. Vielleicht waren ihre Arme ein wenig geschwächt, weil sie Rufus gerade auf den Baum gezogen hatte«, fügte sie im Vertrauen auf die Kraft des positiven Denkens hinzu, »dabei hatte ich angenommen, daß ihr fein ausgeklügelter Flaschenzug die dazu normalerweise nötige Muskelkraft um ein Vielfaches verringert hätte. Aber vielleicht habe ich mich ja auch völlig verschätzt. Ich wüßte nur gern, wie Drusilla es geschafft hat, den Flaschenzug so genial zu installieren.«

»Er muß schon vorher dort angebracht worden sein«, erklärte Max. »Da Mrs. Gaheris über einige Erfahrung im Bergsteigen verfügt, war es sicher nicht schwierig für sie, auf den Baum zu steigen, aber ich vermute, daß der Flaschenzug in Wirklichkeit von Versey angebracht wurde. Er ist wahrscheinlich Samstag nacht mit dem Seil und den Rollen hergeradelt. Für einen erfindungsreichen Mann wie ihn war die Befestigung sicher ein Kinderspiel.«

»Aber warum hat Sonntag morgen niemand das Seil bemerkt?« wollte Lionel wissen.

»Erstens ist das Laub an der Stelle ziemlich dicht, zweitens waren alle mit anderen Dingen beschäftigt und drittens hatte das Seil die gleiche Farbe wie der Baumstamm«, klärte Sarah ihn auf. »Es sieht genauso aus wie das dunkelbraune Seil, das du immer mitnimmst, wenn du auf deine Felsen kletterst.«

»Ah.« Lionel ließ sich nicht aus der Ruhe bringen. »Kannst du uns auch noch verraten, wann Mrs. Gaheris die Zeit gefunden hat, das Narkosegewehr in den Teich zu werfen?«

»Das war gar nicht nötig. Sie hat es irgendwo ins Gebüsch geschleudert oder abgelegt und Professor Ufford beauftragt, es zu suchen und beiseite zu schaffen. Das würde auch erklären, was er oben auf dem Hügel machte, als ich ihn getroffen habe. Ich könnte mir durchaus vorstellen, daß er die Waffe unter dem weiten Mantel versteckt hatte, den er die ganze Zeit trug. Sogar als er vorgab, sich mit mir zum Tanz zu verabreden.«

»Da hattest du aber verdammt Schwein, daß du nicht angenommen hast«, knurrte Lionel.

»Männer waren schon immer Betrüger.« Tom Tolbathy war inzwischen wieder guter Dinge. »Aber was war mit dem Fahrrad,

Abigail? Ich dachte, du hättest gestern den ganzen Morgen mit Drusilla zusammen gute Werke getan.«

»Nicht ununterbrochen. Ich war zwischendurch eine Zeitlang weg und habe einige wichtige Dinge erledigt, und Drusilla ist hier geblieben. Sie sollte ursprünglich unserer Köchin helfen, die Reste zu verpacken, so daß wir sie nach Milltown bringen konnten. Aber als ich zurückkam, meditierte unsere Köchin, das heißt, sie hielt ein kleines Schläfchen, und Drusilla hatte gerade erst mit Einpacken angefangen. Sie machte eine witzige Bemerkung und meinte, sie habe absichtlich so langsam gemacht, weil sie die Köchin nicht beim Meditieren habe stören wollen, und dann haben wir uns gemeinsam an die Arbeit gemacht. Es war im Grunde gar nicht so viel, und ich erinnere mich, daß ich ein klein bißchen verärgert war, weil Drusilla so lange herumgetrödelt hatte. Aber in anderer Leute Küche findet man sich eben nicht so gut zurecht, wie wir alle wissen. Ich dachte schon, sie wäre vielleicht nicht sicher gewesen, was genau sie tun sollte, und war ungehalten über unsere Köchin, weil sie eingeschlafen war und ihr keine genauen Anweisungen gegeben hatte. Doch ich habe einfach nicht im Traum daran gedacht, daß Drusilla Gaheris irgend etwas im Schilde führen könnte. Wie in aller Welt sind Sie ihr nur auf die Schliche gekommen, Sarah?«

»Max und ich haben ihr von Anfang an nicht getraut. Wahrscheinlich haben Sie sie einfach nie richtig gekannt.«

»Das kann man wohl sagen«, antwortete Abigail bitter.

»Dafür kannten und vertrauten Sie Tick Purbody. Und als sich immer mehr Verdachtsmomente anhäuften, schien es durchaus möglich, daß ihn jemand bewußt als Sündenbock mißbrauchte. Da Mrs. Gaheris hier bei Ihnen im Haus wohnte, hatte sie freie Hand. Die Geschichte mit dem einsamen Morris-Tänzer machte uns noch skeptischer, zumal sie nicht in der Lage war, die Person näher zu beschreiben. Aber als Tante Bodie erzählte, der Mensch, der ihr den Schlag versetzt hat, habe einen Staubmantel getragen, ist mir ein ganzer Fackelzug aufgegangen. Das Kostüm, das Mrs. Gaheris trug, hatte genau die richtige Farbe. Wahrscheinlich gehörte der

Schleier, den du gesehen hast, nicht zu den Oldtimern, sondern zu ihrem Kostüm, und sie hat ihn lediglich tief ins Gesicht gezogen.«

»Aber Drusilla ist nicht groß genug«, protestierte Bodie.

»Wenn sie aufrecht im Ghost steht, ist sie sogar riesig«, unterbrach Lionel ungeduldig. »Und jetzt weißt du wenigstens mit Sicherheit, daß du völlig recht hattest, als du meintest, du hättest die ganze Zeit Drusillas Stimme gehört, als du gefesselt im Wagen lagst. Aber wie bist du auf Hohnser gekommen, Max?«

»Na ja, ich fand es reichlich merkwürdig, daß er darauf bestand, Bob sowohl Sonntag als auch Montag für sich arbeiten zu lassen, obwohl er genau wußte, daß es bei den Billingsgates mehr als genug zu tun gab. Bob scheint mir ein kluger, aufgeweckter Bursche zu sein. Ihn hätte man sicher nicht so leicht aus dem Weg schaffen können wie Rufus. Zuerst dachte ich, Hohnser hätte es aus purer Boshaftigkeit getan, bis ich die italienische Polizei dazu bewegen konnte, ein Schließfach zu öffnen, das Mrs. Gaheris in einer Bank in Busto Arsizio hatte.«

»Gütiger Himmel«, platzte Bill heraus. »Wollen Sie damit etwa sagen, sie hat seine Briefe behalten? Warum hat sie das denn getan?«

»Vermutlich als eine Art Lebensversicherung. Die Gaherises hatten vielleicht vor, sich ihre alten Tage durch die Erpressung ihrer ehemaligen Auftraggeber lukrativer zu gestalten. Leider haben sie sich nicht schnell genug aus dem Geschäft zurückgezogen. Aber lassen Sie uns auf Hohnser zurückkommen. Nachdem er erfolgreich mit den Gaherises Kontakt aufgenommen hatte, traf er sie im Albergo Verdi. Er gab sich als Tourist namens Brown aus.«

»Wie originell«, meinte Tom Tolbathy. »Aber warum ausgerechnet Busto Arsizio, Max? Ich weiß, daß es in der Nähe der italienischen Alpen liegt, aber ich dachte immer, es sei eine Industriestadt und kein Touristenort.«

»Ist es auch, aber die Schweizer Grenze liegt ebenfalls ganz in der Nähe, wissen Sie, und die Gaherises sind ständig hin und her gependelt, besonders an Wochenenden. Signora DiCristoforo hat mir erzählt, daß immer, wenn die Gaherises da waren, auch Touristen gekommen seien. Und bald darauf sei man unweigerlich miteinander ins Gespräch gekommen. Die Gaherises waren eben zwei nette ältere Leutchen, die ein wenig einsam, vielleicht auch gelangweilt wirkten, daher schien es zunächst ganz natürlich. Nach einer Weile packte sie jedoch die Neugier, und sie ließ ihren Neffen Pietro, einen gescheiten jungen Burschen, ein paar Nachforschungen anstellen.«

»Wie?« wollte Lionel wissen.

»In Hohnsers Fall, indem er ihm die Geldbörse abnahm. Sofort nachdem er herausgefunden hatte, daß Mr. Brown nicht Signore Bruno war, machte Pietro ein paar Schnappschüsse von ihm und schrieb die richtige Adresse und den richtigen Namen auf die Rückseite.«

»Klingt ganz so, als hätten die DiCristoforos sich auch eine kleine Lebensversicherung zugelegt«, knurrte Lionel.

»Scheint tatsächlich ein ziemlich lukratives Hobby zu sein.« Max zückte seine Brieftasche und nahm ein kleines Bündel Plastikumschläge heraus. »Pro Stück habe ich fünfzigtausend Lire bezahlt. Schauen Sie sich das einmal an, Bill. Auf diesem Bild nimmt Ufford auf der Terrasse einen aperitivo mit Drusilla ein, hier sitzt Hohnser mit den Gaherises am Tisch, hier ist ein sehr schönes, gut getroffenes Porträt von Hohnser, und auf diesem Bild verabschieden sich Drusilla und Mann von ihm. Schon in Ordnung, Sie können sie ruhig herumgehen lassen. Nur bitte nicht aus der jeweiligen Hülle nehmen.«

»Das war also Drusillas Mann«, sagte Abigail. »Meine Güte, er war wirklich ein gutaussehender Schurke. Kein Wunder, daß sie sich in ihn verliebt hat. Aber er hat einen gemeinen Zug um den Mund. Findest du nicht auch, Bodie?«

»Laß mich mal sehen.« Boadicea Kelling setzte sich die Lesebrille auf und ließ sich von ihrer Freundin das Foto reichen. »Das kann doch nicht wahr sein! Das ist Lance!«

»Dein Bruder Lancelot? Ich dachte, der wäre schon seit Jahren tot. Bodie, bist du auch ganz sicher?«

»Selbstverständlich bin ich das. Glaubst du etwa, ich würde meinen eigenen Bruder nicht erkennen? Deshalb ist Drusilla also nach Europa gezogen. All die Jahre hat sie mir Karten und freundliche Grüße geschickt und kein einziges Mal erwähnt, daß Lance noch am Leben war und sie meine Schwägerin ist. Drusilla war schon immer hinter Lance her, selbst als sie noch Captain vom Lacrosse-Team war. Sie hat ihn sich einfach geangelt, nehme ich an. Der arme Lance, hat sein Leben an eine herzlose, gemeine Frau verschwendet.«

Mit einer Mischung aus Trauer und selbstgefälliger Entrüstung schob Boadicea Kelling ihre Lesebrille nach vorn auf die Nasenspitze und betupfte ihre Augen mit einem sauberen weißen Taschentuch. »Sarah Kelling Bittersohn, ich hoffe, dir ist bewußt, daß all dies nicht passiert wäre, wenn deine ach so nette Tante Caroline nicht gewesen wäre.«

»Wenn du es sagst, Tante Bodie«, meinte Sarah. »Wenn ich ehrlich sein soll, habe ich Tante Caroline auch nie leiden können. Abigail, falls noch etwas Tee in der Kanne sein sollte, hätten Tante Bodie und ich gern noch ein Täßchen.«

Nachwort

Wie schon im vorangehenden Band »Teeblätter und Taschendiebe« (Du Monts Kriminal-Bibliothek Bd. 1072) ihrer in Boston spielenden Serie um die mittlerweile verheirateten Spezial-Detektive für alle Verbrechen rund um die Kunst, Dr. Max und Sarah Kelling Bittersohn, spinnt Charlotte MacLeod ihre Familiensaga um den Kelling-Clan weiter. War es damals Onkel Dolph und seine neue Stiftung für verarmte oder gar obdachlose Senioren, die im Mittelpunkt des kriminellen Geschehens standen, so ist es diesmal eher der Freundeskreis eines weiteren Onkels, der trotz mancher tadelnswerter Eigenschaften insgeheim Sarahs Lieblingsonkel ist – Jeremy Kelling, vertraut Jem genannt. Alte Sünder sind bekanntlich angenehmer als alte Heilige, und Jeremy Kelling ist der alte Sünder des Clans, während männliche Kellings sonst im Alter zu spät erworbener Heiligkeit neigen.

Das Vermögen des weitverzweigten Clans stammt ursprünglich noch aus kolonialen Zeiten und wurde im Teehandel mit China erworben. Danach kamen die unterschiedlichsten industriellen und Handelsaktivitäten hinzu, ausgedehnter Immobilienbesitz, und um das Geld in der Familie zu halten, heirateteten Kellings gern untereinander oder wurden untereinander verheiratet. So war Sarah Kelling in erster Ehe mit einem sehr entfernten Vetter verheiratet gewesen, der in Wirklichkeit ihr Onkel war – das Englische unterscheidet hier nicht, beides heißt ›cousin‹, eine nachgestellte Ziffer gibt den Grad an, und eine weitere differenziert dann den vertikalen Abstand: ›Einmal entfernt‹ heißt Onkel, ›zweimal entfernt‹ Großonkel. Alle Kellings kennen dieses komplexe und komplizierte Geflecht auswendig, hängen doch Erbberechtigungen, Erbschaften und Anteile an den Ausschüttungen von Familienstiftungen daran. Ein Kelling zu sein kann deshalb ökonomisch gesehen von exzessiven Reichtum bis zum bescheidenen Auskommen aus einem kleinen ererbten Vermögen alles bedeuten. So wurde das Kapital der von Sarah repräsentierten Kelling-Zweige durch Erpressungen so weit minimiert, daß sie zum Schluß im alten Stadthaus im Bostoner Nobel-Viertel Beacon Hill eine gehobene Pension einrichten mußte (»Die Familiengruft«, »Der Rauchsalon«, DuMonts Kriminal-Bibliothek Bd. 1012, 1022), und Vetter-Onkel Brooks, der jetzt auf das Stadthaus aufpaßt und in der Detektiv-Agentur Bittersohn aushilft, hat seines verloren, als seine Mutter nach dem Tod des Vaters damit in die Schweiz durchbrannte.

Jeremy, um endlich auf das ›Schwarze Schaf‹ des Clans zurückzukommen, hat sich zweier Kardinalpflichten eines männlichen Kellings entzogen – er hat nie geheiratet und nie gearbeitet. Er ist nicht einmal einer Pseudo-Tätigkeit in der eigenen Vermögensverwaltung oder einer wohltätigen Stiftung nachgegangen, die eine Art werktätiger Fassade gewahrt hätte. Statt dessen hat er sein hierfür hinlängliches Vermögen für eine komfortable Junggesellen-Existenz genutzt, mit seinem mit ihm gealterten lebenslangen Kammerdiener Egbert bewohnt er eine gepflegte Stadtwohnung. Erotische Abenteuer, die ihm vor allem sein ebenso cholerischer wie puritanischer Vetter Dolph gern nachsagt, liegen längst hinter ihm, aber auch Abende in den diversen Clubs, denen er angehört, oder mit ähnlich situierten Freunden und dem Bostoner Lebemänner-Nachwuchs füllen sein Leben unterhaltsam aus.

Seinen geliebten »Club des geselligen Kabeljaus«, der an Exzentrik der Satzung und der Mitglieder besten britischen Vorbildern in nichts nachsteht, kennen wir aus »Kabeljau und Kaviar« (DuMonts Kriminal-Bibliothek Bd. 1041). Wie damals ein Winterfest von Eisenbahn-Magnaten aus diesem Kreis mit eigener Eisenbahn-Strecke und Privatzug durch unerquickliche Vorkommnisse gründlich gestört wurde, so wird es diesmal das traditionelle Maifest der Billingsgates. Nehemiah und Abigail entsprechen durchaus der in ihren Vornamen anklingenden puritanischen Tradition eines von ›ora et labora‹ bestimmten Lebens. Von Haus aus sind sie schlicht reich; der Unterhalt ihres riesigen ererbten, mittelalterlichen Vorbildern äußerst gewagt nachempfundenen Hauses auf einem Grundstück, das einst einen 18-Löcher-Golfplatz mühelos aufnahm, bereitet ihnen offensichtlich keine Kopfschmerzen. Da Gott uns trotzdem aufgetragen hat, unser Brot im Schweiße unseres Angesichts zu essen, geht die Familie samt Tochter und Schwiegersohn – die ebenfalls eigene Zinseinkünfte aus diversen anderen Töpfen beziehen – zwei Gott und den Nächsten wohlgefälligen Tätigkeiten nach: der Bienenzucht und dem Betrieb einer kleinen Kette privater Radiostationen. Der ehemalige Golfplatz wurde mit nektarspendenden Blumen, Büschen und Bäumen bepflanzt, aus denen man im Umweg über die fleißigen Insekten Honig und Met gewinnt, und die Radiostationen verbreiten derweil die milde Botschaft eines ökumenischen Christentums der Liebe und der Toleranz, aufgelockert durch ein kulturell recht anspruchsvolles Programm.

Diese Toleranz ist es auch, die die von einem unostentativ gelebten Christentum geprägten Billingsgates mit dem so ganz anders gearteteten Jem Kelling befreundet sein läßt – und mit den Tolbathys, deren verstorbener Sproß Wouter, der ganz besonderer Toleranz bedurfte und dessen Eigenheiten in »Kaviar und Kabeljau« eine – besonders für ihn selbst – verhängnisvolle Rolle spielten. Wouter, der durchaus solide im ererbten Importgeschäft der Familie zu arbeiten verstand, hatte daneben besagte verhängnisvolle Neigung zu skurrilen Erfindungen, die er zudem gern mit pubertären Streichen zu garnieren pflegte. So erinnert sich ein Polizist daran, eines Tages einen offenen, von einem Chauffeur gefahrenen Wagen angehalten zu haben, auf dessen Rücksitz ein Zigarre rauchender Waschbär in Anzug und Schlapphut saß, der ihn mit der Stimme James Cagneys wüst beschimpfte. Als er endlich gemerkt hatte, daß er einem Bauchredner aufgesessen war und sich statt dessen an den Chauffeur hielt, reichte der ihm ein Papier, das der verdutze Polizist plötzlich samt der es darreichenden Hand festhielt, während der Wagen davonschoß. Die Konstruktion eines Luftgewehrs für Betäubungspatronen und eines Riesenplastiknilpferdes, das zu schnarchen begann, wenn die Pfeile es an der richtigen Stelle trafen, war dagegen eine von Wouters leichteren Aufgaben, wie er sie sich für das harmlose Vergnügen eines Nachmittags im Freundeskreis vorzunehmen pflegte.

Wegen des mittelalterlichen Charakters ihres Unternehmerschlosses und wohl auch wegen der Metproduktion pflegen die Billingsgates ihr Jahresfest mittelalterlich-renaissancemäßig zu gestalten, und auch die Gäste sind gehalten, sich entsprechend zu kostümieren. Obwohl die Kelling-Bittersohns im Gegensatz zu Onkel Jem und diversen Kelling-Witwen nicht zum Freundeskreis von Nehemiah alias Bill und Abigail gehören, sind sie in diesem Jahr eingeladen. Vordergründig vertreten sie Jem, der auf einem Segeltörn mit alten Freunden unterwegs ist. Der wahre Grund aber ist unerfreulicher: Sarah und Max können als gesellschaftlich durchaus in den Kreis passend ohne Aufsehen zu erregen diskret ermitteln. Im allgemeinen Wirbel, der einem so großen Fest voranzugehen pflegt, ist ein Rolls Royce aus der eishallengroßen Spezialgarage verschwunden, und als Täter kommt im Grunde nur ein Insider in Betracht, einer der Verwandten und Bekannten, die wegen Fragen der Musik oder der Kostüme in den letzten Tagen bei den Billingsgates aus- und eingegangen waren. Nie würde Nehemiah für etwas so Frivoles wie einen Oldtimer Geld ausgeben – die legendäre Sammlung ist sozusagen von selbst zustande gekommen. Seit den frühesten Modellen kurz nach der Jahrhundertwende hat die Familie immer diese Marke gefahren. Neue wurden dann und wann wegen des technischen Fortschritts gekauft, die Kinder bekamen zum Examen dann und wann ein gebrauchtes Exemplar gekauft, gerade als die in der Weltwirtschaftskrise von anderen billig abgestoßen wurden. Da man einen Rolls Royce natürlich nicht verschrottet und die Familie beim Neukauf auch nie einen in Zahlung geben mußte, besaß man auf einmal eine der größten Privatsammlungen chauffeurgepflegter Rolls Royce-Oldtimer, die inzwischen einen beträchtlichen Vermögenswert darstellen, den man selbstverständlich nie zu realisieren gedenkt.

Beim eigentlichen Fest wird wegen des unerfreulichen Vorkommnisses die Wagenhalle, die sonst eine der Hauptattraktionen darstellt, verschlossen gehalten und durch den Chauffeur in einem mittelalterlichen Gewand zusätzlich bewacht, damit das Fehlen von keinem der vielen Kenner der Sammlung bemerkt wird.

Doch alle Vorkehrungen helfen nichts – ausgerechnet das halb professionell, halb gesellschaftlich anwesende Paar entdeckt nicht nur noch während des Festes einen Mord, sondern in dessen Gefolge einen weiteren Oldtimer-Diebstahl. Aus der verschlossenen und bewachten Wagenhalle ist ein weiterer Klassiker verschwunden, ein Silver Ghost – und das passender Weise wie von Geisterhand. Auf dem makellos frisch geharkten Vorplatz vor der Garage sind keine Reifenspuren zu erkennen, wie sie sich beim Wegfahren zwangsläufig ergeben hätten – offensichtlich verwendet die Autorin, die gern mit der Gattungstradition spielt, das beliebte Motiv vom Mord im Landhaus, um das rundherum unberührter Schnee liegt (die einstweilen jüngste Variante bietet William L. DeAndreas »Schneeblind«, DuMonts Kriminal-Bibliothek Bd. 1083). Die Lösung des Rätsels gilt allerdings schon seit langem nicht mehr als legitim – eine Geheimtür. Ihr Einsatz ist so megaout, daß in einer Parodie auf John Dickson Carrs Dr. Fell-Geschichten der Detektiv Selbstmord begeht, nur weil er für die Lösung eines Verbrechens im verschlossenen Raum einen Geheimgang bemüht hat. Zusätzlich ist aber noch Tante Boadicea, eine angeheiratete Kelling, spurlos verschwunden, und es sieht ganz so aus, als sei sie zur Zeit von Mord und Diebstahl in unmittelbarer Nähe des Tatorts gewesen.

Doch damit nicht genug: Der Diebstahl der Wagen, deren Wert durchaus dem der Kunstwerke entspricht, denen Max und Sarah sonst nachjagen, der Mord und die vermutliche Entführung der ehrwürdigen alten Dame bilden nur den Höhepunkt einer ganzen Serie von Anschlägen, denen sich Nehemiah Billingsgate seit etwa einem Monat ausgesetzt sieht. Nicht weniger als elf seiner Mitarbeiter haben die Senderkette ohne erkennbaren Grund urplötzlich verlassen, während sich gleichzeitig Sabotageakte an Bändern, Schallplatten und an den Abspielgeräten häuften. Alles sieht nach einer im Wortsinne höchst feindlichen Übernahmeaktion aus, die sogar vor Verbrechen nicht zurückschreckt – aber wer sollte die fast gemeinnützige Kette haben wollen, deren Werbeeinnahmen gerade die Kosten decken und deren kleiner Gewinn restlos in die Gewinnbeteiligung der Mitarbeiter fließt?

Da auch die Verbrechen während des Festes (und die danach!) nur als Insider-Jobs zu erklären sind, ist die letzte Chance, um Abodicea Kelling noch lebend zu finden, Onkel Jem einzuschalten und sein in über siebzig Jahren angehäuftes boshaftes Wissen über den Kreis für die aktuellen Nachforschungen fruchtbar zu machen. So entführt ihn Nichte Sarah gleichsam auf hoher See mit dem Versprechen, ihn noch am selben Abend zurück auf die Yacht zu bringen, und Jem muß bei Martinis, Clam Chowder, Chablis und Mokka nichts als schmutzige Wäsche waschen. Dies tut er angeblich zwar höchst ungern, aber mit soviel Verve, daß seine erfrischend boshaften Auskünfte über Freunde und Verwandte zum Besten zählen, was Charlotte MacLeod je geschrieben hat. Und tatsächlich liegt in der tiefen Vergangenheit, die er genüßlich aufwühlt, irgendwo die Lösung verborgen. Daß sie nicht gerade alltäglich und sozusagen ›mitten aus dem Leben gegriffen‹ ist, darf den Leser in einem Krimi nicht verwundern, in dem der Polizeichef Michael Innes' Sir John Appleby nachzueifern bemüht ist und der Privatdetektiv sich an Margery Allinghams Helden Aalbert Campion orientiert.

Volker Neuhaus

Band 1078	Charlotte MacLeod	**Miss Rondels Lupinen**
Band 1079	Michael Innes	**Klagelied auf einen Dichter**
Band 1080	Edmund Crispin	**Mord vor der Premiere**
Band 1081	John Ball	**Die Augen des Buddha**
Band 1082	Lee Martin	**Keine Milch für Cameron**
Band 1083	William L. DeAndrea	**Schneeblind**
Band 1084	Charlotte MacLeod	**Rolls Royce und Bienenstiche**
Band 1085	Ellery Queen	**... und raus bist du!**
Band 1086	Phoebe Atwood Taylor	**Kalt erwischt**

Band 1001
Charlotte MacLeod
»Schlaf in himmlischer Ruh'«

Weihnachten ist auf dem Campus einer amerikanischen Kleinstadt immer eine große Sache, schließlich ist die ›Lichterwoche‹ auch noch eine Touristenattraktion von herausragender finanzieller Bedeutung. Als Prof. Shandy während der Feiertage eine Dame der Fakultät tot in seinen Räumen findet, ist daher den örtlichen Behörden sehr schnell klar, daß es sich nur um einen Unfall handeln kann.
Charlotte MacLeod ist eine der großen lebenden amerikanischen Autorinnen auf dem Gebiet des Kriminalromans, deren Prosa von der amerikanischen Presse als »elegant, witzig und mit einem liebenswert-warmen Touch« beschrieben wird.

Band 1022

Charlotte MacLeod

Der Rauchsalon

Für eine Lady aus der Bostoner Oberschicht ist es auf jeden Fall unpassend, ihr Privathaus in eine Familienpension umzuwandeln, um ihren Lebensunterhalt zu verdienen. So ist der Familienclan der Kellings entsetzt, als die junge Sarah, die gerade auf tragische Weise Witwe geworden ist, ankündigt, sie werde Zimmer vermieten. Doch selbst die konservativen, stets die Form wahrenden Kellings ahnen nicht, daß Sarahs neue Beschäftigung riskanter ist, als man annehmen sollte – mit den Mietern hält auch der Tod Einzug in das Haus auf Beacon Hill ...
Detektiv Max Bittersohn steht der jungen Frau bei. Er hat mehr als nur ein berufliches Interesse daran, daß wieder Ruhe und Ordnung in das Leben von Sarah Kelling einkehren.

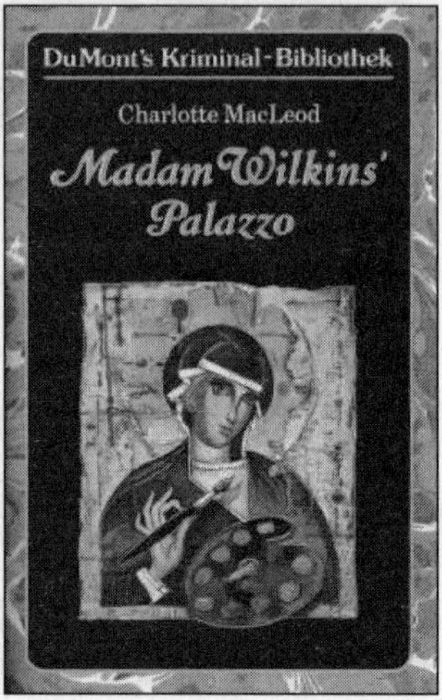

Band 1035

Charlotte MacLeod

Madam Wilkins' Palazzo

Sarah Kelling sagt nur zu gerne zu, als der smarte Detektiv in Sachen Kunstraub und Fälschung, Max Bittersohn, sie zu einem Konzert in den Palazzo der Madam Wilkins einlädt, ein Museum, das für seine exquisite Kunstsammlung berühmt und für den schlechten Geschmack seiner Besitzerin berüchtigt ist. Doch Bittersohns Einladung steht unter keinem guten Stern: Die Musiker sind schlecht, das Buffet läßt zu wünschen übrig – und einer der Museumswächter fällt rücklings von einem Balkon im zweiten Stock des Palazzos. Als Bittersohn dann noch entdeckt, daß die berühmte Kunstsammlung mehr Fälschungen als Originale enthält, steht eines zumindest fest: Mord sollte eben nie als schöne Kunst betrachtet werden.

Band 1046
Charlotte MacLeod
»Stille Teiche gründen tief«

Präsident Thorkjeld Svenson vom Balaclava Agricultural College nimmt es recht gelassen, daß beim traditionellen Winterwendefest eine Leiche auftaucht. Und auch auf die Ermordung eines alten Ehepaares im nahen Dorf reagiert er gefaßt. Doch die Behauptung, der grundsolide Stifter des College habe vor 100 Jahren den Teich von Balaclava bei einer Wette verloren, geht entschieden zu weit! Peter Shandy, Professor für Botanik, steht eine aufregende Zeit bevor, bis er alle Verbrechen aufgeklärt und die Existenz des College gesichert hat.

Band 1063
Charlotte MacLeod
Wenn der Wetterhahn kräht

Der Botanikprofessor und ›Sherlock Holmes der Rübenfelder‹ Peter Shandy und seine kluge Frau Helen sind wieder auf Verbrecherjagd. Es gilt nicht nur, einer ganzen Bande von Wetterfahnen-Dieben das Handwerk zu legen, sondern auch, den Verantwortlichen für den Brand einer Seifenfabrik zu finden. Haben die spektakulären Diebstähle mit integrierter Brandstiftung etwas mit den mysteriösen Überlebenskämpfern zu tun, die sich bei näherem Hinsehen als schießwütige paramilitärische Wehrsportgruppe entpuppen? Peter und Helen lösen nicht nur auf brillante Weise den Fall, sondern treffen auf die skurrilsten Typen und geraten in die erstaunlichsten Gefahren.

Band 1066
Charlotte MacLeod
Eine Eule kommt selten allein

Die alljährliche Eulenzählung ist ein bedeutendes Ereignis für die Dozenten des ehrwürdigen Balaclava Agricultural College. Wie entsetzlich, daß ausgerechnet während dieser nächtlichen Veranstaltung Emory Emmerick, einer der Teilnehmer, erstochen und in einem Netz versteckt im Wald aufgefunden wird! Der Dozent für Nutzpflanzenzucht und Detektiv aus Leidenschaft, Professor Peter Shandy, beginnt mit seinen Ermittlungen und stößt schon bald auf Ungereimtheiten. Und als wäre die heile Welt des Colleges durch diesen heimtückischen Mord noch nicht genug erschüttert, wird auch noch die reiche Miss Winifred Binks entführt! Was geht hier vor?

Band 1072

Charlotte MacLeod

Teeblätter und Taschendiebe

Sarah und ihr Mann Max sitzen mit dem Rest des Kelling-Clans zusammen, um eine Wohltätigkeits-Auktion zu planen. Onkel Fredericks Sammlung von antikem Nippes soll unter den Hammer kommen, um mit den Erlösen den Ausbau des Senior Citizens Recycling Center zu finanzieren. Man sitzt gerade beim Tee, als die Nachricht von der Ermordung eines Mitglieds des Centers die Ruhe des Abends stört. Und was Cousine Theonia in den Teeblättern liest, läßt nichts Gutes ahnen ...

Band 1078
Charlotte MacLeod
Miss Rondels Lupinen

Professor Peter Shandy fährt an die Küste, um blumigen Gerüchten auf den Grund zu gehen. In den wildesten Farben erzählt man sich von prächtigen Lupinen, die hier gedeihen sollen.
Noch andere Überraschungen findet Shandy auf Miss Rondels Farm. Tiere und Pflanzen strotzen vor gespenstischer Gesundheit und auch die alte Dame selbst ist seltsam quicklebendig. Im Gegensatz zu Jasper Flodge, der eines Tags tot über seinem Teller Hühnerfrikasse zusammenbricht.
Peter Shandy darf seinen botanischen und detektivischen Leidenschaften nach Herzenslust frönen. Ein Band aus der Balaclava-Serie.

Band 1085
Ellery Queen
... und raus bist du!

Ellery Queen verschlägt es in die Provinzstadt Wrightsville, in der er als Kind im Ferienlager war. Seine Nostalgie verwandelt sich in Neugier, als er Zeitungsausschnitte zugeschickt bekommt: Artikel über verstorbene Bürger der Stadt. Die Neugier weicht Ehrgeiz, als ihn Rima aufsucht, die das rätselhafte Verschwinden ihres alkoholkranken Vaters aufklären will.
Während seiner gefährlicher werdenden Ermittlungen helfen Ellery Queen die alten Kinderreime. Er begegnet dabei sämtlichen Originalen der Stadt – einem hochnervösen Armenarzt, einem philosophierenden Gärtner und einer amazonenhaften Zeitungsfrau ...